Zum Buch:

Eine durchgedrehte Katze gibt dem tristen Leben von Skara eine entscheidende Wendung. Zusammen mit Anton und Jonas begibt sie sich auf eine Rache-Mission gegen den Eiscafé-Besitzer Erik Winter. Alle seiner Lokale müssen daran glauben und schon bald entsteht ein Medien-Hype um ihren Rachefeldzug. Was die Öffentlichkeit zu diesem Zeitpunkt noch nicht ahnt: Im Kofferraum ihres Fahrzeugs befindet sich eine Leiche. Bei dieser handelt es sich um Skaras verhasste Chefin, die sowohl lebendig wie versehentlich überfahren nichts als Schwierigkeiten verursacht. Und die Schlinge um die drei zieht sich immer enger zusammen, denn Kriminalpolizist Andy Lutz und sein übereifriger Kollege Ruben Schmidt sind ihnen dicht auf den Fersen.

Zur Autorin:

Rahel Urech, Jahrgang 1977, studierte Biologie an der Universität Zürich und Journalismus an der Schweizer Journalistenschule MAZ. Zwölf Jahre lang arbeitete sie als Redakteurin bei verschiedenen Tageszeitungen, bevor sie sich 2018 mit einem Kommunikationsbüro selbstständig machte. Heute schreibt sie im Auftrag von Agenturen und der Eventbranche

Rahel Urech

Und wohin jetzt mit der Leiche?

Kriminalroman

HarperCollins

1. Auflage 2024
Neuausgabe bei HarperCollins
© 2023 NAGEL UND KIMCHE in der
Verlagsgruppe HarperCollins Deutschland GmbH, Hamburg
Umschlaggestaltung von Hauptmann & Kompanie, Zürich
unter Verwendung von Motiven von © shutterstock und pexels
Gesetzt aus der Adobe Garamond
Von GGP Media GmbH, Pößneck
Druck und Bindung von CPI books GmbH, Leck
Printed in Germany
ISBN 978-3-365-00783-9

Druckprodukt mit finanziellem
Klimabeitrag
ClimatePartner.com/15109-2009-1001

MIX
Papier
FSC FSC® C083411

PROLOG

Edward Norton Lorenz erwachte von einem lauten Schnaufen. Zuerst dachte er an Einbrecher, doch das Geräusch stammte nicht aus dem Inneren seines Hauses, sondern drang durch das gekippte Fenster in sein Schlafzimmer.

Zwei Uhr, stellte er mit einem Blick auf den Wecker fest. Von Schlaf konnte keine Rede mehr sein, denn jetzt steigerte sich das Schnaufen zu einem Keuchen, Fauchen und Grunzen. Edward Norton Lorenz setzte sich auf und stieg in seine braun-orangen Hausschuhe, die vor dem Bett bereitlagen. Er wusste ganz genau, wer die Urheber dieses abartigen Lärms waren: seine neuen Nachbarn. Vor einer Woche waren sie eingezogen. Gammelige Batikgewänder, beseelter Gesichtsausdruck und jede Menge Kompost – Hippies, ohne Frage. Womöglich waren es sogar mehr als zwei, die gerade der freien Liebe ihren Lauf ließen. Kopfschüttelnd schlurfte er zum Fenster, öffnete es und wollte der Orgie im Nachbarhaus gerade mit einem gezielten Ruf ein Ende bereiten, als er in seinem Garten zwei Igel in eindeutiger Stellung erblickte. Sie ließen selbst dann nicht voneinander ab, als er erst den einen, dann den anderen seiner Hausschuhe nach ihnen warf.

Unfassbar, dass so kleine Tiere einen solchen Höllenlärm veranstalten, dachte er verblüfft und tappte in die Küche, um sich eine Tasse Milch mit Honig zu kochen. Das bewährte Hausmittel für einen gesunden Schlaf jedoch zeigte ausnahmsweise keine Wirkung, und er wälzte sich bis in die frühen Morgenstunden im Bett herum.

Kein Wunder also, dass Edward Norton Lorenz am nächsten Tag etwas angeschlagen an seinem Arbeitsplatz, dem Massachusetts Institute of Technology, eintraf. Erschöpft ließ er sich in seinen Bürostuhl fallen und startete den Computer, um sein neues Modell zur Wettervorhersage nochmals durchzuspielen. Damit er nicht zu lange auf die Resultate warten musste, tippte er gerundete Zwischenergebnisse in den Computer ein und erhob sich dann, um aus der Küche des Departments für Meteorologie einen starken Kaffee zu holen.

Vorsichtig am heißen Gebräu schlürfend, kehrte er an seinen Platz zurück und ließ vor Überraschung beinahe die Tasse fallen: Die Wettervorhersage, die er vor sich auf dem Bildschirm sah, hatte nichts mehr mit jener gemein, die der Computer gestern ausgespuckt hatte. Obwohl die Zahlen, die er vor seiner Kaffeepause eingetippt hatte, nur minimal von den gestrigen abwichen, hatten sie zu einem komplett unterschiedlichen Resultat geführt.

Es ist nicht vorhersehbar, wie sich kleine Änderungen der Anfangsbedingungen auf die Entwicklung eines Systems auswirken, folgerte der Meteorologe und Mathematiker verblüfft. Das Wetter verläuft chaotisch und wird deshalb nie langfristig voraussagbar sein. Und zum zweiten Mal an diesem bereits sehr langen Tag stellte er fest, dass eine kleine Ursache große Wirkung entfalten kann.

Dieses denkwürdige Ereignis geschah im Jahr 1961. Elf Jahre später kleidete Edward Norton Lorenz seine Erkenntnis für einen Vortrag vor der American Association for the Advancement of Science in die anschauliche Frage: »Kann der Flügelschlag eines Schmetterlings in Brasilien einen Tornado in Texas auslösen?« Der Schmetterlingseffekt war geboren.

So ermöglichten liebestolle Igel, wenig Schlaf und eine Kaffeepause zum richtigen Zeitpunkt eine der bahnbrechendsten Entdeckungen der Wissenschaft. Edward Norton Lorenz wird heute als Wegbereiter der Chaostheorie gefeiert. Was für das Wetter gilt, so entdeckten nachfolgende Generationen von Wissenschaftlern, trifft auch für Rosinen im Kuchenteig zu, bei denen nicht vorhersehbar ist, an welche Stelle im Teig sie wandern, für Verkehrsstaus, die wegen eines einzigen Brems- oder Überholmanövers scheinbar aus dem Nichts entstehen, und für viele wissenschaftliche Systeme mehr. Weder Edward Norton Lorenz noch irgendein anderer Mensch aber hat je den praktischen Beweis für die Theorie des Schmetterlingseffekts beobachten können. Er blieb eine anschauliche Metapher für ein kompliziertes Phänomen. Bis jetzt.

Vor Kurzem haben die Buchhalterin Skara Anderson, der Eisverkäufer Anton Seifert und Dobroslav Svoboda, der Schlächter, diesen Effekt am eigenen Leib erfahren. Der zarte Flügelschlag eines Schwalbenschwanzes fegte wie ein Wirbelwind durch ihre Existenzen und schaffte es, sie komplett aus der Bahn zu werfen.

Ohne diesen Schmetterling würde sich Skara noch heute an ihr kalkulierbares Dasein klammern – gefangen und zornig auf sich selbst, aber unfähig, ihren Minderwertigkeitsgefühlen und den täglichen Demütigungen ihrer Chefin zu entrinnen.

Anton wäre der Familie Winter so sklavisch ergeben wie seine Vorfahren und würde sich einbilden, mit der Eiskreation »Passionsfrucht und Bohne« die Geschmackswelt revolutionieren zu können. Dobroslav schließlich würde weiterhin das tun, was er am besten konnte, nämlich Tiere martern und Menschen terrorisieren – wäre da nicht der Schmetterling mit seinem Flügelschlag gewesen.

1

Der Schmetterling

Am Rand einer Wiese mit Obstbäumen stand ein alter Kirschbaum mit weitverzweigter Baumkrone. Jahrelange Pflege hatte seine Form vollendet. Tausende von weißen Blüten schmückten ihn und ließen eine reiche Ernte erahnen.

Auf dem untersten Ast dieses Baums saß ein Schmetterling. Seine Flügel leuchteten gelb in der Morgensonne, und an ihrem Ende prangten, wie glühende Augen, zwei orange-violette Punkte – ein Schwalbenschwanz. Er war prachtvoll anzusehen inmitten der weißen Blüten, die seine Buntheit und seine Anmut noch unterstrichen. Nicht ahnend, was er anrichten würde, streckte sich der Schmetterling aus und bewegte die Flügel.

Der Flügelschlag des Schwalbenschwanzes, so zart er auch war, erzeugte einen Lufthauch. Dieser gesellte sich zu einem bereits bestehenden, ostwärts ziehenden Lüftchen, das über Deutschland zu einer kalten Brise anschwoll. Die Brise, reiselustig und kontaktfreudig, traf auf feuchte Warmluft vom Mittelmeer, die Richtung Norden unterwegs war. Die aufsteigende Warmluft und die sinkende Kaltluft schichteten sich übereinander und vollführten einen verrückten Balztanz, der in Österreich zu heftigen Gewittern führte. In einer dieser Gewitterwolken wurden Kalt- und Warmluft uneins, tanzten unterschiedlich schnell und in verschiedene Richtungen. Sie blieben nicht länger in der Horizontalen, sondern stiegen, sich drehend, in die Vertikale auf. Der entstehende Unterdruck saugte erdnahe Luft an und verband sich an der Grenze zu Tschechien mit dem Boden. Ein Tornado entstand.

Frei und ungehindert brauste er über die Felder, Äcker und Wiesen, wirbelte Staub und Erde auf, zerpflückte austreibendes Getreide und keimende Kartoffelpflanzen, riss Sträucher aus und warf sorgsam aufgeschichtete Holzstöße um. Er zerstörte alles in seiner Bahn, machte es dem Erdboden gleich und näherte sich unaufhaltsam dem Dorf Piesling.

Dobroslav Svoboda hatte keine Ahnung von der Katastrophe, die sich anbahnte. Der sechsundvierzigjährige Tscheche war ein missmutiger Kerl, groß und plump, mit der Fantasie eines tropfenden Wasserhahns und den Moralvorstellungen einer Nacktschnecke. Als Handlanger half er mal da, mal dort aus, besaß keinen Funken Ehrgeiz, dafür ein massiv vorbelastetes Erbgut.

An diesem Freitagmorgen hatte ihn Bauer Brejcha aus dem Nachbardorf beauftragt, seine halb zerfallene Scheune abzureißen, die etwas außerhalb von Piesling inmitten eines großen Getreidefeldes stand.

»Du kennst ja meine Scheune draußen bei der alten Eiche«, sagte Bauer Brejcha, als er Dobroslav Svoboda um neun Uhr morgens, rauchend und Bier trinkend, vor der Kanec-Bar antraf, dem Treffpunkt des Dorfes. Dobroslavs Schweinsäuglein richteten sich träge auf das runzelige Gesicht des alten Bauern und verharrten dort. Eine Antwort gab er nicht, aber das hatte Bauer Brejcha auch nicht erwartet.

»Die Scheune ist baufällig, und ich fürchte, sie wird über dem Nächsten zusammenbrechen, der sie betritt«, fuhr Brejcha fort.

»Wäre gut, wenn du sie abreißen könntest. Möglichst bald«, fügte er hinzu und zweifelte plötzlich, ob das Gesagte den Weg durch Dobroslav Svobodas Hirnwindungen überhaupt finden würde. Dass er ihm einen Auftrag gab, hatte weniger mit dem schadhaften Zustand der Scheune als mit seiner Gutmütigkeit zu tun. Bauer Brejcha konnte es vor sich selbst nicht verantworten, einen Einheimischen hungern zu lassen, selbst wenn die alten Giftspritzen des Dorfes, allen voran die Näherin Emilie Navratilova, dem stumpfsinnigen Mann nachsagten, er sei rücksichtslos, brutal und für die blauen Flecken an den Armen von Barfrau Jessica Malikova verantwortlich.

Dobroslav Svoboda zog an seiner Zigarette und dachte gut eine Minute lang über Bauer Brejchas Vorschlag nach. Dann nickte er. Etwas abzureißen klang gut – weniger anstrengend jedenfalls, als etwas aufzubauen.

Eine halbe Stunde später erhob er sich schwerfällig von seinem Stuhl, schulterte den Rucksack mit seinem Werkzeug und machte sich auf den Weg zur Scheune. Dort angelangt, betrachtete er mit trübem Blick das zersplitterte Scheunentor und trat probehalber gegen eine der morschen Holzlatten an der östlichen Wand, die sofort auseinanderbrach.

Nicht viel Arbeit, stellte Dobroslav Svoboda mit einem Grunzen fest, entledigte sich seines Rucksacks und packte das Werkzeug aus.

Genau in dem Augenblick, als der Handlanger seine Axt an die Scheunenwand lehnte, nahm zwei Kilometer von ihm entfernt der Tornado Kontakt mit dem Boden auf. Dobroslav Svoboda aber, dessen Blick sich wie sein Geist selten auf Dinge richtete, die nicht unmittelbar vor ihm lagen, merkte das nicht.

Erst einmal scheißen, bevor ich mich an die Arbeit mache, dachte er. Und ohne einen Gedanken an mögliche Zuschauer zu verschwenden, ließ er seine Hose herunter und ging in die

Hocke. Das merkwürdige Rauschen hinter sich nahm Dobroslav Svoboda in seiner Konzentration auf das Geschäft zu spät wahr. Als er verwundert den Kopf drehte, war der Tornado bereits über ihm.

»Verflucht«, murmelte er, dann saugte der Tornado ihn ein. Dobroslav Svoboda wurde in die Höhe gewirbelt, herumgeschleudert und am höchsten Punkt ohne jede Vorwarnung fallen gelassen. Ungebremst sauste er in Richtung Erdboden. Die Luft pfiff in seinen Ohren, und hätte er schneller denken können, so wäre sein armseliges Leben an ihm vorbeigezogen. Bevor es jedoch so weit kommen konnte, fing der starke Ast der großen Eiche ihn auf. Und da hing er nun; mit heruntergelassener Hose, nacktem Hintern und verdutztem Gesichtsausdruck.

Donnerwetter, dachte Dobroslav Svoboda, was ein durchaus treffender Gedanke war. Eine halbe Sekunde später nämlich traf ihn ein Blitz und setzte ihn in Flammen.

Ja, es war kein guter Tag für Dobroslav Svoboda. Mitleid mit ihm zu haben jedoch wäre fehl am Platz. Hätte der Blitz ihn nicht getroffen, wäre er am Abend mit dem Lohn von Bauer Brejcha in die Kanec-Bar gegangen und hätte sich mit Pilsner Urquell die Kante gegeben. Angeregt durch den Alkohol, hätte sich sein massiv belastetes Erbgut Bahn gebrochen, und Dobroslav Svoboda hätte sich gezwungen gesehen, mit einer zerschlagenen Bierflasche auf die fünfzehn anwesenden Gäste loszugehen.

Dass dies nicht geschah, ist allein dem Schmetterling zu verdanken, der an diesem sonnigen Freitagmorgen mit dem Flügel schlug. Ihm ist es zuzuschreiben, dass fünfzehn Menschen immer noch leben und fröhlich Nachkommen zeugen.

So viel zur Sache mit dem Tornado und dem Tschechen namens Dobroslav Svoboda. Doch wie bereits erwähnt, löste der Flügelschlag des Schwalbenschwanzes weit mehr als nur diesen Tornado aus.

2

Skara und die Schauspielerin

Der Spiegel in der Garderobe war oval, und von seinem Rahmen lösten sich langsam, aber stetig feine Blättchen aus Gold. Ein stilles Objekt, das vieles gesehen und alles geschluckt hatte. Dennoch hegte Skara einen tiefen Widerwillen dagegen, in den alten Spiegel zu sehen, bevor sie morgens aus dem Haus ging. Seit sie denken konnte, erblickte sie darin nicht sich selbst, sondern ihre Mutter – Josie Anderson. Oder vielmehr einen müden Abklatsch von ihr. Unvollkommen. Blass. Als hätte ein untalentierter Maler Josies Persönlichkeit einzufangen versucht und wäre kläglich gescheitert. Sooft Skara es auch versuchte, es gelang ihr nicht, hinter dem Abbild im Spiegel sich selbst zu erkennen. Josie Anderson überstrahlte Skara, wie sie es ihr Leben lang getan hatte. Es war, als würde Skara nicht existieren.

Josie Anderson. Jeder in der Theaterwelt kannte ihren Namen. Sie war berühmt für ihre Hauptrollen in Komödien von Shakespeare, und die Presse war voll des Lobes über ihre temperamentvollen Interpretationen der Beatrice in »Viel Lärm um nichts« und der Rosalind in »Wie es euch gefällt«.

Josies Lächeln raubte den Menschen den Atem, und sie sah umwerfend aus: Weiche braune Locken umrahmten ihr schmales Gesicht, in dessen Mitte eine zierliche Nase saß. Die vollen Kussmundlippen und die schwarzen, etwas schräg sitzenden Augen verliehen ihr etwas Exotisches, das alle in ihrer Umgebung gewöhnlich aussehen ließ. Sie war gertenschlank und versprühte eine Lebendigkeit, für die jedermann sie liebte. Die Welt lag ihr zu Füßen.

Den größten Teil des Jahres befanden sich Josie und ihre Schauspieltruppe auf Tournee durch Europa, und Skara war immer mit dabei. Unterricht erhielt sie während dieser Reisen von Schauspielstudentinnen, die sich durch diese Tätigkeit, und die Nähe zur berühmten Josie Anderson, einen Kick für ihre eigene Karriere erhofften.

Skara hätte ihnen sagen können, dass diese Rechnung nicht aufging, denn ihre Mutter nahm die jungen Frauen kaum wahr – nicht einmal in ihrer Funktion als Skaras Bezugspersonen. Da sie keinerlei Nutzen aus ihrem Engagement ziehen konnten, wurden die Studentinnen ihren Job als Skaras Lehrerin, Erzieherin und Gefährtin bald leid und suchten das Weite, ohne sich um die Gefühle des kleinen Mädchens zu kümmern. Skara blieb zurück. Allein. Liebe und Zuneigung – so lernte sie bald – waren etwas, das wie vieles in der Theaterwelt nur vorgegaukelt war.

Das Leben auf Tournee war unstet und hektisch, was durch Josies Flatterhaftigkeit noch verstärkt wurde. Außerhalb der Vorstellungen und der öffentlichen Auftritte kehrten sich ihr Charme und ihr Lächeln ins Gegenteil. Sie versank in einen Zustand stundenlangen, dumpfen Brütens, war launisch und boshaft. »Lass mich in Ruhe, sonst stecke ich dich ins Kinderheim«, bemerkte sie gehässig, wann immer Skara es wagte, sie zu stören oder Zeichen eines freien Willens zu zeigen.

Skara merkte früh, dass ihre Mutter anders war als andere. In den Bilderbüchern, die sie sich anschaute, machten die Mütter Ausflüge mit ihren Kindern, lasen ihnen abends eine

Gutenachtgeschichte vor und gaben ihnen einen Kuss auf die Wange. Sie selbst erhielt nie einen Kuss, und wenn sie um eine Geschichte bat, dann lachte Josie sie aus. Was war der Grund, weshalb sich ihre Mutter so verhielt?, fragte sich Skara traurig. Machte sie irgendetwas falsch?

Sie lebte in ständiger Furcht davor, dass ihre Mutter ihre Drohung wahr machen und sie in ein Kinderheim stecken würde – eine Einrichtung, über welche die verschiedenen Schauspielstudentinnen ihr nichts Gutes erzählten. Um Josie keinen Anlass dafür zu geben, zog sich Skara immer mehr in sich selbst zurück, passte sich an und versuchte, wie ein Chamäleon mit ihrer Umgebung zu verschmelzen. Sie wollte bei ihrer Mutter bleiben und tat alles, was in ihrer Macht stand, um Josie zu gefallen.

Mehr als einmal, wenn sie einen düsteren Blick von ihrer Mutter auffing, beschlich Skara das Gefühl, als hege Josie einen geheimen Groll gegen sie, und sie wunderte sich, was es wohl sein mochte, das ihre eigene Mutter so sehr gegen sie aufbrachte.

Wenn die Abendvorstellung des Theaters beendet war, ging Skara zu ihrer Mutter in die Garderobe, stellte die Blumensträuße ihrer Bewunderer ins Wasser, verstaute die Geschenke, notierte Josies Verabredungen im Terminkalender und sortierte die Einladungen zu den zahlreichen Partys. Ihre Mutter hatte eine Menge Verehrer, die wohlsituiert, gut aussehend und geduldig waren – in dieser Reihenfolge. Manche von ihnen waren regelrecht besessen von Josie und sahen sich jede einzelne ihrer Vorstellungen an. Wie Skara bald merkte, lohnte es sich jedoch nicht, die Geliebten ihrer Mutter näher kennenzulernen. Es gab keinen, der blieb.

Sie war knapp sieben Jahre alt, da erfuhr sie aus einer liegen gelassenen Zeitschrift, dass in den allermeisten Fällen ein Mann und eine Frau nötig waren, um ein Kind zu zeugen, und sie begann sich Gedanken über ihren unbekannten Vater zu machen. Wer war er? Lebte er noch, und wenn ja, wo wohnte er? Warum interessierte er sich nicht für sie? Wusste er überhaupt, dass sie existierte? Hatte er etwas zu tun damit, dass sie nach der schwedischen Stadt Skara benannt war? Es gab Zeiten, in denen Skara eine solche Sehnsucht nach ihrem unbekannten Erzeuger überkam, dass ihr Brustkorb sich zusammenzog und sich unter ihren Rippen wellenartig Schmerz ausbreitete. Eine Antwort darauf, wer ihr Vater war, erhielt sie jedoch nie. Josie tat alle Fragen in diese Richtung mit einem spöttischen Lachen ab, dem eine vage Handbewegung folgte. »Irgendwann erfährst du es, aber nicht heute«, sagte sie, und es war, als würde sie die Enttäuschung genießen, die sich im Gesicht ihrer Tochter abzeichnete.

Als sie älter wurde, wollte Skara gerne glauben, dass ihr Vater einer von Josies beständigeren Freunden war, Georg oder Henri beispielsweise, die ihre Mutter häufig besuchten, wenn die Truppe in der Schweiz pausierte. Im Gegensatz zu den Verehrern ihrer Mutter gaben die beiden nicht nur vor, Skara zu mögen – sie hatten sie wirklich gern, das spürte sie.

Eine ganze Weile lang beobachtete Skara Georg und Henri mit Adleraugen und versuchte, ein körperliches Merkmal, eine Geste oder einen Gesichtsausdruck zu entdecken, die sie mit einem von ihnen gemeinsam hatte. Doch sie fand nichts, was darauf hindeutete, dass einer der beiden ihr Vater war. Widerstrebend gestand sie sich ein, dass sie ihre Existenz vermutlich einer flüchtigen Bekanntschaft ihrer Mutter mit einem Zuschauer, einem Schauspielerkollegen, dem Platzanweiser oder dem Garderobier verdankte. Denn das Herz ihrer Mutter war groß; ihre Liebe schwappte wie bei einem übervollen Krug über den Rand und ergoss sich mal dahin, mal dorthin, nur nicht über Skara.

Die einzigen Gelegenheiten, bei denen Josie so etwas wie Nähe zuließ, war vor Auftritten und bei Medienkonferenzen. Die Presse liebte es, sie neben ihrer kleinen Tochter abzulichten, und Josie spielte mit, da ihr Agent es verlangte. Jedes Mal, bevor sie sich der Öffentlichkeit präsentierten, unterzog Josie Skara einer strengen Musterung, die kaum je zu ihrer Zufriedenheit ausfiel. »Was bist du nur für ein ungepflegtes Mädchen«, war ihr häufigster Kommentar. Dann schnappte sie sich eine Bürste und traktierte Skaras braunes Haar, bis es glänzte. Während der öffentlichen Auftritte, die auf die schmerzhafte Tortur folgten, war Josie Anderson wieder ganz Charme und Güte. »Dies ist mein kleines Mädchen, ist sie nicht hübsch?«, pflegte sie Skara vorzustellen. Worauf Freunde, Bekannte und Journalisten sich beeilten zu versichern: »Sie ist dein Ebenbild, Josie. Eine Schönheit.«

Das mit der Schönheit war eine dicke Lüge, fand Skara, denn sie hatte zwar den herzförmigen Haaransatz und die zierliche Nase ihrer Mutter, doch ihr Kinn war kantig und entschlossen, ihre Augen blickten mehr direkt als sanft, und nach Exotik suchte man in ihrem Gesicht vergebens. Sie sah einfach nur durchschnittlich aus.

Ihre Mutter quittierte die Komplimente mit dem entzückenden, perlenden Lachen, das man so an ihr liebte, und dankte den Schmeichlern, indem sie ihnen zuzwinkerte oder vertraulich die Hand auf den Arm legte. Skara kannte den Ablauf in- und auswendig. Abgesehen von diesen öffentlichen Auftritten gab es kaum Berührungspunkte zwischen Mutter und Tochter. Josie fragte nie, wie Skara sich fühlte, was sie beschäftigte oder wie sie sich ihre Zukunft vorstellte – sie sprachen überhaupt nur das Notwendigste miteinander. Dabei wünschte sich Skara nichts sehnlicher, als mit Josie über kleine, alltägliche Dinge zu reden und gemeinsam zu lachen. Doch der Wunsch ging nie in Erfüllung und irgendwann nach dem neunten Geburtstag verlor er sich vollends. Skara war klar geworden, dass Josie, hätte sie sich die Zeit genommen, ihr ohnehin nicht zugehört hätte.

Wenn Josie mich nicht will, fragte sich Skara immer wieder, weshalb hat sie mich dann in die Welt gesetzt? Ihrer Mutter diese Frage direkt zu stellen aber getraute sie sich nicht – zu sehr fürchtete sie die Antwort.

Das Leben auf Tournee war nicht leicht für sie; die Erwachsenen hatten weder Zeit noch Lust, sich mit einem Kind abzugeben, und Spielkameraden fand sie höchstens mal auf einem Spielplatz. Einsamkeit und nicht enden wollende Langeweile waren Skaras ständige Begleiter und führten dazu, dass sie einige merkwürdige Gewohnheiten entwickelte, wie zum Beispiel alles, was ihr begegnete, in Zahlen zu kleiden. Sie zählte, wie viele Schritte sie brauchte, um von der Bühne in die Garderobe ihrer Mutter zu gelangen, und wie viele Schauspielerinnen und Schauspieler hinter den Kulissen an ihr vorbeigingen. Sie zählte die Handküsschen, die sie sich zuwarfen, die Kostüme, die auf den Bügeln hingen, die Bühnenlichter, die Zahl der Knöpfe auf der Schalttafel und die Sitzreihen im Theater. Nach der Vorstellung teilte sie Josie mit, wie viele Zuschauer ihr zugesehen hatten und wie viele aufgestanden waren, um ihr zuzujubeln, als der Vorhang fiel. Zahlen waren ihre Freunde. Sie schufen Ordnung, auf sie war Verlass, denn wie man sie auch kombinierte – es gab immer nur eine richtige Lösung. Sie boten Halt, Sicherheit und weckten ihr Interesse, sodass Skara die mathematischen Fächer bald spielend beherrschte. Ihre Fähigkeit im Umgang mit Zahlen sprach sich unter den Künstlern schnell herum. Bald kümmerte sich Skara um die Finanzen der halben Truppe und verdiente sich damit ein kleines Taschengeld dazu. Zum ersten Mal in ihrem Leben hatte sie das Gefühl, wahrgenommen zu werden, wenn auch – wie sie sehr wohl wusste – primär als billige Arbeitskraft.

So gering die neue Wertschätzung auch war, so verlieh sie ihr doch den Mut, mit ihrer Mutter über ein Anliegen zu sprechen, das ihr am Herzen lag: Skara wollte die Schauspieltruppe verlassen und ein Internat besuchen. Sie wünschte sich, mit Gleichaltrigen zusammen zu sein und Dinge auszuprobieren wie Reiten, Tanzen, Gitarrespielen oder was Mädchen mit fünfzehn Jahren sonst noch so taten. In einem Internat, so hatte sie gelesen, gab es Regeln und einen festgesetzten Tagesablauf. Keine Launenhaftigkeit, keine leeren Versprechungen – einen Ort, den sie ihr Zuhause nennen könnte.

Skara rechnete nicht mit Widerstand. Ihrer Mutter würde ohnehin kaum auffallen, dass sie weg war. Nach einer ungewöhnlich erfolgreichen Vorstellung – vier Vorhänge, zwei davon eigens für Josie – sah Skara den Augenblick für gekommen, ihren Wunsch vorzubringen. Als Josie sich in ihren Morgenmantel gehüllt auf die Liege der Hotelsuite sinken ließ und die Hand nach dem ersten von vielen Camparis ausstreckte, da fasste Skara sich ein Herz. Sie kam gleich zur Sache, denn die Aufmerksamkeitsspanne, die Josie ihr zu widmen bereit war, bewegte sich im Bereich von Sekunden.

»Josie, ich möchte gerne auf ein Internat gehen. Während des Urlaubs könnte ich in der Schule bleiben, sodass du dich nicht länger um mich kümmern musst.« Bange Sekunden vergingen, während derer Skara ihre Finger so fest verknotete, dass sie weiß wurden.

Josie starrte ihre Tochter mit unergründlicher Miene an. Dann lachte sie abgehackt und freudlos auf – ein verstörender Laut, den Skara noch nie zuvor von ihr gehört hatte. »Denkst du wirklich, dass ich mein hart erspartes Geld für ein Internat ausgeben will?«, spottete sie. »Statt mir auf der Tasche zu liegen, solltest du dich lieber bemühen, nach der Schule möglichst schnell auf eigenen Beinen zu stehen.«

Skara war fassungslos. Sie wusste genau, dass Josies Finanzen es problemlos zugelassen hätten, sie auf ein Internat zu schicken. Und ein erstes Mal, das allererste Mal in ihrem ganzen Leben als stilles, angepasstes Anhängsel, begehrte Skara gegen ihre Mutter auf. Die ganze Wut, die sich in den vergangenen Jahren angestaut hatte, brach aus ihr heraus. »Du willst mich doch gar nicht um dich haben!«, rief sie, die Fäuste ballend. »Ich bin dir lästig, war es schon immer. Warum gönnst du mir kein normales Leben, keine Freude? Was habe ich dir angetan, dass du mich so verabscheust?«

Skara hatte keine Vorstellung davon, was sie auf diese Vorwürfe hin erwartete – niemals aber hätte sie mit diesem Zorn, dieser grenzenlosen Verachtung gerechnet, die sich jetzt über ihr entluden. Die Augen zu Schlitzen verengt, trat Josie so dicht an sie heran, dass Skara den leichten Schweißfilm auf ihrer Oberlippe sehen konnte. »Du willst wissen, was du mir angetan hast?«, zischte sie. »Das kann ich dir sagen: Du hast mein Leben zerstört! Wenn du nicht zur Welt gekommen wärst, dann hätte ich den Mann heiraten können, den ich liebte. Doch Erik Winter hat mich verlassen. Deinetwegen!« Mit einem wütenden Schnauben schleuderte Josie ihren Campari an die Wand, rauschte ins Nebenzimmer und knallte die Tür hinter sich zu.

Skara schaute wie gelähmt auf das zerborstene Glas und die rote Lache, die sich vor ihren Füßen ausbreitete. Nach so vielen Jahren des Rätselns war die Wahrheit schließlich ans Licht gekommen. Skaras Leben war in tausend Scherben zerbrochen, in denen sich die Beziehung zu ihrer Mutter in aller Klarheit widerspiegelte: Josies Spaß daran, ihre Wünsche zu ignorieren, sie zu schikanieren, und ihre Weigerung, sie als eigenständige

Person wahrzunehmen, gründeten auf Abneigung. Ihre Mutter wünschte sich, sie nie geboren zu haben. Und der Grund dafür war dieser Mann, Erik Winter: Josie hatte vorgehabt, ihn zu heiraten, doch er hatte sie nicht haben wollen. Er hatte Josie verlassen – ihretwegen.

Erik Winter. Er nahm den Platz im Herzen ihrer Mutter ein, der ihr zugestanden hätte, dachte Skara, ohnmächtig vor Zorn und Enttäuschung. Der Name brannte sich unauslöschlich in ihr Gedächtnis ein. Das Wissen, wie unerwünscht sie war, raubte Skara den letzten Funken Selbstachtung. Sie fühlte sich mutlos und leer, und in ihrer Kehle bildete sich ein dicker Kloß, der die nächsten Jahre nicht weichen sollte. Sie brachte nicht die Kraft auf, Nachforschungen über Erik Winter anzustellen, doch sie vergaß nicht, dass ihr Unglück seinen Namen trug. Er war die Ursache für den Schmerz ihrer Mutter, für die Abneigung, die sie ihr entgegenbrachte, und dafür, dass ihr das Leben je länger, desto weniger lebenswert erschien.

Wenig motiviert schrieb Skara sich nach der obligatorischen Schulzeit für eine Schule mit dem Namen Domino ein, die Fernkurse in verschiedenen Fachgebieten anbot. So konnte sie weiter mit der Truppe unterwegs sein, wie ihre Mutter es forderte.

Skara entschied sich für einen Abschluss in Buchhaltung, was weniger einem Wunsch als dem Mangel an anderen Ideen entsprang. Ob der Buchhalterberuf wirklich zu ihr passte, diese Frage stellte sich weder sie selbst noch sonst jemand.

Da Skara nicht viel anderes zu tun hatte, schloss sie den mehrjährigen Fernkurs an der Domino-Schule in Rekordzeit ab – mit Bestnoten. Der Rektor war erfreut über die effiziente Schülerin – volle Kurskosten bei minimaler Beanspruchung der Kursleiter – und kündigte an, ihr auf der Abschlussfeier eine Auszeichnung überreichen zu wollen. Da Skara nie die

Möglichkeit gehabt hatte, sich mit anderen zu messen, war die angekündigte Auszeichnung die erste Anerkennung überhaupt, die ihr zuteilwerden sollte.

Das Verhältnis zu ihrer Mutter hatte sich in den Jahren nach Josies Geständnis weder verbessert noch verschlechtert; sie lebten weiterhin aneinander vorbei. Tief in ihrem Inneren jedoch gab Skara die Hoffnung nie auf, dass sie ihrer Mutter irgendwann wenn auch nicht Zuneigung, so doch einen Funken Interesse entlocken könnte. Sie wünschte sich, dass Josie sie auf ihre Abschlussfeier begleitete, war gleichzeitig aber davon überzeugt, dass sie nie mitkommen würde. Doch sie hatte nicht mit Georg gerechnet.

»Es wäre schön für Skara, wenn wir morgen Nachmittag zur Domino-Schule mitgehen würden«, erklärte er Josie am Tag vor dem Ereignis. »Sie feiert ihren Schulabschluss, und zu alledem erhält sie eine Auszeichnung.«

Josie runzelte missbilligend die Stirn. Was soll ich da?, stand in ihrem Gesicht geschrieben.

Georg ließ sich nicht irritieren: »Wenn ich die Presse darauf aufmerksam mache, können wir deine Anwesenheit bei der Abschlussfeier für einen PR-Coup nutzen. Ich sehe die Schlagzeilen schon vor mir.« Er fuhr mit der Hand eine imaginäre Zeitungsüberschrift entlang. »›Josie zeigt bei Abschlussfeier der Tochter eine weitere liebenswerte Facette.‹ Glaub mir, alle werden kommen.«

Georg behielt insofern recht, als dass sich die Abschlussfeier der Domino-Schule tatsächlich als gefundenes Fressen für die Presse erwies. Allerdings aus ganz anderen Gründen, als er Josie in Aussicht gestellt hatte.

Kaum fuhren Josie, Georg und Skara vor dem Stadthaus vor, waren sie von Journalistinnen und Fotografen umringt. Siebzehn waren es, zählte Skara. Josie war höchst erfreut über die

Aufmerksamkeit, lächelte unentwegt, beantwortete Fragen und unterschrieb Autogrammkarten. Skara stand ungeduldig daneben und betete, dass Josie sich rechtzeitig loseiste, damit sie die Abschlussfeier nicht verpassten.

Dann aber, aus heiterem Himmel, legte Josie ihre wohlmanikürte Hand ans Herz und schaute den Radiomoderator, der ihr gerade eine Frage gestellt hatte, merkwürdig an. Ohne ein weiteres Zeichen, dass etwas nicht war, wie es sein sollte, kippte sie nach hinten weg und schlug mit dem Kopf hart auf dem gepflasterten Boden auf. Sie war augenblicklich tot.

Noch lange nach Josies Ableben konnte Skara nicht fassen, wie undramatisch sich Josie von der Weltbühne verabschiedet hatte. Sterben, wie Skara es kannte, fand anders statt. Sie hatte wohl an die hundert Mal dabei zugesehen: Die Schauspielerin, ihren baldigen Tod ahnend, reißt voller Entsetzen die Augen auf, blickt mit Weh und Gram ins Publikum und schluchzt laut und herzzerreißend auf. Von Schmerz übermannt, fasst sie sich mit der Hand ans Herz und sinkt zu Boden, wo sie mit graziös ausgebreiteten Armen liegen bleibt und so schön, rein und bemitleidenswert aussieht wie nie zuvor.

Josie hingegen war wie ein gewöhnlicher Mensch von einem auf den nächsten Wimpernschlag tot gewesen. Mit zerquetschtem Hinterkopf, verzerrten Gesichtszügen und unattraktiv verrenkt lag sie in einer Blutlache, die sich langsam ausbreitete – über neun Pflastersteine hinweg, wie Skara registrierte. Der letzte Akt eines lebenslangen Theaterauftritts war vorbei, der rote Vorhang gefallen. Ohne huldvolles Lächeln, ohne Verbeugung, ohne Applaus. »Herzinfarkt«, lautete die Schlagzeile zum letzten Artikel über Josie – ein in jeder Hinsicht vernichtendes Urteil.

Die geplante Diplomfeier konnte aus Pietätsgründen natürlich nicht stattfinden, und Skaras buchhalterische Leistungen blieben ungewürdigt. Ein mit Schnörkelschrift beschriebenes Blatt Papier war alles, was ihr von diesem Tag blieb, welcher der wichtigste in ihrem bisherigen Leben hätte sein sollen.

Die erste Zeit nach Josies Tod fühlte sich Skara merkwürdig leer und emotionslos. Dann aber begannen höchst widerstreitende Gefühle in ihr zu toben: Verzweiflung und Trauer, weil sie plötzlich allein in der Welt stand und – so unerklärlich das auch war – doch irgendwie an ihrer Mutter gehangen hatte. Gleichzeitig war Skara erleichtert, weil sie endlich frei war, ihr Leben in die Hand zu nehmen, wenn sie auch keine Ahnung hatte, was sie mit ihrer neu gewonnenen Freiheit anstellen sollte. Zurück von dem Chaos an Emotionen blieb ein Gefühl der Bitterkeit, denn ohne es zu realisieren, hatte sie immer angenommen, dass sie und ihre Mutter sich irgendwann aussprechen würden. Dass sie erfahren würde, wer ihr Vater war und weshalb Josie Erik Winter nachtrauerte, obwohl dieser sie verlassen hatte. Vor allem aber, weshalb ihre Mutter unfähig war, sie zu lieben. Mit ihrem Tod hatte sich Josie diesen Antworten für immer entzogen. Manchmal kam es Skara vor, als würde sie ihr aus dem Grab heraus noch ein letztes Mal eine lange Nase drehen.

Georg und Henri halfen ihr über die erste schwierige Zeit hinweg, erledigten sämtliche Beerdigungsformalitäten, besorgten ihr in der Agglomeration von Zürich eine Zweizimmerwohnung und halfen ihr bei der Suche nach einem Job. Dank Skaras guter Abschlussnoten und gezielt ausgespielter Beziehungen gelang es Georg, Skara innert kurzer Zeit eine Stelle zu besorgen.

Zwei Wochen nach Josies Tod setzte sie sich zum ersten Mal auf ihren Bürostuhl in der Rechnungsabteilung der Schweizer Süße AG, eines Zürcher Unternehmens, das aus Zuckerrüben Zucker und Futtermittel herstellte. Der moderne, mehrstöckige und rundum verglaste Firmensitz befand sich nur wenige Bushaltestellen von Skaras neuer Wohnung entfernt.

Als die Bitterkeit zu schwinden begann, regte sich in Skara zum ersten Mal in ihrem Leben die Hoffnung, dass sich der Kloß in ihrer Kehle lösen könnte. Sie war neunzehn Jahre alt, hatte einen Job und ein Zuhause. Sie konnte neu anfangen. Das gute Gefühl jedoch hielt nicht lange vor. Keine Woche, nachdem sie in der Schweizer Süße angefangen hatte, stellte Skara fest, dass ihr früherer Albtraum einem neuen gewichen war. Ihre Mutter war abgelöst worden durch eine Frau, die zwar weniger selbstverliebte Züge zeigte, ihre Macht aber noch viel bewusster gegen sie ausspielte als Josie: Chantal Keller, Leiterin der Rechnungsabteilung in der Schweizer Süße und Skaras neue Chefin. Skaras Rolle blieb die eines Opfers – in dieser Beziehung hatte sich nichts geändert. Es waren beklemmende und einsame Arbeitstage, die sie in den folgenden drei Jahren durchlitt, und sie begannen jeden Tag mit dem gleichen, demütigenden Morgenritual.

Chantal Keller kam meist gegen zehn Uhr, wenn alle anderen bereits zwei Stunden an der Arbeit waren. Manchmal wurde es auch elf. In ihren Louboutins und den eng anliegenden Designerjeans stöckelte sie über den hochflorigen Teppich der Rechnungsabteilung zur Küchennische, drückte auf den Kippschalter der Kaffeemaschine und ließ sich einen Kaffee mahlen. Anschließend hörte sie sich von der stellvertretenden Abteilungsleiterin Hanna Wirz an, was an Terminen anstand. Verschwand Hanna Wirz in ihrer Büronische, ließ sich Chantal Keller einen zweiten Kaffee ein. Das war der Zeitpunkt, an dem Skaras Herz zu pochen begann und sie sich am liebsten unter ihrem Schreibtisch verkrochen hätte. Was jetzt kam, war so unausweichlich wie der Schmerz nach einem Fußtritt in den Magen.

Skaras Platz befand sich im hinteren Teil des Großraumbüros neben einem der großen Glasfenster, die im Winter kalt waren und im Sommer Hitze abstrahlten. Ein hüfthohes Regal mit einem Kaktus darauf trennte sie von Martin, dem einzigen ihrer sechs Arbeitskollegen, der ab und zu ein Wort mit ihr wechselte.

Mit der Kaffeetasse in der Hand und einem steifen, roboterhaften Gang, den selbst der weiche Teppich nicht abfedern konnte, stakste Chantal Keller durch das Büro auf sie zu, um die Post abzuholen. Ein herber Duft nach Rose, Amber, Weihrauch und Sandelholz stieg Skara in die Nase, als die Chefin sich vor ihrem Schreibtisch aufbaute. Goodnight Embrace. Die süße Schwere des teuren Parfums verursachte Skara Übelkeit.

Schwungvoll stellte Chantal Keller ihre volle Kaffeetasse auf Skaras Schreibtisch ab, sodass ein guter Teil der Flüssigkeit über den Rand schwappte. Skara zwang sich, nicht auf die braune Lache zu blicken, die sich langsam über ihren Tisch ausbreitete. Mit ausdrucksloser Miene reichte sie Chantal Keller die eingegangenen Briefe und fixierte dabei das paillettenbesetzte Emblem am Saum ihrer Bluse. Sie würde dieser Frau nicht die Genugtuung gönnen, sie aus der Fassung zu bringen.

Die Chefin grüßte weder, noch dankte sie, nahm nur die Briefe entgegen und setzte den Weg zu ihrem Büro fort. Ihre Kaffeetasse ließ sie stehen. Wollte Skara verhindern, dass die verschüttete Flüssigkeit ihr in den Schoß tropfte, so musste sie etwas unternehmen. Hastig erhob sie sich, um in der Küche einen Lappen zu holen. Als sie an ihren Arbeitskollegen vorbeiging, senkten diese peinlich berührt den Blick, und Skara kam es vor, als habe sich der Teppich in zähen Schlick verwandelt. Sie brauchte nicht hinzusehen, um zu wissen, dass Chantal Keller – das Gesicht zu einem hämischen Grinsen verzogen –

von ihrem verglasten Büro aus jeden ihrer Schritte verfolgte. Skara fühlte sich so gedemütigt, wie sich ein Mensch nur fühlen konnte. Jeden Tag aufs Neue. Seit drei Jahren.

Es gab Tage – die guten –, da wurde Skara wütend. Sie malte sich aus, wie sie Chantal Keller die Kaffeetasse an den Kopf schleudern und zusehen würde, wie die braune Brühe über ihre teure Seidenbluse lief. Von der Umsetzung dieses Szenarios aber war sie so weit entfernt wie ein Pfarrer von einem Raubmord. Wann immer sie in ihrem Leben aufbegehrt hatte, war sie mit Hohn überschüttet und zurückgewiesen worden. Sich zu wehren kam daher ebenso wenig infrage wie zu kündigen und nie mehr wiederzukehren. Wohin hätte sie auch gehen sollen? Mit zweiundzwanzig Jahren, kaum Berufserfahrung und dem miserablen Arbeitszeugnis, das Chantal Keller ihr ausstellen würde, schätzte sie ihre Chancen als aussichtslos ein, einen neuen Job zu finden.

Skara zähmte die Wut, die in ihrem Inneren brodelte, steckte ein und ertrug – wie sie schon ihr ganzes Leben lang eingesteckt und ertragen hatte. Sie hielt sich an ihren Zahlen fest, ihrer Routine und dem Eindruck, dass dies genügen musste.

Bis sich an einem sonnigen Freitagmorgen im Mai ihr Leben auf einen Schlag änderte.

3

Skara klinkt sich ins Leben ein

Seufzend fuhr Skara mit der Hand über ihre weiße Bluse, um eine nicht vorhandene Falte zu glätten, und strich eine braune Locke zurück, die sich aus ihrem Haarband stehlen wollte. Mit dem unguten Gefühl, das sie jeden Morgen beim Gedanken an ihre Arbeit beschlich, griff sie nach ihrer Handtasche und verließ die Wohnung, nicht ohne nochmals zu überprüfen, ob sie auch wirklich abgeschlossen war.

Es war ungewöhnlich warm für die Jahreszeit, stellte sie fest, als sie aus der Tür des Mehrfamilienhauses ins Freie trat. Die niedrig stehende Frühlingssonne stach gleißend vom Himmel, und in den Obstbäumen auf der Wiese nebenan zirpten die Grillen. Geblendet blieb Skara stehen, fischte in ihrer Tasche nach der Sonnenbrille und schob sie sich auf die Nase. Als sie ihren Weg zur Bushaltestelle fortsetzte, spürte sie es wieder – dieses Ziehen auf Brusthöhe, dieses Brennen in ihrem Inneren, quälend und unerwünscht. Unwillkürlich fasste sie sich ans Herz. Es war vor einer Woche gewesen, an ihrem zweiundzwanzigsten Geburtstag, da hatte dieses merkwürdige Gefühl sie das erste Mal überfallen. Sie hatte sich einen alten Film ausgeliehen, eine Flasche Schaumwein geöffnet und festgestellt, dass sie das Getränk nicht mochte. Als sie es in die Spüle kippte, regte sich in ihrem Körper etwas Unbändiges, das schmerzhaft war und hoffnungsvoll zugleich. Sie sehnte sich, hungerte nach etwas, fand aber keine Worte für das Wonach. Seither tauchte dieses Ziehen, diese undefinierbare Sehnsucht immer wieder auf, lockte, zerrte und ließ Skara unbefriedigt und ratlos zurück.

Das laute Zwitschern der Vögel am Wegrand riss sie aus ihren Gedanken, und ihr Blick fiel auf einen der blühenden Kirschbäume. Etwas Gelbes, das sich vom Weiß der Blüten und dem Grün der ersten Blätter deutlich abhob, erregte ihre Aufmerksamkeit. Sie hielt inne und rückte die Sonnenbrille zurecht. Ein Schmetterling war es, ein Schwalbenschwanz, der mit gefalteten Flügeln auf dem untersten Ast des Baums saß. Plötzlich, als ob er einen Atemzug nehmen wollte, senkte er die Flügel, und sie blitzten, das Sonnenlicht reflektierend, hell auf.

Skara war nicht die Einzige, die den Lichtreflex bemerkte. Eine schwarze Katze, die im warmen Gras gelegen hatte, erhob sich geschmeidig und schlich auf weichen Sohlen in Richtung Kirschbaum. Unter dem Ast verharrte sie kauernd, den Blick starr auf den Schmetterling gerichtet, jede Faser ihres Körpers bereit zum Angriff. Skara sah, wie die Katze ihren Kopf ins Gras duckte und die Muskeln anspannte. Ohne ein weiteres Zeichen, das ihre Absicht verriet, schnellte sie in die Höhe, die Pfoten weit ausgestreckt, um den lockend glänzenden Schmetterling zu fangen.

Weder die Katze noch Skara hatten die Elster wahrgenommen, die ohne zu blinzeln auf einem der oberen Äste des Baums saß und konzentriert hinunteräugte. Eine ganze Weile schon hatte sie den Schwalbenschwanz beobachtet und den richtigen Moment abgepasst, um zuzuschnappen. Als sie die Katze in die Höhe schnellen sah, ließ sie sich mit einem wütenden Krächzen in die Tiefe fallen. Doch der Schmetterling –

leicht, zauberhaft und instinktiv empfindlich, was feindliche Anflüge betraf – erhob sich in die Lüfte und entschwebte.

Es dauerte einige Sekunden, bis die Katze und die Elster merkten, dass sich ihr Frühstück abgesetzt hatte. Verdutzt und enttäuscht sahen sie dem Schmetterling nach, wie er Richtung Osten davonflatterte. Als sie endlich entdeckten, dass sie den Ast mit ihrem natürlichen Feind teilten, stürzten sie sich aufeinander, und ein wilder Kampf entbrannte. Katze und Elster verkrallten sich ineinander, bissen, pickten, schlugen, zerrten und hackten. Federn flogen, ein schrilles Miauen zerriss die Luft, und die beiden Tiere stürzten vom Baum auf die Wiese hinunter, wo sie ihren hitzigen Kampf fortsetzten.

Skara, die starr vor Schreck abrupt stehen geblieben war, konnte nicht erkennen, wo die Katze begann und die Elster aufhörte.

Jesses!, dachte sie besorgt. Wenn sie nicht einschritt, würden sich die beiden Tiere ernsthaft verletzen. Und ohne auch nur einen Wimpernschlag zu zögern, wandte sie sich um und marschierte zum Kirschbaum.

Als Skara sich später an diesen Moment zurückerinnerte, konnte sie nicht mehr nachvollziehen, was sie zu den Tieren gelenkt und sie zum Handeln bewogen hatte. Aktiv-Werden und Eingreifen gehörten eigentlich nicht in ihr Repertoire.

Drei große Schritte brachten Skara in Reichweite der kämpfenden Tiere. Entschlossen streckte sie ihre Hand aus, griff ins Chaos aus Federn und Fell und packte zu. Ein hohes, durchdringendes Kreischen gellte ihr in den Ohren, als sie die Katze am Schwanz aus dem Knäuel hervorzog. Als hätte sie es tausend Mal geübt, fasste Skara mit der linken Hand nach dem Nackenfell der Katze, ließ ihren Schwanz los und setzte sie sich auf den Arm. Die Katze protestierte miauend gegen die respektlose Behandlung und wollte sich ihrem Griff entwinden, um die Kampfhandlungen fortzusetzen, doch Skara ließ sie nicht los.

In diesem Augenblick – die unbändige Energie und Wildheit der Katze unter ihren Händen spürend – merkte Skara, wie etwas mit ihr passierte. Es war, als sei in ihrem Inneren etwas geborsten. Plötzlich nahm sie wahr, dass der Erdboden unter ihren Füßen weich war und bei jedem ihrer Schritte federnd nachgab. Sie fühlte, wie Grashalme an ihren Knöcheln kitzelten, ihre Füße mit Tau nässten und die empfindlichen Haarwurzeln an ihren Beinen dazu brachten, sich aufzurichten. Sie roch den herben, trockenen Geruch der Erde und den frischen, leicht stechenden von jungem Gras, der sich auf Höhe ihrer Nase mit dem Blütenduft der Obstbäume vermischte. Sie hörte, wie die Grillen im Gras sangen, spürte Sonnenwärme auf ihrem Gesicht, den Atem der Katze, der ihr über den verkratzten Arm strich, merkte, dass diese blutete, und registrierte den schnellen Herzschlag. Alles klang, roch und war. So fühlt es sich also an zu leben, dachte Skara, und das neue, unbekannte Gefühl rauschte durch ihre Blutbahnen wie ein Strom heißer Lava – kraftvoll und unaufhaltsam.

Ein kläglicher Jammerton unterbrach ihre Gedanken. Die Katze begann sich unbehaglich zu winden und versuchte, ihre Wunden zu lecken. »Verrücktes Tier«, murmelte Skara und besah sich die Verletzungen. Der Kampf mit der Elster hatte Spuren hinterlassen. Die Katze war zerzaust, an Rücken und Bauch hingen abgerissene Fellstücke, auf dem Kopf klaffte ein langer Riss, und das linke Auge … nun ja, das linke Auge, das war hin. Ein blutiger Brei war alles, was davon übrig schien.

»Einen Schönheitswettbewerb wirst du nicht mehr gewinnen«, teilte Skara der Katze mit, hob sie hoch und setzte sie in ihre Handtasche. Zu ihrem Erstaunen kauerte sich die Katze flach auf den Boden und blieb selbst dann so liegen, als Skara den Reißverschluss halb über ihr zuzog.

Noch nie habe ich jemanden gesehen, der sich so heftig zur Wehr setzt, dachte Skara beeindruckt. Die Katze hatte sich ohne zu zögern in den Kampf gestürzt und damit genau das Gegenteil dessen getan, was Skara selbst in ihrem bisherigen Leben gemacht hatte. Mit Ausnahme des einen, heftigen Streits zwischen ihr und ihrer Mutter hatte sie jede Auseinandersetzung gemieden. Sie hatte eingesteckt und ertragen, weil sie sich wenig Chancen auf Erfolg ausrechnete, mit dem Resultat, dass jetzt nur wenig in ihrem Leben so war, wie sie es sich wünschte.

Die Tasche an die Brust gedrückt, die Kleider befleckt mit Blut, stieg sie in den Bus und fuhr mit der Katze zur Tierärztin.

4

Anton und die Elster

Im Gegensatz zur schwarzen Katze hatte die Elster den Kampf unter dem Kirschbaum fast unbeschadet überstanden. Sie hatte einige Pfotenhiebe kassiert und eine schwarze Schwungfeder sowie zwei von den weichen weißen verloren, doch das war auch alles. Jetzt schaute sie sich nach ihrem entflohenen Frühstück um. Der Schmetterling war noch nicht weit gekommen. Im Zickzack flatterte er Richtung Osten, und die Elster, gleichermaßen hungrig wie ungeduldig, machte sich an die Verfolgung. Zu ihrem Ärger war sie gezwungen, den Schmetterling quer über die ganze Wiese zu verfolgen, bis dort, wo die Arbeitersiedlung mit den Gemüsegärten begann. Im Anflug beobachtete sie, wie der Schmetterling sich auf einem blühenden Flieder niederließ und mit seinen glänzenden Flügeln winkte, fast, als wolle er seine letzte verbliebene Feindin verspotten.

Diese Provokation ließ die Elster nicht auf sich sitzen. Mit weit gespreizten Flügeln flach über den Boden gleitend, sauste sie auf den Schmetterling zu, riss ihren Schnabel auf und schnappte zu. Wider Erwarten aber war der Schmetterling kein leichtes Opfer. Mit allen seinen verbliebenen Kräften sperrte er sich dagegen, vom Schnabel in die Speiseröhre weiterzurutschen. Die Elster schluckte und würgte, schluckte und würgte – ein fürchterlicher Anblick. Erst nach langen Sekunden des Kampfes erschlaffte die Gegenwehr des Schmetterlings, und er verschwand im Schlund des Vogels, um zwischen Kropf und Drüsenmagen sein Ende zu finden.

Doch wie es mit einflussreichen Lebewesen so ist – und dieser Schmetterling gehört zweifellos dazu –, hält ihr Wirken über den Tod hinaus an. Im konkreten Fall des Schmetterlings und der Elster wirkte das tote Insekt in den Eingeweiden der Elster auf eine Art und Weise weiter, die ihr höllischen Durchfall bescherte.

»Gopfertelli!«, fluchte Anton, als er das Desaster erblickte, und fuhr sich nervös durch sein graues Haar. Die Frontscheibe seines alten Renaults war über und über bedeckt mit einem braunen, übel riechenden Etwas, das hinten aus der Elster gekommen war, die eben davonflog. Er hatte es genau gesehen. »Verdammtes Teufelsvieh«, knurrte er und machte kehrt, um Wasser und einen Putzlappen zu holen. Dass ihm das ausgerechnet heute passieren musste! Dieser Freitagmorgen war einer der wichtigsten Tage in seinem fünfzigjährigen Leben. Der Direktor der Eiscafékette Winter höchstpersönlich hatte sich bereit erklärt, an seinem Arbeitsplatz vorbeizuschauen, und er, Anton, würde ihm seine neue Eiskreation vorstellen dürfen. Er hatte kaum geschlafen, so nervös war er. Wenn nur alles gut ging.

Und jetzt diese Schweinerei! Konnte er sie nicht rechtzeitig beseitigen, kam er zu spät, und seine Chance wäre womöglich für immer vertan. In höchster Eile kippte Anton Wasser über die Frontscheibe und fing an, hektisch zu schrubben.

5

Ida, Lord Gaston und der Oberst

FREITAG

Die kurzhaarige Assistentin am Empfang der Tierarztpraxis Hasler & Imhof zog die Brauen hoch und sah Skara vorwurfsvoll an. »Das Auge Ihrer Katze sieht grässlich aus.«

Skara nickte. »Deswegen bin ich hier.«

»Wie konnte das denn passieren? So etwas habe ich noch nie gesehen!« Noch eine Spur vorwurfsvoller.

Skara legte einen Arm auf den Empfangstresen und beugte sich vor. »Wir hätten gerne einen Termin«, erinnerte sie.

Beleidigt konsultierte die Assistentin den Terminkalender. Eine Untersuchung sei erst am Nachmittag möglich, teilte sie mit. Für eine so grauenvolle Wunde müsse man viel Zeit einplanen. Es war offensichtlich, dass sie Skara für den Zustand der Katze verantwortlich machte.

Skara ließ sich nicht beeindrucken. »Dieses Tier hat Schmerzen«, sagte sie und stellte die Tasche mit der Katze demonstrativ auf den Tresen.

Die Kurzhaarige seufzte entnervt. »Dann nehmen Sie halt im Warteraum Platz. Vielleicht kann ich Sie irgendwo dazwischenschieben.«

Der Warteraum war hell und geräumig, und an den halb weiß, halb hellgrün gestrichenen Wänden standen moderne Holzstühle. Sie waren fast ausnahmslos besetzt.

Skara grüßte, setzte sich und stellte die Handtasche mit der Katze zwischen ihre Füße auf den Boden. Neben ihr saß mit übereinandergeschlagenen Beinen eine Frau in einem gemusterten Seidenkleid und dazu passenden Stiefeletten. Im Hundekorb vor ihr rekelte sich ein weißes Tier von der Größe einer fetten Ratte. Sie musterte Skara und ihre mit Blutsprenkeln übersäte, zerrissene Bluse, dann das ungewöhnliche Tiertransportmittel zwischen ihren Füßen. In jeder einzelnen ihrer abwärts gerichteten Mundfalten zeichnete sich Missbilligung ab.

Skara hörte, wie die Frau schnaubte, fand aber keine Zeit nachzusehen, weshalb, denn die Katze machte Anstalten, aus ihrem Handtaschenkäfig ins Freie zu klettern. Skara drückte ihren Kopf behutsam in die Tasche zurück und hoffte, dass sie sich wieder beruhigen würde. Doch vergeblich: Die Katze zwängte erst ihren Kopf, dann den Körper an ihren Händen vorbei, sprang aus der Tasche und verkroch sich unter ihrem Stuhl.

Keine Minute später spürte Skara, wie der Boden unter ihren Schuhen nass wurde und anfing zu kleben. Ein gelbes Rinnsal bahnte sich an ihrer Handtasche vorbei einen Weg zur Mitte des Warteraums.

»Mist«, sagte Skara laut in die Stille hinein. Zwölf menschliche und etliche tierische Augenpaare wandten sich ihr zu.

Skaras Sitznachbarin verzog angeekelt das Gesicht, schnappte sich den Korb mit dem fetten Tier und setzte ihn sich auf den Schoß. »Haben Sie denn keinen anständigen Transportkäfig für diese bedauernswerte Katze?«, keifte sie böse. »Das grenzt an Tierquälerei! Ich war schon immer der Meinung, dass man Personen wie Ihnen verbieten sollte, Tiere zu halten!«

Das Tier im Korb – es entpuppte sich als weißer Chihuahua – nahm den Tonfall seiner Herrin auf und begann schrill und hysterisch zu bellen.

Skara fühlte, wie sich in ihrem Magen etwas zusammenballte, den Hals hochkroch und sich in der Kehle als bitterer Klumpen absetzte. Ärger. Diese Frau behandelte sie mit der gleichen, kalten Verachtung, die ihre Mutter und Chantal Keller ihr entgegenbrachten.

Wäre ich die schwarze Katze, dachte Skara, so würde ich jetzt die Krallen ausfahren und mich fauchend auf diese schreckliche Person stürzen. Unwillkürlich musste sie grinsen. Ja, warum denn eigentlich nicht?

Ohne sich um die vernichtenden Blicke ihrer Sitznachbarin zu kümmern, beugte sich Skara zu ihr hinüber und betrachtete das Schild auf dem Hundekorb des Chihuahuas. »Lord Gaston«, las sie laut ab. Das Tier trug ein mit Glitzersteinen besetztes rosa Band um den Hals. Als es Skaras Blicke auf sich spürte, verstummte es abrupt.

»Ich bin überzeugt, dass du trotz deiner garstigen Stimme eine gute Seele besitzt«, sagte Skara zum Chihuahua, öffnete seinen Korb und zog ihm mit einem Ruck die flauschige weiße Decke unter dem Hintern weg. Sich bückend wischte sie das feuchte Äußere ihrer Handtasche sauber, dann den Boden.

»Danke sehr, Lord Gaston«, sagte Skara, richtete sich auf, packte die Katze zurück in ihre Tasche und drückte der verblüfften Hundebesitzerin die gelb gefleckte und nach Katzenpisse stinkende Decke in die Hand. Es fühlte sich gut an.

Die Dame stieß einen empörten Schrei aus. Eine junge Frau, die mit ihrem Meerschwein in der Ecke des Warteraumes saß, begann zu kichern, und der ältere Mann mit dem Schäferhund, der Skara gegenübersaß, verbarg sein Gesicht halb hinter einem Magazin, das er gerade durchgeblättert hatte. Dem kurzen Blick, den sie von ihm erhaschen konnte, entnahm Skara, dass er grinste.

Die verstörte Hundebesitzerin war noch dabei, Atem zu holen für eine Schimpftirade, da trat die Tierarztassistentin in den Warteraum. »Louisa Müller mit Lord Gaston bitte«, sagte sie und schaute fragend in die Runde.

»Das sind dann wohl Sie«, sagte Skara und nickte Frau Müller und ihrem Lord zu. »Gute Besserung.«

Erhitzt und rot im Gesicht, stand Louisa Müller auf und presste aufgebracht hervor: »Sie … Sie …!« Doch die passende Bezeichnung für die junge Frau, die Lord Gastons flauschige Decke gerade mit Katzenpisse ruiniert hatte, schien ihr nicht einfallen zu wollen. Ohne weiteren Kommentar folgte sie der Tierarztassistentin aus dem Wartezimmer, den Korb mit Lord Gaston und die mit Urin durchtränkte Decke krampfhaft an die Brust gepresst.

Nach Lord Gaston war das Meerschwein Theodor an der Reihe, dann der Hamster Paul, zwei namenlose Kaninchen, Kater Draco, die Hündin Susi und schließlich ein Rüde namens Oberst. Der ältere Mann, der Skara gegenübersaß, legte sein Magazin beiseite, fasste nach der Leine seines Schäferhundes und erhob sich.

Die Tierarztassistentin hielt ihm und seinem Schäferhund die Tür auf, dann blickte sie prüfend in die Runde der Wartenden.

»Skara Anderson mit Katze?«, erkundigte sie sich, während der Oberst an ihr vorbeitrottete.

»Das sind wir«, sagte Skara.

Die Assistentin nickte knapp. »Sie sind dann die Nächste.«

Der ältere Mann hielt mitten im Schritt inne, drehte sich um und schaute Skara mit einem merkwürdig erstaunten Gesichtsausdruck an. Skara lächelte. Sie hatte das schon öfter erlebt. Der Mann erinnerte sich wohl an die Fotos der berühmten Schauspielerin Josie Anderson und an das Mädchen mit dem seltsamen Namen Skara, das jeweils neben ihr stand. Er scheint ein gutes Gedächtnis zu haben, dachte sie und sah ihm gedankenverloren nach.

Die Tierärztin schlug die Hände über dem Kopf zusammen, als Skara die lädierte Katze aus der Handtasche ließ und diese halb blind durch den Behandlungsraum torkelte. »Was ist denn mit dir passiert?«, sagte sie kopfschüttelnd, nahm das Tier hoch und strich ihm sanft über den Rücken.

Erstaunlicherweise schien die Katze die Tierärztin zu mögen. Still wie eine Musterschülerin saß sie auf der Liege und ließ sich ohne einen einzigen Wehlaut von allen Seiten untersuchen. Skara erklärte der Tierärztin, wie die Elster die schwarze Katze angegriffen und ihr ins Auge gepickt hatte.

Die Ärztin hörte schweigend zu, dann neigte sie sich konzentriert vor und begann das Auge zu reinigen. »Scheint, als hätten Sie gerade noch rechtzeitig eingegriffen«, murmelte sie. Sie verpasste der Katze zwei Spritzen, klebte ein Pflaster auf das verletzte Auge und schnitt die herunterhängenden Fellfetzen ab. Dann richtete sie sich auf. »Geben Sie Ihrer Katze zwei Wochen lang täglich zwei Antibiotika-Tabletten«, sagte sie ernst. »Sorgen Sie dafür, dass sie vorerst im Haus bleibt, sonst entzünden sich die Wunden. Verstanden?«, fügte sie mit einem kritischen Seitenblick hinzu.

»Nein«, sagte Skara. »Das ist nicht meine Katze.«

»Jetzt ist sie es«, sagte die Tierärztin und blickte Skara durchdringend an. »Es wäre fahrlässig, eine Katze in diesem Zustand ins Tierheim zu bringen.«

»Aber …«, setzte Skara zum Protest an, doch die Tierärztin schüttelte den Kopf, packte die schwarze Katze in die Handtasche zurück und hielt ihr diese auffordernd hin. Skara seufzte und streckte die Hand aus.

»Sie haben sich ins Leben dieser Katze eingeschaltet, und jetzt wird sie sich in das Ihrige mischen. Nennen Sie es Schicksal«, erklärte die Tierärztin und drückte Skara zwei Packungen Antibiotika-Tabletten in die Hand. »An unserem Empfang können Sie die Rechnung begleichen. Wir akzeptieren alle gängigen Zahlungsmittel.«

Skara fühlte, wie ihr gerade eine Menge der Kontrolle entglitt, die ihr Leben so beruhigend ordentlich und vorhersehbar gemacht hatte.

»Sie sollten Ihrer Katze wirklich einen Namen geben«, sagte die kurzhaarige Tierarztassistentin tadelnd, als Skara an den Tresen trat, um zu bezahlen. »Irgendeine Idee?«

Sie zuckte mit den Schultern, beugte sich über ihre Handtasche und versuchte, an der Katze vorbei an ihren Geldbeutel zu gelangen.

Die Tierarztassistentin begann die Tastatur ihres Computers zu bearbeiten. »Wie wäre es mit dem Namen einer griechischen Göttin?«, schlug sie vor, während ihre Finger wie von selbst weitertippten. »Ist zurzeit in Mode.«

»Die Katze heißt Ida«, sagte Skara aus einer spontanen Eingebung heraus. Mit finsterem Blick schob sie ihre Kreditkarte ins Lesegerät. Mehr noch als über die Bevormundung durch die Assistentin ärgerte sie sich über sich selbst und darüber, dass sie sich so widerstandslos zur Katzenbesitzerin hatte machen lassen. Zur Besitzerin einer Katze namens Ida.

Sie wollte gerade die Hand nach der Türklinke ausstrecken, da kam ihr jemand zuvor. Es war der ältere Mann mit dem Schäferhund, der vorhin im Warteraum so erstaunt auf ihren Namen reagiert hatte.

»Lassen Sie mich Ihnen helfen, Skara Anderson«, sagte er mit einer kräftigen, wohlklingenden Stimme und hielt ihr die Tür auf. Skara wunderte sich über die Art, wie der Mann ihren

Namen betonte, aber da er zu warten schien, marschierte sie gehorsam an ihm vorbei ins Freie.

»Danke«, sagte sie. Der Mann musterte sie schmunzelnd.

»Kennen wir uns?«, fragte Skara irritiert.

Jetzt lachte der Mann. »Als die Tierarztassistentin Sie und Ihre Katze vorhin aufgerufen hat, nannte sie Ihren Namen: Skara Anderson. Deshalb habe ich auf Sie gewartet. Ich selbst heiße Martin Vanderhagen; ich bin sicher, dass Ihnen das etwas sagt.« Erwartungsvoll blickte er sie an.

Skara dachte nach und kam zum Schluss, dass ihr niemand namens Vanderhagen bekannt war – sosehr es ihr auch leidtat, diesen freundlichen Mann zu enttäuschen. Skara schätzte ihn auf sechzig Jahre. Er war groß gewachsen, hatte graues Haar und auffallend dichte, buschige Augenbrauen. Seine Kleidung zeugte von einem Geschmack, der gut vierzig Jahre hinter der Mode herhinkte: kariertes Jackett, grob gerippte Manchesterhosen und Schnürschuhe aus Leder.

»Nick hat uns ziemlich auf die Folter gespannt«, fuhr Martin Vanderhagen fort, als Skara verlegen schwieg. »Er nannte uns nur Ihren Namen und dass Sie gerade für eine Fortbildung im Ausland seien, und natürlich ist uns bekannt, wer Ihre Mutter war.« Martin Vanderhagen lächelte Skara strahlend an. »Die berühmte Josie Anderson. Niemand spielte die Rosalind so kühn und neckisch wie sie. Und ich bin einer von denen, die es wissen müssen!« Er beugte sich vertraulich vor. »Ich habe mir Josies Aufführung der Shakespeare-Komödie ›Wie es Euch gefällt‹ bestimmt zehn Mal angesehen. Wie Sie sicher wissen, hatten Ihre Mutter und ich einst eine spezielle Verbindung.«

Skara war mehr als konfus über die Fakten, die ihr gerade an den Kopf geknallt wurden. Es schien ihr, als habe sie in diesem Gespräch etwas Entscheidendes verpasst.

»Was meinen Sie damit, dass Sie eine spezielle Verbindung zu meiner Mutter hatten?«, startete sie einen Versuch, Klarheit zu schaffen.

Martin Vanderhagen gluckste. »Sag nicht Sie zu mir, das wäre komisch. Ich bin Martin.«

»Skara«, antwortete sie reflexartig.

»Ich weiß, ich weiß«, sagte Martin Vanderhagen begeistert und legte Skara eine Hand auf den Arm. »Warst du jemals dort – ich meine, im schwedischen Städtchen Skara?«

»Nein. Und Sie? Ähm … und du?«

»Ja, ich war dort – mit Josie. Wunderschöne Altstadt, ein prächtiger Dom. Josie hatte eine spezielle Erinnerung an Skara.« Martin Vanderhagen lächelte wehmütig. Er schien weit weg zu sein.

Skara fühlte sich einen Atemzug lang, als sei sie aus der Zeit gefallen. Ihre Mutter hatte ihr nie verraten, weshalb sie den Namen Skara trug. Das war eines ihrer Spielchen gewesen, um Macht über sie auszuüben. Jetzt aber schien sie der Lösung völlig unerwartet ganz nah zu sein. Mit einem Mal hatte Skara weiche Knie. Kaum jemandem war bekannt, dass eine Stadt namens Skara existierte. Dieser Martin Vanderhagen jedoch kannte die Stadt nicht nur, er war sogar dort gewesen – mit Josie. War es möglich, dass Martin Vanderhagen der Vater war, nach dem sie so lange gesucht hatte? Aus einem seltsamen Impuls heraus ging Skaras Blick zu Martin Vanderhagens buschigen Augenbrauen, und ihr schoss der Gedanke durch den Kopf, dass sie wohl ebenso dicke Augenbrauen besäße, teilte sie tatsächlich die Hälfte des Erbguts mit ihm. Ebenso rasch schob sie den Gedanken beiseite. Doch deutete man die Zeichen und Martin Vanderhagens Benehmen, dann war es durchaus möglich, dass er ihr Vater war.

Martin Vanderhagen hatte Skara aufmerksam beobachtet. Jetzt fasste er sie an den Schultern, hielt sie leicht von sich weg und lächelte sie an – erfreut, wie Skara schien. »Schön, dass du zurück bist von deinem Auslandsaufenthalt«, sagte er. »Jetzt können wir dich endlich kennenlernen, wo du doch bald zur Familie gehören wirst.« Er ließ Skaras Hände los und zwinkerte ihr zu: »Die Vorliebe für die Anderson-Ladys scheint offenbar erblich zu sein. Hast du gerade Zeit? Ja? Dann komm doch mit, und ich stelle dich allen vor. Immer am Freitagnachmittag treffen wir uns zu Kaffee und Kuchen. Nick und Jonas werden später ebenfalls zu uns stoßen. Es scheint, als wollten sie sich wieder vertragen.« Martin Vanderhagen rieb sich schelmisch die Hände. »Die anderen werden vom Stuhl fallen, wenn sie sehen, dass ich die geheimnisvolle Skara Anderson mitbringe.« Er lachte vergnügt.

Skara holte Luft, doch sie kam nicht dazu, sich zu äußern. »Ich lasse keine Ausreden gelten«, sagte Martin Vanderhagen und hob mit gespielter Strenge den Zeigefinger. »Einen kurzen Besuch kannst du mir nicht abschlagen, jetzt, wo ich dich endlich gefunden habe. Nachher werde ich dich gerne heimfahren. Komm, Oberst, wir gehen«, sagte er übergangslos zu seinem Schäferhund, der treuherzig zu ihm hochblickte.

Als Skara sich in Martin Vanderhagens Volvo setzte, gestand sie sich ein, dass sie froh war, nicht den Bus nehmen zu müssen. Die Katze drehte sich in ihrer Handtasche um sich selbst und miaute durchdringend, was den Oberst dazu animierte, laut bellend Protest einzulegen. Mehrmals setzte Skara an, Martin Vanderhagen zu fragen, was er gemeint hatte, als er sagte, sie gehöre bald zur Familie. Doch sie kam nicht dazu.

Wenn wir einmal angekommen sind, die Katze nicht mehr lärmt und ich wieder klar denken kann, dann wird sich alles aufklären, dachte sie und fragte sich konsterniert, warum Ida so kreischte. Hatte sie sich irgendwie verklemmt? Besorgt öffnete Skara den Reißverschluss der Handtasche, schaute hinein und zog den Kopf schnell wieder zurück. Zu spät. Die Katze schlug ihre Vorderpfote in Skaras Gesicht und krallte sich mit der anderen Pfote an ihrer weißen Bluse fest.

»Stopp, Ida!«, sagte Skara, packte die Katze mit festem Griff am Nackenfell, löste ihre Krallen aus der Bluse und drückte die Katze wieder zurück in die Tasche.

»Bist du verletzt?«, fragte Martin Vanderhagen und drehte sich zu ihr um. »Ach du meine Güte!«, sagte er, als er ihr zerkratztes Gesicht sah. »Du siehst ja furchtbar aus!«

»Das kann ich mir vorstellen«, sagte Skara trocken und fuhr sich mit dem Ärmel über die aufgerissene Wange. Sie blutete. Doch seltsamerweise kümmerte sie das nicht. Am Leben teilzunehmen, hat wohl seinen Preis, dachte sie.

6

Der Unfall

So kam es, dass Skara mit zerzaustem Haar, übel zugerichtetem Gesicht, zerrissener und mit Blut beschmierter Bluse im Wohnzimmer der Familie Vanderhagen stand und sich so abgekämpft fühlte, wie sie aussah. Aus ihrer Handtasche guckte eine nicht minder desolat aussehende Katze, die nach Urin roch und laut miaute. Ihr gegenüber auf dem Ledersofa und einem Stuhl saßen drei Frauen und ein Mann und blickten sie neugierig an. Dem unberührten Kuchen auf dem gläsernen Salontisch entnahm Skara, dass die vier sich eben erst niedergelassen hatten.

»Bitte, setz dich doch«, sagte die schlanke, weißhaarige Frau, die rechts außen saß, und deutete auf einen ausladenden Ledersessel. Um ihre Augen und ihren Mund spielten freundliche Lachfältchen. Skara setzte sich gehorsam.

Links neben der Weißhaarigen saß ein rundlicher Mann von etwa fünfundsechzig Jahren, der die gleichen buschigen Augenbrauen hatte wie Martin. Sein Bruder, tippte Skara. Die kleine, rothaarige Frau neben ihm hatte die Hand auf sein Knie gelegt, rutschte nun aber zur Seite, um dem Schäferhund Oberst Platz zu machen, der sich mit einem schmatzenden Geräusch an ihr vorbeidrückte und sich unter dem Salontisch niederließ. Das vierte Augenpaar, das sich auf Skara richtete,

45

gehörte einer jungen, blonden Frau, die ganz in Schwarz gekleidet war und auf dem Arm das Tattoo eines Papageis trug. Sie saß verkehrt herum auf einem Stuhl und musterte Skara von oben bis unten – belustigt, aber nicht unfreundlich.

»Darf ich vorstellen? Das ist Skara Anderson«, verkündete Martin mit unverhohlenem Stolz in der Stimme, trat neben Skara und legte ihr die Hand auf die Schulter. »Tochter der berühmten Josie Anderson, zukünftige Tierärztin und die Verlobte unseres Sohnes Nick. Ich bin ihr in der Tierarztpraxis begegnet und habe sie eingeladen, mit uns Kaffee zu trinken.«

Skara sprang erschrocken auf. »Wie?«, stieß sie ungläubig hervor. Zukünftige Tierärztin und Verlobte? Was ging hier vor sich? Ein unbehagliches Prickeln breitete sich von ihrem Magen in den ganzen Körper aus, und ihr wurde heiß.

»Keine Sorge, deine Katze büxt nicht wieder aus«, sagte Martin, der ihre Reaktion falsch gedeutet hatte, bückte sich, drückte Idas Kopf in die Handtasche zurück und zog den Reißverschluss halb zu.

»Ich meinte nicht die Katze«, protestierte Skara kraftlos, als die Frau mit dem Papageien-Tattoo auch schon auf sie zugestürmt kam und sie umarmte. »Ich freue mich so, dich endlich kennenzulernen, Skara! Ich bin Anna, und du bist genauso hübsch, wie Nick uns erzählt hat. Du musst mir unbedingt beschreiben, wie es war, als Tochter von Josie Anderson aufzuwachsen!«

»Mach mal einen Punkt, Anna«, brummte der rundliche Mann. »Die liebe Skara kriegt ja kaum Luft.« Er stand auf, nahm ihre Hände in die seinen und drückte sie. »Es ist mir eine große Freude, dich kennenzulernen. Ich bin Hendrik, der Bruder von Martin und der Mann von Rosie hier. Herzlich willkommen in unserer Familie!«

»Sie in der Familie willkommen zu heißen, diese Ehre gebührt wohl mir«, protestierte die freundlich aussehende, weißhaarige Frau, schob Hendrik beiseite und schloss Skara ebenso fest in die Arme wie vorhin Anna. Sie an den Schultern fassend, schaute sie Skara prüfend ins Gesicht. »Typisch für Martin, dich in diesem Zustand herzuschleppen, wo du dich doch sicher gerne anständig präsentiert hättest. Hat deine Katze dich so zugerichtet? So ein Aas. Komm, wir suchen dir etwas Sauberes zum Anziehen. Ich bin übrigens Elsa.«

»Freut mich«, sagte Skara matt. Es war unmöglich, zu Wort zu kommen in dieser Familie. Dabei sollte sie doch unbedingt erklären, dass es sich hier um eine Verwechslung handelte. Dass sie zwar Skara Anderson hieß, aber weder mit dem Sohn namens Nick zusammen noch Tierärztin war und eigentlich bloß gehofft hatte, ihren lang gesuchten Vater zu finden. Eine Hoffnung, die sich in jener Sekunde zerschlagen hatte, als Martin sie der Familie als Verlobte von Nick vorstellte. Das also hatte er gemeint, als er ihr vor der Tierarztpraxis gesagt hatte, dass sie bald zur Familie gehören würde. Er betrachtete sie als künftige Schwiegertochter, nicht als verlorene Tochter! Skara fühlte eine Leere, als hätte sie einen echten Verlust erlitten. Sie hätte gerne einen Vater wie Martin Vanderhagen gehabt.

Gerade als Skara die Treppe betrat, um mit Elsa im Obergeschoss ein sauberes Oberteil auszusuchen, gelang es Ida, sich zwischen dem Reißverschluss hervorzuzwängen. Schmutzige Pfotenabdrücke hinterlassend, hüpfte sie auf den beigen Teppich und stolzierte provozierend nah an Oberst vorbei. Als habe er nur darauf gewartet, sprang der Schäferhund unter dem Salontisch hervor und stürzte sich bellend auf den samthaarigen Eindringling.

»Sitz, Oberst!«, versuchte Martin den Hund zurückzuhalten. Doch die natürlichen Instinkte von Oberst ließen sich nicht bremsen, und er schnappte nach Idas Nacken. Die schwarze Katze zückte fauchend ihre Krallen, landete einen Treffer auf der Nase des Hundes und sprang aus dem offen stehenden Fenster. Oberst hinterher. Er verfolgte sie durch ein Blumenbeet, das offene Gartentor, über den Gehweg und hinaus auf die Straße.

Es war eine ruhige Quartierstraße, auf der es tagsüber – abgesehen von Kindern auf ihren Scootern – kaum Verkehr gab. Jetzt aber preschte mit deutlich mehr als den erlaubten dreißig Stundenkilometern ein klappriger dunkelgrüner Volkswagen-Kombi um die Kurve und näherte sich dem Vanderhagen'schen Anwesen.

»Nick und Jonas!«, rief die rothaarige Vanderhagen.

Skara, die an diesem katastrophenreichen Tag eine weitere kommen sah, spurtete zur Haustür, riss sie auf und lief nach draußen, um Oberst und Ida einzufangen – doch zu spät. Wie durch einen Schleier nahm sie wahr, wie Katze und Hund auf ihrer wilden Verfolgungsjagd auf den dunkelgrünen Wagen zurasten. Sie sah das erschrockene Gesicht des Fahrers und wie sich in seiner Miene die Erkenntnis spiegelte, dass ein Zusammenprall unvermeidlich war. Bremsen quietschten, der Wagen geriet ins Schlingern, überfuhr erst den Bordstein, dann die niedrige Mauer des Nachbargrundstücks, die wie eine Rampe wirkte und den Kombi in die Luft katapultierte. Es knallte dumpf, Glas splitterte, und ein Raddeckel rollte scheppernd auf die Straße.

Rosie, die hinter Skara aus dem Haus getreten war, begann zu schreien, Martin brüllte etwas Unverständliches und gestikulierte mit den Händen in Richtung von Hendrik, der mit offenem Mund dastand, dann liefen alle zum Wagen.

Der Volkswagen hatte die Mauer samt dem darin eingelassenen Holzzaun niedergewalzt, als bestünden sie aus Butter, und lag jetzt rücklings in den ehemals gepflegten Blumenrabatten des Nachbargrundstücks.

Skara war als Erste beim Wagen. Sie sah, wie der Beifahrer, kopfüber in den Gurten hängend, eine Hand in Richtung des laut plärrenden Radios ausstreckte und nach dem Abschaltknopf tastete.

»Jonas, Nick, alles in Ordnung?«, rief Martin und riss die Wagentür auf. Skara sah den Beifahrer nicken. Ihm ging es immerhin so gut, dass er sich an der Musik hatte stören können. Der Fahrer jedoch hatte die Augen geschlossen, krümmte sich und stöhnte.

Skara rannte um den Wagen herum, zerrte mit voller Kraft am Griff, der klemmte, bevor sie es schließlich schaffte, die verbogene Tür zu öffnen. Verblüfft stellte sie fest, dass sich Fahrer und Beifahrer auffallend ähnlich sahen. Beide hatten kurz geschnittenes dunkelbraunes Haar, ein markantes Kinn und waren wohl um die dreißig Jahre alt.

Gemeinsam mit Rosie, die mit erstaunlicher Geschwindigkeit angewuselt kam, zog Skara den Fahrer ins Freie.

»Der arme Nick!«, rief Rosie entsetzt aus. »Da haben wir endlich seine Verlobte kennengelernt, und jetzt das! Es ist furchtbar! Schau dir nur sein Gesicht an; es blutet und ist ganz zerkratzt! Du heiratest ihn aber trotzdem noch, Schätzchen, nicht wahr?«

Skara blieb die Antwort erspart, denn jetzt eilte Elsa herbei, umfasste besorgt Nicks Kopf und murmelte tröstende Worte.

»Der Krankenwagen sollte bald da sein«, verkündete Hendrik und lehnte sich schwer atmend gegen den umgekippten Wagen. Betroffen sah er auf Nick hinunter, der ohnmächtig geworden zu sein schien.

Es dauerte keine fünf Minuten, da bog der bestellte Krankenwagen um die Ecke und fuhr in gemächlichem Tempo auf die Unfallstelle zu. Weder Blaulicht noch Sirene waren an, stellte Skara fest und folgerte, dass hinter dem Steuer ein abgeklärter Profi saß, den kein noch so schrecklicher Unfall erschüttern konnte. Als der Krankenwagen näher kam, erkannte sie jedoch, dass sie sich getäuscht hatte: Der Fahrer machte nicht den erwarteten kaltblütigen und besonnenen Eindruck – er wirkte vielmehr überrascht.

Bevor Skara sich über diesen merkwürdigen Umstand Gedanken machen konnte, rannte Anna wild gestikulierend auf die Straße. Einen kurzen Moment lang sah es aus, als wolle der Krankenwagenfahrer beschleunigen. Dann aber schien er es sich anders zu überlegen, fuhr an den Straßenrand und stieg aus. Mit drei großen Schritten war Anna bei ihm, packte ihn am Arm und schleppte ihn zur Unfallstelle. Der Mann war etwa fünfzig Jahre alt, hatte graues Haar, trug Jeans und einen gemusterten Pullunder, der an Biederkeit nicht zu überbieten war.

Weshalb trägt er keine Sanitäterkleidung?, schoss es Skara durch den Kopf. Warum kommt er allein? Ist ihm überhaupt bewusst, dass er zu einem Unfall gerufen wurde? Konsterniert stellte sie fest, dass der Mann wie weggetreten auf das umgekippte Auto starrte und keine Anstalten machte, sich um die Verletzten zu kümmern.

Sieht aus, als müsste ich die Sache selbst in die Hand nehmen, dachte Skara kopfschüttelnd. Sie ging zum Krankenwagen, öffnete die Hecktüren, zog die Tragbahre heraus und rollte sie zur Unfallstelle. Gemeinsam mit Martin und Hendrik hievte sie den bewusstlosen Nick auf die Bahre und schob ihn unter Elsas bangen Blicken in den Krankenwagen.

Der Beifahrer – Jonas – schien sich in der Zwischenzeit etwas erholt zu haben. Er saß inmitten von Glassplittern und

Wrackteilen auf der Wiese und hielt sich den Arm, der ihn zu schmerzen schien. Elsa umarmte ihn liebevoll.

»Schon gut, Mama, ich lebe ja noch«, murmelte er. Elsa schniefte kurz auf, dann ließ sie ihn los und stand auf. »Bitte bringen Sie die beiden so schnell wie möglich ins Krankenhaus«, wandte sie sich an den Fahrer des Krankenwagens. Dieser wirkte, als habe Elsa ihn aus einer Trance geweckt. Ohne sie einer Antwort zu würdigen, stolperte er zum Wagen zurück und setzte sich hinters Steuer.

»Mehr als zwei Personen bringen wir hier nicht unter«, stellte Rosie fest, als Jonas sich ächzend auf den Klappsitz neben der Krankenbahre fallen ließ. Zwei wuchtige Kartonkisten beanspruchten den Großteil des Heckraums und ließen kaum Platz frei.

»Wenn es nur zwei Sitze gibt, dann fährst natürlich du mit, Skara«, sagte Elsa. »Nick ist dein Verlobter, da muss man als Mutter zurückstehen.« Sie drehte sich zu Anna um. »Hol doch schnell Skaras Tasche, Liebes. Dann hat sie alles dabei, was sie braucht.«

»Aber ich bin nicht …«, hob Skara an zu protestieren, doch Martin schob sie sanft Richtung Beifahrertür und sagte: »Du fährst mit, Skara, das ist doch selbstverständlich.«

Anna stellte Skara die Handtasche zwischen die Füße, schlug die Tür zu und klopfte an die Wagenseite zum Zeichen, dass alle abfahrbereit waren. Neben dem äußerst missgelaunten Fahrer sitzend, beobachtete Skara, wie Martin, Elsa, Rosie, Hendrik und Anna im Rückspiegel immer kleiner wurden. Sie hatten versprochen, nachzukommen, sobald sie einige Kleider für Nick zusammengesucht hatten.

7

Die Leiche

Kaum waren die Vanderhagens ihrem Blickfeld entschwunden und der Krankenwagen von der Nebenstraße auf die Hauptstraße eingebogen, fing der Fahrer neben Skara an, leise zu fluchen. Seine Augen flackerten, unruhig rutschte er auf seinem Sitz herum, und auf seiner Stirn bildete sich ein leichter Schweißfilm.

»Gibt es einen bestimmten Grund, weshalb Sie diesen Krankentransport als verdammte Scheiße bezeichnen?«, erkundigte Skara sich höflich. Jonas beugte sich interessiert vor.

Als er ihre Blicke auf sich spürte, lief der Fahrer rot an. Er drückte auf die Bremse, der Krankenwagen kam schlitternd zum Stehen, und der Motor erstarb. Fassungslos beobachteten Skara und Jonas, wie sich der Mann mit den Fäusten gegen die Stirn hämmerte. »Warum hab ich euch nur einsteigen lassen, warum nur?!«

»Weil Sie helfen wollten?«, schlug Skara vor.

»Aber ich bin doch gar kein Krankenwagenfahrer!«, stöhnte der Mann verzweifelt und ließ den Kopf auf das Steuer sinken.

»Na, na, es wird wohl nicht so schlimm sein«, sagte Jonas von seinem Klappsitz im Heck her begütigend.

»Sie sind also kein Krankenwagenfahrer«, sagte Skara stirnrunzelnd. »Wer sind Sie dann?«

»Anton!«, brummte der Fahrer.

Skara berührte ihn sachte am Arm. »Dann erzähl uns doch mal, Anton, weshalb du einen Krankenwagen fährst, obwohl du kein Krankenwagenfahrer bist.«

»Weil ich ihn gestohlen hab! Ich bin ein Dieb! Ich versteh nichts von Krankenwagen und schon gar nicht von Verletzten!«, stieß Anton hervor.

Deshalb also hatte er sich bei der Betreuung des verletzten Beifahrers so passiv verhalten, ging es Skara durch den Kopf. Deshalb trug er keine Sanitäterkleidung!

»Weshalb bist du denn überhaupt zur Unfallstelle gekommen?«, erkundigte sie sich.

»Das war einfach nur Pech!«, seufzte Anton resigniert.

»Hör mal, Anton«, sagte Jonas mit Dringlichkeit in der Stimme. »Diebstahl hin oder her, mein Bruder ist verletzt und muss versorgt werden. Wenn du kein Menschenleben auf dem Gewissen haben möchtest, dann bringst du uns jetzt unverzüglich zum Krankenhaus. Danach kannst du tun, was immer du vorhattest, wir werden dich nicht daran hindern.« Wie um den Appell seines Bruders zu unterstreichen, kam von Nick, der kurzzeitig das Bewusstsein wiedererlangt zu haben schien, ein gebrochenes Stöhnen.

Anton, offensichtlich alarmiert von Jonas' Worten, drehte den Zündschlüssel und schaltete Sirene und Blaulicht an. War er vorhin im Schleichtempo gefahren, so drückte er jetzt beängstigend aufs Gas. Ohne den Fuß vom Pedal zu nehmen, bog er in eine Seitenstraße ein, und der Krankenwagen neigte sich gefährlich zur Seite. Luxuriöse Villen mit Gärten, so groß wie Fußballfelder, tauchten im Licht der Straßenlaternen auf. In einem weiß getünchten, auf alt getrimmten Landgut mit Säulen vor dem Eingang schien eine Art Abendgesellschaft stattzufinden. Die Fenster waren hell erleuchtet und die Auffahrt entlang standen abwechselnd rund geschnittene Buchsbüsche und Fackeln, die im Abendwind flackerten. Auf dem Gehsteig parkten Bentleys, Rolls Royces, Ferraris und weitere Luxuskarossen. Skara konnte Frauen in Cocktailkleidern ausmachen und Männer in Smokings, die um hohe Tische standen, sich unterhielten und mit Sektgläsern anstießen. Als der Krankenwagen mit heulender Sirene und rotierendem Blaulicht an ihnen vorbeischoss, wandten sie sich erschrocken um.

»Dieses Haus hier wär eigentlich mein Ziel gewesen«, sagte Anton grimmig und deutete mit dem Kinn auf die Villa.

Skara und Jonas tauschten einen fragenden Blick. Was Anton hier wohl gewollt hatte? Sein Pullunder und die verwaschenen Jeans schienen alles andere als tauglich für eine Party der vornehmen Sorte.

Was dann geschah, war ein grauenvolles Zusammentreffen von Zufall und Pech. Wie groß das Pech war, wurde den drei Insassen des Wagens schnell klar. Welch erstaunliche Rolle der Zufall spielte, hingegen erst später.

Gerade als Anton einem vor der Villa parkenden Mercedes etwas unkontrolliert auswich und der Krankenwagen weit in Schieflage geriet, erklang aus der durchgeschüttelten Handtasche zwischen Skaras Füßen ein empörtes »Miauuu!«.

Wie kommt es denn, dass Ida wieder in meiner Tasche sitzt?, fragte Skara sich verblüfft und bückte sich. Doch sie kam nicht dazu, die Tasche hochzuheben. Mit einem wütenden Fauchen sprang die Katze aus ihrem Unterschlupf, stürzte sich auf Anton und krallte sich in seinem Gesicht fest.

Von Schmerz übermannt, heulte Anton auf. »Schaff mir dieses Biest vom Hals!«, brüllte er, und Skara griff zum wiederholten Mal an diesem Tag in eine Rauferei der Katze ein. Sie packte das Tier am Nackenfell und setzte es sich auf den Schoß.

Zu ihrem Erstaunen blieb Ida ruhig liegen und begann laut zu schnurren.

Anton fluchte. Idas Krallen hatten tiefe Kratzer auf seiner Stirn hinterlassen, aus denen Blut in sein linkes Auge tropfte. Unwirsch wischte er sich übers Gesicht. Ein Fehler. In der nächsten Sekunde verlor er die Kontrolle über den Krankenwagen, der schwankte, an den parkenden Limousinen entlangschrammte und mehreren von ihnen einen Seitenspiegel abschlug. Das hinterste in der langen Reihe von schicken Autos war ein nagelneues schwarzes Audi-Cabriolet. Eine Frau, die ihrem Kleid nach zur Gesellschaft gehörte, öffnete die Fahrertür, stieg aus und klemmte sich ihr Handtäschchen unter den Arm. Sie war zwischen vierzig und fünfzig Jahre alt, hatte kunstvoll frisiertes, hellblondes Haar und trug ein am Rücken tief ausgeschnittenes, silberfarbenes Kleid, das den Blick auf unnatürlich stark hervortretende Wirbelknochen freigab.

So viel konnte Anton sehen, während er den Krankenwagen fieberhaft unter Kontrolle zu bringen versuchte. Wild schlingernd raste er auf die Frau zu, den Fuß so fest auf dem Bremspedal, wie er es vermochte, doch vergeblich, die Bremsen griffen nicht, und plötzlich war die Frau ganz nah an der Windschutzscheibe, die Augen riesig, der Mund geöffnet. Etwas klatschte gegen den Wagen, es gab einen dumpfen Knall, dessen Endgültigkeit keine Fragen offen ließ, und die Welt stand still.

Skara presste die Augen zusammen und klammerte sich an ihren Sitz. Sie fühlte sich, als habe sie ein starkes Betäubungsmittel verabreicht bekommen. Ihre Knie waren weich, ihr Kopf pochte, und alles um sie herum wirkte wie in Watte gepackt. Mach, dass es nicht wahr ist, mach, dass es nicht wahr ist, wiederholte sie stumm, während Anton ausstieg und vor den Krankenwagen trat, um nachzusehen. Es dauerte keine halbe Minute, da tauchte sein Kopf neben Skara am Fenster auf. Mechanisch griff sie zum Knopf an der Türleiste und ließ das Fenster herunter.

»Ich brauch eure Hilfe«, sagte Anton mit monotoner Stimme, und Skara und Jonas stiegen aus. Stumm sahen sie auf die Frau im silberfarbenen Cocktailkleid hinunter, die halb unter dem Krankenwagen lag, und Skara ging durch den Kopf, dass sie trotz des unnatürlich abgewinkelten rechten Beins noch immer elegant aussah. Da war keine Blutlache wie damals bei ihrer Mutter.

Als sie niederkniete und der Frau prüfend an die Halsschlagader fasste, stieg ihr der schwere Duft von Goodnight Embrace in die Nase – der Geruch ihrer Albträume. Er setzte sich in ihrer Lunge fest, drückte ihr die Luft ab, presste ihre Blutbahnen zusammen, bis alles sich um sie drehte und sie japsend nach Atem rang. Was für ein Unglück! Was für ein furchtbares Ende! Niemand verdiente einen solchen Tod – nicht einmal ihre ärgste Feindin. Nicht einmal Chantal Keller.

Skara drückte ihre Finger an die Schläfen, um den Schwindel zu bekämpfen, und zwang sich zur Ruhe. Als sie aufblickte, bemerkte sie, dass Jonas und Anton sie besorgt musterten.

»Tot«, flüsterte sie und richtete sich auf. Was sollten sie tun? Wohin jetzt mit der Leiche?

Jonas presste die Lippen zusammen und hob ratlos die Schultern, Anton stand da wie erstarrt, scheinbar unfähig, einen Ton von sich zu geben.

Skara bemerkte, dass vor dem Landgut eine gewisse Unruhe entstand, die wohl dem auffälligen Krankenwagen geschuldet war. Wollten sie keine Zuschauer, mussten sie handeln.

»Wir nehmen sie mit«, entschied sie, der Eingebung eines Augenblicks folgend. Sie brauchte Zeit, um nachzudenken.

Jonas und Anton nickten, erleichtert, dass jemand ihnen die Entscheidung abnahm. Gemeinsam zogen sie die Leiche unter dem Krankenwagen hervor, hievten sie hoch und betteten sie neben die Bahre mit dem bewusstlosen Nick. Der Platz im Heck des Krankenwagens war jetzt so knapp, dass Jonas die Füße einziehen musste. Noch immer benommen, startete Anton den Wagen, und sie setzten ihre Fahrt Richtung Universitätsspital fort. Keiner von ihnen sprach ein Wort, während Anton mit Blaulicht und Sirene durch die Gasse der Autos fuhr, die sich vor dem Stadteingang stauten. Wäre da nicht die Leiche gewesen, die in jeder Kurve auf dem Boden hin und her rollte – man hätte die Stimmung im Krankenwagen als andächtig bezeichnen können. In Skara aber rumorte es: Der Schock war Hektik gewichen, Hitze stieg in ihr auf, und ihr Herz raste, während in ihrem Kopf wild die Gedanken kreisten.

Jonas hielt den Blick starr auf seinen Bruder gerichtet. Nach einer Weile fasste er nach Nicks Handgelenk, fühlte ihm den Puls und atmete erleichtert aus.

»Wie geht es ihm?«, fragte Skara.

»Ganz gut, denke ich«, antwortete Jonas. »Sein Herz schlägt ruhig und regelmäßig, und ich spüre, dass die geistige Verbindung zwischen uns trotz seiner Bewusstlosigkeit wieder am Erstarken ist. Er wird es schaffen.«

Skara hielt den Herzschlag für deutlich aussagekräftiger als eine wie auch immer geartete geistige Verbindung, aber sie sagte nichts. Da Jonas seinen Arm nicht länger an sich presste, schloss Skara, dass er selbst nicht ernsthaft verletzt war.

Der stehenden Kolonne vor dem Bürkliplatz über die Tramschienen ausweichend, fuhr Anton am Bellevue vorbei die Rämistraße hoch, bis rechter Hand das lange weiße Hauptgebäude des Universitätsspitals Zürich auftauchte.

»Wir sind da«, sagte Skara und zeigte auf das Schild, das den Weg zur Notaufnahme wies. Anton nickte und bog rechts ab.

»Was machen wir mit der Toten?«, fragte er, als er mit quietschenden Bremsen vor dem überdachten Notfalleingang anhielt. »Liefern wir die auch mit ab?«

»Nein«, sagte Skara.

»Weshalb nicht?«

»Weil das meine Chefin ist … war. Weil ich sie hasste und das jede Menge Probleme aufwerfen würde.«

»Aha«, sagte Anton, ohne näher auf diese erstaunliche Offenbarung einzutreten. Routiniert, als täte er dies jeden Tag, stieg er aus, warf die Fahrertür hinter sich zu und öffnete die beiden Hecktüren. Ein träge wirkender Pfleger und eine junge Pflegerin, die gerade draußen geraucht hatten, näherten sich. Der Pferdeschwanz der Pflegerin wippte eifrig.

»Einmal auf die Intensivstation, bitte«, kommandierte Anton, während die beiden Pfleger die Bahre mit Nick aus dem Krankenwagen rollten. »Aber nicht rumtrödeln!«

»Puls und Blutdruck?«, erkundigte sich der Pfleger mit einer Stimme, so schleppend wie sein Gang.

Anton bedachte ihn mit einem vernichtenden Blick. »Alles fast bei null, wie du dir denken kannst.«

Der Pfleger starrte ihn entgeistert an. Seine Kollegin jedoch ließ sich von Antons barschen Worten nicht beeindrucken und warf einen kritischen Blick durch die offenen Hecktüren: »Was ist mit der toten Frau, die da liegt?«

»Das ist, gopfertelli, eine Schaufensterpuppe!«, fuhr Anton sie an. »Oder kennst du jemanden, der solche Fummel trägt?«

»Ähm … nein?«

»Natürlich nicht, Dummerchen! Und jetzt Abmarsch, ich hab noch anderes zu tun heute!« Anton wedelte mit den Händen auffordernd in Richtung des breiten Ganges, der in die

Notaufnahme führte. Der Pfleger schob die Bahre mit Nick folgsam durch den Eingang, doch die Pflegerin rührte sich nicht. »Ist das nicht der Krankenwagen, der heute Morgen entwendet wurde?«, fragte sie misstrauisch.

»Ganz bestimmt nicht«, log Anton und donnerte: »Wenn der Mann auf der Bahre stirbt, dann komm ich persönlich vorbei und versetz dir die schlimmste Tracht Prügel deines Lebens!«

Die Pflegerin war noch am Überlegen, wie sie mit dieser Drohung umgehen sollte, da knallte Anton die Hecktüren zu, schwang sich auf den Fahrersitz und trat aufs Gas. Mit Blaulicht preschten sie die Schmelzbergstraße hinunter und zweigten rechts ab.

»Gut gemacht, Anton«, sagte Skara, die wusste, was eine bühnenreife Leistung war.

»Das war Weltklasse, mein Lieber«, stimmte Jonas zu und zeigte zur nächsten Seitenstraße. »Dort kannst du mich aussteigen lassen.«

Anton drehte sich im Fahrersitz um. Sein Gesicht hatte sich verfinstert. »Du willst dich davonmachen?«

»Ich mache mich nicht davon, ich steige aus«, stellte Jonas klar.

Anton ballte die Fäuste ums Lenkrad, Blut schoss ihm ins Gesicht, und er knurrte: »Wir haben hier eine Tote, um die wir uns kümmern müssen. Die Frau musste sterben, weil du mich gezwungen hast, deinen Bruder so schnell wie möglich ins Krankenhaus zu fahren! Nur ein Feigling würde uns jetzt hängen lassen!«

Skara nickte ernst. »Wenn du ins Krankenhaus marschierst, Jonas, dann werden dich die beiden Pfleger erkennen. Sie werden wissen wollen, weshalb du in einem gestohlenen Krankenwagen hergefahren bist und mit wem du unterwegs warst.« Sie deutete auf sich und Anton und schüttelte den Kopf. »Wir können nicht zulassen, dass du aussteigst. Du wirst deinen Bruder später besuchen müssen.«

Jonas schnaufte missbilligend, stützte die Ellenbogen auf die Knie und legte das Kinn in die Hände.

Was wird er tun?, fragte sich Skara angespannt. Wenn Jonas jetzt zur Polizei ging, Anton als Dieb entlarvte und meldete, dass dieser eine Frau überfahren hatte, dann könnte er sich schuldlos aus der Affäre ziehen. Noch.

Skara war erleichtert, als Jonas tief einatmete, sich im Klappsitz zurücklehnte und brummte: »Also gut. Ich fahre mit euch weiter, bis wir entschieden haben, wie wir mit der Toten verfahren wollen. Ich werde dich, Skara – und natürlich Anton –, nicht hängen lassen. Das würde Nick mir mein Leben lang übel nehmen.«

Skara wusste nicht recht, worauf Jonas hinauswollte, fragte aber nicht nach. Sie selbst hatte eine ganze Reihe triftiger Gründe, den Krankenwagen nicht zu verlassen. Zum Beispiel, dass sie den verletzten Nick, ihren angeblichen Verlobten, gar nicht kannte und alles andere als scharf darauf war, der Familie Vanderhagen im Krankenhaus erneut über den Weg zu laufen. Sitzen zu bleiben war die bequemste Art, sich aus der peinlichen Verlobungsaffäre davonzustehlen und darüber nachzudenken, was sie jetzt tun sollte. Die Tatsache, dass sie die Tote nur zu gut kannte, machte das Unglück noch um einiges komplizierter.

Anton schaltete einen Gang höher und fuhr mit jaulendem Motor den steilen Hügel zum Irchelpark hoch, vorbei an den unscheinbaren Nebengebäuden von ETH und Universität, bis die Häuser größer und gepflegter wurden. Oben angekommen, drehte er Richtung Escher-Wyss-Platz ab.

Jetzt, da kein Kranker mehr ihrer Aufmerksamkeit bedurfte,

wollten Skara und Jonas erfahren, weshalb Anton es für nötig befunden hatte, einen Krankenwagen zu klauen.

Anton lächelte verschmitzt. »Ein Krankenwagen ist groß genug, um alles zu fassen, was ich mitnehmen wollt', und kann überall parken. Außerdem kann ich damit schnell davonfahren, ohne dass die Polizei mich aufhält.«

»Gut durchdacht«, lobte Skara und beobachtete, wie ein scheues Lächeln über Antons Gesicht huschte. »Aber eigentlich wollen wir wissen, was du mit dem Krankenwagen vorhattest.«

»Ich hab ihn ausgeliehen, um mich an meinem Chef zu rächen«, lautete Antons grimmige Antwort.

Jonas' Kopf tauchte zwischen den Vordersitzen auf. »Was hat er denn getan, dein Chef?«

Anton schnaubte. »Das ist eine lange Geschichte.«

»Wir haben Zeit.« Skara lehnte sich mit dem Rücken gegen die Beifahrertür und machte es sich auf ihrem Sitz bequem. Anton blickte sie unschlüssig an, dann zuckte er mit den Schultern.

»Bereits mein Urururgroßvater arbeitete für die Familie meines Chefs«, begann er. »Fridolin Seifert, und nach ihm sein Sohn Johannes, sägten Eisblöcke aus einem Weiher im Rothenthurmer Moor und karrten sie mit dem Pferdefuhrwerk nach Wädenswil. Die Familie Winter benötigte das Eis, um damit ihr untergäriges Lagerbier zu brauen.«

Winter, dachte Skara. Den gleichen Namen trägt dieser Erik, der Mann, der Josies große Liebe gewesen war. Sie schüttelte den Kopf, um den Gedanken abzustreifen. Der Name war nicht unüblich.

»Als im Jahr 1870 die Kältemaschinen aufkamen, entschlossen sich die Winters, ihr Eis fortan selbst zu produzieren«, erzählte Anton weiter. »Für Johannes bedeutete dies, dass er seinen wichtigsten Kunden verlor. Es blieb ihm nichts anderes übrig, als sich – zu einem lächerlich geringen Lohn – bei den Winters als Aufseher über die Kältemaschinen zu verdingen. Nicht lange danach explodierte ein Kompressor und setzte die Brauerei in Flammen. Obwohl nie bewiesen werden konnte, dass er seine Finger im Spiel hatte, machten die Winters Johannes für den Brand verantwortlich. Sie zwangen ihn, seine angebliche Schuld im neu gegründeten Eishandel abzuarbeiten. Auf ein faires Gerichtsverfahren konnte er sich – schuldig oder nicht – keine Hoffnung machen, denn die Winters unterstützten Richter wie Polizei mit großzügigen Zuwendungen. Auf diese Weise gelang es ihnen, auch die nächsten Generationen von Seiferts zu verpflichten und von sich abhängig zu machen.« Anton machte eine wegwerfende Geste, als wolle er die Schicksalsergebenheit seiner Ahnen untermalen, und fügte an: »Heute ist die Familie wegen ihres Speiseeises in der ganzen Schweiz bekannt.«

Jonas hob fragend die Augenbrauen. »›Wintereis – macht mich heiß‹?«

»Ja, das ist der Werbeslogan der Eiscafékette von Familie Winter«, bestätigte Anton. »Den Spruch hat mein Vater, Franz Seifert, erfunden. Er wurde preisgekrönt und machte das Wintereis auf einen Schlag schweizweit bekannt.«

Als Belohnung für den erfolgreichen Werbeslogan habe die Familie Winter seinem Vater den nächsten freien Posten in der Marketingabteilung versprochen, fuhr Anton fort. Doch Jahr um Jahr verging, ohne dass Franz auch nur das Büro der Marketingfachleute von innen gesehen hätte. Und eines Tages – es war im Frühling 2011 – starb nicht nur seine Hoffnung auf den Job in der Marketingabteilung, sondern auch seine Karriere als Lastwagenfahrer. Ein Marder drang ins Kühlsystem von Franz' Lastwagen ein, biss die Kabel durch und legte die Kühlung lahm. Eine ganze Wagenladung Eis war hin – inklusive der prächtigen mehrstöckigen Torte, die für die Hochzeit des englischen Prinzen gedacht gewesen war. Statt Franz zu befördern, gaben die Winters ihm den Laufpass.

»Sie stellten meinem Vater ein derart miserables Arbeitszeugnis aus, dass er nie wieder eine Arbeit fand«, sagte Anton und presste grimmig die Lippen zusammen. »Aus Verzweiflung fing er an, Unmengen zu futtern. Hauptsächlich Süßes, woran er dann auch starb.«

»Das ist grauenvoll!«, murmelte Jonas ergriffen.

»Und für diese schreckliche Familie arbeitest du?«, brach es aus Skara heraus. »Was um Himmels willen hast du dir dabei gedacht?«

Anton wurde rot. Wie sich herausstellte, war er zu einer Zeit ins Unternehmen der Familie Winter eingetreten, als sein Vater noch überzeugt gewesen war, irgendwann in die Marketingabteilung aufsteigen zu können. »Ich wollt' unbedingt eine Ausbildung zur Fachkraft für Speiseeis machen, und das war zu dieser Zeit nur im Unternehmen der Familie Winter möglich«, erklärte er verlegen.

»Stopp!«, rief Skara plötzlich, worauf Anton ruckartig bremste und sie in ihrem Sitz nach vorne geschleudert wurde. Beinahe hätte er ein Rotlicht überfahren. Multitasking schien nicht seine Stärke zu sein.

»'tschuldigung«, sagte Anton, während Skara und Jonas sich wieder aufrecht hinsetzten. Nach einer Weile fuhr er fort: »Kennt ihr die Eissorte Himbeere-Grapefruit? Die hab ich mitentwickelt. Und weil sie so erfolgreich ist, hab ich gleich noch eine weitere erfunden: Passionsfrucht und Bohne.«

»Bohne?«

»Originell, nicht wahr? Heute Morgen wollt' ich Erik Winter, dem aktuellen Direktor der Eiscafékette, meine neue Kreation präsentieren.«

Skara spürte ihr Blut stocken, als hätte jemand ihren Körper in eisig kaltes Wasser getaucht. Als Anton den Namen Winter vorhin erwähnte, hatte sie nicht länger darüber nachgedacht, in welchem Zusammenhang ihr der Name bekannt war. Mit dem Vornamen zusammen verhielt sich die Sache allerdings anders. »Wie war der Name noch mal?«, fragte sie mit belegter Stimme.

»Erik Winter. Warum?«

Skara reagierte nicht. Ihr Körper kribbelte, als würde er langsam und schmerzhaft auftauen. Es gab nicht viele Männer in der Schweiz, die den Namen Erik Winter trugen. Die Wahrscheinlichkeit, dass es sich bei Antons Ex-Chef um die große Liebe ihrer Mutter handelte, stand eins zu drei, konnte man dem Internet glauben.

»Wie alt ist dieser Erik Winter?«, forschte Skara nach und bemühte sich, die anderen nicht merken zu lassen, wie aufgewühlt sie war.

Anton dachte kurz nach. »Etwas über fünfzig, schätze ich.«

Das kommt hin, dachte Skara. Meine Mutter wäre genauso alt, würde sie noch leben.

»Sieht er gut aus?«

Anton sah sie strafend an. »Wie bitte soll ich das beurteilen?«

»Ist er groß, hat er noch Haare auf dem Kopf, schöne Zähne und eine gerade Nase?« Skara kannte die Vorlieben ihrer Mutter.

»Ja, das trifft einigermaßen zu«, brummte Anton und fügte etwas ungeduldig an: »Soll ich jetzt weitererzählen, oder hast du noch weitere Fragen?«

»Keine Fragen mehr«, sagte Skara und fuhr sich mit der Hand über die Stirn. Sicher konnte sie nicht sein, doch vieles sprach dafür, dass der Erik Winter, von dem Anton sprach, jener Mann war, der ihre Mutter verlassen hatte und dafür verantwortlich war, dass Josie Skara ihr Leben lang als lästiges Anhängsel betrachtet hatte. Was für ein merkwürdiger Zufall, dass sie ausgerechnet in dieser Situation auf seinen Namen stieß.

Vier Briefe hatten Anton und seine Chefin geschrieben, bis Erik Winter endlich einwilligte, im Eiscafé am Baschligplatz vorbeizukommen und die neue Eissorte zu prüfen.

»Was hast du dir von seinem Besuch denn erhofft?«, erkundigte sich Jonas. »Eine Beförderung? Ein höheres Gehalt?«

»Nein!«, sagte Anton entrüstet. »Ich wollt', dass mein Eis ihm schmeckt und er sieht, dass ich ein guter Angestellter bin. Ausgerechnet heute Morgen aber ging etwas schrecklich schief.«

Das kenne ich von irgendwoher, dachte Skara. Bei mir ist heute auch so einiges schiefgelaufen. Und wenn ich es mir recht überlege, trägt an allem diese schwarze Katze auf meinem Schoß da die Schuld. Vielleicht auch noch die Elster. Und der Schmetterling.

Anton kratzte sich am Kopf und wirkte so gedankenverloren, dass Skara befürchtete, er fahre versehentlich auf das Auto vor ihm auf. Zwei Mal hatte sie ihn nur knapp vor einem Zusammenstoß bewahren können, und vorhin hatte er beinahe eine rote Ampel überfahren.

»Was war es denn, das heute Morgen schiefging?«, holte Jonas Anton in die Wirklichkeit zurück.

»Als ich heute kurz vor acht Uhr aus dem Haus trat, kam einer dieser großen, schwarz-weißen Vögel angeflogen«, erzählte Anton. »Er ließ sich auf meinem Auto nieder, zuckte, würgte und sah aus, als würde er gleich explodieren, was er dann sozusagen auch tat. Als ich ihn nämlich vertreiben wollt', kackte er auf die Frontscheibe meines Autos – eine Riesenschweinerei. Mit dem Scheibenwischer ließ sich die Scheiße nicht wegmachen. Es blieb mir nichts anderes übrig, als gründlich zu putzen.« Anton seufzte. »Ihr könnt euch ja vorstellen, was dann geschah.«

»Was denn?«, fragten Skara und Jonas gleichzeitig.

»Ich kam zu spät«, sagte Anton. »Als ich am Baschligplatz ankam, war der Direktor bereits auf hundertachtzig, dass ich ihn hatte warten lassen. Als ich ihm erzählen wollt’, wie ich das Eis herstell’, da unterbrach er mich und sagte: ›Fertig geschwafelt. Ich probiere jetzt Ihr Eis, und wehe, wenn es nichts taugt.‹«

»Und? Hat es ihm geschmeckt?«, fragte Skara erwartungsvoll.

»Nicht direkt«, gab Anton geknickt zu. »Er probierte, verzog das Gesicht, spuckte mir das Eis vor die Füße und rief: ›Ungenießbar! Zum Kotzen ist das!‹«

Skara biss sich auf die Unterlippe. Wie ihre Mutter schien auch Antons Chef zu den Menschen zu gehören, die es genossen, die Träume anderer zu zerschlagen. Statt Anerkennung für seine Kreativität hatte Anton Verachtung geerntet – nicht anders als einige Jahre zuvor sein Vater. Kein Wunder, dass er sauer war.

Jonas’ Gesicht umwölkte sich, und auf seiner Stirn erschien eine steile Falte. »Wenn ich etwas auf den Tod nicht ausstehen kann, dann, dass reiche, privilegierte Menschen, die ihren Erfolg nicht einmal selbst erarbeitet haben, ihre Angestellten schlecht behandeln«, schnaubte er. Es war das erste Mal, dass Skara ihn wütend erlebte.

»Hinzu kommt«, fuhr Anton fort und schlug mit der Faust aufs Lenkrad, »dass Erik Winter keine Ahnung hat, wie lange wir Seiferts schon für seine Familie arbeiten! Und jetzt«, schloss er, »steh ich auf der Straße.«

»Du hast gekündigt«, folgerte Skara. Sie konnte sich ausmalen, welche Überwindung dies einen loyalen Mitarbeiter wie Anton gekostet haben mochte.

»Nein, ich hab nicht gekündigt – Erik Winter hat mich gefeuert!«

»Ist nicht wahr!«, rief Jonas aus.

Skara schüttelte ungläubig den Kopf. »Ohne triftigen Grund darf er dich nicht auf die Straße setzen.«

»Du musst dich dagegen wehren«, sagte Jonas eindringlich. »Deine Chancen stehen gut. Ich kenne eine Menge ausgezeichneter Anwälte, die dich dabei unterstützen können.«

Anton schüttelte den Kopf. »Ich will mich nicht gegen die Entlassung wehren«, knurrte er. »Ich will mich an Erik Winter rächen! Er soll dafür bezahlen, dass er und seine Familie uns Seiferts schikaniert, betrogen und um Lohn und Anerkennung gebracht haben. Ich will ihm klarmachen, was für ein Scheißkerl er ist, gopfertelli!«

»Wie soll deine Rache denn aussehen?«, fragte Skara vorsichtig.

Anton bedachte erst sie, dann Jonas mit einem finsteren Blick. »Ich werd' den Saukerl umbringen.«

Sie hatten Aussersihl und Wiedikon hinter sich gelassen und bogen auf die A3 Richtung Chur ein. Anton beschleunigte. »Wir sind unterwegs zur Villa, an der wir vorhin vorbeigefahren sind«, erklärte er im gelassenen Tonfall eines venezianischen Touristenführers auf Kanalfahrt. »Wie ich erfahren hab, ist Erik Winter dort zu einer Wohltätigkeitsparty eingeladen. Ihr erinnert euch an das große weiße Haus mit den schicken Leuten und den teuren Autos?«

Es ist wohl kaum möglich, den Ort zu vergessen, an dem man eine Stunde zuvor eine Frau überfahren hat, dachte Skara sarkastisch.

»Hast du dir schon Gedanken gemacht, wie du bei deiner Aktion vorgehen willst?«, sondierte Jonas, ohne sich anmerken zu lassen, was er von Antons Racheplänen hielt.

»Natürlich«, gab Anton zurück. Die Waffen, erklärte er und zeigte mit dem Daumen nach hinten, befänden sich in den zwei großen Kartonkisten im Heck.

»Diese hier?«, fragte Jonas, schnallte sich vom Klappsitz los, stieg vorsichtig über die Tote und öffnete den Deckel des am nächsten stehenden Kartons. »Ein Block mit Küchenmessern, eine große Schere, eine Axt und ein Vorschlaghammer«, zählte er auf.

Skara sah Anton grimmig lächeln.

»Eine Schrotflinte mit abgesägtem Lauf, ein Seil mit vorgefertigter Schlinge und zwei Rohre, die mit … ähm … irgendetwas gefüllt zu sein scheinen.«

Anton wedelte mit der Hand. »Rohrbomben, sind Erbstücke.«

»Alles klar«, sagte Jonas. »Außerdem ein … ein Pfefferspray und … und …«

»… ein Elektroschockgerät und eine Pistole«, ergänzte Anton.

Jonas zwängte sich zur zweiten Kiste vor. »Hier drin befinden sich eine Kettensäge, eine batteriebetriebene Gartenschere und ein Flammenwerfer mit Rückentanks.«

Wie es aussah, hatte Anton nach seiner Entlassung alle möglichen Mordinstrumente eingepackt, mit der Idee, spontan über ihren Einsatz zu entscheiden.

»Und wonach ist dir denn jetzt zumute?«, erkundigte sich Jonas, während Anton den Blinker setzte und von der Autobahn Richtung Kilchberg abzweigte.

»Habt ihr einen Vorschlag?«

Der Eingebung zu folgen, sei prinzipiell eine gute Sache, erklärte Jonas. In diesem speziellen Fall aber sei es von Vorteil, sich vorher zu überlegen, wie sehr Anton Erik Winter umbringen wolle.

»Eher mehr als weniger«, sagte Anton nach einigem Nachdenken.

Vor Skaras innerem Auge tauchte das Bild von Anton auf, wie er mit einer laut ratternden Kettensäge im Anschlag die Party sprengte und auf Erik Winter losging. »Und was ist mit dem Kollateralschaden?«

»Dem Kollawas?«

»Dem Kollateralschaden. Wenn du Erik Winter inmitten der Partygäste angreifen willst, dann lässt es sich kaum vermeiden, dass noch andere Personen verletzt werden«, gab Skara zu bedenken.

Anton kratzte sich am Kopf. »Daran hab ich jetzt nicht gedacht«, gab er zu. Den Wagen abbremsend, bog er in eine der schmalen Quartierstraßen neben der Autobahn ein. Hinter einer Anlage mit Schrebergärten drängte sich Block an Block.

Überhaupt sei das mit dem Umbringen eine ziemlich radikale Sache, fuhr Skara fort. Wo auch immer Anton Erik Winter erledigen wolle, ob mitten auf einer Party oder in einem einsamen Waldstück, es war in jedem Fall sehr endgültig – und ganz und gar nicht nachhaltig. War Erik Winter tot, würde er nicht leiden, wie Anton ihn gerne leiden sehen wollte, und nie erfahren, welchen Kummer er ihm und seinen Vorfahren bereitet hatte.

»Erik Winter soll merken, dass sich jemand an ihm rächen will«, stimmte Jonas zu, der bezüglich Nachhaltigkeit zum selben Schluss gelangt war wie Skara.

»Es ist sinnvoller, Erik Winter sein mieses Verhalten auf eine Weise heimzuzahlen, die ihm echten Schaden zufügt«, riet Skara. Sie sah Anton nachdenklich an. »Wie wäre es, wenn du sein Geschäft ruinierst? Wenn du ihn beim Geldbeutel packst, wird er sich Gedanken machen, wer ihm das antut und weshalb. Hast du einmal seine Aufmerksamkeit, wird er zuhören, wenn du ihm von Angesicht zu Angesicht klarmachst … was auch immer du ihm dann klarmachen willst.«

»Ha!«, rief Anton und schlug mit der Faust so heftig aufs Lenkrad, dass Jonas und Skara zusammenzuckten. »Das hast du dir schön ausgedacht, Skara! Ich werd' den Scheißkerl mitsamt seinem Geld plattmachen. Dann vermeiden wir auch diesen Kollawasauchimmer.«

»Richtig.«

»Und wie stellen wir das an mit dem Ruinieren?«

Skara ging das Potenzial von Antons Mordwaffen durch, Erik Winters Geschäfte zu zerstören. Sie musste nicht lange überlegen. »Du nimmst den Flammenwerfer und fackelst damit sämtliche Eiscafés der Familie Winter ab«, schlug sie vor.

»Alle Eiscafés?«

»Alle.«

»Und wir helfen dir«, fügte Jonas vom Rücksitz aus hinzu. Anton und Skara drehten sich erstaunt zu ihm um. »Zumindest beim ersten Eiscafé«, schränkte Jonas ein und erklärte ihnen seine Idee: Während Skara und er aufpassten, würde Anton das Eiscafé am Baschligplatz anzünden. Hatte das Feuer genügend Hitze entwickelt, brauchten sie nur die Leiche hineinzuwerfen und zu warten, bis sie verbrannt war. Damit hätten sie sich ihres heiklen Problems mit einem Schlag entledigt. Niemand würde je erfahren, dass sie eine Frau in einem silberfarbenen Cocktailkleid überfahren hatten, die zufällig Skaras Chefin war.

Die Idee ist gut, dachte Skara und nickte zustimmend.

»Wann legen wir los?«, fragte Anton erwartungsvoll.

»Heute Nacht«, bestimmte Skara und klammerte sich am Sitz fest, als Anton schwungvoll wendete. Die Fackeln vor der protzigen Villa waren fast heruntergebrannt. Weiß gekleidete

Angestellte hielten den Gästen, die vor der Kälte ins Innere flohen, die Türen auf, räumten die Stehtische beiseite und klaubten fallen gelassene Sektgläser vom Rasen.

Rache, dachte Skara. Nicht nur Anton, auch sie hatte mit Erik Winter eine Rechnung offen. Er und Josie Anderson waren ein Paar gewesen, bevor Erik Winter sie ohne jede Vorwarnung verlassen hatte. Der Kummer über seinen Weggang hatte Josie ihr Leben lang nicht losgelassen, und da sie in ihrer krankhaften Selbstliebe unfähig war zu verzeihen, hatte sich ihr Schmerz langsam in Hass verwandelt. Ein Hass, der sich nicht auf Erik Winter richtete, sondern auf sie, Skara, die nach Josies Ansicht die Schuld daran trug, dass Erik Winter gegangen war. Wie hatte sie gelitten unter der Kälte ihrer Mutter! Wie hatte sie sich bemüht, Josie zu gefallen, ohne je Erfolg zu haben. Erst als Skara Josie mit ihrem Versagen als Mutter konfrontierte, hatte sie preisgegeben, weshalb sie ihre Tochter so verabscheute. Seit dieser Auseinandersetzung war Skara klar, dass es Erik Winter war, dem sie den Hass ihrer Mutter verdankte. Die Offenbarung ihrer Mutter hatte nichts verändert in ihrer Beziehung, die so distanziert und lieblos geblieben war wie zuvor. Doch etwas war neu gewesen: Skara wusste jetzt, dass es ein Ventil gab. Ein Ventil, um die Verachtung ihrer Mutter, die den dicken Kloß in ihrer Kehle nährte und sich in ihrem Inneren wie Gift anstaute, abfließen zu lassen. Gehemmt durch ihre Lebensunlust, ihren Zwang, nach einer strikten Routine zu leben, und ihre Minderwertigkeitsgefühle hatte sie bisher nicht im Traum daran gedacht, dieses Ventil zu öffnen. Die Begegnung mit Anton aber erschloss ihr eine Gelegenheit, auf die sie, ohne es realisiert zu haben, schon lange gewartet hatte: die Gelegenheit, Josies Gift an Erik Winter weiterzuleiten und ihm ihre glücklose Kindheit, die Demütigungen und die enttäuschten

Hoffnungen heimzuzahlen. Sie ballte die Fäuste. Abrechnen. Vergeltung üben für das Unglück, das Erik Winter über sie und ihre Mutter gebracht hatte. Wie befriedigend musste es sein, Erik Winter die Quittung für alles vorzulegen, was sie seinetwegen hatte erdulden müssen!

Doch da war noch mehr als Rachedurst und das Pech mit der überfahrenen Chefin, weshalb Skara mit dabei sein wollte, wenn Anton Rache übte. Es war eine Art Gewissheit oder auch ein Instinkt, der sich ihrem rational denkenden Verstand entzog und ihr sagte, dass sie sich hier und jetzt, in diesem Krankenwagen, am richtigen Ort befand. Dieser Instinkt war heute Morgen erwacht, als sie ohne zu überlegen in die Keilerei zwischen Katze und Elster eingegriffen hatte, in diesen urtümlichen Kampf zwischen zwei Tieren, die ausschließlich von ihren Trieben geleitet wurden. Sie hatte nicht nur die Katze am Schopf gepackt, sondern das Leben, und alles hatte sich plötzlich anders angefühlt – echter, wahrhaftiger, richtiger, als wäre sie abrupt aus einem Dämmerzustand erwacht und in ihren Körper gerutscht. Das Blut war durch ihre Adern gerauscht, sie hatte ihr Herz in den Ohren pochen hören und sich selbst gesehen, wie sie inmitten einer grünen Wiese unter einem blühenden Kirschbaum stand, ein vom Kämpfen erhitztes Bündel wilden Lebensmuts im Arm. Und jetzt, neben Anton und Jonas sitzend, fühlte sie, ohne dass diese Gedanken den Weg in ihren Verstand fanden, dass sie bis jetzt nie wirklich Anteil genommen hatte am Leben und dass sich etwas ändern musste, sie selbst sich ändern musste, wollte sie nicht Entscheidendes verpassen. Seit ihrer frühesten Kindheit steckte sie ein und ertrug, versuchte zu gefallen, bemühte sich, nicht anzuecken, um sich nicht herablassenden Kommentaren aussetzen zu müssen. So konnte es nicht weitergehen. Skara war es leid, sich Gedanken zu machen, wie sie auf andere wirken mochte, bei jeder

Entscheidung zu zögern und das Für und Wider bis auf die kleinste Nebensache zu sezieren. Sie wollte nicht länger dahindämmern, sondern frei sein, alles Belastende und Düstere, ihre ganze unglückliche Vergangenheit abwerfen und leben. Leben! Mit voller Kraft, vollem Risiko und ohne Pardon. Der Augenblick war es, was zählte, und sollte etwas schiefgehen, so sei's drum, dann hatte sie das Leben wenigstens ausgekostet.

Dieser instinktive Drang nach Mehr, gepaart mit Abenteuerlust, Neugier und einigen unausgegorenen Vorstellungen über Freiheit, ballten sich in ihrem Inneren zusammen zu zwei Fragen, die plötzlich glasklar in ihr Bewusstsein fluteten und die Antwort gleich vorwegnahmen: Warum sich nicht Anton anschließen und sehen, was kam? Was hatte sie schon zu verlieren? Wie es aussah, nicht einmal mehr einen Job.

8

Tschechien: Jessica Malikova

Exakt zu dem Zeitpunkt, als in Zürich zwei verdutzte Notfall-pfleger einen bewusstlosen Unbekannten in die Notaufnahme rollten, richtete Jessica Malikova in Piesling, einem kleinen Dörfchen an der Grenze zwischen Tschechien und Österreich, ihr Dekolleté. Sie war fünfzig Jahre alt, und man sah ihr jedes einzelne dieser Jahre an, gestand sie sich ein, als sie sich im Spiegel betrachtete. Der Hals über dem offenherzigen Aus-schnitt war nicht länger glatt, um ihre Augen kräuselten sich täglich mehr Fältchen und ihre Haut wies an manchen Orten dunkle Stellen auf, die sie beim besten Willen nicht anders denn als Altersflecken interpretieren konnte. Mehr als die Fal-ten und die Flecken aber verrieten ihre Augen, dass sie keine junge Frau mehr war. Aus ihnen sprachen Lebenserfahrung und Weisheit, die nicht nur auf fünfzig Jahre Dasein auf der Erde zurückzuführen waren, sondern auf ein Leben mit Hö-hen und Tiefen und auf ein Verständnis für die Menschen, das nicht nur auf Hörensagen, sondern auf Erlebnissen beruhte. Sie war nicht mehr schön, doch ihre Augen, und was sie aus-drückten, machten sie auf eine Weise attraktiv, die bei ihren Gästen in der Kanec-Bar gut ankam. Keiner Barfrau an der Grenze wurden mehr Geheimnisse anvertraut als Jessica Mali-kova, keine erhielt mehr Heiratsanträge und keine mehr Umarmungen von dankbaren Seelen, die sich von ihr verstanden und in ihrem Kummer getröstet fühlten. Jessica Malikova war, soweit möglich, zufrieden in der Kanec-Bar mit den dunklen Holzwänden, den grob gehauenen Tischen und den Pfützen aus Pilsner Urquell, die im Lauf der Nacht immer größer wurden. Jeden Abend wartete sie auf den Zeitpunkt, an dem sich eine leise Ernüchterung in den Rausch ihrer Gäste schlich und trotz der schummrigen Beleuchtung die unangenehmen Wahrheiten ans Licht zu treten begannen. Dann stand Jessica Malikova auf dem Tresen ihres Reichs und sang mit ihrer rauchigen Stimme von Heimat, Freundschaft und Liebe und was das Leben sonst noch lebenswert machte. Mit ihrem Gesang erweckte sie eine Sehnsucht in den Herzen ihrer Gäste, die kein Ziel hatte, nicht erklärbar war, aber einen so starken Sog ausübte, dass selbst die Niedergeschlagensten unter ihnen heil durch die Nacht kamen und fühlten, wie ihr Elend schwand.

An diesem Freitagabend aber wollte sich die rechte Stimmung für ihren Auftritt nicht einstellen. Das lag vielleicht an den Gästen, vielleicht auch an ihr selbst, sie wusste es nicht. Ihr untrügliches Gespür für die Menschen, die sie umgaben, und für das Land, das zwangsweise zu ihrer Heimat geworden war, sagte ihr, dass etwas in der Luft lag. Etwas war geschehen, und es hing damit zusammen, dass ER nicht aufgetaucht war. Der Mann, mit dem ihr Schicksal verbunden war und den sie hasste wie keinen anderen: Dobroslav Svoboda.

Hätte der Blitz ihn nicht getroffen, wäre Dobroslav Svoboda an diesem Freitag wie jeden Abend in die Kanec-Bar gewankt – bereits angeheitert durch etwas, das deutlich mehr Prozente enthielt als ein Pilsner Urquell. Torkelnd hätte er sich Richtung Tresen geschoben, und die Gäste wären voller Abscheu zur Seite gewichen. Jessica Malikova mit den zornigen

Schweinsäuglein fixierend, hätte er über den Tresen gelangt und sie grob am Arm gepackt. »Egal, wo du hingehst: Ich finde und töte dich«, hätte er gezischt, und Spucke wäre ihr ins Haar geflogen.

Gegen ein Uhr nachts hätte Dobroslav Svoboda sturzbetrunken eine Flasche Pilsner Urquell über die Tischkante geschlagen und die am nächsten Stehenden mit den Glasscherben aufgeschlitzt. Eine Mutter von drei Kindern, die mit ihrer Freundin ausging, einen älteren Mann, der einsam am Tresen saß und seine Rente versoff. Sein Blut wäre mit dem Druck einer geschüttelten Colaflasche aus der Halsschlagader geschossen, was Dobroslav Svoboda nicht davon abgehalten hätte, sich auf den Nächsten zu stürzen. Und auf den Nächsten, bis sämtliche Besucher der Kanec-Bar inklusive der Barfrau Jessica Malikova tot gewesen wären und es schlimmer ausgesehen hätte als auf einem mittelalterlichen Schlachtfeld.

Das Unheil aber trat nicht ein. Ein Tornado – ausgelöst durch den Flügelschlag eines Schmetterlings – hatte Dobroslav Svoboda am Morgen mit heruntergelassener Hose erwischt, in die Luft geschleudert und auf die Eiche von Bauer Brejcha fallen lassen. Und da hing er noch immer und baumelte vom Blitz getroffen zwischen Leben und Tod.

Jessica Malikova hatte keine Ahnung, weshalb Dobroslav Svoboda nicht in der Bar aufgetaucht war. Nach Feierabend schlüpfte sie deshalb beunruhigt und hoffnungsvoll zugleich zwischen die Bettlaken und wartete, dass etwas passierte. Schlaflos wälzte sie sich herum, bis sie in den frühen Morgenstunden spürte, dass das Unheil vorübergezogen war. Es war vorbei, und sie lebte noch.

Die Erleichterung durchströmte sie so mächtig, wie im Frühling geschmolzener Schnee die Bäche flutet. Und sie erkannte, dass sie noch etwas wollte vom Leben. Das Gefühl der Sehnsucht, das sie bei ihren Gästen hervorrief, breitete sich unvermittelt auch in ihr selbst aus. Jessica Malikova spürte, wie ihr Herz anschwoll und so leicht wurde wie schon lange nicht mehr, und wenn zutraf, was sie hoffte, dann war endlich, endlich die Zeit gekommen, in der ihr Sehnen ein Ende hatte. Im Gegensatz zu ihren Gästen wusste Jessica Malikova nämlich ganz genau, welchen Namen ihre Sehnsucht trug: Heimat.

9

Die Abrechnung

Der Baschligplatz war ein unauffälliger, aber hübscher und mit Pflastersteinen besetzter Ruhepol im Quartier Hottingen, um den sich ältere Häuser und eine Privatschule scharten. Das Eiscafé Winter befand sich in der angrenzenden Seitenstraße zwischen einer Praxis für spirituelle Energietherapie und einem Laden mit Kondomen jeder Geschmacksrichtung. Wer sich geistig heilen lassen oder Kondome kaufen wollte und peinlicherweise auf einen Bekannten traf, der rettete sich ins Eiscafé und kaufte aus reiner Verlegenheit eine Portion Wintereis – die Geschäfte liefen also trotz der ruhigen Lage zufriedenstellend.

Anton, Skara und Jonas parkten direkt vor dem Eiscafé. Sie waren zum Schluss gekommen, dass in unmittelbarer Nähe des Kinderspitals und weiterer Spitäler ein Krankenwagen mehr nicht auffallen würde. Über der Glasfront des Eiscafés prangten in Eiszapfenschrift die Lettern »Wintereis«. Durch die Glastür hindurch waren eine Theke mit Eisbechern, Stühle, Tische und ein buntes Plakat zu erkennen.

Die Seitenstraße war nur spärlich beleuchtet, und aus den Fenstern der umliegenden Häuser drang kein Lichtschein. Wie Anton versicherte, besaß weder dieses noch ein anderes der Winter'schen Eiscafés eine Alarmanlage – die Kundschaft zahlte bargeldlos, es gab nichts zu holen. Stellte sich also nur die Frage, ob Anton das Ladenlokal mit dem Schlüssel aufschließen oder ob Jonas die Scheibe einschlagen sollte.

»Wir brechen ein«, entschied Skara. »Wenn du dich rächst, Anton, dann mit allem Drum und Dran. Je mehr Schaden wir anrichten, desto eher begreift Erik Winter, dass es dir ernst ist.«

Keiner, der Jonas beobachtete, hätte geahnt, dass dies sein erster Einbruch war: Er zog den Pullover aus, schlang ihn um die Faust und schlug ein Loch in die dünne Glastür, die klirrte, splitterte und nach dem zweiten Schlag schließlich barst. Durch das Loch ins Innere greifend, drehte er den Knauf, und die Tür war offen.

Die Stunde der Abrechnung war gekommen. Anton holte den Flammenwerfer aus der Kartonkiste im Krankenwagen, schnallte sich die beiden Tanks auf den Rücken und packte das Flammrohr. Im größeren der zwei Tanks befanden sich 11,8 Liter Dieselöl, der kleinere enthielt Stickstoff, das Treibmittel, um das Dieselöl durch das Flammrohr zu pressen. Mit blitzenden Augen und einem spitzbübischen Grinsen trat Anton durch die Tür der Wintereis-Filiale und legte los.

Flammen, lang wie zwei Rettungsbahren, schossen aus dem Flammenwerfer und verbrannten sämtliches Mobiliar des Eiscafés – die Servierwagen mit den Besteckkisten, Servietten, Zucker und Rahm, die hölzernen Bistrostühle und die kleinen Nussbaumtischchen mit den Metallfüßen, auf denen die Flammen am längsten tänzelten. Als Anton den Feuerstrahl auf die Kunststofftheke mit den Eisbechern richtete, zischte und dampfte das Wintereis wie eine alte Dampflok. Die zwei Dutzend Eissorten schmolzen erst zu einer schimmernden Lache zusammen, dann waren sie weg. Die glühende und langsam in sich zerfließende Theke und die Kaffeemaschine an der Wand begannen streng nach versengtem Kunststoff zu riechen. Schwaden dunklen Rauchs und giftiger Qualm von verbranntem Plastik waberten durch das Eiscafé, und Skara verspürte das dringende Bedürfnis nach frischer Luft. Ungeduldig zog sie Anton am Ärmel. »Komm jetzt«, hustete sie hinter ihrem Blusenärmel hervor, doch Anton wedelte abwehrend mit der Hand. Er wollte seine langjährige Arbeitsstätte erst verlassen, wenn sowohl Fußboden als auch Wände des Lokals vollkommen schwarz waren.

Würgend und mit tränenden Augen traten Skara und Jonas ins Freie und zogen die Leiche aus dem Krankenwagen, um sie ins Innere zu transportieren und dem Feuer zu überlassen. Jonas packte sie unter den Schultern, Skara hielt Beine und Füße. Lebendig mochte die Chefin ein Leichtgewicht gewesen sein, tot aber war sie eine echte Belastung, fand Skara und fasste nach, als ihr die Knöchel aus den Händen zu gleiten drohten. In diesem Moment ging in dem alten orangefarbenen Haus schräg gegenüber ein Licht an.

Der Einbruch hat doch zu viel Lärm verursacht, ging Skara durch den Kopf. Gleichzeitig hörte sie Jonas warnend zischen. Er deutete mit dem Kopf Richtung Krankenwagen, und sie legten die Tote eilig zurück. Noch war am hell erleuchteten Fenster kein Schatten aufgetaucht, aber das konnte nicht mehr lange dauern.

»Verschwinden wir!«, raunte Skara Jonas zu und huschte durch die von Ruß und Asche trüb gewordene Glastür zurück ins Eiscafé, um Anton zu holen. Den Arm vors Gesicht haltend, kämpfte sie sich durch den schwarzen Rauch, an den schwelenden und dampfenden Überresten der Theke und den glimmenden Holzmöbeln vorbei, bis sie Anton mit erhobener Hand vor einer der rußgeschwärzten Wände stehen sah. »Jez gibz auf die Frese!«, hatte er, den Pullover über dem Zeigefinger, in großen weißen Lettern an die Wand geschrieben. Trotz ihrer Eile musste Skara grinsen. Der Satz passte zur Situation.

Er enthielt zwar so viele Rechtschreibfehler, dass es kaum zu fassen war, doch das tat der Glaubwürdigkeit der Botschaft keinen Abbruch – sie wirkte authentisch und gerade im richtigen Maß bedrohlich.

Vergnügt drehte Anton sich zu Skara um, wurde aber schlagartig ernst, als sie auf das Licht im Haus gegenüber deutete. So schnell es die schweren Tanks auf seinem Rücken erlaubten, spurtete er aus dem Eiscafé, Skara hinterher. Schon tauchten im Lichtschein des Fensters die Umrisse eines Menschen auf, die Angeln quietschten, und eine ältere Frau streckte ihren Kopf ins Freie. Als sie den Rauch und die Flammen im Eiscafé erblickte, stieß sie einen erschrockenen Ruf aus und verschwand. Um zu telefonieren, vermutlich. Leise und mit abgestellten Scheinwerfern ließ Jonas den Krankenwagen Richtung Hottingerstraße rollen.

10

Die Chefin

»Das war knapp«, sagte Jonas aufatmend, als sie außer Sichtweite des Eiscafés waren, und machte die Scheinwerfer wieder an.

Eine übermütige Stimmung hatte sie erfasst, und als Skara Jonas von Antons Botschaft an der schwarzen Wand erzählte, lachte dieser leise vor sich hin. Es war zwar unschön, dass sie die Leiche noch nicht losgeworden waren, aber morgen war auch noch ein Tag, dachte Skara. Bei Tageslicht würde ihnen bestimmt eine Lösung einfallen.

Sie merkte erst, wie hungrig sie war, als Antons Magen laut knurrte. »Lasst uns etwas zu essen suchen«, schlug sie vor.

»Und einen Übernachtungsplatz«, fügte Anton hinzu.

Bei einem Inder, der in seinem Laden zu wohnen schien, kauften sie Lebensmittel, Klopapier, Zahnbürsten, T-Shirts, Besteck, Zündhilfen und Kerzen ein. Nach einigem Suchen fanden sie an einem Waldrand einen Platz, der gerade so abgelegen war, dass der Krankenwagen nicht auffiel, und legten Rast ein. Bald saßen sie an einem Feuer, das gemütlich vor sich hin knackte und knisternd Funken in die Luft stob. Skara nippte an einem Plastikbecher mit Rotwein und kuschelte sich in eine der Wolldecken, die Jonas im Krankenwagen gefunden hatte. Gedankenverloren schaute sie Ida dabei zu, wie sie sich hungrig über ein paar Wurststücke hermachte.

Heute habe ich eine Menge Sachen gemacht, die ich noch nie getan habe, überlegte Skara. Der Tag ist ebenso verrückt zu Ende gegangen, wie er angefangen hat. Und hier sitze ich nun mit Kratzern im Gesicht, in einer zerrissenen, blutbeschmierten Bluse und halte eine rauflustige Katze auf dem Schoß, nachdem ich mitgeholfen habe, meine Chefin zu überfahren und ein Eiscafé von Erik Winter zu zerstören. Meine Begleiter sind ein cholerischer Speiseeishersteller und ein Mann, der an geistige Verbindungen glaubt und verschlossene Türen aufbrechen kann. Aber, dachte sie, es fühlt sich gut an. Ich glaube, ich habe nie einen schöneren Abend erlebt.

»Hätt' nicht gedacht, dass du bei uns bleibst«, sagte Anton plötzlich und stieß Jonas, der neben ihm am Feuer saß, kumpelhaft in die Seite.

»Mmh«, brummte Jonas und musterte seine halb durchgebratene Wurst.

»Du hättest zur Polizei gehen und von der Leiche erzählen können. Oder einfach abhauen.«

Jonas hob den Blick. »Ich kann doch die Verlobte meines Bruders nicht im Stich lassen!« Er schüttelte den Kopf. »Nick würde mich umbringen. Außerdem wäre es schlechtes Karma.«

Skaras Brust hob sich zu einem tiefen Seufzer. Jonas hatte also mitgekriegt, für wen die Vanderhagens sie hielten. Jetzt blieb ihr wohl nichts anderes übrig, als mit der unangenehmen Wahrheit herauszurücken. »Und wenn ich nun nicht die Verlobte deines Bruders bin?«, sagte sie und starrte ins Feuer, um Jonas nicht ansehen zu müssen.

Jonas hob eine seiner Augenbrauen. »Bist du nicht?«

»Nein.«

Mit seinen grünen Augen, die wirkten, als würden sie aus sich selbst leuchten, schaute Jonas Skara nachdenklich an. »Das hätte ich mir denken können.«

Skara war beleidigt. Jonas klang, als halte er es für unmöglich, dass sein Zwillingsbruder sich jemanden wie sie als Verlobte aussuchen würde. »Na, danke auch«, gab sie finster zurück. »Mir scheint allerdings, als seist du nicht gerade auf dem Laufenden, was das Liebesleben deines Bruders betrifft.«

Jonas wandte den Blick ab. »Wir hatten Streit und haben seither nicht mehr ein so enges Verhältnis wie früher«, räumte er widerstrebend ein. »Ich wollte dir nicht zu nahe treten, aber du bist einfach nicht sein Typ.«

»So? Und was glaubst du, auf welchen Typ Frau dein Bruder steht?«

Über Jonas' Gesicht lief ein schalkhaftes Grinsen. »Zuletzt hatte er eine naive Blondine, davor eine großbusige Brünette. Beides keine Leuchten.«

»Aha«, gab Skara konsterniert zurück. Eine Verlobung mit Nick – und sei es nur, um Jonas zu ärgern – erschien ihr auf einmal nicht mehr so verlockend.

»Also gut«, sagte sie, bereit, die längst fällige Beichte abzulegen, »es gab da ein Missverständnis.« Unter den aufmerksamen Blicken von Jonas und Anton erzählte sie, wie sie Martin Vanderhagen in der Tierarztpraxis kennengelernt hatte, dass dieser überzeugt davon gewesen sei, sie zu kennen, und sie schließlich eingeladen habe, seine Familie kennenzulernen.

»Und weshalb bist du mit ihm mitgegangen?«, erkundigte sich Jonas erstaunt.

Skara wurde rot. »Zu diesem Zeitpunkt war mir nicht klar, dass dein Vater mich für die Verlobte deines Bruders Nick hielt – oder ich hatte es zumindest erfolgreich verdrängt –, weil ich doch gehofft hatte … gehofft hatte …«

»Was denn?«

»Ich hatte gehofft, Martin Vanderhagen sei mein Vater«,

platzte Skara heraus. Peinlich berührt legte sie die Hände vors Gesicht und murmelte: »Aber er ist es nicht.«

»Natürlich nicht«, sagte Jonas, die Brauen zusammenziehend.

Skara ließ ihre Hände wieder sinken. »Aber er hätte es sein können, er war schließlich ein Verehrer meiner Mutter!«

Jonas stutzte. »Ein Verehrer?«, fragte er. »Davon weiß ich nichts. Wie heißt denn deine Mutter?«

»Josie Anderson. Die Schauspielerin, du weißt schon.«

»Du bist Josie Andersons Tochter?« Erstaunt kniff Jonas die Augen zusammen und schaute Skara prüfend an. »Jetzt, wo du es erwähnst, bemerke ich tatsächlich eine gewisse Ähnlichkeit. Mein Vater hat Josie verehrt, wie wohl alle, die sie auf der Bühne gesehen haben. Dass da mehr war, bezweifle ich allerdings. In erster Linie war mein Vater nämlich ihr Anwalt. Das war vermutlich, bevor du zur Welt kamst.«

Skara war, als lichte sich ein Nebel, der ihr bisher die Sicht genommen hatte. »Deshalb also hat dein Vater mir erzählt, er habe eine besondere Verbindung zu Josie gehabt«, sagte sie verblüfft.

Jonas nickte. »Vermutlich.«

Anton streckte sich seitlich aus, stützte den Ellenbogen auf und legte seinen Kopf in die Handfläche. »Wenn Skara jetzt doch nicht zur Familie gehört, ändert das was daran, ob du mitkommst?«

»Nein«, antwortete Jonas prompt. »Wie du vorhin sagtest: Ich bin mitschuldig, dass diese Frau sterben musste. Deshalb verspreche ich mitzukommen, bis wir eine Lösung für die Tote gefunden haben.«

Hätte Skara Jonas besser gekannt, so hätte sie gewusst, dass seine Schuldgefühle und das Versprechen, das er ihnen gegeben hatte, nicht das Einzige waren, das den Ausschlag dafür gab, sie nicht zu verraten.

»Es war also deine Chefin, die wir überfahren haben?«, fragte Jonas übergangslos und blickte Skara forschend an.

Sie nickte und stocherte mit einem Stock im Feuer herum. Nach der Beklemmung und Panik, die sie bei der Entdeckung überfallen hatten, wer die Überfahrene war, fühlte sie sich jetzt merkwürdig emotionslos. »Ihr Name ist Chantal Keller, und sie leitete die Rechnungsabteilung der Zuckerfabrik Schweizer Süße, in der ich arbeite.«

»War sie nett?«, wollte Anton wissen.

Skara verzog die Lippen. »Alles andere.«

»Was heißt das?«

»Das bedeutet, dass sie mir das Leben so schwer gemacht hat, wie sie nur konnte«, erwiderte Skara. Sie war es nicht gewohnt, sich jemandem anzuvertrauen – Unangenehmes schon gar nicht –, doch der Wein und die gespannte Aufmerksamkeit ihrer beiden Zuhörer sorgten dafür, dass die Worte wie von selbst flossen. Sie erzählte Jonas und Anton, wie Georg, der Freund ihrer Mutter, ihr die Stelle in der Rechnungsabteilung vermittelt hatte und wie ihre neue Chefin, Chantal Keller, sie seit ihrem ersten Arbeitstag schikanierte. Statt eigene Projekte zu bearbeiten, musste sie sich mit mühsamen Kleinaufträgen herumschlagen. In den morgendlichen Sitzungen behandelte Chantal Keller Skara wie Luft, sodass ihren Arbeitskollegen bald klar war: Wenn man sich mit der Chefin gut stellen wollte, dann beachtete man Skara nicht. Um wenn nicht Kameradschaft, so wenigstens Respekt zu gewinnen, schrieb Skara eines Tages ein Buchhaltungsprogramm, das die Datenauswertung automatisierte und die laufenden Kosten der Schweizer Süße fast auf die Stunde genau kalkulierte. Chantal Keller zeigte sich interessiert und ließ sich alles erklären, was Skara freute, bis sie erfuhr, dass ihre Chefin das Programm in der Teppichetage als ihr eigenes ausgab.

»Damit war ich natürlich nicht einverstanden und vereinbarte einen Termin für eine Aussprache«, fuhr Skara fort.

Jonas breitete ungläubig die Arme aus. »Deine Chefin hat dich aufs Übelste betrogen und hinters Licht geführt! Sie hat als Vorgesetzte in allen Punkten versagt, und deine Reaktion darauf war, dass du einen Termin für eine Aussprache vereinbarst?« Er schüttelte empört den Kopf.

Ungerechtigkeiten schienen Jonas nicht nur sauer, sondern richtiggehend wütend zu machen, stellte Skara nicht zum ersten Mal fest. Ihr war klar, dass er recht hatte. Sie hätte reagieren müssen – mit allen Konsequenzen, schon um ihrer selbst willen. Stattdessen hatte sie sich von Chantal Keller verspotten lassen müssen: »Als loyale Mitarbeiterin solltest du dankbar sein, deiner Chefin einen Dienst erweisen zu können. Lorbeeren sind ohnehin nichts für eine wie dich«, hatte sie gelacht, mit den Fingern geschnippt und auf die Tür gezeigt. »Und jetzt geh mir aus den Augen. Sonst erfinde ich irgendeinen unerfreulichen Grund, dich zu entlassen.«

Gedemütigt und enttäuscht schlich Skara aus dem Büro der Chefin, setzte sich an ihren Platz und arbeitete weiter. In der Zeit, die folgte, zog sie sich noch mehr in sich zurück und bemühte sich, jede Aufmerksamkeit zu vermeiden, während der Kloß in ihrer Kehle immer dicker wurde. Wieso sie das tat? Vielleicht, weil sie meinte, nichts anderes verdient zu haben. Vielleicht, weil sie in ihrem Leben nie anders behandelt worden war denn als lästiges Anhängsel.

Seit heute Morgen aber war der Kloß in ihrem Hals verschwunden. Zu einem Nichts zusammengeschrumpft. Ein Stück von ihm hatte sich aufgelöst, als sie die schwarze Katze rettete. Ein weiteres Stück, als sie der Chihuahua-Besitzerin ihre Verachtung heimzahlte. Und das letzte Stück, als sie gemeinsam mit Jonas und Anton das Eiscafé von Erik Winter in

Flammen aufgehen sah. Der Hass ihrer Chefin und ihrer Mutter, der zäh wie Schleim an ihr klebte, hatte sich im Feuer verflüssigt und war an ihr heruntergeronnen wie warmes Wasser – durchsichtig und neutral.

Sie war so in Gedanken versunken, dass Anton seine Frage zwei Mal stellen musste, bevor sie antwortete. »Was hast du denn getan, dass deine Chefin dich so schikaniert hat?«

Darüber hatte sich Skara schon oft Gedanken gemacht. »Ich denke, dass sie aus irgendeinem unerklärlichen Grund von der Idee besessen war, ich hätte Kontakt zu ihrem Mann.«

»Hast du?«, fragte Jonas interessiert.

Natürlich hatte sie das nicht. Sie war Chantal Kellers Mann noch nie begegnet, wusste nicht einmal, wie er hieß oder aussah. Sie erzählte den anderen, wie ihre Chefin ihr von der Arbeit mit dem Auto nach Hause gefolgt und einmal sogar in ihre Wohnung eingedrungen war. Skara hatte sie angezeigt, doch die Polizei entdeckte keine Spuren eines Einbruchs. Dass zwei Polizisten Chantal Keller eines Tages dabei ertappten, wie sie Skara nach Hause folgte, war mehr ein Zufall. Von ihrer Wohnung aus konnte Skara beobachten, wie ihre Chefin anhielten und mit ihr sprachen.

»Was ist passiert?« An seinem gerösteten Apfel kauend, schaute Anton Skara neugierig an.

»Das Gespräch dauerte merkwürdig kurz«, fuhr Skara fort. »Nach wenigen Minuten schon traten die Polizisten von Chantal Kellers Wagen zurück – fast entschuldigend. Danach nahmen sie mich nicht länger ernst, im Gegenteil – sie wimmelten mich ab, und es schien mir, als hätten sie meine Beschwerde zu den Akten gelegt. Ich denke, dass der Name und der Einfluss von Chantal Keller und ihrem Mann wohl bewirkten, dass die Polizisten mir nicht länger glauben wollten – oder durften.«

Anton nickte bedächtig, warf den verkohlten Teil des Apfels ins Feuer und setzte sich auf. Skara begütigend auf die Schulter klopfend, sagte er: »Zum Glück ist deine Chefin jetzt so mausetot, wie man nur sein kann. Du wirst also unbesorgt an deinen Arbeitsplatz zurückkehren können.«

Skara verzog den Mund. »Das könnte schwierig werden, Anton. Ich bin heute zum ersten Mal, seit ich meine Stelle angetreten habe, ohne Abmeldung nicht zur Arbeit erschienen. Gleichzeitig ist meine Chefin verschollen, mit der ich, wie alle wissen, schlecht auskam und die ich überdies bei der Polizei angezeigt habe. Es wäre nicht gut, wenn ich am Montag im Büro aufkreuzen würde.«

»Nicht gut?«, echote Anton.

»Nicht gut«, bestätigte Jonas, der Skaras Gedankengängen gefolgt war. »Wenn Chantal Keller als vermisst gemeldet wird, überprüft die Polizei ihr Umfeld und merkt, dass Skara allen Grund hätte, Chantal Keller etwas antun zu wollen. Bei der Befragung werden sie feststellen, dass sie für den Abend ihres Verschwindens kein Alibi besitzt, und mit einem Mal steht Skara auf der Liste der Verdächtigen ganz oben.«

Skara legte ihren Zeigefinger an die Wange und sagte nachdenklich: »Zuerst werden Chantal Kellers Mann und die Polizei annehmen, dass sie für einige Tage verreist ist, ohne Bescheid zu sagen – was übrigens schon mehrfach geschehen ist –, anschließend, dass sie verunfallt oder an einem unbekannten Ort gestorben ist. Findet die Polizei allerdings Chantal Kellers Leiche und stellt fest, dass sie umgebracht wurde, so wird sie unverzüglich nach dem Schuldigen zu fahnden beginnen.« Skara warf ihren Stock ins Feuer, blickte hoch und erkannte, dass Jonas und Anton zum gleichen Schluss gelangt waren wie sie: Die Leiche von Chantal Keller musste verschwinden. Für immer.

11

Universitätsspital Zürich:
Von Krankenwagen und Leichen

Larissa Steiger, Leitende Ärztin auf der Intensivstation des Universitätsspitals Zürich, hatte auf einen Schlag alle Hände voll zu tun. Daran schuld war ein einzelner Patient – der einzig männliche, der an diesem Freitagabend eingeliefert wurde. Er war knapp dreißig Jahre alt, bewusstlos und zweifellos attraktiv, so viel hatte sie mit einem Blick auf die Bahre festgestellt. Die Notfallpfleger, die den Mann empfangen und in den Schockraum gefahren hatten, wirkten etwas desorientiert und versorgten Larissa Steiger mit der irritierenden Information, dass der Patient über »fast null Puls und ähnlich wenig Blutdruck« verfüge. Dies habe ihnen der Fahrer des Krankenwagens mitgeteilt. Nach einer kurzen, erregten Diskussion waren sich die Notfallpfleger beinahe sicher, dass etwas mit dem Krankenwagenfahrer nicht stimmte. Denn erstens war der Mann nicht ordnungsgemäß gekleidet gewesen, zweitens hatte er sie unhöflich behandelt und drittens in seinem Krankenwagen eine weibliche Leiche mitgeführt, die er als Schaufensterpuppe ausgab.

»Außerdem«, fügte die junge Notfallpflegerin hinzu, »handelt es sich bei dem Krankenwagen vermutlich um jenes Fahrzeug, das uns heute gestohlen wurde.«

Larissa Steiger überging die Information. »Name des Verletzten?«, fragte sie ungeduldig.

»Keine Ahnung. Der Fahrer des Krankenwagens hat uns bloß mitgeteilt, dass wir den Patienten auf die Intensivstation bringen sollen.«

Als Intensivmedizinerin war Larissa Steiger geschult darin, mit Stresssituationen umzugehen. Allerdings beschränkten sich diese darauf, die Lebensfunktionen eines Patienten zu erhalten. Entwendete Krankenwagen, Diebe, die weibliche Leichen herumfuhren und unter Vortäuschung einer falschen Identität Halbtote einlieferten, gehörten nicht in ihren Kompetenzbereich.

»Ich versorge den Namenlosen, ihr übernehmt den Polizeikram«, befahl sie deshalb.

Diese Aufteilung war weder aus Sicht der Notfallpfleger noch aus Sicht des diensthabenden Polizisten der Kantonspolizei Zürich erfreulich. Alles, was der Gefreite Patrick Meier nach einem längeren Gespräch mit Sicherheit festhalten konnte, war, dass dem Universitätsspital Zürich einer seiner Krankenwagen fehlte. Wer das Fahrzeug gestohlen hatte, das wussten die beiden Notfallpfleger nicht. Jedoch hatten sie beobachtet, wie ein männliches Individuum am frühen Freitagabend damit vorgefahren war. Gemäß übereinstimmender Aussagen war das Individuum zwischen dreißig und sechzig Jahre alt, hatte weißes Haar oder eine Glatze, trug Schnurrbart oder Bart und war etwa so groß wie der Hauptdarsteller aus dem Film »Fast & Furious«, den der Gefreite Meier leider nicht kannte. Einig waren sich die Notfallpfleger überdies darin, dass das Individuum den Krankenwagen wieder mitgenommen hatte.

Bis zum Schluss der nervenaufreibenden Unterhaltung wurde dem Gefreiten Meier nicht klar, wie tot oder lebendig die Personen gewesen waren, die der Krankenwagenfahrer, der vielleicht keiner war, abgeliefert hatte. Möglicherweise, sagte einer der beiden Notfallpfleger, waren es nämlich auch mehrere Leichen gewesen, von denen eine – jene im Krankenhaus – eventuell noch lebendig war.

Nach einer halben Stunde am Telefon trat dem Gefreiten Meier der Schweiß auf die Stirn. Die Leiche war sowohl tot als auch bewusstlos gewesen und sowohl männlich wie weiblich? Wie ging denn das?

Und der Fahrer, welcher möglicherweise auch der Dieb war, fügte die Notfallpflegerin an, hatte übrigens eine Art altmodischen Pullover ohne Ärmel getragen. Obwohl, ganz sicher war sie sich nicht.

»Und dann wäre es natürlich gut, wenn Sie herausfinden könnten, wer die Leiche überhaupt ist«, ergänzte ihr Kollege.

Der Gefreite Meier legte den Telefonhörer einen Augenblick lang hin, um sich zu sammeln. Als er ihn wieder aufnahm, teilte er den beiden mit, dass er sich um alles kümmern werde. Noch bevor er den Hörer zurück auf die Ladestation knallte, entschied er in seinem und im Interesse der Steuerzahler, sein Protokoll auf das Notwendigste zu beschränken. »Krankenwagen entwendet. Universitätsspital Zürich erhebt Anzeige gegen Unbekannt.«

Die Intensivmedizinerin Larissa Steiger hatte in der Zwischenzeit einen schwerwiegenden Entscheid gefällt. Der unbekannte Patient hatte – vermutlich infolge eines Unfalls – mehrere Rippen gebrochen und ein mittelschweres bis schweres Schädel-Hirn-Trauma erlitten. Wegen der Schmerzen atmete er so flach, dass sie fürchtete, sein Körper erhalte zu wenig Sauerstoff. Mit einem Neurologen zusammen entschied Larissa Steiger deshalb, den Unbekannten medikamentös in ein künstliches Koma zu versetzen. Die Langzeitnarkose würde seinen Körper entlasten und den Kreislauf stabilisieren.

Larissa Steiger war erleichtert, als kurz darauf die Familie ihres namenlosen Patienten auftauchte und ihre Behandlung guthieß. Situation unter Kontrolle, Karriere gerettet. Und der Unbekannte hatte jetzt einen Namen: Nick Vanderhagen.

12

Ein schöner Schnauz

Es war kein schönes Aufwachen am Samstagmorgen. Ein pochendes Stechen hinter den Augen und ein schmerzhaftes Ziehen am Hinterkopf bescherten Jonas, Skara und Anton die späte Erkenntnis, dass der Wein von gestern Abend mehr Katerals andere Qualitäten besessen hatte. Schweigsam und etwas angeschlagen aßen sie zum Frühstück die Reste der gestrigen Mahlzeit: Brot, Käse und Wurst. Ida döste neben ihnen im Gras, und Skara wunderte sich einmal mehr über ihre Anhänglichkeit.

Ihr Rastplatz war gut gewählt. Er befand sich einige Hundert Meter von Landstraßen und Spazierwegen entfernt am Waldrand, sodass niemand sich ungesehen nähern konnte. Für Autofahrer, die per Zufall den Kopf in ihre Richtung wandten, oder E-Bike-Fahrer, die mit unerhörter Geschwindigkeit vorbeisausten, musste es aussehen, als hätten sich drei Personen zum Picknick getroffen.

Das leise Rauschen des fernen Verkehrs, das Summen der Bienen im Holunderbusch hinter ihnen und die noch ungewohnte, frühlingshafte Wärme hatten etwas Einschläferndes.

»Wie lange es wohl dauert, bis eine Leiche vollständig verbrannt ist?«, sagte Jonas plötzlich und holte Skara, die kurz eingenickt war, abrupt in die Wirklichkeit zurück. Dieselbe Frage hatte sie sich auch schon gestellt. »Zu lange, um sie unbemerkt im Freien verbrennen zu können, und vermutlich länger, als wir uns in der Nähe eines angezündeten Eiscafés aufhalten wollen«, erwiderte sie deshalb prompt.

»Fragen wir doch einfach nach«, sagte Anton, streckte seine Glieder und entledigte sich des Pullunders. Als er Skaras und Jonas' verständnislose Blicke bemerkte, fügte er erklärend hinzu: »Dort, wo man die Toten verbrennt, natürlich.«

Die Idee war nicht schlecht, fanden Skara und Jonas – sie war sogar ziemlich gut. Im Krematorium konnten sie sich schlaumachen, ob die Temperatur eines brennenden Eiscafés überhaupt ausreichen würde, um eine Leiche bis zur Unkenntlichkeit zu verbrennen, und wie lange dies dauern würde. Und wenn sie Glück hatten, fügte Anton hinzu, würde sich ja vielleicht eine Möglichkeit auftun, die Chefin unauffällig zwischen die anderen Toten zu schmuggeln oder ihre Leiche gleich selbst in den Ofen zu schieben.

Der kubische Gebäudekomplex des Stadtzürcher Krematoriums Nordheim thronte oberhalb einer Geländekuppe, die von Wald umgeben war, und strahlte finstere Würde aus. Diesen Eindruck vermochten auch die verspielten Fenster in der Natursteinfassade nicht zu mildern, und Skara fühlte unerwartet Ehrfurcht in sich aufsteigen.

Nach kurzem Überlegen entschied sich Anton, dem Wegweiser »Sargeinlieferung« zu folgen, der sie zum Verwaltungstrakt führte. Sie öffneten die nächstbeste Tür, die vom Innenhof abging. Der Bestattungsbedienstete, den sie dahinter antrafen, war schlecht gelaunt und ließ sie dies spüren. Er hatte schneeweiße Haut, die seltsam glitschig wirkte, trug einen schwarzen Anzug, eine Krawatte in der gleichen Farbe, und über dem schmalen Mund kringelte sich ein großer grauer Schnurrbart mit nach oben gezwirbelten Spitzen.

Anton stützte seinen Arm auf einem Tresen ab und lächelte den verdrießlichen Beamten vertraulich an. »Mal angenommen, wir hätten in unserem Krankenwagen da draußen eine Tote …«, begann er und deutete mit dem Daumen Richtung Eingang, »… wie lange müssten wir sie in deinen Ofen stecken, bis sie vollständig verbrannt ist?«

Skara ächzte leise, und Jonas verzog halb belustigt, halb ungehalten den Mund. Anton hatte gerade ihren sorgfältig ausgetüftelten Plan über den Haufen geworfen.

»Haben Sie die Tote beim Bestattungs- und Friedhofsamt der Stadt Zürich angemeldet?«, unterbrach der Bestattungsbedienstete Anton, ohne auf dessen spektakuläre Äußerung einzugehen.

»Ähm …«

»Wir brauchen eine Kopie der ärztlichen Todesbescheinigung, eine Kopie der Todesanzeige von Spital oder Heim, eine Meldebestätigung, falls es sich um eine Person aus dem Ausland handelt, sowie ein Familienbüchlein«, fuhr der Beamte fort.

»Wir haben bloß eine Frage …«, sagte Anton, den Zeigefinger in die Luft haltend.

»Es ist jetzt 11.25 Uhr, in fünf Minuten habe ich Mittagspause«, stellte der Beamte mit einem Blick auf seine Uhr klar.

»Wir drehen einen Film«, sagte Skara schnell, was ebenso wenig dem Plan entsprach wie Antons Eingangsfrage. »Susanna Heinzer, Produzentin der Filmcompany Sunset«, sagte sie, trat neben Anton und streckte dem Bestattungsbediensteten ihre Rechte entgegen. »Das sind mein Kameramann und mein Regisseur.« Beiläufig deutete sie auf Anton und Jonas. »Wir recherchieren für einen Kriminalfilm, der in einem Beerdigungsinstitut spielt, und wären froh, wenn Sie uns als Experte mit Informationen zum Betrieb eines Krematoriums helfen könnten.«

Wie es der Zufall wollte und Skara am Hercule-Poirot-Schnurrbart erkannt hatte, war der Bestattungsbeamte ein ausgesprochener Krimi-Fan und – trotz Mittagspause in einer Minute – gerne bereit, ihnen von den gekühlten Aufbahrungsräumen über die Abdankungshallen bis zu den sieben lindgrünen Kremationsöfen alles zu zeigen, was sein Arbeitsplatz hergab. Sie erfuhren, dass es bei einer Temperatur von tausend Grad Celsius je nach Wasser-, Fett- und Muskelanteil eines Toten neunzig Minuten bis vier Stunden dauerte, bis dieser vollständig verbrannt war.

Damit war die Einäscherung von Chantal Keller sowohl im Eiscafé wie auch im Freien gestorben. Mit der Temperatur eines normalen Campingfeuers würde es etliche Stunden dauern, bis von der Chefin nichts mehr übrig war.

Auch das mit dem Unterjubeln gestaltete sich schwierig, denn der Bestattungsbeamte – »nennt mich Kaspar« – schien genau zu wissen, wie viele Leichen in seinen Kühlräumen lagen.

Als sie sich nach einer Stunde verabschiedeten, ließen sie einen äußerst zufriedenen Bestattungsbediensteten zurück. Der Regisseur der Sunset Filmcompany – Jonas – hatte ihm eine Nebenrolle im neuesten Kriminalfilm in Aussicht gestellt – »primär natürlich wegen Ihres schönen Schnurrbarts«.

»Warum hast du das getan?«, fragte Skara vorwurfsvoll, als sie wieder in den Krankenwagen stiegen. »Kaspar wird enttäuscht sein.«

»Ach wo, sein Tag ist gerettet«, winkte Jonas ab. »›Weigere dich nicht, dem Bedürftigen Gutes zu tun, wenn deine Hand es vermag‹, heißt es in der Bibel. Und meine Hand hat es vermocht.«

Ein Bibelzitat für jede Gelegenheit, dachte Skara kopfschüttelnd. Vermutlich ist er Pfarrer.

Im Gegensatz zu Jonas war der Bestattungsbedienstete namens Kaspar Seiz ziemlich bald nicht mehr der Ansicht, dass man ihm Gutes getan hatte. Als er am Sonntagmorgen das Internet konsultierte, stellte er nämlich fest, dass eine Filmproduktionsfirma namens Sunset gar nicht existierte und er die teure Pflegelotion für seinen Schnurrbart gestern Abend vergebens gekauft hatte. Da er es – eine schwere Schulzeit trug Schuld – nicht leiden konnte, veräppelt zu werden, entschied er, unverzüglich den Polizeinotruf zu wählen. Gerade als der Freiton erklang, fiel ihm jedoch ein, dass er sich womöglich blamierte, wenn er zugab, einer imaginären Filmproduktionsfirma auf den Leim gegangen zu sein. Deshalb legte er auf, bevor jemand den Anruf entgegennehmen konnte, nur um später – als die Ereignisse sich überschlugen – den Notruf erneut zu wählen.

Obwohl sie die Leiche nicht losgeworden waren, hatte sich der Ausflug ins Krematorium gelohnt: Erstens hatten Anton, Jonas und Skara jede Menge Informationen über den Vorgang der Kremation erhalten, und zweitens waren sie sich einig, dass die Verbrennung in einem Ofen eine saubere und sichere Sache war.

»Dabei muss es sich ja nicht zwingend um den Ofen eines Krematoriums handeln«, gab Jonas zu bedenken.

»Wie wäre es mit einem Pizzaofen?«, schlug Skara vor.

»Nicht gerade appetitlich.«

»Das ist der Chefin egal.«

Nach einer kurzen Beratung stimmten sie überein, dass ein Pizzaofen sowohl groß genug als wegen der bestimmt beträchtlichen Hitze auch geeignet war, zur letzten Ruhestätte für die Chefin zu werden. Der Plan war, abends, nachdem der letzte Gast gegangen war, in eine Pizzeria einzubrechen und die Chefin dort im Ofen zu verbrennen. Im günstigsten Fall blieben ihnen sieben oder acht Stunden, bevor am Tag darauf die ersten Angestellten eintrafen.

»Und da wir sowieso bis tief in die Nacht unterwegs sind, können wir vorher gleich noch ein paar Eiscafés anzünden«, fügte Anton an.

»Das drängt sich sozusagen auf«, stimmte Skara zu, während Jonas unbestimmt mit den Schultern zuckte.

Erik Winter besaß fünfzehn Eiscafés, entdeckten sie bei einer Recherche auf Jonas' Mobiltelefon. Sie waren quer über die Zentral- und Ostschweiz verteilt.

Skara lachte in sich hinein. Zu gern würde sie Erik Winters Gesicht sehen, wenn er erfuhr, wie ein Eiscafé nach dem anderen abbrannte.

In einem kleinen Einkaufsladen in Dübendorf, in dem die Regale so dicht standen, dass man sich gegenseitig auf die Füße trat, kauften sie reichlich Lebensmittel sowie eine Straßenkarte ein. Jonas breitete die Karte auf der Kühlerhaube des Krankenwagens aus, und sie markierten die Standorte der fünfzehn Eiscafés mit Punkten. Anschließend verbanden sie die Punkte mit Linien zur kürzesten Route.

»Wenn wir effizient arbeiten und uns nicht zu lange aufhalten, werden wir heute Nacht die Eiscafés in Bülach, Neuhausen, Stein am Rhein und Romanshorn schaffen«, stellte Jonas fest. »Alles, was wir dann noch tun müssen, ist, eine geeignete Pizzeria zu finden, in der wir die Leiche verbrennen können.«

Der Plan war astrein, fand Skara: strukturiert, machbar und zielführend. Bald wären Chantal Keller und ihr unglückseliger Tod Geschichte.

13

Tschechien: Aufbruch in die Heimat

Es war der reiche Bauer Brejcha, der Dobroslav Svoboda fand, und er würde den Anblick sein Leben lang nicht vergessen.

Nicht ahnend, was ihn erwarten würde, stieg er nach dem Frühstück am Samstagmorgen auf seinen Traktor, um nachzusehen, ob Dobroslav Svoboda seinen Auftrag erfüllt und die Scheune eingerissen hatte. Als er bei der großen Eiche anlangte, stellte er ungehalten fest, dass die Scheune zwar dem Erdboden gleich war, ihre Bestandteile jedoch wild verstreut auf den angrenzenden Feldern lagen.

Was hat diesen Mistkerl getrieben, eine derartige Schweinerei zu hinterlassen, dachte Bauer Brejcha und ärgerte sich, bis sein Blick sich in den weit ausgestreckten Zweigen der Eiche verfing, die bereits dicht mit grünen Blättern belaubt waren. Die Krone des alten Baums war vollständig verkohlt, und über einem der oberen Äste hing wie eine aufgedunsene Made Dobroslav Svoboda – oder das, was von ihm übrig war.

Donnerwetter, dachte Bauer Brejcha, genau wie Dobroslav Svoboda es getan hatte, bevor ihn der Blitz traf. Sein nächster Gedanke galt dem Problem, wie er den mürrischen Handlanger vom Baum herunterkriegen sollte.

Die Aufregung war groß, als eine gute Stunde später die Feuerwehr mit heulenden Sirenen durch das kleine Grenzdorf Piesling fuhr. Hier auf dem Land, wo sich die Felder scheinbar ins Unendliche erstreckten und die kleinen Ansammlungen von Häusern kaum Dörfer genannt werden konnten, hatte längst nicht jede Siedlung ein eigenes Feuerwehrauto, und wenn, dann war dieses bestimmt nicht mit einer Autodrehleiter ausgerüstet – einer Leiter so hoch, dass man angekohlte Blitzopfer aus einer dreihundert Jahre alten, fünfundzwanzig Meter hohen Eiche pflücken konnte. Johlend rannten die Kinder dem Feuerwehrauto hinterher, und nicht viel später begann sich im Dorf das Gerücht zu verbreiten, dass der miesepetrige Dobroslav Svoboda den Löffel abgegeben habe.

Der Barfrau Jessica Malikova entfuhr ein tiefer Seufzer, als Bauer Brejcha – noch etwas mitgenommen – die Gerüchte bestätigte: Dobroslav Svoboda schien das Zeitliche gesegnet zu haben. Zumindest musste man davon ausgehen, denn im Zuge eines sehr lokalen Tornados war ein Blitz in ihn gefahren und hatte ihn so verbrannt, dass Bauer Brejcha kaum mehr gewusst hatte, wo vorne und wo hinten war. Den ganzen Freitag und die Nacht auf Samstag hatte Dobroslav Svoboda in der Eiche gehangen. Kein Mensch konnte so etwas überleben, nicht wahr?

Als sie die Worte des Bauern hörte, blätterte die Last vieler schwerer Jahre von Jessica Malikova ab wie der Putz von den schäbigen Häusern des Dorfes. Wellen der Erleichterung durchfluteten sie, und sie schluchzte leise auf. Nie wieder würde Dobroslav Svoboda sich auf ihre Kosten in der Kanec-Bar volllaufen lassen, nie mehr sie an der Gurgel packen, ihr drohen, sie zu verraten oder bei lebendigem Leib zu zerstückeln, wenn sie nicht tat, was er wollte. Sie war frei, frei zu gehen, wohin sie wollte.

Während ihre Nachbarn noch beisammenstanden, über Dobroslav Svobodas vermeintlichen Tod spekulierten und sich fragten, weshalb seine Leiche so schnell abtransportiert worden war, packte Jessica Malikova ihre Habseligkeiten zusammen. Sie drückte ihrer verblüfften Vermieterin die ausstehende Miete in die Hand und marschierte, an den ärmlichen Häusern des Dorfes vorbei, die Hauptstraße hinunter.

Ihr war nicht danach, sich zu verabschieden. Nur einem wollte sie Lebwohl sagen. Sie pflückte einige Frühlingsblumen vom Wegrand und zweigte zum Friedhof ab. Vor einem einfachen Stein an der efeubesetzten Umfriedungsmauer blieb sie stehen und legte die Blumen nieder. »Stepan Malik« stand auf dem Grabstein und darunter: manžel Jessica. Ihr Ehemann war vor zwei Jahren gestorben. Er war nur achtundvierzig Jahre alt geworden.

»Es war schön mit dir, Stepan, aber jetzt gehe ich heim«, sagte Jessica Malikova. Dann nahm sie ihren Koffer in die Hand und ging mit federnden Schritten zur Bushaltestelle. Sie fühlte sich leicht, leicht wie der Schmetterling, der den Tornado ausgelöst hatte und ihr in dieser Stunde zu einem neuen Leben verhalf.

14

Fremde Bräuche

SAMSTAG

Als die Abenddämmerung den Himmel gegen den Horizont hin in rote Schlieren zerfaserte und die Welt eine Spur stiller wurde, brachen sie auf. Anton und Jonas saßen vorne, Skara mit Ida auf dem Klappsitz im Heck. Die Chefin, eingehüllt in eine Rettungsdecke, war mit einem Riemen an der Seitenwand befestigt, da Skara es lästig fand, wenn Chantal Keller ihr immer vor die Füße rollte. Es hatte so etwas Vorwurfsvolles.

Jonas lotste Anton mit der Straßenkarte zielsicher in Richtung Bülach. Ein funktionierendes Mobiltelefon besaß seit ihrem Aufenthalt in Dübendorf keiner von ihnen mehr. Skaras Telefon hatte mangels Stromzufuhr den Geist aufgegeben, Anton hatte nie eines besessen, und Jonas hatte seines in den Müll geworfen, nachdem seine Familie ihn zum fünften Mal angerufen hatte. »Eine geheime Mission duldet keine Überwachung«, begründete er lapidar.

Während sie durch dunkler werdende Straßen fuhren, unterhielten sich Jonas und Anton über verschiedene Eissorten. Dabei stellte sich heraus, dass Anton sich schon länger mit der Frage auseinandersetzte, weshalb Gemüse als Geschmacksrichtung ein Außenseiterdasein fristete. Die Menschen, die sich auf Spinateis, Eis aus roten Bohnen oder Laucheis einließen, seien rar, erklärte er ihnen. »Mit meiner neuen Sorte aus Passionsfrucht und Bohnen wollte ich etwas gegen diese Vorurteile unternehmen.«

»Gegen die Ausgrenzung von Andersartigkeit anzukämpfen, ist in jeder Hinsicht ein guter Gedanke«, stimmte Jonas zu. »Es lohnt sich, Neuem gegenüber offen zu sein – und seien es Bohnen in Früchteeis.«

Mehr bekam Skara vom Gespräch nicht mit, da Ida sie ablenkte. Geduckt wie ein jagender Tiger, pirschte sich die schwarze Katze an die Chefin heran. Die Nase zuckte aufgeregt. Unsicher, ob sich der Mensch in der Decke nicht doch noch regen würde, beschnüffelte sie die Leiche von allen Seiten. Das Urteil schien zufriedenstellend auszufallen. Idas Schwanz zitterte, dann stieg sie auf Chantal Kellers Bauch und rollte sich zusammen.

Das Eiscafé in Bülach befand sich in einer heruntergekommenen Ladenstraße, die jetzt, um neun Uhr abends, völlig ausgestorben wirkte. Die Straßenlaternen sandten ein gelblich trübes Licht aus, das mehr dekorativ als von Nutzen war, und Skara fragte sich, wie ein Eiscafé an einem solchen Standort sich überhaupt rentieren konnte.

Anton hielt sich nicht mit der Holztür auf, sondern trat sie kurzerhand ein. Im Gegensatz zu ihrem Besuch am Baschligplatz schien hier niemand den Lärm zu bemerken – die Fenster der umgebenden Häuser blieben dunkel.

»Feuer frei!«, rief Anton und hob das Flammrohr. Mit einem zischenden Geräusch setzte der Feuerstrahl sämtliche Boxen mit Eis, die Theke, die Rattansessel und den hübschen, altmodischen Servicetisch in Flammen.

»Ich sag euch, das ist ein Spaß!«, sagte Anton strahlend, als er nach Vollendung seines Werks durch die zersplitterte und angekohlte Tür ins Freie trat.

»Hast du eine Botschaft hinterlassen?«, erkundigte sich Skara.

»Yep«, erwiderte Anton und verstaute Flammenwerfer und Rückentanks im Krankenwagen. »Zum Teufel mit der Elster!«

Logisch, fand Skara. Die Elster trug schließlich eine Mitschuld an Antons Entlassung.

Keine dreißig Minuten später langten sie im schaffhausischen Neuhausen an. Skara war hingerissen vom Schloss Laufen mit seinen schmucken Häuserzeilen und richtiggehend überwältigt vom Rheinfall, der hinter dem Schloss tosend in die Tiefe donnerte. Gern hätte sie den Wasserfall bei Tageslicht gesehen.

Das Eiscafé von Erik Winter befand sich in einem modernen Gebäude, das einige Hundert Schritte vom Schloss entfernt stand und auch die Toiletten für die Touristen beherbergte. Um diese Stunde jedoch – es war kurz nach Mitternacht – waren die Plätze und Gassen um das Schloss wie ausgestorben.

Wie vereinbart war dieses Mal Skara an der Reihe, das Eiscafé anzuzünden. Anton half ihr, die beiden Tanks auf den Rücken zu hieven. Sie waren schwer, stellte sie mit einem überraschten Keuchen fest, sicher dreißig Kilogramm. Den Finger am Abzug, zielte sie mit dem Flammrohr auf das Werbeplakat über dem Tresen. Das Ventil öffnete sich, Stickstoff trat aus und jagte das Dieselöl ans Ende des Rohrs, wo es sich entzündete. Sie spürte einen leichten Rückstoß, dann schossen meterlange Flammen aus der Waffe und schmolzen das Eis lutschende Paar auf dem gerahmten Plakat innerhalb von Sekunden zu einem übel riechenden Brei, der sich zäh die Wand herabwälzte und auf dem Tresen erstarrte. Als Nächstes nahm sie sich die Barhocker aus Kunststoff vor, die sich in alle Richtungen bogen und nach einem weiteren Feuerstoß zu einem Klumpen zusammenschrumpelten. Es war ihr, als würde das Feuer durch sie selbst strömen – jede Faser ihres Körpers vibrierte, und Wellen von Energie pulsierten durch ihre Blutbahnen. Zu sehen, wie schnell und vollständig sich Unerwünschtes vom Erdboden tilgen ließ, war berauschend. Die Wucht und das laute Zischen, mit dem das Feuer aus ihrer Waffe schoss, gaben ihr das Empfinden von Macht und Möglichkeiten. Sie fühlte sich nicht länger schicksalsergeben, sondern stark. Sie kämpfte. Mit den Feuerstößen rang sie die Erinnerungen an die lieblose Mutter nieder, an die öde und freundlose Kindheit, an eine Chefin, die ihr Selbstbewusstsein systematisch untergraben hatte, und daran, dass sie gezwungen worden war, ihren Willen so lange zu unterdrücken. Mit dem Finger am Abzug lebte es sich intensiver und besser, fand Skara. Sie bereitete die Vorlage, um ihre Geschichte neu zu schreiben.

Als sämtliches Inventar in Flammen stand, färbte Skara die Wand rußig, damit Anton seine Botschaft darauf anbringen konnte.

Eiscafé Nummer vier im Industriequartier südlich von Stein am Rhein übernahm Anton, Nummer fünf in Romanshorn Jonas, der übers ganze Gesicht grinsend von seiner Mission zurückkehrte.

Bis zu diesem Zeitpunkt hatte alles geklappt, wie sie es sich vorgenommen hatten. Jetzt mussten sie nur noch die Leiche loswerden, dann war der Tag perfekt. Das aber sollte sich schwieriger gestalten als erwartet.

Die Pizzeria selbst war nicht das Problem. Sie war schnell gefunden, und der Ofen sah vielversprechend erhitzt und genügend groß aus. Das Problem waren vielmehr die Besitzerin und ihre Freundinnen: sechs gut gekleidete Frauen, die um den

Stammtisch herumsaßen, redeten, lachten und tranken – irgendeinen klaren Schnaps, wie Skara feststellte, als sie durch das gardinenbehangene Fenster einen Blick ins Innere warf. Da die Besitzerin sich gerade anschickte, eine neue Flasche zu öffnen, würden sie sich wohl noch eine Weile gedulden müssen.

»Ich hole den Wein und die Pistazien aus dem Krankenwagen«, anerbot sich Anton flüsternd, und die anderen hielten zustimmend die Daumen hoch. Der Merlot, den er brachte, machte einen besseren Eindruck als der Tempranillo des vorherigen Abends. Das liege am Preis, sagte Jonas. Ein Wein unter zehn Franken verursache Kopfschmerzen, über zehn Franken hänge es von der Menge ab.

Pistazien knackend und Wein trinkend, lehnten sie an der niedrigen Mauer auf dem Grundstück neben der Pizzeria und warteten, bis die Damen sich entschieden hatten, ihre Feier aufzulösen.

»Als Anton uns von seinem Chef erzählt hat, hast du eine merkwürdige Frage gestellt, Skara«, sagte Jonas irgendwann in die Dunkelheit. Es war gerade zwei Uhr geworden, und die Frauenrunde – der Sprache nach waren es wohl Türkinnen – machte noch immer keine Anstalten, sich zu erheben. »Du hast gefragt, wie alt Erik Winter ist und wie er aussieht. Hast du den Eindruck, dass du ihn kennst?«

Es war Jonas also aufgefallen, wie irritiert sie gewesen war, als Anton den Namen seines Chefs erwähnte, dachte Skara. Sie wunderte sich nicht. Jonas hatte mehrfach bewiesen, dass er ein aufmerksamer Zuhörer war.

»Nicht nur Anton, auch ich habe eine Rechnung offen mit Erik Winter«, erklärte Skara. Stockend erst, dann zusehends flüssiger berichtete sie von der schwierigen Beziehung zu ihrer berühmten Mutter und wie Josie ihr noch viele Jahre nach dem Ereignis übel nahm, dass Erik Winter sie verlassen hatte – aus einem Grund, der Skara völlig schleierhaft war.

Jonas und Anton hörten schweigend zu. Irgendwann stand Skara auf, holte ihre Handtasche aus dem Krankenwagen und entnahm ihr ein mehrfach gefaltetes Blatt Papier, das sie an die beiden weiterreichte. Der letzte Brief von Erik Winter an ihre Mutter. Sie trug ihn bei sich, seit sie ihn vor zwei Monaten im Nachlass von Georg gefunden hatte. Er hatte den Brief aufbewahrt, es offenbar aber nie übers Herz gebracht, ihn Skara zu zeigen.

Skara hatte ihn Dutzende Male gelesen. In steilen, mit Druck geschriebenen Buchstaben stand auf weißem, unliniertem Papier:

Josie. Ich verlasse dich. Du sollst wissen, dass ich in Kürze heiraten werde. Solltest du es wagen, dich mir oder meiner Zukünftigen in irgendeiner Form zu nähern, dann werde ich mit allen verfügbaren juristischen Möglichkeiten auf dich losgehen. Erik

Interessant an diesem Brief war nicht nur der Inhalt, sondern auch das Datum. Er war sechs Monate vor Skaras Geburt verfasst worden. Das ließ nur eine Deutung zu: Erik Winter hatte Josie verlassen, als diese mit Skara schwanger war. Er konnte also nicht ihr Vater sein, folgerte Skara, denn ein Vater verließ sein Kind nicht ohne Grund und bestimmt nicht, ohne etwas zu dessen Unterhalt beizutragen. Josie aber, das wusste Skara als Verwalterin ihrer Finanzen ganz genau, hatte niemals Alimente erhalten.

Darüber nachzudenken, warum sich Erik Winter so plötzlich entschlossen hatte zu heiraten und ob vielleicht ein Nebenbuhler im Spiel gewesen war, war sinnlos, hatte Skara feststellen müssen. Sie besaß zu wenig Informationen, um das Rätsel zu lösen. Fest stand, dass Erik Winters abrupter und herzloser Abgang ihre Mutter tief verletzt hatte.

Ohne es zu merken, ballte sie die Fäuste. »Erik Winter ist dafür verantwortlich, dass Josie nicht fähig war, mich zu lieben. Er schuldet mir etwas. Er schuldet mir den Platz im Herzen meiner Mutter, den ich nicht haben konnte – und meine Kindheit. Dafür will ich mich rächen und Erik Winter so viel Schaden zufügen wie möglich. Er soll leiden!«

»Ich verstehe«, sagte Jonas, und Skara hörte mehr, als dass sie sah, wie er grimmig nickte.

»Und deshalb, Anton«, sprach Skara aus, was ihr im Kopf herumspukte, seit sie von seinen Racheplänen erfahren hatte, »werde ich mit dir Eiscafés anzünden, bis das letzte von ihnen in Flammen aufgegangen ist. Aber das ist noch nicht alles.« Sie holte tief Luft. »Ich will Erik Winter zur Rede stellen, ich muss wissen, weshalb er meine Mutter verlassen hat. Es ist mir noch nicht klar, wie ich das anstellen will, aber ich werde diesen Mann irgendwo festnageln, und er wird mich anhören.«

In diesem Moment bewegte sich etwas hinter den Gardinen der Pizzeria. Die sieben Frauen im Restaurant waren aufgestanden und verabschiedeten sich voneinander. Kurze Zeit später wankten sie schwatzend ins Freie, bestiegen den Mercedes und die drei BMW, die vor der Pizzeria parkten, und brausten davon. Es war Zeit zu handeln.

Skara schlich zum Haus und spähte durch das Fenster, um sich zu vergewissern, dass alle gegangen waren. Der Pizzaofen war immer noch glühend heiß, erkannte sie am roten Schimmer, der durch die Ritzen der Ofentür drang. Sie winkte, um Anton und Jonas anzuzeigen, dass die Luft rein war. Zu ihrem Glück war eines der zwei Fenster Richtung Vorgarten bloß angelehnt. Während Skara durch das Fenster ins Innere kletterte, holten die anderen die Leiche aus dem Krankenwagen. Die Chefin war inzwischen völlig steif geworden, was es erschwerte, sie über die Fensterbrüstung hinweg in den Schankraum zu bugsieren. Erst als Jonas sich draußen auf einen Holzblock stellte und Anton die Leiche in der Mitte anhob, schaffte es Skara, sie ins Innere zu ziehen.

»Wenn wir gehen, dann nehmen wir aber die Tür«, ächzte Anton, als er sich durch das Fenster quetschte. Jonas und Skara grinsten.

Ohne sich unnötig aufzuhalten, hoben Jonas und Anton die Chefin seitlich an und schleppten sie zum Pizzaofen. Es war ein Prachtstück, gebaut aus Schamottsteinen, mit einer runden Kuppel, einem großen Garraum und einer Ofenklappe aus Gusseisen.

»Müssen wir noch was sagen, bevor wir sie verbrennen?«, fragte Anton an Jonas gerichtet. Skara schmunzelte. Wie sie selbst schien auch Anton Jonas für einen Pfarrer zu halten.

»Da ließ der Herr Schwefel und Feuer regnen vom Himmel herab auf Sodom und Gomorra und vernichtete die Städte und die ganze Gegend und alle Einwohner der Städte und was auf dem Lande gewachsen war«, deklamierte Jonas.

Skara presste die Hand vor den Mund, um nicht laut aufzulachen. Ja, Chantal Keller hätte durchaus nach Sodom und Gomorra gepasst.

Sie öffnete die Ofenklappe. Hitze schlug ihr entgegen. Doch die Männer, bereit, die Chefin hochzuhieven und in den Ofen zu schieben, rührten sich nicht von der Stelle.

»Gopfertelli«, sagte Anton, und seine Augen wurden groß, »da liegt schon einer.«

Der Mensch im Pizzaofen hatte zu Lebzeiten an einem Knick-Senkfuß gelitten und Lederschuhe mit Schnürsenkeln getragen, die erstaunlich feuerfest waren. So viel erkannten die drei, als sie entgeistert in den Ofen starrten. Von den beiden zertrümmerten Kniescheiben an aufwärts jedoch war der Mann kaum mehr als solcher zu erkennen. Sein Körper war stark angekohlt und begann bereits zu zerfallen. Ganz hinten im Pizzaofen, wo das Feuer am heißesten brannte, war nur noch eine dunkle, breiige Masse auszumachen – und zwei Goldzähne, die in der Glut schimmerten.

Skara kannte sich mit türkischen Bräuchen nicht aus. Handelte es sich hier um eine Art Kremation in persönlichem Rahmen? Oder war es in der Türkei üblich, seine Feinde auf diese Weise zu entsorgen? Fest stand, dass neben dem Verkohlten mit dem Knicksenkfuß kein zweiter Mensch in den Ofen passte, nicht einmal ein so dürrer wie Chantal Keller.

»Es kann noch Stunden dauern, bis Herr Goldzahn verbrannt ist«, sprach Jonas aus, was sie alle dachten, »so lange können wir nicht warten.«

Wie Anton vorgeschlagen hatte, wählten sie für ihren Abgang die Tür. Während sie die Chefin zur Pizzeria hinaustrugen und im Krankenwagen festzurrten, kamen sie zum Schluss, dass ein Pizzaofen wohl doch nicht die geeignete Lösung war, um Chantal Keller loszuwerden. Es musste einen anderen Weg geben – einen ohne Feuer.

Neben einem Rapsfeld am Waldrand stellten sie den Krankenwagen ab und rollten sich in ihre Wolldecken ein. Skara betrachtete den Sternenhimmel, der sich von den Bäumen hinter ihrem Schlafplatz bis fast zur Erde erstreckte, und dämmerte in einen friedvollen Schlaf. Um genau sieben Uhr neunzehn jedoch fand dieser ein lautes und jähes Ende. Ein Traktor rumpelte an dem in der Sonne hellgelb leuchtenden Rapsfeld entlang, darauf ein wütender Bauer namens Vetterli, der energisch auf die Hupe drückte.

15

Kantonspolizei Zürich:
Ein neuer Fall für Andy Lutz

SONNTAG

Ächzend wälzte sich Kriminalpolizist Andy Lutz auf die rechte Seite seines Bettes. Er starrte auf sein Mobiltelefon, das auf dem Nachttisch klingelte und vibrierte. Wer wagte es, ihn an seinem freien Tag um halb sieben Uhr in der Früh anzurufen? Er warf einen Blick aufs Display. Schmidt, dieser Trottel. Sich müde die Augen reibend, drückte er die Lautsprechertaste.

»Hier Schmidt«, schepperte die Stimme seines Kollegen aus dem Telefon. »Komm heute um acht Uhr ins Büro. Wir haben zu tun.«

Lutz fuhr sich mit der Hand über die Stirn. »Wie wär's mit etwas Höflichkeit?«, brummte er. »Im Stil von: ›Ich wünsche dir einen guten Morgen, Lutz. Es tut mir leid, dass ich dich an deinem freien Tag aus dem Bett scheuche‹?«

»Du verlangst, dass ich mich so umständlich ausdrücke wie ein Schweizer?«, lachte Schmidt und beendete das Gespräch ohne Abschiedsgruß.

Andy Lutz richtete sich auf und kratzte seinen bärtigen Hals. Auf dem Bett sitzend, begann er mit den Dehnübungen, die ihm die Physiotherapeutin verschrieben hatte. Doch das gestrige Abendessen auswärts hatte sich bereits in seiner Wampe niedergeschlagen. Trotz leicht gebeugten Knien schaffte er es nicht, mit den Fingerspitzen seine Zehen zu berühren.

Tammisiech, dieser Schmidt. Vor zwei Jahren hatte man ihm den Jungen zur Seite gestellt. Als potenziellen Nachfolger, hatte seine Chefin Annette Moser gesagt, zum Einlernen, weil Lutz in naher Zukunft in Pension ging und weil er es doch an den Bandscheiben hatte. Lutz kannte allerdings auch den wahren Grund: Der Junge sollte ihn motivieren, an seine vergangenen Fahndungserfolge anzuknüpfen – ob durch Ansporn oder Ärger, war der Moser anscheinend einerlei. Jetzt hatte er beides, Ansporn und Ärger, aber wirken tat es nicht. Lutz hatte in seiner Laufbahn bei der Polizei zu viel gesehen, das ihn desillusionierte, und immer häufiger ertappte er sich dabei, wie er von einer Frühpensionierung träumte. Er hatte junge, übermütige Menschen verhaftet, die für ihre Jugendsünden schwer bestraft wurden, und Menschen, die sich wegen eines schlimmen Schicksals in eine dumme Situation manövriert hatten. Umgekehrt hatte er zusehen müssen, wie Schwerverbrecher und Betrüger mit Lügen und der Hilfe eines windigen Verteidigers davonkamen. Manchmal wusste er kaum mehr, wo die Gerechtigkeit anfing und wo sie aufhörte. So war das, und daran konnte auch der Junge nichts ändern.

Ruben Schmidt war ein hellblonder, großer und schlaksiger Polizist, neunundzwanzig Jahre alt, beflissen und ehrgeizig. Wenn er einmal kapiert hatte, was zu tun war, gab er sich Mühe, seine Arbeit ordentlich zu machen, musste Lutz zugeben, doch seine Übereifrigkeit war eine Pein. Und seltsame Gewohnheiten hatte der Junge. Gab sich als Deutscher aus und sprach auch so. Ein Rätsel, denn wie Lutz wusste, war Schmidt – abgesehen von seinem Namen und der Großmutter mütterlicherseits – so schweizerisch wie ein Kuhfladen auf dem Albispass.

Seufzend stand er auf, hob seinen rechten Arm über den Kopf und neigte den Oberkörper nach links, um die Seite zu dehnen. Er hatte eine Ahnung, weshalb Schmidt ihn so pressant ins Büro bestellte. Seitenwechsel, Arm hoch, Oberkörper nach rechts. Vermutlich war Schmidt wild darauf, sich die Eiscafégeschichte zu schnappen, aus der sich Lutz gerne herausgehalten hätte. Zum einen betraf sie gleich drei Kantone, und Lutz sah das Gerangel um Kompetenzen schon vorher. Zum anderen jagte er lieber Schwerverbrecher. Man konnte sie einbuchten, ohne groß nachdenken zu müssen, wie ihr Schicksal verlaufen wäre, wenn sie nicht hinter Gittern säßen. Mit Kleinkriminellen, Jugendlichen und Vandalen hingegen war das immer so eine Sache. Eine Sache, die sorgfältiges Abwägen erforderte – und Entscheidungen, die er nicht treffen wollte.

Lutz brummte mürrisch und zog sich an. So kurz vor dem Ruhestand hätte er es eigentlich verdient, den Job etwas ruhiger angehen zu können, fand er und ließ seine Gedanken schweifen. War er einmal pensioniert, dann würde er sich ein Boot zulegen und fischen gehen. Oder Boule spielen auf dem Lindenhof und mit den alten Herrschaften über Belanglosigkeiten plaudern. Weder das Eine noch das Andere hatte er je getan, aber der Gedanke daran gefiel ihm – es war so beruhigend unspektakulär.

Zwanzig Minuten nach acht Uhr trat Lutz in sein Büro. Die Milchglasscheiben zum Gang hin kompensierten, dass die Fenster nach draußen erst auf Brusthöhe begannen, und ließen den Raum heller und großzügiger scheinen, als er war. Über Lutz' beamtengrauem Schreibtisch hing eine Karte der Schweiz, über dem des Jungen ein Werbeplakat für die Polizeischule.

In der Tür stieß Lutz fast mit Schmidt zusammen, der eine dampfende Tasse Kaffee in der Hand hielt.

»Herzlichen Dank, dass du dich an deinem freien Tag herbemühst, Boss«, sagte Schmidt grinsend und streckte ihm die Tasse entgegen.

»Na also, geht doch mit der Höflichkeit«, brummte Lutz.

»Es geht um die Eiscafésache.«

»Ich weiß.«

»Ich will, dass wir uns der Sache annehmen, und habe diesbezüglich schon mit der Chefin gesprochen.«

»Ich weiß.«

»Sie sagt, sie muss sich zuerst mit unseren Kollegen in Schaffhausen und im Thurgau absprechen. Da die Brandserie aber in der Stadt Zürich begonnen hat, spreche nichts dagegen, dass wir beide uns um den Fall kümmern.«

»Ich weiß.«

Schmidt stutzte. »Gibt es etwas, das du noch nicht weißt?«

»Nein«, sagte Lutz und nippte an seinem heißen Kaffee. »Nächstes Mal mehr Milch, bitte. Und jetzt schieb mal die Meldungen zu den Bränden rüber, damit ich dir beibringen kann, wie wir bei der Polizei arbeiten.«

»Danke ergebenst, Boss«, sagte Schmidt und grinste.

»Zur Hölle mit dir.«

Fünf Meldungen lagen vor. Eine stammte aus der Stadt Zürich, eine aus dem Zürcher Unterland, zwei aus dem Kanton Schaffhausen und eine aus dem Kanton Thurgau. Ein oder mehrere Täter waren in Eiscafés des Unternehmens Wintereis eingebrochen und hatten Feuer gelegt. Wie, das war noch unklar. Auf den geschwärzten Wänden der Lokale hatte die unbekannte Täterschaft Botschaften hinterlassen – eigenwillig geschrieben und mit merkwürdigem Inhalt. Fingerabdrücke waren keine zu finden gewesen.

»Klingt, als müsse jemand seinen Frust loswerden«, murmelte Lutz.

Bei den Bränden war glücklicherweise niemand zu Schaden gekommen, und sie hatten auch nicht auf benachbarte Häuser übergegriffen, aber in den Eiscafés würde eine Weile lang niemand mehr Eis essen. Gestern Morgen, bemerkte Lutz beim Durchblättern der Meldungen, hatte sich überdies ein Herr namens Erik Winter telefonisch beim diensthabenden Kollegen gemeldet und sich als Direktor des Unternehmens Wintereis vorgestellt. Er hatte Anzeige gegen Unbekannt eingereicht. Lutz nahm an, dass die Versicherung der Firma den entstandenen Schaden erstatten würde.

»Was machen wir jetzt?«, fragte Schmidt eifrig.

»Zusammentragen, filtern, kombinieren«, antwortete Lutz. »Wir beginnen damit, die Nachbarn der abgebrannten Eiscafés zu befragen, ob sie einen Verdacht haben oder ihnen irgendetwas aufgefallen ist. Mit guter alter Fußarbeit, wenn das möglich ist, sonst telefonisch. Setz deinen Charme ein, wenn du den Leuten auf den Zahn fühlst. Und bemüh dich, höflich und ein bisschen weniger direkt zu sein.«

Schmidt lachte. »Und was machst du?«

»Ich werde mit meinem alten Militärfreund Bärlocher einen Kaffee trinken und über Feuer plaudern, die außer Kontrolle geraten sind. Mal sehen, ob wir herausfinden, wie die Brände in den Eiscafés zustande kamen. Und jetzt ab mit dir!«

16

Wie man ein Auto klaut

Bauer Vetterli hatte morgens immer schlechte Laune. Besonders aber, wenn er am Sonntagmorgen auf dem Wiesenstreifen unmittelbar neben seinem Rapsfeld schlafendes Gesindel vorfand. Deshalb holte er alles aus seiner Hupe, was sie hergab.

Skara erwachte aus einem Schlaf, der tiefer nicht hätte sein können. Das Adrenalin flutete ihre Blutbahnen wie ein berstender Staudamm, brachte ihr Herz zum Rasen und ihre Glieder zum Zittern. Erschrocken setzte sie sich auf und rieb sich die Augen. Keine zwei Meter von ihr entfernt stand ein Traktor, der aus der Froschperspektive betrachtet beängstigend große Räder hatte.

»Verschwindet, oder ich rufe die Polizei!«, brüllte eine Männerstimme. Alarmiert warfen Skara, Jonas und Anton ihre Wolldecken von sich und sprangen auf die Füße. Die Stimme gehörte einem grimmig aussehenden Bauern, dessen Gesicht zur Hälfte von einem enormen Bart eingenommen wurde. Er trat aufs Gas, und der Motor seines Traktors heulte laut auf. Das Zeichen war so primitiv wie unmissverständlich: Wollten Jonas, Anton und Skara nicht unter die gewaltigen Räder geraten, blieb ihnen nichts anderes übrig, als abzuziehen. Also rafften sie ihre Habseligkeiten zusammen, bestiegen den Krankenwagen und machten sich vom Acker, dicht gefolgt von Bauer

Vetterli auf seinem Traktor, der sichergehen wollte, dass sie das Landstück, das an das seinige angrenzte, auch wirklich verließen.

In Arbon, einem Dorf am Bodensee mit weitläufiger Seepromenade, legten sie einen Halt ein, um in Ruhe darüber nachzudenken, wie es nach dem gestrigen Debakel in der Pizzeria mit der Leiche und ihren Racheplänen weitergehen sollte. Während Anton und Jonas sich unter den Pappeln ausstreckten und dösten, kletterte Skara über die Steine am Ufer und tauchte ins kalte Wasser ein. Die Weite des Bodensees, der am Horizont scheinbar uferlos in den Himmel überging, gefiel ihr, und das Bad war eine Wohltat, obwohl sie ein Stück Seife schmerzlich vermisste. Als sie sich erfrischt und sauber fühlte, machte sie sich daran, Ida ihr verletztes Auge auszuwaschen, und verfütterte ihr einen Wurstzipfel mit Antibiotikum.

»Also«, begann Jonas, als Skara sich zu den beiden Männern gesellte, »hat einer von euch einen Vorschlag, was wir mit der Chefin machen wollen?«

Anton hatte einen – und nicht nur den: »Wie wäre es, wenn wir die Chefin mit meiner Kettensäge zerteilen und in einem Fass mit Säure auflösen?«, fragte er mit glänzenden Augen. »Oder sie auf einer Baustelle einbetonieren? Oder sie in einem alten Auto verstecken und auf dem Autofriedhof zerquetschen lassen?«

Jonas und Skara tauschten einen zweifelnden Blick, den Anton nicht zu bemerken schien, denn er fuhr enthusiastisch fort: »Wir könnten die Chefin auch im Wald vergraben. Oder sie ins Wasser werfen. Mit Steinen an den Füßen.«

Skara blickte hoch. Die Idee mit der Wasserbestattung war gar nicht so schlecht, fand sie. Die Chefin auf den Grund eines Sees sinken und für immer verschwinden zu lassen, klang machbar. Jonas schien dasselbe durch den Kopf zu gehen. Er griff nach der Straßenkarte. »Schauen wir doch, ob wir auf unserer nächtlichen Route zu den nächsten Eiscafés an einem See vorbeikommen, der etwas weniger stark frequentiert ist als dieser hier.«

Er musste nicht lange suchen: Oberhalb des Punktes, der das Eiscafé von Erik Winter in Klosters markierte, gab es einen kleinen See – den Davosersee. Keiner von ihnen war jemals in Davos gewesen, aber so weit oben in den Bergen, meinte Anton, sei es wohl einsam genug, um ungesehen eine Leiche in einem See zu entsorgen.

Kurz nach Mittag brachen sie auf. Da sie heute Nacht eine weite Strecke zurücklegen mussten – die Fahrt allein dauerte schon zweieinhalb Stunden –, wollten sie schon vor Ort in Herisau sein, wenn es dunkel war. Auf diese Weise würden sie mit dem ersten der vier Eiscafés, die heute auf dem Programm standen, gleich loslegen können.

Sie waren bester Stimmung, und als Radio Winkelried AC/DCs »Highway to Hell« spielte, drehte Jonas voll auf. Die Nachrichten jedoch, die auf den Song folgten, setzten ihrer Euphorie ein abruptes Ende.

»In den Nächten auf Samstag und Sonntag hat eine unbekannte Täterschaft in den Kantonen Zürich, Schaffhausen und Thurgau fünf Eiscafés des Unternehmens Wintereis abgebrannt«, schnarrte Claudia Rossi – jüngste Moderatorin von Radio Winkelried – roboterhaft. »Brandauslösend war dabei wohl ein mit Dieselöl betriebener Flammenwerfer – eine Waffe, deren Besitz strafbar ist. Wie die Polizei außerdem bekannt gibt, wurde in der Nähe des Eiscafés am Zürcher Baschligplatz ein rot-weißer Krankenwagen gesichtet. Dabei könnte es sich möglicherweise um ein Fahrzeug handeln, das dem Universitätsspital Zürich am Freitag abhandenkam. Dieser Umstand wird zurzeit noch abgeklärt.«

Dann, als hätte sie sich auf ihre Menschlichkeit besonnen, legte Claudia Rossi ihre demonstrative Emotionslosigkeit ab: »Wir von Radio Winkelried haben nachrecherchiert und herausgefunden, dass der oder die Täter in den Eiscafés rätselhafte Botschaften hinterlassen haben. Sie lauten wie folgt, ich zitiere: ›Jetzt gibt's auf die Fresse.‹ ›Zum Teufel mit der Elster.‹ ›Toleranz für Gemüse.‹ ›Und plötzlich war ich weg.‹ ›Trau nie deinem Chef.‹ Alle Botschaften sind von der Rechtschreibung her nicht ganz einwandfrei.« Die Moderatorin holte Luft, ihre Stimme wurde kehlig und färbte sich sensationslüstern. »Mir gegenüber im Studio sitzt Dr. Ulrich Herter, Psychologe. Herr Herter, verraten Sie uns: Was treibt einen Menschen dazu, ein Eiscafé zu entzünden und derart merkwürdige Botschaften zu hinterlassen?«

Aus den Boxen des Krankenwagens erklang die vertrauenerweckende Stimme eines Mannes um die fünfzig. Psychologe Herter, so stellte sich während der nächsten fünf Minuten heraus, war der Ansicht, dass es sich beim Schöpfer der Botschaften um eine zutiefst aufgewühlte und depressive Seele handelte. Mit seinen weißen Botschaften auf den schwarzen Wänden vollziehe dieser Mensch eine innere Reinigung und bringe symbolhaft Licht in seine persönliche Dunkelheit.

»Also keine Racheaktion oder simple Zerstörungswut?«, hakte Claudia Rossi nach.

»Keineswegs, meine Liebe«, sagte der Psychologe im Brustton der Überzeugung. »Wir werden hier Zeugen eines Akts der persönlichen Befreiung, der von bemerkenswerten Selbstheilungskräften zeugt.«

Die Polizei war ihnen auf den Fersen. Obwohl Skara gewusst hatte, dass ihr Treiben nicht unbemerkt bleiben würde, traf die Erkenntnis sie wie ein Schlag.

Jonas hingegen schmunzelte. »Ich wusste gar nicht, dass du depressiv bist, Anton.«

»Man lernt täglich dazu«, erwiderte dieser trocken.

»Woher hast du eigentlich den Flammenwerfer?«

»Ist ein Erbstück.«

»Von deinem Urururgroßvater Johannes?«

Anton grinste. »Möglich.«

»Leute«, mischte sich Skara ungeduldig ein. »Wenn wir nicht vor dem Ende unseres Rachefeldzugs erwischt werden wollen, müssen wir den Krankenwagen loswerden! Und zwar schleunigst.«

Die logische Schlussfolgerung war, dass sie sich ein neues Auto besorgen mussten – sie konnten die Chefin schließlich nicht in der Öffentlichkeit herumtragen.

»Das mach ich«, anerbot sich Anton, der sich kürzlich im Internet schlaugemacht hatte, wie man ein Auto knackte. »Wir brauchen einen Flachschraubenzieher mit isoliertem Griff und einen kleinen Bohrer, um den Schlosszapfen zu zerstören«, zählte er auf.

Doch Skara schüttelte den Kopf. »Wenn wir das Auto aufbohren, dann können wir es nicht mit gutem Gewissen zurückgeben. Es muss eine andere Lösung geben.«

Während sie noch diskutierten, wie sie an ein neues Auto kommen sollten, setzte Anton den Blinker und nahm die Ausfahrt zu einer Tankstelle ausgangs Sankt Gallen. »Hier kommen so viele Fahrzeuge vorbei, da finden wir bestimmt eines, das zu uns passt«, erklärte er und stellte den Krankenwagen in der Seitengasse neben der Tankstelle ab.

Die Fenster und Türen weit geöffnet, streckten sie sich auf ihren Sitzen aus und begutachteten die heranfahrenden Wagen. Bleichgesichtige Verkäuferinnen, die nach der Sonntagsfrühschicht nach Hause wollten, gestresste Familienväter, auf dem

Rücksitz der streitende Nachwuchs, picklige Halbstarke, die gerade erst aufgestanden waren – alle kamen, um ihre Wagen vollzutanken, und verschwanden im Shop, um zu zahlen – wachsam beäugt von Anton und Skara. Jonas fläzte sich derweil auf den Rücksitz und knackte Pistazien.

Es war gerade einmal eine Viertelstunde vergangen, da näherte sich im Schneckentempo ein silberner Opel, den sie für ihre Zwecke als geeignet erachteten. Das Auto gehörte einem knapp vierzigjährigen Mann in gelb-blauem Karohemd und schlecht sitzender Jeans. Missmutig beobachtete er, wie der Zähler schnurrte, während sich der Tank seines Opels mit Benzin füllte.

Einer von denen, die keinen Tropfen verschenken, dachte Skara und lag richtig: Als der Zähler stoppte, neigte sich der Mann zur Tanköffnung vor, schüttelte die Zapfpistole und vergewisserte sich penibel, dass auch der letzte Tropfen den Weg in seinen Wagen fand. Nach einem prüfenden Blick auf die Summe an der Zapfsäule schnappte er seinen Geldbeutel vom Wagendach und marschierte in den Shop.

Es war so weit. Die drei stiegen aus dem Krankenwagen und folgten ihm. Wie sie dem Besitzer ihres zukünftigen Autos die Schlüssel klauen sollten, das würden sie spontan entscheiden, hatten sie vereinbart.

Der Opel-Besitzer stand vor dem Schrank mit den Kühlprodukten und studierte die Preisschilder. Skara warf ihren Freunden einen Blick zu. Sie wirkten nicht, als wollten sie einen spontanen Einfall in die Tat umsetzen. Es lag an ihr.

Sich ein Lächeln ins Gesicht zaubernd, trat sie hinter dem Brotregal hervor. »Aus persönlicher Erfahrung weiß ich, dass das Wintereis ganz hervorragend schmeckt«, teilte Skara dem Mann unaufgefordert mit und deutete auf das Tiefkühlregal. »Ich kann Ihnen besonders die Sorte Himbeere-Grapefruit ans

Herz legen – fruchtig, aber nicht zu süß.« Vertraulich legte sie ihm eine Hand auf den Arm. »Die Grapefruit ist nicht nur wohlschmeckend, sondern auch sehr gesund. Sie enthält viel Vitamin C, kurbelt die Fettverbrennung an und wirkt besonders in Form von Eis gegen einen käsigen Teint und schlechte Laune.«

Jetzt waren Anton und Jonas an der Reihe, fand Skara und gab ihnen mit der Hand hinter dem Rücken ein Zeichen.

Sie ignorierte, dass der Opel-Besitzer sie mit zusammengekniffenen Augen ansah und sich vergeblich einen Reim darauf zu machen versuchte, was diese Fremde da schwafelte.

Egal, dachte Skara, da muss ich jetzt durch. Während sie weiter auf den Mann einsprach, bemerkte sie, wie Jonas' Hand sich in der Jackentasche des Mannes zu seinen Autoschlüsseln vortastete, und beschloss, dass es Zeit war für den Höhepunkt ihres Auftritts.

»Wenn Sie etwas gegen ungesunde Haut und Falten unternehmen wollen«, sagte sie, die Stimme verschwörerisch senkend, »dann empfehle ich die Sorten Heidelbeere und Erdbeere. Wie Ihnen sicherlich bekannt ist, enthalten diese Beeren Antioxidantien, bekämpfen freie Radikale, die die Spannkraft der Haut vermindern, und sorgen für einen gepflegten Eindruck.«

Das war das Stichwort, das den Mann zur Besinnung brachte. Empört fauchte er: »Ich habe keinen käsigen Teint. Und ich will Hamburger kaufen, kein Eis!«

»Nun ja, es ist Ihre Haut, die vorzeitig Falten wirft«, gab Skara schnippisch zurück, drehte sich um und marschierte scheinbar beleidigt davon.

Der Mann im Karohemd griff mit finsterer Miene nach den tiefgefrorenen Hamburgern. Während er sich an der Kasse anstellte, um zu bezahlen, schlenderten Anton und Jonas unauffällig aus dem Tankstellenshop. Skara schätzte, dass sie noch drei Minuten hatten, um unbemerkt zu verschwinden. Kaum hatte Anton auf dem Beifahrersitz des Krankenwagens Platz genommen, startete sie den Motor und fuhr los. An der Abzweigung zurück auf die Autobahn stoppte Skara, um auf Jonas zu warten, der kurz darauf mit dem Opel hinter ihnen einspurte – ihr neues Auto.

Anton grinste Skara spitzbübisch an. »Der arme Mann wird nie wieder in seinem Leben Eis essen, ohne an dich zu denken.«

Skara lachte. Der Auftritt hatte ihr unerwartet viel Spaß gemacht.

Die Hauptverkehrsachsen meidend, fuhren sie gut eine Viertelstunde lang über Landstraßen und Feldwege, bis sie zu einem abseits gelegenen Waldstück kamen. Hier konnten sie ungestört das Fahrzeug wechseln.

Es war eine Umstellung, nach dem geräumigen Krankenwagen wieder in einem normalen Auto zu sitzen. Chantal Keller nahm viel Raum ein, und zu Antons Verdruss passten seine Kartonkisten mit den Mordwaffen nicht in den Opel, weshalb sie sich darauf beschränkten, die Einbruchswerkzeuge, den Flammenwerfer und die zwei Rohrbomben mitzunehmen – man wusste ja nie. Mit leisem Bedauern fuhren sie das sperrige Fahrzeug ins Unterholz und bedeckten es so mit Erde, Gras und Zweigen, dass es nicht länger als Krankenwagen zu erkennen war. Zumindest für die nächsten paar Tage.

17

Single mit Steak

Zur gleichen Zeit streckte am Zürichsee-Ufer, gut sechzig Kilometer von ihnen entfernt, ein Mann die Nase in die Luft und sog den Geruch von Feuer, Rauch und dem Fett von brutzelndem Fleisch ein. Es zischte, als er das riesige Steak auf dem Grill seiner Feuerschale wendete. Zur Feier des Tages hatte der Mann das weiße, gerippte Unterhemd angezogen, das Chantal so hasste, und seine asiatische Haushälterin Mychau beurlaubt, die ihn immer vollquasselte.

Heute Abend waren es zwei Tage, seit seine Frau verschwunden war, und er hatte jede Sekunde davon genossen. Zuletzt gesehen hatte er Chantal am Freitagmorgen, als sie beide zur Arbeit aufgebrochen waren – er in seinem schwarzen Range Rover Velar, sie in ihrem schwarzen Audi-Cabriolet. Bevor sie ging, hielt sie ihm eine Liste mit einflussreichen Persönlichkeiten unter die Nase, die sie an diesem Abend auf der Party bei den Eisenrings antreffen würden. »Mit diesen machst du mich bekannt«, sagte sie, ohne ihn anzusehen, und wühlte mit ihren rot gefärbten Klauen in ihrer Balenciaga.

Chantal war besessen davon, Menschen mit Rang und Namen kennenzulernen. Wie ein Geier griff sie nach allen verfügbaren Gerüchten, um sie in der richtigen Gesellschaft anschließend nebenher fallen zu lassen und so ihr Ansehen zu vergrößern.

Ihm hatte gegraut vor der Party bei den Eisenrings, die er eigentlich mochte, denn Chantal hätte nicht lockergelassen, bis hinter jedem Namen auf ihrer Liste ein Haken stand. Doch dann war sie gar nicht erst aufgetaucht.

Zweiundzwanzig Jahre lang waren er und Chantal jetzt verheiratet. Als er sie kennengelernt hatte, war er angetan gewesen vom Selbstbewusstsein und der Energie, die sie ausstrahlte. Sie war schlanker und sportlicher als die meisten Frauen ihres Alters und achtete auf gesunde Ernährung, was – wie er erst dachte – nicht schaden konnte. Erst als die rauschende Hochzeit im prestigeträchtigen Hotel Dolder vorüber war, fiel der Schleier von ihr ab. Die Frau, die er geheiratet hatte, war nicht selbstbewusst, sondern machtgierig und besitzergreifend, nicht schlank und sportlich, sondern hager und fleischlos. Als weiteres Übel erwies sich der Tick mit der gesunden Ernährung, der sich nach Ende der Flitterwochen auch auf ihn erstreckte. Jedes Mal, wenn er sich ein Glas Wein und ein saftiges Stück Fleisch gönnte, sah Chantal ihn missbilligend an. Statt sie lenken zu können, wie er es sich vorgestellt hatte, war sie es, die ihn steuerte. Es war zum Davonlaufen.

Wie ganz anders war das Leben mit seiner Honigbeere gewesen. Er vermisste ihr anschmiegsames Wesen, ihr glockenhelles Lachen und den Blick in ihre wunderschönen, exotischen Augen, wenn sie ihn ansah und er wusste, dass sie alles für ihn tun würde. Trotz der überraschend intensiven Gefühle, die er für diese Frau hegte, war ihm von Anfang an klar gewesen, dass ihre Beziehung nicht von Dauer sein konnte. Als die Sache dann aus dem Ruder lief – und daran trug nun wirklich sie alleine die Schuld –, war er gezwungen, einen raschen Schlussstrich zu ziehen. Es war ihm auch tatsächlich gelungen, sie fast vollständig aus seinem Gedächtnis zu streichen, bis vor drei Jahren Georg auftauchte. Auf der Vernissage eines angesagten Künstlers sprach der langjährige Bekannte seiner Honigbeere ihn an und teilte ihm mit, dass die inzwischen neunzehn Jahre alte Tochter seiner Verflossenen einen Job brauchte. Nach einem kurzen Gespräch wurde ihm klar, dass er auf Georgs Forderungen eingehen musste, wollte er sich nicht unangenehmen Konsequenzen stellen.

»Was kann das Mädchen denn?«, erkundigte er sich säuerlich.

»Buchhaltung. Sie hat ihren Abschluss an der Domino-Schule mit Auszeichnung bestanden.«

Er überlegte. Vielleicht bestand die Chance, das Mädchen in der Schweizer Süße unterzubringen, der Firma, in der Chantal arbeitete. Seines Wissens waren sie dort immer auf der Suche nach Fachkräften mit Buchhaltungskenntnissen, und dem Hauptaktionär würde man einen Wunsch nicht abschlagen.

»Wie heißt es denn, das Mädchen?«, fragte er nach.

»Ihr Name ist Skara, Skara Anderson.«

»Skara«, echote er erschrocken. Dann riss er sich zusammen, um nicht in Georgs Augen lesen zu müssen, wie dieser seine Vermutungen bestätigt sah.

»Skara«, sagte Georg ausdruckslos. »Nach der Stadt in Südschweden.«

Eine Woche später trat Skara zum ersten Mal über die Schwelle der Rechnungsabteilung der Schweizer Süße. Der Augenblick, als sie auf ihrem Bürostuhl Platz nahm, war der endgültige Todesstoß für seine ohnehin schon kränkelnde Ehe. Als seine Frau Chantal nämlich erfuhr, dass es ihm über Umwege gelungen war, ein Mädchen in die Rechnungsabteilung der Schweizer Süße einzuschleusen, wurde sie misstrauisch. Nie zuvor hatte ihr Mann es gewagt, seine Machtposition auszuspielen, um sich in Belange der Schweizer Süße einzumischen.

Wer war dieses Mädchen namens Skara Anderson, das ihn veranlasste, seine Stellung auszunutzen? Welches Interesse besaß er an ihr? Dass ihr Mann sie bei der Besetzung der Stelle überging, war höchst verdächtig. Es war klar: Er verheimlichte ihr etwas.

Wie nahe sie der Wahrheit gekommen war, würde sie nie erfahren. Ein Krankenwagen fuhr sie drei Jahre, nachdem das Mädchen eingestellt worden war, über den Haufen und setzte ihren Bemühungen um Klarheit wie auch ihrem Leben ein abruptes Ende.

Ein besorgter Ehemann wäre vermutlich schon am Morgen nach Chantals Verschwinden zur Polizei gegangen, dachte der Mann und versenkte seine Zähne im saftigen Steak. Blut und Fett rannen an seinem Kinn herunter und hinterließen eine ölig-schmierige Spur. Vielleicht hat Chantal mir ja gesagt, dass sie verreist, und ich habe es vergessen, überlegte er. Oder sie besucht jemanden aus ihrer Verwandtschaft. Konnte auch sein, dass sie mitsamt ihrem schicken Audi in einen See gestürzt und ertrunken war. Er schnaubte. Seine Mühe war also völlig umsonst gewesen. Chantal war verschwunden, ohne dass er die Telefonnummer hatte wählen müssen, für die er sich einige Tage lang in den schummrigsten Bars von Zürich herumgetrieben und mit dem letzten Abschaum gesprochen hatte. Die Nummer, die er schließlich erhalten und auf einem Zettel notiert hatte, lautete auf einen Kerl, der im Milieu unter dem Namen Saubermann bekannt war. Eine sehr passende Bezeichnung in Anbetracht dessen, womit er sein Geld verdiente, fand der Mann.

18

Leiche versenkt

Claudia Rossi leistete ganze Arbeit. Nach dem Interview mit dem Psychologen Ulrich Herter trumpfte die Moderatorin von Radio Winkelried mit einer weiteren Folge im Drama um die Eiscafé-Zündler auf.

Sie ist bereit, auch noch den letzten Tropfen aus der Geschichte zu winden, dachte Skara fast anerkennend.

Sie befanden sich am Ufer des Gübsensees kurz vor Herisau und beobachteten besorgt die dunklen Wolken, die von Westen her aufzogen. Aus dem offenen Opel neben ihnen sendete Radio Winkelried einen gruseligen Mix aus Pop und Volksmusik, der pünktlich zur vollen Stunde nahtlos in das Sound-Logo des Senders überging.

»Sie hören jetzt das Exklusivinterview mit Ruben Schmidt von der Kantonspolizei Zürich zum Fall der abgebrannten Eiscafés«, kündigte Claudia Rossi an.

»Gemäß Ihren eigenen Angaben sind Sie verantwortlich für die Fahndung nach den Eiscafé-Zündlern, Herr Schmidt. Können Sie uns verraten, wo die Polizei mit ihren Ermittlungen steht?«

»Ich kann vorerst nur so viel dazu sagen, dass wir den Tätern auf der Spur sind«, sagte der Polizist. Er klang ebenso jung wie Claudia Rossi, und selbst die Übertragung per Radiowelle aus der Distanz konnte nicht darüber hinwegtäuschen, dass er sich sehr wichtig vorkam.

»Das bedeutet also, dass die Polizei bereits einen konkreten Verdacht hat, um wen es sich bei der Täterschaft handelt?«, erkundigte sich Claudia Rossi.

»Einen konkreten Verdacht nicht, aber eine Reihe von Vermutungen«, antwortete Ruben Schmidt. »Wenn man die Fakten analysiert, kann man sich einiges zusammenreimen. Die Zahlen der Firma Wintereis zum Beispiel verraten, dass ihre Eiscafés nicht sehr rentabel sind. Fragt man sich nun, weshalb sie noch immer existieren, dann kommt unweigerlich der Verdacht auf, dass sie der Geldwäscherei dienen. Wie hinlänglich bekannt ist, betreibt die Mafia in der Schweiz verschiedene Gastrounternehmen, um ihr schmutziges Geld zu waschen. Es ist also nicht unwahrscheinlich, dass ein verfeindeter Mafiaclan die Eiscafés angezündet hat. Selbstverständlich aber ermitteln wir in alle Richtungen.«

»Die Mafia?« Claudia Rossi wirkte erstaunt, fing sich aber schnell wieder. »Und neben der Mafia? Gibt es weitere Verdächtige?«

Ruben Schmidt räusperte sich. »Gut möglich, dass auch die Klimaschützer ihre Hände im Spiel haben. Man kennt das ja von diesen Bewegungen – es gibt immer einen Flügel, der sich radikalisiert. Denken Sie nur, wie viel Energie die Herstellung, der Transport und die Lagerung des Wintereises kosten – Eiscafés haben eine miserable Energiebilanz. Dass die Klimaschützer irgendwann auf diese Umweltbelastung reagieren, war abzusehen. Sie wissen ja, die wollen das Eis lieber in den Gletschern als im Kühlregal – kleiner Scherz. Weitere Verdächtige sind meiner Ansicht nach die Albaner.«

Die Moderatorin klang plötzlich distanziert. Sie selbst hatte zwar italienische Vorfahren, doch ihr Freund, der stammte aus

Albanien. »Weshalb die Albaner?«, fragte sie mit unüberhörbarer Kühle.

Ruben Schmidt war nicht empfänglich für derlei Zwischentöne. »Das kann ich Ihnen sagen«, plauderte er munter weiter. »Gerade kürzlich haben wir zwei von der Bande wegen illegalen Waffenbesitzes festgenommen. Die hatten alles Mögliche gebunkert: Flammenwerfer, Sturmgewehre und Pistolen. Heimtückische Leute. Wie Sie also sehen, zieht sich das Netz um die Missetäter stündlich zusammen.«

Die angesprochenen Missetäter schwiegen verdutzt. »Ist das sein Ernst?«, fragte Jonas kopfschüttelnd. »Glaubt er tatsächlich, dass Albaner, Klimaschützer oder die Mafia hinter den Bränden stecken?«

»Man könnte meinen, dass die Polizei im Trüben fischt«, sagte Skara, und sie sahen sich grinsend an. Offensichtlich hatte die Polizei keinen Schimmer, wer die Eiscafés angezündet haben könnte. Und wenn einer wie Ruben Schmidt gegen sie ermittelte, dann konnten sie zuversichtlich sein, dass es auch dabei blieb.

Als sie um elf Uhr nachts vor dem Winter'schen Eiscafé in Herisau standen, begann es leicht zu nieseln, und die Straßen waren wie leer gefegt. »Kein Publikum«, stellte Jonas zufrieden fest und brach die Tür auf.

Schwaden von bestialisch riechendem Kunststoff und dunklem Rauch folgten Anton, als dieser kurz darauf das zerstörte Eiscafé verließ. Auf der schwarz gefärbten Wand im linken Teil des Ladens stand groß und weiß: »Immer auf die klainen.«

Als sie Richtung Toggenburg weiterfuhren, machte der Himmel seine Drohung wahr: Schwere Tropfen prasselten auf den Wagen, und Bäche von Wasser liefen über die Scheiben, sodass Skara sich fühlte, als durchquerten sie einen Fluss.

Im Schritttempo, so kam es ihnen vor, trafen sie im Neun-
tausend-Seelen-Dorf Wattwil ein, wo Anton mit dem örtli-
chen Eiscafé kurzen Prozess machte und den Schwung gleich
zum überaus weißen und ungemütlichen Wintereis-Lokal in
Bad Ragaz mitnahm. Erst als sie in Landquart Richtung Berge
abzweigten, hörte der starke Regen auf.

Das Eiscafé in Klosters war mehr ein Provisorium als ein
richtiges Lokal. Die Baracke bestand aus Holz und befand sich
zwischen dem Bahnhof und der Station einer Gondelbahn.
Anton half Skara, die beiden Rückentanks des Flammenwerfers anzuziehen, die noch schwerer waren als letztes Mal, denn
sie hatten inzwischen Dieselöl nachgefüllt.

Erst als Skara aus dem rauchenden Eiscafé trat, sah sie, dass
am Bahnhof noch einige Nachtschwärmer zusammenstanden.
Deren Gestik und den Blicken in ihre Richtung entnahm
Skara, dass sie kurz davor waren, Alarm zu schlagen. In aller
Eile packten sie deshalb den Flammenwerfer ein, sprangen in
den Opel und preschten passaufwärts.

Wir kommen gut voran, dachte Skara zufrieden. Von den insgesamt fünfzehn Eiscafés sind nur noch sechs übrig. Wenn wir
in diesem Tempo weitermachen, sind wir spätestens in der
Nacht auf Mittwoch mit allen Eiscafés durch, und der
Winter'sche Eishandel hat sich buchstäblich in Rauch aufgelöst.

Die Passstraße nach Davos hatte mehr Kurven, als Skara für
gesund hielt; hinter jedem Felsblock tauchte eine neue auf.
Aber erst als sie den Wolfgang-Pass hinunterfuhren, entdeckten sie, dass die Gegend alles andere als einsam und abgelegen
war. Statt des erwarteten Feriendorfs erstreckte sich unweit des
Davosersees eine Stadt mit hohen Flachdachhäusern, über der
eine orange leuchtende Glocke hing. Dennoch war es ihr bisher schönster Übernachtungsplatz, fand Skara. Die Luft war

rein, und am frisch gewaschenen Himmel erglommen Tausende von Sternen.

Bei einer Erkundungstour um den See entdeckten sie ein Ruderboot, das am Ufer vertäut war und für ihre Zwecke wie geschaffen schien. Sie sprachen sich kurz ab, dann ging Jonas Steine sammeln, während Anton und Skara die Chefin aus der Rettungsdecke wickelten. Ein starker Geruch nach Verwesung schlug ihnen entgegen, und Anton hielt sich die Nase zu. Skara und Jonas, die weniger geruchsempfindlich waren, belegten den toten Körper mit Steinen, packten ihn zurück in die Rettungsdecke und verschnürten das Paket mit den Abschleppseilen aus dem Opel. Zu dritt hoben sie die Leiche der Chefin an, trugen sie zum Boot und ruderten auf den See hinaus.

Nach den Fehlschlägen im Krematorium und in der Pizzeria – wer hätte gedacht, dass es beliebt war, Leichen in Pizzaöfen zu verbrennen – schien es, als könnte es diesmal klappen mit der letzten Ruhestätte für die Chefin.

»Was immer du auf Erden verschenkst, es wird dich in den Himmel begleiten«, sagte Jonas zweideutig, und sie ließen die Chefin ohne weiteres Tamtam in den schwarzen Bergsee gleiten. Die Steine zogen sie augenblicklich in die Tiefe. Es gurgelte, und an der Stelle, wo Chantal Keller im See versank, breiteten sich konzentrische Kreise aus.

»Bibel?«, fragte Skara und tauchte eine Hand ins Wasser. Es war eiskalt.

»Koran«, gab Jonas zurück, während Anton sie mit gemächlichen Paddelschlägen zurück ans Ufer ruderte.

Endlich waren sie die Chefin los. Skara merkte, wie ihr ein Stein vom Herzen fiel. Als Leiche hätte ihr Chantal Keller weit mehr schaden können, als sie es als Lebende getan hatte. Ein Glück, dass die Gefahr gebannt war.

Aufgekratzt und erleichtert, wie sie waren, hatte keiner von ihnen Lust, schlafen zu gehen. Sie hüllten sich in ihre Wolldecken ein, setzten sich mit einem Becher Wein ans Seeufer und blickten über das sich kräuselnde Wasser in die umliegenden Berge, deren Gipfel noch immer von Schnee bedeckt waren. Das Wasser schlug sachte gluckernd ans Ufer und hinter ihnen rauschten die Bäume im Wind. Ansonsten war alles ruhig.

»Sag mal, Jonas«, fragte Anton in die Stille hinein, »weshalb hattest du eigentlich Streit mit deinem Bruder?«

»Das ist eine persönliche Geschichte.«

»Netter Versuch«, sagte Skara. »Raus mit der Sprache.«

Jonas brummte. »Eigentlich haben wir uns immer gut verstanden, Nick und ich«, begann er. »Aber was Recht und Gerechtigkeit betrifft, gehen unsere Meinungen deutlich auseinander. Nick ist überzeugt, dass das geltende Recht um jeden Preis durchgesetzt werden muss, um die Ordnung zu erhalten – selbst wenn es widersinnig erscheint oder einem persönlich nicht in den Kram passt.« Er lachte auf. »Nick war der Einzige, der den fünf Meter hohen Zaun neben dem Schulhausplatz nicht hochkletterte. Nicht weil er es nicht gekonnt hätte, sondern weil das Besteigen untersagt war. Spießig, aber konsequent.«

Es habe daher niemanden gewundert, als Nick sich nach seiner Matura entschied, Anwalt zu werden, sagte Jonas. Er selbst habe sich zur gleichen Zeit für ein Theologiestudium eingeschrieben.

»Hätt' ich doch gewettet«, sagte Anton grinsend. Er lag auf der Seite, den Kopf in die Hand gestützt, und wirkte total entspannt.

Jonas lachte. »Die Wette hättest du verloren. Bereits zu Beginn des Studiums merkte ich, dass es mir nicht gefiel, mich ins Korsett des christlichen Glaubens pressen lassen zu müssen. Denn in unserer Welt sind Kräfte und Energien am Werk, die sich nicht in eine Religion zwängen lassen. Außerdem«, sagte er und faltete die Hände, »merkte ich, dass ich meiner Mission als Anwalt besser gerecht werden kann denn als Pfarrer.«

»Deiner Mission?«

»›Lernt Gutes tun, trachtet nach Recht, helft den Unterdrückten, schafft den Waisen Recht, führt der Witwen Sache‹, heißt es in der Bibel. Es gibt Menschen, die von der Gesellschaft abgehängt werden und unverschuldet am Rand stehen. Diese Menschen will ich schützen und ihnen zu Gerechtigkeit verhelfen.« Jonas wiegte den Kopf. »Leider versagt unser Rechtssystem, wenn es darum geht, die Taten der Schwächeren zu beurteilen: Sie bedürfen keiner Pauschalurteile, sondern einer speziellen Interpretation.«

Da also liegt der Hund begraben, dachte Skara und strich gedankenverloren über Idas Fell. Aus dem Bedürfnis heraus, helfen zu wollen, war Jonas bereit, das Recht nicht nur nach seinem Gutdünken auszulegen, sondern notfalls auch zu beugen. Kein Wunder, dass er sich Nicks Zorn zugezogen hatte.

Jonas beugte sich vor und stützte die Unterarme auf den Oberschenkeln ab. »Der Streit mit meinem Bruder begann, als ich den Fall eines Saisonarbeiters aus Tschechien übernahm. Er wurde beschuldigt, zu stehlen und Drogen zu schmuggeln. Ich war sein Pflichtverteidiger und mein Bruder Nick der Staatsanwalt, der Anklage erhob.«

»Das heißt, dein Bruder und du, ihr standet auf gegenüberliegenden Seiten?«, fragte Anton.

»Vor Gericht und auch im wirklichen Leben«, bestätigte Jonas. »Zwei Jahre lang haben wir kein Wort gewechselt. Am Abend, als wir mit Nicks Kombi verunfallten, haben wir uns zum ersten Mal wiedergesehen. Er wollte mir etwas mitteilen, aber er ist nicht mehr dazu gekommen.«

»War der Saisonarbeiter den Streit wert?«

Jonas blickte auf, und hätte Skara sein Gesicht sehen können, so hätte sie in seiner Miene Reue gelesen.

»Als ich vor Gericht ging, war ich überzeugt davon, dass jeder Mensch es verdient hat, eine zweite Chance zu kriegen«, sagte er langsam. »Doch nachdem ich dem Saisonarbeiter zur Freiheit verholfen hatte, entdeckte ich, dass mein Bruder recht hatte und ich unrecht. Denn Dobroslav Svoboda ist ein abgrundtief böser Mensch.«

19

Der Fall Dobroslav Svoboda

Jedes Jahr im Spätfrühling reiste Dobroslav Svoboda von Tschechien in die Schweiz ein, um auf einem der Bauernhöfe im Thurgau Erdbeeren, Kirschen, Äpfel, Birnen oder Gemüse zu ernten. In jenem Jahr, das ihm zum Verhängnis werden sollte, arbeitete er mit sechs anderen ausländischen Erntehelfern auf einem der großen Betriebe an der Grenze zwischen Thurgau und Zürich und pflückte Äpfel. Die Bäuerin – eine gwiefte Frau mit wenig Bildung, dafür umso mehr Menschenkenntnis – mochte den grobschlächtigen und wortkargen Tschechen nicht, und als er nach einem einwöchigen Heimaturlaub in einer grünen Mercedes-Limousine vorfuhr, wurde sie misstrauisch. Wie konnte Dobroslav Svoboda sich ein solches Auto leisten – selbst aus zweiter Hand?

Als es Herbst wurde und die Äpfel geerntet waren, reisten die Erntehelfer in ihre Heimatländer zurück wie Zugvögel, um im nächsten Frühling wiederzukehren. Dobroslav Svoboda bot Stepan Malik, dem einzigen weiteren tschechischen Erntearbeiter auf dem Hof, an, ihn in seinem Auto mitzunehmen. Die Aussicht auf eine gut achtstündige Reise in Gesellschaft eines Sonderlings versetzte Stepan Malik nicht in Hochstimmung. Doch es war bequemer und billiger als eine Busfahrt, deshalb sagte er zu, unter der Bedingung, dass auch seine frisch angetraute Ehefrau mitfahren durfte. Stepan Malik hatte Jessica im August auf dem Stadtfest in Sankt Gallen kennengelernt. Sie war von Beruf Coiffeuse, hatte einen trockenen Humor und war äußerst unkompliziert. Für Stepan war es die große Liebe. Sie war zuerst skeptisch, denn sie wollte sich von seinen dunklen Locken und dem schön geschnittenen Gesicht nicht blenden lassen. Dann aber gab sie dem Bedürfnis nach, diesen arglosen, freundlichen Mann zu beschützen, und als Stepan sie fragte, ob sie ihn heiraten wolle, sah sie keinen Grund, abzulehnen, und hieß fortan Jessica Malikova.

Wenige Kilometer vor der Grenze nach Deutschland verließ Dobroslav die Hauptstraße, bog in einen Feldweg ein und stoppte den Mercedes neben einem kleinen Fluss, der sich gemächlich durch Wiesen und Kornfelder schlängelte. Vor ihnen befand sich eine schmale Fußgängerbrücke aus Metall, die sich in einem altmodischen Rundbogen über den Fluss wölbte.

»Weshalb halten wir an?«, wollte Stepan wissen und streckte seine von der Fahrt verkrampften Glieder.

»Wir nehmen die Brücke mit«, gab Dobroslav zurück, holte seinen Werkzeugkasten aus dem Kofferraum und marschierte zum Ufer.

»Sie sieht aber ziemlich neu aus«, bemerkte Stepan Malik, der ihm gefolgt war.

»Ist ein Auftrag.«

Nach gut zwei Stunden war die Brücke von den Betonsockeln losgeschraubt, und die beiden Männer begannen, sie in transportierbare Bestandteile zu zerlegen und auf den Tandemanhänger an Dobroslavs Mercedes zu laden. Jessica, die am Flussufer saß und ihre Füße ins Wasser hielt, war die Erste, die das weiße Fahrzeug mit den orangen Streifen bemerkte, das sich in raschem Tempo näherte.

»Die Polizei kommt«, teilte sie Stepan und Dobroslav mit. Irritiert bemerkte sie, dass Stepans merkwürdiger Kumpan noch stärker zu schwitzen begann, als er es ohnehin schon tat.

Die Polizisten machten keinen unfreundlichen Eindruck, grüßten per Handschlag und hakten ihre Finger in die mit Utensilien behängten Gurte.

»Wir wundern uns etwas«, sagte der kleinere und zwirbelte seinen Schnurrbart, »dass diese Brücke sich auf Ihrem Anhänger befindet und nicht, wo sie sein sollte. Über dem Fluss nämlich.«

»Zeig ihnen die Auftragsbestätigung«, drängte Stepan und stieß Dobroslav an. Doch der stand einfach nur da und sagte kein Wort.

Stepan blickte ihn verwirrt an, dann ließ er sich langsam in die Hocke sinken und schlug die Hände vors Gesicht. Dobroslav hatte sie angelogen. Er besaß keine Erlaubnis, die Brücke abzubauen, sondern war dabei, sie zu stehlen – mit ihrer Hilfe.

Und das war nicht alles. Dobroslav Svoboda, so stellten die Polizisten beinahe respektvoll fest, hatte den Anhänger bereits vor der Abfahrt ordentlich mit Regenrinnen aus Kupfer gefüllt. Und als sie seinen Mercedes so liebevoll sezierten wie ein abstinenter Gerichtsmediziner eine Alkoholikerleber, entdeckten sie einen zusätzlichen Tank. Ohne Benzin, aber mit Platz für bis zu zwanzig Kilogramm Heroin, dessen Überreste noch detektierbar waren. Dobroslav Svoboda klaute Kupfer und anderes Metall, um es in Tschechien zu verscherbeln. Und wenn er in die Schweiz zurückkehrte, schmuggelte er in einem Zusatztank Drogen.

Als die Handschellen klickten, wurde Stepan und Jessica klar, dass sie heute nicht mehr in Tschechien ankommen würden. Vielleicht auch die nächsten Monate nicht.

Von der Stadt Davos drang kaum noch Licht zu ihrem Rastplatz am Bergsee herüber. Skara holte weitere Wolldecken aus
dem Auto und verteilte sie.

»Und wie ging es weiter?«

»Nick forderte sieben Jahre Gefängnis für Dobroslav Svoboda«, fuhr Jonas fort. »Ich plädierte auf nicht schuldig.«

Anton fiel aus allen Wolken. »Weshalb das denn?«, fragte er
verwundert. »Dobroslav hat geklaut, geschmuggelt und seine
Freunde angelogen, also gehört er ins Gefängnis!«

Jonas wiegte den Kopf. »So einfach ist das nicht. Denn das
Gericht beurteilt nicht nur die Tat allein, sondern auch die
Umstände, die dazu führen. Und das war Dobroslav Svobodas
Glück.«

»Ich bin gespannt«, sagte Skara, während sie Ida streichelte,
die sich auf ihre Knie gesetzt hatte.

Dobroslav Svoboda zeigte sich komplett unbeeindruckt vom
Gerichtssaal mit dem Ehrfurcht gebietend nach oben versetzten Richtertisch. Schwerfällig ließ er sich auf den ihm zugewie-
senen Stuhl plumpsen und legte seinen massigen Schädel auf
den Tisch, als ob er sich schlafen legen wollte.

In der folgenden mehrstündigen Verhandlung schilderte
Jonas den drei Richtern, wie der mutterlose Dobroslav bei seinem alkoholabhängigen Vater aufgewachsen war und regelmäßig Schläge erhalten hatte – einmal so schlimm, dass er mit
Kopfverletzungen ins Krankenhaus eingeliefert werden musste.
Als Beleg präsentierte er den Richtern eine Krankenakte, in der
festgehalten war, dass Dobroslav Svoboda im Alter von neun
Jahren eine Gehirnerschütterung erlitten hatte. Ursache unbekannt.

»Ursache unbekannt? Ich bitte Sie«, sagte Jonas und zeigte
auf Dobroslav, der in diesem Moment den Kopf auf die Tisch-

platte klatschen ließ. Und die Richter verstanden: Der gewalttätige Vater hatte den armen kleinen Dobroslav so grausam misshandelt, dass sein Gehirn irreparabel beschädigt war.

»Deshalb, sehr geehrte Damen und Herren Richter«, schloss Jonas nach weiteren Ausführungen emotional, »ist dieser Mann schuldunfähig.«

Der aufgebotene Psychiater, Doktor Krause, war überzeugend, aber längst nicht so überzeugend wie Dobroslav Svoboda selbst, dem jetzt Speichel aus dem Mund tropfte und auf der Anklagebank eine Lache bildete – lebendes Zeugnis totalen Stumpfsinns.

Nicks anschließender Versuch, die Krankenakte in Zweifel zu ziehen, sowie die Beteuerung der Bäuerin, dass Dobroslav Svoboda durchaus imstande sei, selbstständig zu denken, wirkten angesichts des sabbernden Geschöpfes auf der Anklagebank nur hilflos.

Als Folge von Dobroslavs großartigem Schauspiel im Gerichtssaal hatten die Pflichtverteidiger von Stepan Malik und Jessica Malikova alle Hände voll zu tun. Sie mussten die Richter davon überzeugen, dass es Dobroslav Svoboda und nicht ihre Mandanten waren, die den Metallklau und den Drogenschmuggel eingefädelt hatten. Doch die Richter glaubten ihnen nicht, und Stepan und Jessica erhielten eine zweijährige Gefängnisstrafe – bedingt. Unter Aufsicht einer Bewährungshelferin mussten sie sich zwei Jahre lang tadellos benehmen und durften nicht ausreisen, sonst würden sie hinter Gitter wandern. Dobroslav Svoboda wurde nicht etwa ausgeschafft, sondern in die Klapse eingeliefert – drei Jahre lang stationäre Maßnahme statt der sieben Jahre Gefängnis, die Nick gefordert hatte. Jonas und Dobroslav Svoboda hatten gewonnen, Nick und der Staat verloren.

»Am Ausgang dieses Prozesses kann ich nichts mehr ändern«, stieß Nick wütend hervor, als Jonas und er nach der Verhandlung in der Bar gegenüber dem Gerichtsgebäude zufällig aufeinandertrafen. »Aber ich werde dir beweisen, wie naiv du warst, diesem verdammten Simulanten auf den Leim zu gehen, und dass dein idealistisches Bedürfnis, den Schwachen zu helfen, irgendwann großen Schaden anrichten wird!« Er knallte sein Glas auf den Tresen und stapfte an seinem Bruder vorbei, ohne seine Anzugjacke mitzunehmen. Vier Wochen lang hörte Jonas nichts von Nick, bis dieser ihn an einem Donnerstag vom Flughafen Brünn in Tschechien anrief. »Sei morgen Abend zu Hause bei unseren Eltern, und ich werde dir erzählen, wer Dobroslav Svoboda wirklich ist«, sagte Nick.

Bevor Jonas dazu kam, sich zu wundern, was sein Bruder entdeckt haben mochte, erhielt er einen weiteren Anruf. Am Apparat war Jessica Malikova. Sie war außer sich. »Dobroslav ist aus der psychiatrischen Klinik abgehauen und sitzt in unserer Wohnung, auf unserer Couch. Er erpresst uns!«

Jonas wurde bleich. »Was meinen Sie mit erpressen?«

»Dobroslav sagt, er habe in der Klinik einen Brief hinterlassen. Darin stehe, dass Stepan und ich ihm zur Flucht verholfen haben und ihn zwingen, mit uns abzuhauen. Er sagt außerdem, dass wir ins Gefängnis wandern, wenn man ihn bei uns entdeckt, und dass wir deswegen so schnell wie möglich nach Tschechien ausreisen müssen.«

»Er hat recht«, murmelte Jonas entsetzt. »Wenn Dobroslav bei Ihnen und Ihrem Mann gefunden wird, dann verstoßen Sie gegen Ihre Bewährungsauflagen und müssen die Haftstrafe absitzen!«

»Sie waren es, der uns da reingeritten hat, Jonas Vanderhagen!«, klagte Jessica Malikova ihn an. »Sie waren es, der dem

Gericht weisgemacht hat, dass wir – und nicht Dobroslav – dieses Verbrechens schuldig sind!«

Jonas fühlte sich, als habe man ihn verdroschen. Jedes Gelenk, jeder Muskel tat ihm weh, und seine Beine schienen ihm so schwer, als seien sie mit Blei gefüllt. Dobroslav Svoboda hatte gerade zweifelsfrei bewiesen, dass sich hinter seiner niedrigen Stirn ein Gehirn befand, das zu allen Verbrechen imstande war, inklusive dem heimtückischsten: unschuldige Menschen, die ihm vertrauten, zu verraten und ihnen zu drohen, sie ans Messer zu liefern. Das durfte nicht geschehen!

Jonas rieb sich die Nasenwurzel, runzelte die Stirn und dachte hektisch nach. »Ich bin in zwanzig Minuten bei Ihnen, Frau Malikova. Packen Sie alles ein, was Sie mitnehmen wollen. Ich werde Sie, Ihren Mann und – wohl oder übel – auch Dobroslav Svoboda nach Tschechien fahren.«

Nach acht scheinbar endlosen Stunden, in denen keiner ein Wort sprach, passierten sie die Grenze zu Tschechien. Jessica Malikova schien am Boden zerstört, ihre Heimat für immer verlassen zu müssen, und Stepan litt stumm mit ihr. In einem kleinen Dorf namens Piesling tippte er Jonas von hinten auf die Schulter und sagte: »Jessica und ich steigen hier aus.«

Jonas sah den beiden nach, wie sie, jeder einen Koffer in der Hand, die Dorfstraße entlanggingen, vorbei an den heruntergekommenen Häusern mit den schäbigen Ziegeln, vorbei an alten Frauen, die misstrauisch durch die Vorhänge linsten.

Als er sich wieder zum Wagen umdrehte, stellte er fest, dass Dobroslav Svoboda verschwunden war. Bei der ersten Gelegenheit, die sich ihm bot, hatte er sich aus dem Staub gemacht.

»Erst auf der Rückfahrt ging mir auf, was für ein ausgekochter Fiesling Dobroslav war, und dass ich durch meine Naivität das

Leben von zwei unschuldigen Menschen ruiniert hatte«, sagte Jonas und stützte seinen Kopf kummervoll in die Hände.

Was Nick bei seinen Recherchen in Tschechien herausgefunden hatte, machte die Sache noch schlimmer. Dobroslav Svobodas Vater war nämlich weder alkoholsüchtig noch gewalttätig, sondern ein freundlicher, hart arbeitender Mann gewesen, den es belastete, in welche Richtung sich sein Sohn entwickelte. Dobroslav stahl anderen Kindern ihre kleinen Kostbarkeiten und verprügelte sie grundlos. Niemand wusste genau, wo er sich herumtrieb. Allerdings häuften sich in dieser Zeit die Vorfälle von Tierquälerei. Schon als er klein war, hatte Dobroslav Käfern die Flügel ausgerissen oder mit dem Messer auf Hühner eingestochen. Jetzt schien er sich auf größere Tiere verlegt zu haben, Eichhörnchen und Katzen, die er qualvoll verenden ließ. Doch die Polizei konnte ihm nichts nachweisen.

Eines Tages verfolgte er mit einem Seil in der Hand eine Katze bis aufs Dach einer Scheune, wo er sie aufknüpfen wollte. Die Ziegel jedoch kamen ins Rutschen, und Dobroslav fiel von der Scheune herunter auf den Kopf. Sein Vater fuhr ihn ins Krankenhaus, wo die Ärzte eine Gehirnerschütterung feststellten, Ursache unbekannt. Daher die Krankenakte. Nach dem Vorfall verschwand Dobroslav Svoboda aus dem Dorf, und man sah ihn nie wieder.

»Ich meinte es doch nur gut, als ich Dobroslav Svoboda helfen wollte«, sagte Jonas, als Nick und er, umfangen von Dunkelheit, im elterlichen Garten standen. »Er ist einer jener Menschen, die außerhalb der Gesellschaft stehen, nie eine Chance hatten und die ich mir geschworen habe zu verteidigen.«

»Mit deinem naiven Idealismus hast du viel Schaden angerichtet«, stieß Nick zornig hervor, während er rastlos auf und ab ging. »Es ist unverzeihlich, dass du den Richtern vorgelogen hast, dass Dobroslavs Vater ihn verprügelte und er deswegen verblödete!«

»Ich habe lediglich die Gehirnerschütterung interpretiert, von der in der Krankenakte die Rede war«, wehrte sich Jonas. »Wie du sehr gut weißt, habe ich als Verteidiger weder die Pflicht, die Wahrheit zu offenbaren, noch kann ich Dobroslav zwingen, dies zu tun. Ich darf ihm raten, zu schweigen oder sogar die Unwahrheit zu erzählen. Ich habe also nur meine Aufgabe erfüllt!«

»Ich verstehe einfach nicht, wie du vor dir selbst verantworten kannst, unser Rechtssystem auf diese Weise auszutricksen!«, sagte Nick, Jonas zornig ansehend.

»Wie ich mit der Wahrheit umgehe, ist eine Frage, die ich – wie alle Verteidiger – ein Stück weit mit meinem Gewissen vereinbaren muss«, verteidigte sich Jonas. »An erster Stelle steht der Mandant. Es ist Aufgabe von Polizei, Bezirks- oder Staatsanwalt, nicht zu ruhen, bis sie die Wahrheit gefunden haben. Also deine.«

Nick nahm seine Wanderung durch den Garten wieder auf, in der Hand eine Flasche Bier, aus der er noch keinen Schluck getrunken hatte. »Es ist wahr, dass ich ungenügend recherchiert habe«, gab er zu. »Aber du, Jonas, du hast ein Verbrechen begangen!« Aufgebracht warf er die Bierflasche gegen den Holzzaun, wo sie schäumend und spritzend zu Bruch ging. »Als Vertreter unseres Rechtsstaates wäre es meine Pflicht, dich bei der Polizei als Fluchthelfer zu melden und mitzuteilen, wo sich die Straftäter jetzt aufhalten! Du wärst dein Anwaltspatent los, Jonas. Das ist dir doch klar, oder?«

Jonas nickte. Nick hatte das Recht schon immer kompromisslos ausgelegt – auch für sich selbst. Wollte er seine Grundsätze nicht verleugnen, so müsste er ihn anzeigen. Zu seiner großen Erleichterung jedoch entschied sich Nick, ihn nicht zu verraten. Im Gegenzug verlangte er, dass Jonas sich in den nächsten paar Jahren vom Gericht fernhielt.

»Nach diesem Abend trennten sich unsere Wege«, sagte Jonas und seufzte. »Nick konnte mir nicht verzeihen, dass er meinetwegen gegen sein Rechtsbewusstsein verstoßen musste, und ebenso wenig, dass ich unser Rechtssystem zu Dobros Gunsten strapaziert hatte. Ich wiederum fühle mich in Nicks Gegenwart daran erinnert, dass ich ihm etwas schulde. Gleichzeitig nehme ich ihm übel, dass seine Bedingung mich zu einem Job zwingt, den ich hasse.«

»Du arbeitest also nicht mehr am Gericht?«, erkundigte sich Skara. Jonas schüttelte den Kopf.

Seit dem Prozess war er in der Schadensabteilung einer Versicherung namens Certitude tätig. Seine Aufgabe bestand darin abzuklären, ob die Versicherten Anspruch hatten auf Entschädigung, wenn sie erkrankten oder verunfallten. »Im inoffiziellen, internen Wettbewerb vorne dabei ist, wer am meisten Schadensfälle abweisen kann«, erklärte Jonas bitter. »Statt Unfallopfern oder Kranken zu helfen, prelle ich sie um ihr Geld und bin weiter davon entfernt, meine Mission zu erfüllen, als je zuvor.«

Nachdenklich sah er erst Skara an, dann Anton. »Seit ich euch getroffen habe, fühle ich mich wieder mehr wie ich selbst. Die Wut darüber, was Erik Winter euch angetan hat, hat mich aus dem Zustand qualvollen Stillstands erweckt. Ich kann solche Ungerechtigkeiten nicht tatenlos hinnehmen. Das ist der Grund, weshalb ich mich entschieden habe, euch bei eurem Rachefeldzug zu unterstützen. Nebenbei bessere ich damit mein angeschlagenes Karma auf.« Er hob den Becher mit dem restlichen Wein, und Skara sah am Aufblitzen seiner

Zähne im Mondschein, dass er verhalten lächelte. »Also lasst uns Eiscafés abfackeln!«

Skara und Anton griffen nach ihren Bechern und prosteten ihm zu. »Auf die restlichen!«

20

Die Chefin ist zurück

Das Geräusch klang merkwürdig unpassend. Es handelte sich um eine Art Ploppen, das leise war, aber gleichzeitig so vielsagend, dass Skara davon erwachte. Als sie sich aufsetzte und auf den See hinausschaute, entfuhr ihr ein Fluch, der wiederum Anton und Jonas aus dem Schlaf riss. Es war fünf Uhr siebenundvierzig, gerade ging über dem Seehorn die Sonne auf, und mitten auf dem Davosersee trieb eine Leiche, die scheinbar nackt war, aber, wie Skara, Jonas und Anton sehr wohl wussten, ein silberfarbenes Cocktailkleid trug.

Seit sie ihre Reise angetreten hatten, waren sie an unangenehmes Erwachen gewöhnt. Der Samstag hatte mit einem üblen Kater begonnen, der Sonntagmorgen mit dem rotgesichtigen Bauern Vetterli und seiner Hupe, doch dieser Morgen toppte alles. Chantal Keller war wieder da, und nicht nur sie: Irgendein Verrückter – dem Aussehen nach ein älterer Herr – hatte tatsächlich das Bedürfnis, um diese Zeit schon um den See herumzuwandern.

»Gopfertelli«, ächzte Anton, sich aus den Wolldecken schälend. Ohne sich absprechen zu müssen, huschten sie zum Boot, wasserten es ein und paddelten zur Leiche, die, Rücken voran, aus dem Wasser ragte, nervtötend auf und ab wippte und auffällige Kreise produzierte. Unterhalb der Wasseroberfläche neben Chantal Kellers Schultern blähte sich wie ein Ballon die Rettungsdecke und verlieh der Leiche Auftrieb.

Der Spaziergänger hatte den See noch nicht umrundet, da verfrachteten Anton und Jonas ihren unerwünschten Fang ins Auto, und Skara startete den Motor.

»Keine Ahnung von Knoten, was?«, schimpfte Anton.

»Es liegt nicht an den Knoten, sondern an der Elastizität der Abschleppseile, dieser verdammten Rettungsdecke und vermutlich einer unterirdischen Strömung«, gab Skara pampig zurück.

»Hört auf zu streiten«, warf Jonas ein, »überlegt besser, was wir jetzt mit der Chefin tun sollen.«

»Wir müssen sie haltbar machen. Sie beginnt zu müffeln.«

»Und wie?«, fragte Anton.

Skara hob die Schultern. »Du bist der Experte.«

»Stimmt.« Anton legte seine Stirn in Falten und überlegte. »Frieren wir sie ein!«

»Und worin?«

»Hmm«, brummte er unschlüssig. Dann erhellte sich sein Gesicht. »Wir könnten sie in Alkohol einlegen.«

»Bier, Wein oder Schnaps?«

»Einkochen.«

»Nicht dein Ernst?!«

»Kandieren.«

»Anton!«

»Gären?«

»Ich übergebe mich gleich!«

»Dörren. Pökeln.«

Skara blickte auf. »Wie stellst du dir das vor?«

»Wir legen die Chefin in Salz ein.«

Skara legte den Finger an die Wange, wie sie es immer tat, wenn sie nachdachte. »Eine gute Idee, Anton«, sagte sie dann.

»Preiswert und einfach umsetzbar«, stimmte Jonas zu.

Sie waren die ersten Kunden, als sie um acht Uhr den Baumarkt in Sargans betraten. Das Streusalz war – Frühling sei Dank – zum Aktionspreis erhältlich, und sie erstanden dreißig Kilogramm. Außerdem kauften sie Bretter und Nägel für einen provisorischen Sarg, einen Gaskocher, einen Kochtopf, zusätzliche Wolldecken und drei Campingstühle.

Verborgen zwischen den Bäumen am Westufer des Walensees, zimmerte Jonas einen Sarg zusammen. Für einen Deckel reichte das Holz leider nicht aus, aber er war dennoch zufrieden mit seinem Werk. Der Sarg war rustikal, aber solide gebaut und gerade so groß, dass die Chefin in ihrem Bett aus Salz perfekt hineinpasste.

21

Kantonspolizei Zürich:
Post für Schmidt

MONTAG

Andy Lutz wartete schon, als Ruben Schmidt um halb neun Uhr im Büro eintraf. Am Türrahmen lehnend, eine Tasse Kaffee in der Hand, schaute er zu, wie Schmidt mit seinem Fahrrad über der Schulter die Treppe hinaufkeuchte. Er sah erhitzt aus, doch als er Lutz erkannte, erhellte ein strahlendes Lachen sein Gesicht. »Guten Morgen, Boss. Schon da?«

Lutz brummte. Der Junge schien keine Ahnung zu haben, was auf ihn zukam. Nervtötend munter für einen Montagmorgen, verstaute er sein Fahrrad hinter dem Schreibtisch, kramte eine massive Kette aus dem Rucksack und schloss umständlich ab. Welchem seiner Arbeitskollegen Schmidt wohl zutraute, seinen Drahtesel zu mopsen? Es war Lutz ein Rätsel. »Mitkommen, Schmidt«, sagte er, als Schmidt sein Ritual beendet hatte.

»Wohin?«, fragte dieser verwundert.

»Chefin«, gab Lutz knapp zurück. Mit einem Seitenblick auf den Jungen, dessen Augen so rund geworden waren wie der Boden von Lutz' leerer Kaffeetasse, sagte er: »Verkneif dir, was auch immer du sagen willst. Sonst gerät sie noch mehr in Rage.«

Der Rat war gut, aber nutzlos. Der Anblick von Schmidt reichte der Moser, um fuchsteufelswild zu werden. Die Handflächen auf dem Schreibtisch abstützend, fauchte sie ihn an:

»Was fällt dir eigentlich ein, mit der Presse zu sprechen, Schmidt! Niemand, nicht einmal Lutz oder ich, gibt Informationen über unsere Ermittlungen preis, dafür ist ausschließlich unsere Medienstelle zuständig!«

Eine steile Zornesfalte bildete sich unter ihrem schick frisierten Bob. Lutz hatte sie selten so aufgebracht erlebt.

»Was du im Radio von dir gegeben hast, Schmidt, ist etwas vom Dümmsten, das mir je untergekommen ist«, fuhr die Moser schneidend fort. »Ohne auch nur den geringsten Beweis dafür zu haben, beschuldigst du die Mafia, die Klimaschützer und die Albaner, für die Brände in den Eiscafés verantwortlich zu sein. Was um alles in der Welt hat dich geritten, so etwas zu tun?«

Ruben Schmidts Gesicht nahm einen ungesund tiefen Rotton an. Auf der Polizeischule hatte er gelernt, dass es wichtig war, schnell, unkompliziert und transparent zu kommunizieren. So beugte man Spekulationen vor. Und genau das hatte er getan – oder etwa nicht? Warum er jetzt für das Interview mit Radio Winkelried gerüffelt wurde, war ihm ganz und gar unbegreiflich.

Lutz war froh, dass der Junge dieses eine Mal auf ihn hörte und schwieg. In resignierter Erwartung dessen, was gleich kommen würde, lehnte er sich in seinem Stuhl zurück und faltete die Hände über seiner runden Mitte. Er schätzte die Moser, hatte sie damals sogar für den Chefposten empfohlen, denn sie war die Rechtschaffenheit in Person – ein gutes Wort, das leider samt seiner Bedeutung aus der Mode geraten war. Zu seinem Leidwesen aber provozierten gerade diese Rechtschaffenheit und das Bestreben der Moser, ihren Job besser zu machen als alle anderen, regelmäßige Wutausbrüche – eine unangenehme Sache, die man, so hatte Lutz gelernt, am besten stoisch abwetterte.

»Und du, Lutz«, wandte die Moser sich ihm mit finsterem

Gesicht zu, »du bist nicht besser. Du solltest das Kindermädchen spielen für den Jungen, weil er eine Menge von dir lernen könnte. Du kannst dich vielleicht nicht mehr daran erinnern, aber du warst einmal ein guter Ermittler. Jetzt muss ich feststellen, dass du Schmidt von der Leine gelassen hast! Und sieh nur, was dabei herauskommt!«

Sie donnerte mit der Faust auf ihren Schreibtisch, dass der Inhalt der Schubladen schepperte, und deutete unwirsch in Richtung einer großen Kühlbox, die mit offenem Deckel auf dem Sitzungstisch stand. »Schaut euch das an!«

Lutz und Schmidt standen folgsam auf, traten an den Tisch und blickten in die Kühlbox.

»O mein Gott!«, rief Schmidt erschrocken aus.

Aus dem Inneren der Kühlbox schaute ihnen ein blutüberströmter Kopf entgegen, die Augen vor Schreck weit aufgerissen, der Mund qualvoll verzerrt. Aus dem dichten schwarzen Haar ragte ein großes Fleischermesser.

»Nicht Gott – Eis!«, raunzte die Moser Schmidt an.

Tatsächlich, der Schädel, so täuschend echt er auch aussah, bestand aus Eis, stellte Lutz fest. Er streckte den Zeigefinger aus und tauchte ihn ins Blut. Schmidts Gesichtsfarbe wechselte von Hochrot zu Herzinfarkt-Lila, als er seinen Boss den Finger in den Mund stecken und ablecken sah.

»Erdbeersoße«, sagte Lutz anerkennend. »Und zwar gute.«

Der konsternierte Blick der Moser sagte ihm, dass da noch mehr war, und sein Gefühl trog ihn nicht. Wortlos streckte sie ihm eine weiße Karte mit schwarzem Trauerrand entgegen. »Mit freundlichen Grüßen von der Mafia«, stand darauf.

»Eine Morddrohung«, keuchte Schmidt.

Die Moser warf ihm einen genervten Blick zu. »Kaum«, schnaubte sie und ging zu ihrem Schreibtisch zurück. »Wohl eher eine Warnung, die Mafia nicht grundlos zu verdächtigen.«

Lutz setzte sich seufzend auf seinen Stuhl zurück und strich sich über den Bart. »Was noch?«, fragte er.

Die Moser reichte ihm einen weiteren Brief. »Diese Nachricht stammt vom Albanischen Kulturverein.«

»›Wir laden den für die Ermittlungen im Eiscafé-Fall verantwortlichen Ruben Schmidt herzlich dazu ein, seine Vorurteile abzubauen und ein paar Albaner und Albanerinnen persönlich kennenzulernen‹«, las Lutz vor. »›Er wird feststellen, dass wir – wie alle anderen Menschen auch – höchstens heimtückisch werden, wenn wir einen Anlass dazu haben.‹«

Die Moser blickte Schmidt streng an. »Du hast heute um dreizehn Uhr einen Termin dort und tust alles, um deinen amateurhaften Fauxpas wiedergutzumachen, verstanden?« Nachdenklich rieb sie sich die Nasenwurzel, und Lutz hörte sie murmeln: »Fehlt nur noch die Reklamation der Klimaschützer. Ich bin sicher, sie planen etwas Ausgefallenes.«

Dass die Moser recht behielt, zeigte sich, als um zehn Uhr die Post geliefert wurde. Darunter befand sich ein Paket von der Größe eines Bierkastens, das an Ruben Schmidt adressiert war. Dem Absender zufolge stammte es von einer Gruppe namens GUTS – ein Name, der weder Lutz noch sonst einem der acht Polizeibeamten im Großraumbüro bekannt war, die vor Neugierde fast platzten.

Eine Stunde später rückte das Bombenentschärfungskommando ab, und die halbe Abteilung sah zu, wie Schmidt sein Gesicht erwartungsvoll über das Paket beugte, den Inhalt vorsichtig herauszog und auf einem extra dafür geräumten Schreibtisch ausbreitete.

Nach dem Eisschädel der Mafia war Lutz auf allerlei gefasst gewesen. Nicht aber auf das, was nun zum Vorschein kam: Mit großen Aufdrucken versehene Kleidung und Baseballkappen in schreienden Farben. Schmidt hielt pinke Shorts in die Höhe.

»Trau nie deim Chef«, stand groß und weiß auf der Kehrseite. Schmidt grinste breit und boxte Lutz in die Seite. »Schau mal, Boss. Das ist lustig.«

Lutz wunderte sich, dass Schmidt trotz des Rüffels der Moser und der Tatsache, dass er sich mit dem Interview bis auf die Knochen blamiert hatte, noch immer guter Dinge schien. Wäre es nicht Schmidt gewesen, der hier Witze riss, hätte Lutz ihm für sein unerschütterliches Selbstbewusstsein Anerkennung gezollt.

Er griff wahllos nach einigen T-Shirts. »Und plözlich bin ich weg«, »Toleranz für Gemüse«, »Jez gibz auf die Frese«, »Zum Toifel mit der Elster«, »Immer auf die klainen«, strahlten ihm schwarz auf bunt die Aufschriften entgegen. Es waren die Botschaften der Eiscafé-Zündler – verewigt auf Kleidungsstücken und Baseballkappen. Sehr öffentlichkeitswirksam, musste Lutz zugeben und fischte nach dem Flyer auf dem Boden des Pakets.

»Was steht da?«, fragte Schmidt interessiert.

»Na ja«, sagte Lutz, die Lippen rümpfend, »die Absender des Pakets scheinen über deine Aussagen gestern etwas gekränkt zu sein.«

»Gekränkt?«

»So könnte man es nennen«, sagte Lutz und reichte Schmidt den Flyer.

Stopp der Intoleranz!

Die Polizei beschuldigt die Klimaschützer, die Albaner und die Mafia, dass sie die Winter-Eiscafés in Brand gesetzt haben. Diese Anklage gründet auf willkürlichen Vorurteilen gegen unbeliebte Interessengruppen, denn Beweise liegen nicht vor! Einen Staat, der Vorurteile unterstützt, jedoch wollen wir nicht tolerieren! Deshalb

rufen wir alle unvoreingenommenen Menschen auf,
sich mit den Eiscafé-Zündlern zu solidarisieren! Tragen
wir die Botschaften der Anarchisten-Gruppe in die
Welt hinaus! Verkünden wir: Alle Menschen sind
gleich! Schluss mit Vorurteilen und Pauschalisierungen!
Es lebe die Revolution!

GUTS
Gruppe Unvoreingenommener und
Toleranter Systemkritiker

Schmidt ließ den Flyer sinken und grinste. »Die haben extra wegen meines Interviews eine Gruppe gegründet?«

Lutz schüttelte den Kopf und brummte etwas Unverständliches. Unfassbar, der Junge war tatsächlich geschmeichelt. Hatte er den Inhalt des Flyers überhaupt verstanden?

»Hast du was gesagt?«, erkundigte sich Schmidt.

»Ich sagte tammisiech, jetzt geht's erst richtig los.«

22

Besuch im Spital

Skara, Anton und Jonas ahnten zu diesem Zeitpunkt weder, dass eine Gruppe namens GUTS sich mit ihnen solidarisierte, noch, dass man sie als Anarchisten bezeichnete. Legte man die Bezeichnung etwas großzügig aus, so traf sie natürlich zu, denn die drei lehnten sich ja tatsächlich gegen die Obrigkeit auf, insbesondere gegen jene, die Erik Winter hieß. Auch sonst verhielten sich die drei ab und zu etwas anarchistisch, zum Beispiel, was den Transport und die Entsorgung einer überfahrenen Chefin anging. Aber jetzt, da sie am Ufer des Walensees saßen und die Füße ins Wasser tauchten, wirkten sie ziemlich angepasst.

Als vom benachbarten Campingplatz die ersten Essensdüfte zu ihnen herüberwehten, entschied sich Anton, den Kochtopf einzuweihen. Beinahe andächtig bereitete er das Essen zu: Fleischbällchen und Quinoa mit Lauch, Karotten und Paprikaschoten – etwas, das weder Skara noch Jonas je zuvor probiert hatten. Es schmeckte hervorragend.

»Bevor wir in die Innerschweiz fahren, sollten wir in Zürich einen Halt einlegen«, sagte Skara, während sie Ida ihre Ration an Antibiotikum verfütterte.

Anton und Jonas sahen sie fragend an.

»Es ist Zeit, dass wir deinen Bruder im Krankenhaus besuchen«, erklärte Skara und fügte mit schelmischem Lächeln an:

»Die Verlobte und der Bruder haben ja wohl ein Anrecht darauf, zu erfahren, wie es um Nick steht.«

Die Wahrheit war, dass sie sich jetzt, da sie Jonas' Hintergrund besser kannte, nicht gut dabei fühlte, ihn vom Besuch bei seinem Bruder abgehalten zu haben. Jonas und Nick mussten sich aussprechen und ihre Differenzen bereinigen – deren Versöhnung war ebenso wichtig wie ihre Rache.

Anton schien zu verstehen, was Skara im Kopf herumging, denn er stimmte sofort zu, und Jonas nickte, wenn auch zögernd.

Gut eine Stunde später traten sie an den Empfangstresen des Zürcher Universitätsspitals. Eine barsche Rezeptionistin beschrieb ihnen in knappen Worten, wie sie zur Station fanden, auf der Nick lag. Institut für Intensivmedizin. Klang nicht gut, fand Skara.

»Es ist schön, dass Sie vorbeikommen, um mit Herrn Vanderhagen zu sprechen«, sagte eine junge blonde Krankenschwester, die sie auf dem Flur der Station trafen. Sie hatte große blaue Augen, rosa Wangen und einen runden Schmollmund. »Patienten in seiner Lage haben Besuch besonders nötig.«

Patienten in seiner Lage. Klang gar nicht gut, dachte Skara und zog erschaudernd ihre Schultern hoch.

»Keine Angst, mit Nick ist alles in Ordnung«, sagte Jonas, der ihr Schaudern richtig gedeutet hatte. »Wenn es schlecht um ihn bestellt wäre, dann hätte ich schon längst die entsprechenden geistigen Schwingungen empfangen.«

Du und deine geistigen Schwingungen haben komplett versagt, dachte Skara, als sie kurz darauf Nicks Zimmer betraten. Denn der, das sah sie auf den ersten Blick, war ganz und gar nicht in Ordnung. Still und weiß wie das Bettlaken, lag er in einem der massiven Krankenhausbetten, die Augen geschlossen, das Gesicht wächsern, das braune Haar struppig vom Kopf abstehend. Über dem Mund trug er eine Maske mit Schlauch, und von seinen Armen und Händen liefen Kabel zu Monitoren mit roten Warnlichtern und blinkenden Anzeigen.

Jetzt erschrak auch Jonas, bemerkte Skara. Seine Augen weiteten sich, und seine Mundwinkel zuckten. Zögernd trat er ans Bett und sah mit einem schwer zu deutenden Blick auf seinen bewusstlosen Bruder nieder.

Langsam drehte er sich zur Schwester mit dem Puppengesicht um, die ihnen ins Zimmer gefolgt war. »Wird er wieder gesund?«, fragte er mit rauer Stimme.

»Aber sicher wird er wieder gesund«, sagte Puppengesicht und lächelte Jonas beruhigend an. »Er ist Ihr Bruder, nicht wahr? Aber natürlich«, beantwortete sie ihre Frage gleich selbst und fuhr fort: »Wie Sie sicher von Ihren Verwandten erfahren haben, hat Ihr Bruder ein Schädel-Hirn-Trauma erlitten. Er wurde nach seiner Einlieferung mit Medikamenten in ein künstliches Koma versetzt, damit er schmerz- und stressfrei gesund werden kann.«

»Wann werden Sie ihn wieder aufwecken können?«

»Das hängt davon ab, wie sich sein Zustand entwickelt. Genaueres kann ich Ihnen nicht sagen.«

Skara trat neben Jonas ans Bett. »Hört er, wenn wir mit ihm sprechen?«

Die junge Schwester verzog mitleidig die Lippen. »In seinem jetzigen Zustand wohl kaum, er ist stark sediert. Manche Mediziner sind jedoch überzeugt, dass Patienten im künstlichen Koma unterbewusst Eindrücke von außen wahrnehmen und Berührungen spüren können.«

Unterbewusst Eindrücke aufnehmen. Das klang beinahe so esoterisch wie Jonas' Schwingungen, fand Skara und schaute auf den bleichen Mann hinunter, dessen Gesicht jenem von

Jonas so sehr glich. Sie konnte sich nicht vorstellen, dass dieser leblose Mensch irgendetwas wahrnehmen konnte, ob bewusst, unbewusst oder unterbewusst.

Während Jonas sich auf die Suche nach der behandelnden Ärztin begab, die ihm nähere Auskunft über Nicks Zustand erteilen konnte, bot Anton an, Kaffee zu holen. Skara rückte einen Stuhl neben das Krankenbett und sah geistesabwesend zu, wie Ida aus ihrer Handtasche schlüpfte. Ihre Gedanken begannen zu wandern. Zwei Schränke, drei Kommoden, drei Nachttische – ergab insgesamt achtzehn Schubladen. Zwei Monitore mit insgesamt sieben Tasten neben jedem der drei Betten – ergab zweiundvierzig Tasten. Es war einige Tage her, seit sie in ihr Muster zurückgefallen war und Dinge gezählt hatte.

Als es nichts mehr zu zählen gab, klärte Skara Nick darüber auf, wer sie war. »Ich weiß nicht, weshalb du deiner Familie vorgemacht hast, dass du eine Verlobte hast, die im Ausland Tiermedizin studiert, aber hier bin ich. Nicht so naiv, hoffe ich, wie deine üblichen Freundinnen laut Jonas sind. Nicht so schlau, wie du deiner Familie erzählt hast, denn ich bin keine Tierärztin. Aber immerhin trage ich den Namen, den du dir für deine angebliche Verlobte ausgedacht hast: Skara Anderson.«

Ida hatte ihre Erkundungstour abgeschlossen. Bevor Skara sie aufhalten konnte, sprang sie auf Nicks Bett, hüpfte auf seinen reglosen Körper und bohrte ihm ihre Krallen in den Bauch. Ein dumpfer Wehlaut entfuhr Nick, und Skara sah, wie der Puls auf dem Monitor in die Höhe schoss.

»Jesses«, murmelte sie erschrocken und zerrte Ida von ihm herunter. Erleichtert sah sie, wie Nicks Puls langsam fiel und sich – wenn auch auf höherem Niveau als zuvor – stabilisierte.

Da die anderen sich noch immer nicht blicken ließen, sprach Skara weiter. Sie erklärte Nick, weshalb sie mit seinem Bruder und einem netten, aber verrückten Kerl namens Anton durch die Schweiz fuhr, Eiscafés anzündete und vergeblich versuchte, eine Leiche loszuwerden. Auf unerklärliche Weise tat es gut, jemandem von den ungewöhnlichen Ereignissen der vergangenen Tage zu erzählen.

Anton und Jonas ließen sich Zeit. Wie sich später herausstellte, hatte sich Ersterer im Krankenhausrestaurant über das unappetitlich hergerichtete Birchermüsli beschwert. »Ein bleicher Matsch in einer Plastikschüssel, ohne die geringste Dekoration!« Der Koch namens Laurent, ein bärtiger Hüne, hatte die Kritik gutmütig entgegengenommen und Besserung gelobt. Nachdem die Sache mit dem Birchermüsli abgehakt war, waren die beiden ins Fachsimpeln geraten und hatten angeregt über Kochrezepte diskutiert. Um die neue Freundschaft zu besiegeln, versprach Anton dem Koch, sein Geheimrezept für libanesisches Badingal mitzubringen, wenn sie Nick das nächste Mal besuchten.

Jonas hatte Nicks Ärztin nach Schichtende knapp verpasst, dafür noch ein wenig mit der netten blonden Schwester geplaudert, die Wanda hieß. Wanda glaubte daran, dass sie vom Neptun auf die Erde inkarniert war. Ihr energetisches Doppel konnte mit der Wesenheit einer universellen Raumgesellschaft namens Alwin kommunizieren. So die Kurzfassung. Dieser Alwin hatte ihr ein Sensorium für Schwingungen verliehen sowie energetische Kräfte, die sie befähigten, ins Innere von Menschen zu sehen, Probleme zu orten und diese zu heilen.

Sehr interessant, fand Jonas.

Skara war gerade dabei, Nick zu erklären, wie ein Flammenwerfer funktionierte, als Anton und Jonas zurückkehrten.

»Leute, wir sind berühmt«, platzte Anton heraus. Skara und Jonas starrten ihn verwundert an. Wie sich herausstellte, hatte er bei Laurent in der Küche am Radio gehört, dass eine Gruppe unvoreingenommener und toleranter Systemkritiker, die sich selbst GUTS nannte, zur Revolte gegen die Polizei aufrief. Anlass war das Interview, das der Polizist namens Ruben Schmidt gestern im Radio Winkelried zu den Eiscafé-Bränden gegeben hatte.

»Stellt euch bloß vor«, sagte Anton aufgeregt, »die Gruppe solidarisiert sich mit uns! In allen Bahnhöfen der Ost- und Zentralschweiz werden heute Kleider mit Aufdrucken meiner Botschaften verkauft!«

Jonas und Skara waren platt. Kleider mit Antons Botschaften? Eine Gruppe, die mit ihnen, den Eiscafé-Zündlern, sympathisierte? Dabei kannten diese GUTS doch nicht einmal den Grund, weshalb die Eiscafés in Flammen aufgingen – die Gruppe wusste nicht, dass die Brandstifter sich auf einem Rachefeldzug befanden! Skara war nicht ganz klar, was sie davon halten sollte. Wurde ihre Rache an Erik Winter durch die Aktion dieser Gruppe nicht verwässert? Würde der Mistkerl überhaupt noch verstehen, dass sie ihn strafen wollten? Nachdenklich steckte sie eine braune Locke unter ihr Haarband zurück. »Fahren wir zum nächsten Bahnhof. Das müssen wir uns ansehen.«

Am Hauptbahnhof in Zürich stellten sie fest, dass GUTS nicht zu viel versprochen hatte. Unter dem bunten Engel von Niki de Saint Phalle stand ein improvisierter Verkaufstisch mit Bergen beschrifteter T-Shirts, Shorts und gefährlich schwankenden Stapeln mit Baseballkappen – zehn Franken das Stück. Die Kleider mit Antons Botschaften fanden reißenden Absatz. Die drei Verkäuferinnen kamen mit Einkassieren kaum nach und stellten schließlich eine Schuhschachtel auf, die sich rasch mit Münzen und Noten füllte.

Einfach jeder, so schien es, konnte sich mit den Zielen von GUTS identifizieren, die zu Toleranz, Offenheit und zum Kampf gegen Vorurteile aufrief. Und wenn die Toleranz nicht zog, so die Idee, eine Revolution zu starten oder so etwas Gefährliches wie eine Anarchisten-Gruppe zu unterstützen. Einige mitfühlende Seelen – die Worte des Psychologen Herter im Ohr – hielten es für wichtig, sich für den ursprünglichen Zweck der Eiscafé-Brände einzusetzen und die Zündler in ihrer Selbstheilung geistig zu bestärken. Selbst jene, die sich mit keiner dieser diversen Gesinnungen anfreunden konnten, wollten an der Bewegung teilhaben. Sie war cool, sie war neu, sie hatte Potenzial zu etwas Großem, das alle vereinte, wie Coca Cola oder Fußball.

»Und was macht ihr mit dem Erlös?«, erkundigte sich Anton bei einer pinkhaarigen Verkäuferin und deutete auf das Schild über der Schuhschachtel, auf dem es hieß: »Für einen guten Zweck«.

»Was wir einnehmen, fließt in den Klimaschutz und in Projekte, die Toleranz fördern«, erklärte die und hielt Anton mit strahlendem Lächeln eine schwarze Baseballkappe hin.

»Sehr schön«, sagte Anton, grinste zurück und kaufte für Jonas und sich eine Kappe mit der Aufschrift »Jez gibz auf die Fresse«. Für Skara erstand er ein blaues T-Shirt, auf dem »Und plözlich bin ich weg« stand.

Verblüfft beobachteten sie, wie sich die Menschen in ihren farbigen GUTS-Klamotten vor dem Bahnhof versammelten, miteinander sprachen, Plakate malten und schließlich auf der Bahnhofstraße Richtung Bürkliplatz zogen.

Als Skara, Anton und Jonas aus der Stadt hinausfuhren, vernahmen sie eine erste Staumeldung, der im Lauf des Nachmittags zahlreiche weitere folgten. Aufgrund einer nicht bewilligten Demonstration blieben Trams und Busse in der Zürcher

Innenstadt stecken, was Einfluss auf die Abfahrt der Züge hatte und so zu Verzögerungen im ganzen Verkehrsnetz führte.

Auf jedem Radiosender, den das Trio auf seiner Fahrt Richtung Zug – dem Standort des zehnten Eiscafés – hörte, war von der neuen Bewegung die Rede, die je nach Ausrichtung und Geschmack des Senders Eiscafé-Protest, Anarchisten-Aufstand oder GUTS-Revolution genannt wurde. Im Laufe des Nachmittags einigten sich die Radiosender auf den Begriff Eiscafé-Krawalle, da der extrem linke oder rechte Flügel dieser Bewegung – welcher, war nicht auszumachen – Autos anzündete und Schaufenster einschlug, um seiner Ansicht mehr Gewicht zu verleihen. Worin diese Ansicht denn überhaupt bestand, das war schwer zu eruieren, stellten Journalisten bei Interviews vor Ort fest. Es gab Demonstranten, die für die Albaner auf die Straße gingen, andere für Italiener, die keine Mafiosi waren. Ein paar glaubten, sie kämpften hier für ein besseres Klima und gegen die Massentierhaltung. Homosexuelle forderten mit Parolen Akzeptanz, Transmenschen Toleranz und die Veganer ein Umdenken zugunsten von Früchten und Gemüse. Sämtliche dieser legitimen Forderungen fanden auf den Straßen Beifall und begeisterte Anhänger, von denen sich nicht wenige den Straßenzügen spontan anschlossen. GUTS hatte sie vereint, sie demonstrierten für etwas von Bedeutung, und dies von ganzem Herzen.

23

Kantonspolizei Zürich:
Lutz unter Druck

Während die Revolte von GUTS ihren Gang nahm, verbrachte Ruben Schmidt den schlimmsten Nachmittag seines neunundzwanzigjährigen Lebens. Beinahe hätte Lutz Mitleid gehabt.

Am frühen Nachmittag hatten die Albaner Schmidt in ihrem Zentrum zwei Stunden lang in ihre Kultur und Geschichte eingeweiht. Zehn männliche und neun weibliche Albaner hatten ihm geholfen, seine Vorurteile abzubauen.

Ja, sie seien sehr höflich und zuvorkommend gewesen, presste Schmidt hervor, als er gegen fünfzehn Uhr auf den Posten zurückkehrte. Keine Minute später rannte er hektisch zum Abfallkorb und erreichte ihn gerade noch rechtzeitig, um seinen Mageninhalt darin zu entleeren.

Lutz setzte sich auf die Schreibtischkante, sah ihm beim Kotzen zu und nahm einen Schluck Kaffee. »Was hast du da von dir gegeben?«, erkundigte er sich interessiert.

»Tatlija me kokos, neunzehn Stück«, presste Schmidt hervor, bevor er erneut würgte.

»Was zum Geier ist das?«

Schmidt wischte sich mit dem Handrücken über den Mund, stützte sich mit den Händen auf dem Schreibtisch ab und ließ den Kopf hängen. »Albanisches Gebäck mit Kokosraspeln«, keuchte er. »Sehr sättigend.«

Lutz stutzte. »Weshalb hast du denn so viel davon gegessen?«

Schmidt bekämpfte erfolgreich einen neuen Würgereiz und teilte Lutz mit: »Die Albaner sagen, in ihrem Land werde die Gastfreundschaft hochgehalten und nur ein sehr unhöflicher Gast würde Essen ablehnen.«

»Aber weshalb gleich neunzehn Stück?«

»Von jedem der Anwesenden eines«, sagte Schmidt schwach und ließ sich auf seinen Bürostuhl fallen.

Nach dem Albanischen Kulturverein war die Medienabteilung an der Reihe, sich Schmidt vorzuknöpfen. Luzia Kräuter, so hieß die Leiterin, machte ihn nach allen Regeln der Kunst zur Schnecke. »Deine idiotischen Aussagen werden schlimme Folgen haben«, prophezeite sie zum Schluss der Standpauke grimmig. Sie behielt recht: Am gleichen Abend noch kam es in allen größeren Städten der Ost- und Zentralschweiz zu Demonstrationen, die auch am Folgetag weitergingen.

Das erste Mal überhaupt, seit sie seine Chefin geworden war, setzte die Moser Lutz unter Druck. »Du und Schmidt«, sagte sie in einem Ton, der keine Widerrede duldete, »ihr klemmt euch jetzt hinter eure Telefone und Computer und findet mir diese Brandstifter – Einzahl oder Mehrzahl!«

Lutz hasste es, wenn er unter Druck stand. Es verkrampfte die Arbeitsatmosphäre und verhinderte, dass seine Fantasie in Gang kam. Sollten er und Schmidt diesen Fall aufklären, mussten sie jedoch um die Ecke denken. Mit anderen Worten: Er benötigte einen weiteren Kaffee.

»Also, Schmidt«, sagte er, lehnte sich in seinem Schreibtischstuhl zurück und verschränkte die Arme hinter dem Kopf. »Finde heraus, in welchen Ortschaften die Firma Wintereis Eiscafés betreibt, ruf die entsprechenden Polizeistationen an und mach ihnen Feuer unter dem Hintern, damit sie die Lokale auch anständig bewachen. Anschließend gehst du diese Meldungen mit den Anhaltspunkten durch, die wir über die Identität der Eiscafé-Zündler erhalten haben.«

Lutz schob Schmidt über den Schreibtisch hinweg einen Stapel Papier zu. »Auf der Route der Brandstifter wurde ein Auto als gestohlen gemeldet – ein silberner Opel. Telefonier mit dem Besitzer und finde heraus, ob er eine Ahnung hat, wer seinen Wagen geklaut haben könnte. Womöglich gibt es hier einen Zusammenhang mit den Zündlern. Zusammentragen, filtern, kombinieren. Alles klar?«

»Alles klar, Boss. Und was wirst du tun?«

»Ich werde mein Hirn auf Hochtouren schalten«, sagte Lutz, tippte mit dem Zeigefinger vielsagend gegen seine Schläfe, kippte den Bürostuhl nach hinten und schloss die Augen.

Schmidt seufzte und machte sich daran, den Stapel an Papier durchzusehen. Man konnte seinen Vorgesetzten für träge und unmotiviert halten, aber bis vor einigen Jahren war seine Aufklärungsrate höher gewesen als die jedes anderen in der Abteilung. Wenn Lutz also sagte, dass er nachdachte, dann tat er das vermutlich auch. Obwohl es einmal mehr gar nicht danach aussah, stellte Schmidt mit einem skeptischen Blick auf seinen scheinbar dösenden Chef fest.

In Lutz' Kopf drehten sich derweil die Räder. Der Kaffeeklatsch mit seinem Militärfreund Bärlocher gestern hatte nichts Brauchbares ergeben. Sie hatten zwar festgestellt, dass die Eiscafé-Zündler ihre Brände mit einem Flammenwerfer 35 gelegt hatten, einem Typ, der im Zweiten Weltkrieg eingesetzt worden war. Er ermöglichte fünfzehn Feuerstöße bis zu einer Reichweite von dreißig Metern, vorausgesetzt, das Flammrohr war nicht verstopft oder beschädigt, wie es beim Exemplar der Brandstifter der Fall zu sein schien. Doch Lutz' Hoffnung, dass das Militär den Besitzer dieser Waffe registriert hatte, war nicht in Erfüllung gegangen.

Der nächste Anhaltspunkt war vielversprechender. Eine Anwohnerin hatte am Samstagabend vor dem Eiscafé in Bülach einen rot-weißen Krankenwagen des Universitätsspitals Zürich parken gesehen. Wie die verantwortliche Mitarbeiterin der Notfallzentrale Lutz jedoch versicherte, hatte am fraglichen Abend niemand einen Krankenwagen zur genannten Adresse geschickt.

Jede Wette, dass die Eiscafé-Zündler in diesem Krankenwagen saßen, dachte Lutz. Und ein Hunderter darauf, dass es sich dabei um jenen handelt, der dem Universitätsspital abhandengekommen ist.

Die Eiscafé-Zündler schienen also zumindest am Anfang ihres Trips in einem gestohlenen Krankenwagen unterwegs gewesen zu sein, rekapitulierte er. Gut möglich, dass sie ein weiteres Fahrzeug entwendet hatten, als der Krankenwagen ihnen zu auffällig wurde. Waren sie vielleicht in den silbernen Opel umgestiegen, der vor Sankt Gallen als gestohlen gemeldet worden war? Denkbar war es. Doch diese Spur würde sie erst weiterbringen, wenn der Krankenwagen irgendwo auftauchte – oder Schmidt dem ehemaligen Opel-Besitzer Brauchbares über die Diebe entlocken konnte.

Die dritte Spur war vermutlich die verheißungsvollste: Die Betriebsleiterin eines Wintereis-Eiscafés hatte heute Morgen Kontakt mit der Polizei aufgenommen, weil sie sich Sorgen um einen ihrer Angestellten machte. Der Mann hieß Anton Seifert und war ein langjähriger zuverlässiger Mitarbeiter gewesen. Er hatte im Eiscafé am Baschligplatz in Zürich gearbeitet, das kürzlich in Flammen aufgegangen war.

Am Freitagmorgen vor dem Brand habe Anton Seifert eine Auseinandersetzung mit Erik Winter gehabt, dem Direktor der Firma Wintereis, erzählte die Betriebsleiterin dem diensthabenden Polizisten. Im Zuge dieses Streits habe der Direktor Anton Seifert fristlos entlassen, und seither, klagte die Frau besorgt, habe sie ihren ehemaligen Angestellten weder telefonisch noch in seiner Wohnung erreichen können.

Lutz öffnete seine Augen, rückte seinen Stuhl an den Schreibtisch und griff zum Telefon. Er musste erfahren, was für ein Mensch Anton Seifert war und worum es bei seiner Auseinandersetzung mit dem Direktor des Unternehmens Wintereis gegangen war. Es bestand die Möglichkeit, dass der Eisfachmann nachtragend war und beschlossen hatte, sich an seinem ehemaligen Chef für die Entlassung zu rächen. Ein Motiv.

Nachdem Lutz eine halbe Stunde lang mit Simona Bischof, Anton Seiferts ehemaliger Vorgesetzter, telefoniert hatte, war er – leider ohne stichhaltige Beweise zu haben – überzeugt davon, dass Anton Seifert der oder zumindest einer der Eiscafé-Zündler war.

Tammisiech, allein diese Familiengeschichte würde mich gründlich sauer machen auf die Winters, dachte Lutz. Wie Simona Bischof ihm versichert hatte, war Anton Seifert jedoch nicht nachtragend, sondern wider alle Vernunft der loyalste Mitarbeiter gewesen, den ein Unternehmen sich wünschen konnte. Alles, was er ersehnte, war die Anerkennung seines Chefs. Lutz schüttelte den Kopf, als er sich vorstellte, wie gedemütigt und enttäuscht Anton Seifert sich gefühlt haben musste, als Erik Winter ihm die erstrebte Anerkennung nicht nur versagte, sondern ihn plötzlich und völlig ungerechtfertigt entließ.

Wen wundert's, dass er es diesem Scheißkerl heimzahlen will, dachte Lutz. Bleibt die Frage, ob er allein handelt oder ob er Gleichgesinnte gefunden hat.

24

Ein verhängnisvoller Sprung

MONTAG

Wie das so ist mit der Berühmtheit, hat sie auch ihre Schatten-
seite. Diese bestand für Skara, Anton und Jonas darin, dass die
Polizei vorhatte, sie nicht länger ungestraft Eiscafés abfackeln
zu lassen. Dafür hatte Ruben Schmidt mit eindringlichen Te-
lefonaten und seinem deutschesten Deutsch gesorgt – wohl
wissend, dass die meisten Schweizer einen Menschen mit ast-
reinem Deutsch automatisch für kompetent hielten.

»Wir werden uns heute Nacht anstrengen müssen, um ungesehen an der Polizei vorbeizukommen«, stellte Skara fest,
während sie träge am Ufer der Lorze lagen, dem Zufluss des
Zugersees.

»Steht zu vermuten«, gab Jonas zurück und zupfte ein paar
Grashalme aus, die ihn im Gesicht kitzelten.

Einige Stunden zuvor hatten sie unter den letzten Sonnen-
strahlen Reis und eine Forelle gegessen, die Anton in Butter
gewendet und auf dem Campingkocher mit Zwiebeln gebra-
ten hatte. Dazu gab es Bier und eine Flasche Chardonnay.

Jetzt waren sie dabei, den Alkohol abzubauen, denn, wie
Anton sagte, es wäre dumm, wenn sie wegen eines gewöhnli-
chen Vergehens aus dem Verkehr gezogen würden, wo sie doch
so viel mehr verbrochen hatten. Außerdem wollten sie etwas
Schlaf tanken, denn in dieser Nacht würden sie kaum mehr

dazu kommen. Vier Eiscafés standen auf dem Programm, das erste in Zug, das letzte in Altdorf. Danach würden sie die Leiche an einem unauffälligen Ort vergraben, so war es abgemacht.

Als sie kurz nach dreiundzwanzig Uhr an ihrer ersten Station eintrafen, erwartete sie eine Überraschung. Trotz später Stunde war in der Stadt die Hölle los: Ein Feuerwehrauto mit Sirene und Blaulicht raste an ihnen vorbei, gefolgt von zwei Transportfahrzeugen, vollgepfercht mit Feuerwehrleuten. Eingangs einer Gasse in der Altstadt stoppten sie, rollten hektisch Schläuche aus und zogen sie zu einem gelben Haus mit grünen Fensterläden, das wie ein schüchternes Kind zwischen zwei anderen hervorlugte. Flammen züngelten aus den geborstenen Schaufensterscheiben des Hauses und fraßen sich die Fassade hoch zum Ladenschild, auf dem stand: »Wintereis – macht mich heiß«. Zahlreiche Schaulustige beobachteten, wie die Feuerwehrleute anfingen, Fontänen von Wasser in den glühenden Rachen des Hauses zu pumpen.

Vom Spektakel wie magisch angezogen, parkten Jonas, Anton und Skara ihren Wagen am Straßenrand und gesellten sich zu den Herumstehenden. Hitzewellen waberten vom brennenden Haus herüber und Skara fühlte, wie sich auf ihrer Stirn Schweißperlen bildeten. »Es scheint, als sei uns jemand zuvorgekommen«, stellte sie fest.

»GUTS?«, fragte Anton.

»Möglich.«

»Die Polizei wird es in Kürze herausfinden«, sagte Jonas schmunzelnd und machte Skara und Anton auf den Platz unterhalb des brennenden Eiscafés aufmerksam. Neben einem Brunnen mit einer blau bestrumpften Statue legten Polizisten zwei jungen Männern Handschellen an und verfrachteten sie in ein bereitstehendes Polizeiauto.

»Die angeblichen Brandstifter«, erklärte Jonas und wirkte sehr zufrieden. »Ein besseres Ablenkungsmanöver hätten wir uns gar nicht ausdenken können. Wenn wir Glück haben, wird die Polizei ihre Einsatzkräfte nach dieser Festnahme abziehen und die Eiscafés in Arth, Brunnen und Altdorf nicht länger bewachen lassen.«

Anton rieb sich entzückt die Hände, und Skara lachte erleichtert. Um die beiden jungen Männer machte sie sich keine Sorgen: Spätestens morgen früh, wenn die Meldungen von drei weiteren Bränden eintrafen, würde den Polizisten klar werden, dass sie Nachahmungstäter vor sich hatten.

Der Brand im Eiscafé mit den grünen Fensterläden war schnell gelöscht, und die Feuerwehr zog ab, während die Menge – darunter Skara, Jonas und Anton – ihr mit begeistertem Johlen und Klatschen Beifall zollte.

Während die einen schwatzend und lachend heimwärts zogen, folgten die anderen dem Aufruf der Feuerwehr, sich in einer Zuger Kneipe zu treffen. Die drei hatten größte Lust, sich den Feiernden anzuschließen, doch die Vernunft und Skara sprachen dagegen, und nach einem letzten Blick ins rauchgeschwärzte Café machten sie sich auf den Weg zu Eiscafé Nummer elf einige Kilometer weiter in Arth.

Entweder hatten die Kollegen aus Zug vergessen, Bescheid zu sagen, dass sie die Eiscafé-Brandstifter geschnappt hatten, oder es war bereits klar, dass ihnen die Falschen ins Netz gegangen waren – jedenfalls parkte auf dem Rathausplatz vor dem Eiscafé in Arth provokativ auffällig ein Polizeiwagen. Zwei gelangweilte Polizisten starrten etwas weggetreten auf die menschenleere Straße.

Skara, Anton und Jonas drückten sich knapp fünfzig Meter vom Polizeiwagen entfernt an die Hauswand eines Durchgangs, der den klangvollen Namen Schiissigasse trug, und warteten ab, dass die Polizisten sich entschließen würden, die Bewachung aufzugeben. Als ein Uhr verstrich und die Polizisten immer noch unbeweglich dasaßen, begann Skara ungeduldig zu werden. »Was denkt ihr, wollen wir sie ablenken?«

»Einverstanden«, sagte Anton, und Jonas nickte.

Keine zwanzig Minuten später brannte in der kleinen Parkanlage am See ein grüner Abfalleimer, den Jonas mit einem Bündel Altpapier vom Straßenrand und drei PET-Flaschen gefüttert hatte. Der flackernde Feuerschein, ein unangenehm beißender Geruch und grauer Qualm ließen die beiden Polizisten vor dem Eiscafé schlagartig zum Leben erwachen. Mit aufheulendem Motor jagten sie zum See.

Viel Zeit blieb den drei Brandstiftern nicht, weshalb Anton Prioritäten setzte. Erst schmolz er die Eiskübel in der Theke zusammen, dann färbte er die Wände schwarz. Das Mobiliar jedoch verschonte er, und so waren die drei schon unterwegs Richtung Brunnen, als die Polizisten eine Viertelstunde später zurückkehrten und ihre Observation fortsetzten. Erst als ein Bäckerlehrling auf dem Weg zur Arbeit sie einige Stunden später darauf ansprach, entdeckten die beiden Polizisten, dass das von ihnen so ausdauernd bewachte Lokal auf rätselhafte Weise ausgebrannt war.

»Ein wenig Nervenkitzel muss sein«, sagte Anton zufrieden, als sie kurz darauf am Lauerzersee vorbeifuhren. Auf den Nervenkitzel, der folgte, hätten sie jedoch gut verzichten können. Das Eiscafé in Brunnen lag ein gutes Stück abseits der beflaggten Axenstraße neben einem Supermarkt. Es war ganz im Stil der Achtzigerjahre mit grellbuntem Kunststoff ausgestattet – nicht einmal die Tische waren aus Holz.

»Um diesen Laden ist es nicht schade«, befand Skara nach einem kritischen Blick und ging zur Tür, um Anton freie Bahn zu lassen. Als sie ins Freie trat, hörte sie, wie das Feuer zischend aus dem Flammrohr schoss, und schmunzelte über Antons zufriedenes Schnauben. Dann ... ein gequälter Schrei, gefolgt von einem gellenden, lang anhaltenden Kreischen.

»Nein!«, hörte sie eine Männerstimme entsetzt brüllen. Augenblicklich machte sie kehrt und stürzte zurück ins Eiscafé, das Herz bis zum Hals klopfend. Jonas hinterher. Erschrocken sahen sie, wie Anton am Boden kniete und ein Bündel aus Fell tätschelte.

»Miauuu«, jammerte das Bündel. Es roch nach verbranntem Haar.

Die Augen vor Schreck weit aufgerissen, blickte Anton sie an. »Gerade als ich losgelegt hab, ist Ida von der Theke gesprungen«, stieß er hervor. »Sie ist mitten in die Schusslinie des Feuerstrahls geraten!«

Skara wurde flau im Magen. Sie ließ sich neben Anton auf den Boden fallen und nahm die Katze auf den Arm. Sie sah schrecklich aus: Die linke Körperhälfte war, abgesehen von ein paar kümmerlichen Strähnen, vollkommen nackt. Antons Feuerstrahl hatte sämtliche Haare von Idas Flanke gebrannt. Erstaunlicherweise aber war die Haut unter dem verschwundenen Fell nur wenig versehrt.

»Wir brauchen etwas zum Kühlen«, sagte Skara, und Jonas brachte ihr Eiswürfel aus einer der Gefriertruhen. Skara drückte das Eis vorsichtig an Idas Seite und redete ihr gut zu, bis sie aufhörte, sich zu sträuben, und sich die Behandlung gefallen ließ. Nach fünf Minuten Kühlung jedoch riss Ida sich los. Skara, Anton und Jonas folgten ihr eilig. Doch ihre Sorge, dass die Katze sich davonmachen könnte, war umsonst. Ida saß auf dem Beifahrersitz und leckte sich die Pfoten, als sei sie nicht eben in einen Feuerstrahl geraten, sondern bloß über ein schmutziges Feld gelaufen. Skara lachte erleichtert und küsste die Katze auf den Kopf. Anton und Jonas grinsten.

»Du bist hart im Nehmen, Ida, das muss man dir lassen«, sagte Jonas kopfschüttelnd. »Nach dem linken Auge jetzt auch noch die halbe Haarpracht zu verlieren, das ist ein harter Schlag für das Selbstbewusstsein.«

»Kommt mal rüber, das müsst ihr euch ansehen«, rief Anton, der zurück ins Eiscafé gegangen war. Jonas und Skara traten folgsam durch den rauchenden Türrahmen und erstarrten. Das Bild, das sich ihnen bot, war spektakulär: Auf der schwarz gefärbten Wand prangten die weißen Umrisse einer Katze, die sich mitten im Sprung befand, die Vorderpfoten ausgestreckt, den Schwanz nach hinten gerichtet. Es war der Feuerschatten von Ida – ein Abdruck ihres Sprungs an der Wand.

»Sieht irgendwie brutal aus, oder?«, bemerkte Anton und betrachtete das Bild kritisch. »Sollen wir es wegmachen?«

Jonas verschränkte die Arme vor der Brust und legte den Kopf schief. »Es hat etwas Ästhetisches«, sagte er nach einer Weile. »Die Momentaufnahme eines Tiers, das von seinen Instinkten geleitet ins Verderben springt. Ich würde das Bild stehen lassen. Es ist Kunst.«

Anton drehte sich um. »Was meinst du, Skara?«

»Meinetwegen«, erwiderte diese abgelenkt, während sie aus einem der Gefrierschränke Eis in eine Schüssel schöpfte. Das Wichtigste war jetzt, Idas Brandwunden weiter zu kühlen, alles andere war Nebensache.

Der Unfall der Katze jedoch war nicht das einzige Ereignis, das ihnen von diesem Abend in unguter Erinnerung bleiben würde, denn in Altdorf – dem Standort des dreizehnten Eiscafés – kamen sie der Polizei nur um Haaresbreite davon.

Es war halb vier Uhr morgens, als die Polizisten Sandra Kienast und Lukas Bachofen es nach einem längeren Entscheidungsfindungsprozess schließlich wagten, sich die Beine zu vertreten. Sie ließen ihr Auto vor dem Eiscafé stehen und verschwanden in der Seitengasse, die zum öffentlichen Klo führte. Es war ein Schock, als sie bei ihrer Rückkehr feststellten, dass ihr Observationsobjekt in Flammen stand. Sie hatten versagt – trotz Vorwarnung.

Umso zufriedener waren die beiden Polizisten deshalb, als sie entdeckten, dass der Brandstifter noch in Reichweite war. Bewaffnet mit Treibstofftanks und einem Flammrohr marschierte er um die Ecke, und Bachofen und Kienast machten sich unverzüglich an die Verfolgung.

Anton bemerkte die schweren Schritte der Gesetzeshüter gerade noch rechtzeitig und fing an zu rennen. »Los!«, brüllte er, als er sich dem wartenden Opel näherte, und Skara startete alarmiert den Motor. Keuchend riss er die Beifahrertür auf, schmiss die noch glühenden Utensilien auf die Rückbank und warf sich auf seinen Sitz.

»Was ein Tempo«, sagte Jonas anerkennend. Skara drückte aufs Gas.

Mit übersäuerten Beinen, die Lungen brennend vor Schmerz, mussten Bachofen und Kienast zusehen, wie der Brandstifter in einem silbernen Auto davonraste und ihnen vom Beifahrersitz aus triumphierend zuwinkte. Es dauerte gute zehn Sekunden, bis diese Frechheit in ihren Köpfen angelangt war, dann machten sie kehrt und rannten zu ihrem Wagen.

»Das war knapp«, japste Anton.

Mit atemberaubender Geschwindigkeit näherte sich Skara einem großen Platz und kam kurz ins Schleudern, als sie vor einem Monument mit zwei Figuren scharf nach rechts abbog.

Aus den Augenwinkeln nahm sie wahr, dass Nationalheld Wilhelm Tell und sein Sohn Walther etwas auf dem Kopf trugen, das nicht zum Denkmal gehörte. Wäre sie weniger schnell gefahren, hätte sie gesehen, dass es Baseballkappen waren, auf denen die Botschaft »Trau nie deim Chef« prangte. Antons Botschaften waren auch in Altdorf angekommen.

Nach dem Hauptplatz verbreiterte sich die Straße, und Skara beschleunigte. Sie drosselte das Tempo erst, als sie Altdorf weit hinter sich gelassen und die Klausener Passhöhe passiert hatten.

Skara, Jonas und Anton empfanden ein Hochgefühl wie damals als Kind beim Räuber-und-Polizei-Spielen, wenn man den Polizisten ein Schnippchen schlagen konnte.

Doch als sie den Pass Richtung Glarnerland hinunterfuhren, schlug dieses Gefühl in Müdigkeit um. Die vier durchwachten Nächte forderten ihren Tribut. Die Chefin, so beschlossen sie einstimmig, als sie in Linthal eintrafen, konnte auch einen weiteren Tag lang im Opel mitfahren. Sie hatte ja jetzt einen Sarg.

25

Autoleasing für einen guten Zweck

DIENSTAG

Warm in ihre Wolldecke eingewickelt, blickte Skara in die Wipfel der Tannen über ihrem Kopf, die leise hin und her schwankten. Die Sonne schien, und ein würziger Geruch nach Waldboden kitzelte sie in der Nase.

Im Vergleich zu den bisherigen Morgen auf ihrem Rache-trip war dieses Erwachen geradezu unspektakulär, und Skara fühlte sich ausgeschlafen und voller Tatendrang. Dieses eine Mal in ihrem Leben lief alles rund, alles gelang, das Glück stand auf ihrer Seite. Sie hatte keine Zweifel, dass die beiden restlichen Eiscafés heute Abend ebenso problemlos in Flammen aufgehen würden wie die dreizehn davor. Allerdings konnte es nicht schaden, dafür zu sorgen, dass ihnen das Glück auch treu blieb.

Als Anton und Jonas gähnten und sich aufsetzten, kochte sie Kaffee und drückte den beiden Männern je einen Becher voll in die Hand – schwarz für Jonas, mit viel Milch und Zucker für Anton. Sie ließ sich neben ihnen nieder und wartete, bis sie einige Schlucke getrunken hatten.

»Jungs, wir brauchen ein neues Auto«, sagte sie dann.

Jonas hob die Augenbrauen. »Habe ich diesen Satz nicht erst kürzlich von dir gehört?«, fragte er ironisch.

»Am Sonntag«, half Anton ihm auf die Sprünge und setzte

grummelnd hinzu: »Woraufhin ihr mich gezwungen habt, den Krankenwagen aufzugeben.«

Skara stieß ihn mit dem Ellenbogen an. »Falls du es noch nicht gemerkt hast, Brummbär, wir pflegen einen ziemlich auffälligen Lebensstil.«

»Einen feurigen«, bestätigte Jonas.

»Unser Opel ist nach dem gestrigen Besuch in Altdorf ebenso polizeibekannt wie wir selbst.«

»Na gut«, knurrte Anton, »aber ich darf das neue Auto knacken.«

Als Skara den Kopf schief legte, blickte er sie finster an. »Du willst es kostenlos leasen.«

»Hat ganz gut geklappt, oder?«

Um neun Uhr am Morgen herrschte vor der Standseilbahn nach Braunwald schon reger Betrieb. Das schöne Wetter lockte Wanderer und Biker aus der ganzen Region in die Berge. Skara saß neben den obersten Parkplätzen des großen Parkfelds auf einem Stein und beobachtete, wie die Ausflügler einparkten und ihre Rucksäcke schulterten. Anton und Jonas standen vor der Schalterhalle und hielten Sichtkontakt.

Das Leasing gestaltete sich überraschend einfach: Skara suchte das neue Auto aus – einen dunkelblauen Peugeot – und gab den beiden Männern ein Zeichen. Das Auto gehörte einer Frau in Latzhosen und einem Mann mit Poloshirt und Leder-Slippern, die sich auf ihrem Weg zur Standseilbahn ohne Unterbruch zankten. Im dichten Gedränge vor den Ticketschaltern war es für Jonas ein Leichtes, dem Ehemann den Autoschlüssel aus dem äußeren Rucksackfach zu ziehen.

»Wir leisten einen konstruktiven Beitrag zu ihrer Versöhnung«, bemerkte er schelmisch grinsend, als sie kurze Zeit später zum Peugeot schlenderten. »Wenn die beiden Sturköpfe von ihrem Urlaub zurückkehren, werden sie Wichtigeres zu tun haben, als sich zu streiten.«

So selbstverständlich, als wäre der Wagen sein eigener, stieg Jonas ein und manövrierte ihn vom Parkplatz. Skara und Anton folgten ihm mit der toten Chefin im Salzsarg und Ida, die seelenruhig auf der Leiche schlief. Kurz nach Glarus zweigten sie zum Klöntalersee ab. Auf einem schmalen Feldweg im Wald parkten sie den Opel und luden den Sarg, die beiden Rohrbomben sowie ihre übrigen Habseligkeiten in den Peugeot um. Anschließend befeuchtete Skara einen Lappen mit Kräuterschnaps und wischte alles gründlich sauber. Vom stechenden Geruch nach Alkohol abgesehen, wirkte der Opel kurze Zeit später, als hätten sie ihn nie geleast. Sogar der Schlüssel steckte.

Vier Tage, nicht zu vergessen die durchwachten Nächte, waren sie jetzt zusammen unterwegs – immer im Freien, immer verfolgt von Rauch und einem leicht mäkeligen Geruch, der, wie Skara befürchtete, trotz ihres Salzbetts von der Chefin stammte. Skara begann sich nach einer warmen Dusche zu sehnen, nach Haar, das nicht nur Wasser gesehen hatte, sondern auch frisch roch, einer gebügelten Bluse und einer sauberen Jeans. Was sie wider Erwarten nicht vermisste, waren ihre tägliche Routine, ihre Arbeit, ihre Wohnung und ihr Bett. Sie war erstaunt, wie gerne sie draußen übernachtete und neue Gegenden kennenlernte.

Zufrieden damit, was sie an diesem Tag schon alles erledigt hatten, ließen sich die drei am Ufer des Klöntalersees nieder, der von steil aufragenden Bergen umgeben war. Tannen und hohe Laubbäume säumten das Ufer, und das Wasser plätscherte friedvoll über graue und beige Steine.

Skara, Anton und Jonas badeten, wuschen ihre Kleider aus und aßen Antons neueste Eintopfkreation, nicht ahnend, dass

Ruben Schmidt nicht der Einzige war, der sich an ihre Fersen geheftet hatte. Zu ihrem Pech gab es da nämlich noch einen erfahrenen Kriminalpolizisten namens Andy Lutz, dem seiner scheinbaren Lethargie zum Trotz nur wenig entging.

26

Kantonspolizei Zürich:
Lutz nimmt Witterung auf

DIENSTAG

Wenn etwas schiefging bei den Ermittlungen oder sich Leute auf den Fuß getreten fühlten, dann brauchte Lutz nicht weit zu suchen; in den allermeisten Fällen trug Schmidt die Schuld. So sicher, wie Lutz beim Aufstehen der Rücken wehtat, so zuverlässig trat Schmidt in jedes Fettnäpfchen, das sich ihm in den Weg stellte – und das schon vor dem verhängnisvollen Interview mit Radio Winkelried am Sonntagabend. Aber dieses Mal, das musste Lutz zugeben, lag es nicht an Schmidt, dass von gestern auf heute vier weitere Wintereis-Eiscafés Raub der Flammen geworden waren.

Wie zum Teufel konnte man eine Überwachung in den Sand setzen, wenn man doch vorgewarnt war, dass an genau diesem Abend Vandalen auftauchen und versuchen würden, das lokale Eiscafé anzuzünden? Und es war nicht nur in Zug schiefgegangen, sondern auch in Arth, in Brunnen und in Altdorf. Die Zuger Kantonspolizisten waren einem Nachahmungstäter auf den Leim gegangen, jene in Arth hatten sich von einem brennenden Mülleimer ablenken lassen, in Brunnen hatte man angenommen, die Täter seien schon in Zug gefasst worden, und das Eiscafé in Altdorf war zwar die ganze Nacht observiert worden, aber als die Eiscafé-Zündler dann zuschlugen, waren die Kollegen aus unerfindlichen Gründen nicht vor Ort gewesen. Auf den Bericht war Lutz gespannt.

Er ließ sich in seinen Bürostuhl fallen und griff kopfschüttelnd nach der Kaffeetasse auf seinem Schreibtisch. Hätten die Kollegen besser aufgepasst, würden Schmidt und er heute die Eiscafé-Zündler vernehmen und den Fall in spätestens drei Tagen zu den Akten legen. Jetzt ging das Puzzeln weiter. Die Brandstifter mussten sich wundern über die unfähige Polizei. Apropos, wo steckte überhaupt Schmidt?

In diesem Moment knallte etwas hart gegen die Bürotür. Sie öffnete sich langsam, und Schmidts Hinterkopf und Rücken wurden sichtbar.

»Tammisiech, Schmidt, was tust du da?«

»Ich werde dir jetzt das Resultat meiner Recherchen präsentieren«, keuchte der junge Polizist und zog eine Stellwand mit einer großen Schweizer Karte durch die schmale Bürotür.

Lutz hob die Augenbrauen und sah zu, wie Schmidt sich abmühte. »Schieß los«, sagte er, als die Wand vor seinem Schreibtisch stand.

»Wie du mir aufgetragen hast, habe ich mit dem Fahrzeughalter gesprochen, dem in Sankt Gallen – auf der Route der Eiscafé-Brandstifter – sein silberner Opel gestohlen wurde«, sagte Schmidt und deutete auf eine Tankstelle südwestlich der Stadt. »Es stellte sich heraus, dass ihm unmittelbar vor dem Diebstahl etwas Merkwürdiges widerfuhr. Als er in den Shop ging, um zu bezahlen, versperrte ihm unerwartet eine Frau den Weg und drängte ihn, eine bestimmte Eissorte zu kaufen.«

»Wie sah die Frau aus?«

»Daran erinnert sich der Mann nicht, er weiß bloß noch, dass sie jung war. Es scheint, als habe sie ihn unter Druck ge-

setzt. Sie drohte ihm, er müsse entweder Heidelbeer- oder Erd-
beereis kaufen, sonst gebe es radikale Spannungen. Der Mann
ist überzeugt, dass es diese Frau ist, die sein Auto gestohlen hat.
Da er den Diebstahl aber nicht direkt beobachtet hat, ist seine
Aussage leider nicht viel wert.«

Lutz war anderer Meinung. Die Menschen tickten unterschiedlich. Neben Zeugen, die nach einem kurzen Blick exakt
beschreiben konnten, wie eine Person aussah, gab es die mehr
intuitiv Wahrnehmenden, zu denen vermutlich auch der Opel-
Besitzer gehörte. Es war ihm nicht möglich zu beschreiben,
wie die junge Frau aussah, weil er unter Stress stand und sein
bewusstes Denken abgelenkt war, doch er nahm ihre Stimmung wahr und spürte ihre unlauteren Absichten. Lutz war
geneigt, dem Mann zu glauben.

Eine junge Frau also. War es möglich, dass sie etwas mit
dem Eiscafé-Fall zu tun hatte? »Videoaufzeichnungen?«, hakte
er nach.

Schmidt verneinte. »Bedauerlicherweise gelöscht.« Die
Hände hinter dem Rücken verschränkt, wippte er ungeduldig
auf den Zehenballen »Und wie fahren wir denn jetzt fort?«

Grünschnabel, dachte Lutz seufzend. Wenn er in seinen gut
vierzig Dienstjahren eines verinnerlicht hatte, dann das: Wartete man eine Weile ab, so fügten sich die Teile eines Falls oft
selbst zusammen. Der Junge musste noch viel lernen.

»Als Erstes rekapitulieren wir die Ereignisse, die sich am
Freitagmorgen zugetragen haben«, sagte Lutz, das Bild des zer-
störten Eiscafés in der Zürcher Innenstadt vor seinem inneren
Auge. »Im Lokal am Baschligplatz kommt es gegen neun Uhr
zu einem Streit zwischen dem Angestellten Anton Seifert und
dem Direktor des Unternehmens Wintereis, Erik Winter. Im
Zuge dieses Streits entlässt Erik Winter seinen langjährigen
Angestellten fristlos.«

Beim Gedanken an Anton Seifert, der unerwartet vor dem Nichts stand, schüttelte er missbilligend den Kopf. »Seit diesem Zeitpunkt ist der Angestellte – der, nebenbei bemerkt, eine katastrophale Rechtschreibung haben soll – wie vom Erdboden verschwunden. Am gleichen Abend brennt das Wintereis-Eiscafé am Baschligplatz aus, in dem Anton Seifert bis an diesem Morgen noch angestellt gewesen war. Es ist das erste der insgesamt dreizehn Eiscafés, die bisher angezündet wurden.«

Schmidt gestikulierte aufgeregt und schien vor angestauten Erkenntnissen fast zu platzen.

»Möchtest du etwas sagen?«, fragte Lutz genervt.

»Dann haben wir also den Schuldigen!«, rief Schmidt aus. »Anton Seifert ist derjenige, der die Eiscafés angezündet und die Botschaften hinterlassen hat! Nur seltsam«, fügte er hinzu, bevor Lutz etwas sagen konnte, »dass der Besitzer des Opels so überzeugt davon war, eine junge Frau habe ihm sein Auto gestohlen.«

»Wie sage ich immer, Schmidt? Zusammentragen, filtern, kombinieren, so gehen wir vor! Zurzeit sind wir bei Ersterem«, sagte Lutz, klopfte zur Unterstreichung auf den Tisch und sah seinen jungen Kollegen streng an. »Fordere die Untersuchungsberichte sämtlicher Polizeistationen zu den Eiscafé-Bränden an, notier alle ungewöhnlichen Ereignisse auf der Route der Eiscafé-Zündler, und wenn du grad dabei bist, geh die Vermisstmeldungen der letzten zwei Wochen durch.«

Nach einer Stunde Arbeit, die Schmidt zu beleben schien, Lutz jedoch Nackenspannungen bescherte, trugen sie ihre Erkenntnisse zusammen.

»Beginnen wir damit, die Route der Eiscafé-Zündler nachzuvollziehen«, sagte Lutz und wies auffordernd auf die Stellwand mit der Schweizer Karte.

Eifrig wie ein Schuljunge, der die Entdeckung des siebenundzwanzigsten Kantons präsentieren darf, stellte sich Schmidt neben der Stellwand auf. »Zürich, Bülach, Neuhausen, Stein am Rhein, Romanshorn, Herisau, Wattwil, Bad Ragaz, Klosters, Zug, Arth, Brunnen, Altdorf«, rasselte er herunter und zeigte auf die entsprechenden Ortschaften.

Lutz drehte nachdenklich seine Kaffeetasse in den Händen. »Fällt dir was auf?«

Schmidts Ratlosigkeit war fast mit Händen zu greifen.

»Sie haben auf ihrer Route die Eiscafés in Netstal und Schmerikon ausgelassen – die beiden letzten Wintereis-Eiscafés, die noch nicht gebrannt haben«, erklärte Lutz. »Stattdessen haben sie einen Umweg über Zug gemacht – oder auch über Zürich.« Selbstvergessen nahm er einen Schluck Kaffee und seufzte, als er merkte, dass der kalt war.

Schmidt machte große Augen. »Meinst du, sie waren bei sich zu Hause?«

»Möglich«, sagte Lutz nachdenklich. »Oder sie haben jemanden besucht.« Es war nur so eine Ahnung, wie sie ihn manchmal überkam, doch es konnte sich lohnen, darüber nachzudenken, wenn man einmal mehr über die Täter wusste.

Diesbezüglich konnte Schmidt mit Neuigkeiten aufwarten: Laut dem Bericht aus Brunnen hatten die Täter im ausgebrannten Eiscafé ein rätselhaftes Bild hinterlassen. »Die Kollegen nennen es einen Feuerschatten«, erklärte er und hielt Lutz ein Foto hin. Auf der rußigen Wand des Eiscafés zeichnete sich weiß der Umriss einer Katze im Sprung ab.

»Bedauernswertes Tier«, murmelte Lutz und betrachtete stirnrunzelnd das Foto. Wenn sie die Verbrennungen überlebt hatte, dann lief da draußen irgendwo eine Katze herum, deren linke Körperhälfte arg verbrannt war. Er legte das Foto auf seinen Schreibtisch und bedeutete Schmidt fortzufahren.

»In Altdorf ist es gestern etwas dumm gelaufen«, holte Schmidt aus, der soeben mit dem betroffenen Urner Kollegen telefoniert hatte.

Dumm war das richtige Wort, fand Lutz, während er Schmidt zuhörte, wie er vertrauensselig die vermutlich stark aufpolierten Abenteuer der Polizisten Bachofen und Kienast wiedergab.

»Sie haben den Brandstifter auf frischer Tat ertappt und hätten ihn auch festgenommen, wenn da nicht ein Auto neben ihm angehalten und ihn mitgenommen hätte«, erzählte Schmidt aufgeregt. Natürlich seien die Kollegen den Verbrechern augenblicklich Richtung Erstfeld hinterhergejagt. Dass die heroische Verfolgungsjagd dann doch erfolglos geblieben war, lag daran, dass die Leiterin des kantonalen Tiefbauamts die Wintersperre des Klausenpasses frühzeitig aufgehoben hatte, ohne die Gemeindepolizei darüber zu informieren. Hätten Bachofen und Kienast gewusst, dass der Weg ins Glarnerland zugänglich war, dann hätten sie die dortigen Kollegen informiert, damit sie die Brandstifter abfangen konnten. Es war also allein der Unfähigkeit der Tiefbauleiterin zu verdanken, dass die Eiscafé-Zündler ein weiteres Mal entkommen waren und sich entweder über den Klausen oder in eine andere Richtung abgesetzt hatten, schloss Schmidt.

So viel zu seinem Versprechen im Radio, das Netz um die Missetäter stündlich mehr zusammenzuziehen, dachte Lutz und schnaubte. Wie es aussah, konnten die Brandstifter inzwischen überall sein.

Eine hilfreiche Information aber hatten Bachofen und Kienast doch zu bieten gehabt: Das Fluchtauto war silbern gewesen. Am Steuer des Wagens hatte eine Frau gesessen und auf der Rückbank ein weiterer Mann.

Lutz starrte gedankenverloren in seine leere Kaffeetasse.

Nach einer Weile nickte er zufrieden. »Wir kommen der Sache näher. Gab es in den vergangenen Wochen Vermisstmeldungen?«

»Zwei Stück«, antwortete Schmidt, überrumpelt vom plötzlichen Themenwechsel. »Heute Morgen hat eine Frau namens Hanna Wirz angerufen, stellvertretende Leiterin der Rechnungsabteilung der Schweizer Süße. Offenbar ist eine ihrer Buchhalterinnen seit Freitag nicht zur Arbeit erschienen. Name Skara Anderson, Alter zweiundzwanzig, weder telefonisch noch in ihrer Wohnung erreichbar. Laut der Polizistin, die den Anruf von Hanna Wirz entgegennahm, war sie sehr besorgt, denn diese Skara Anderson scheint in den vergangenen drei Jahren jeden Tag pünktlich um acht Uhr im Büro erschienen zu sein und hat, abgesehen von den Ferien, bloß einen einzigen Tag gefehlt. Ach ja, und die Chefin von Frau Wirz ist offenbar auch seit Tagen abwesend. Name Chantal Keller. Aber die scheint öfters ohne Begründung zu fehlen.«

»Gibt es einen Zusammenhang mit unserem Fall?«

Schmidt wedelte vage mit der Hand. »Anton Seifert und die Buchhalterin Skara Anderson scheinen sich laut Aussagen ihrer Arbeitskollegen nicht gekannt zu haben. Eigenartigerweise aber sind ihre Arbeitsstätten miteinander verknüpft: Erik Winter, der Direktor der Winter-Eiscafés, ist der Hauptaktionär der Schweizer Süße.«

Lutz nickte, ohne Schmidts Recherchen zu kommentieren, legte ächzend die Füße auf den Schreibtisch, kippte seinen Stuhl nach hinten und schloss die Augen.

»Schaltest du dein Gehirn auf Hochtouren?«, fragte Schmidt misstrauisch.

»Genau. Und jetzt räum diese verdammte Stellwand aus dem Büro!«

Ein Trio also, dachte Lutz. Drei Menschen, die sich entschlossen haben, sämtliche Eiscafés von Erik Winter zu zerstören. Verdächtiger Nummer eins war Anton Seifert, Eisfachmann mit miserabler Rechtschreibung. Er wollte sich für seine fristlose Entlassung rächen. Bei der zweiten Verdächtigen handelte es sich um eine junge Frau. Dafür sprach einerseits die Aussage des Opel-Besitzers, andererseits die Beobachtung der schlampigen Kollegen Kienast und Bachofen, dass eine junge Frau dem Eiscafé-Zündler zur Flucht verholfen hatte. Konnte es sich bei dem Auto um den gestohlenen Opel handeln und bei der Frau am Steuer um Skara Anderson, die vermisste Buchhalterin? Möglicherweise. Was aber war ihr Motiv? Weshalb schmiss eine Frau, eine Buchhalterin noch dazu, ihr ganzes sorgfältig arrangiertes Leben über den Haufen, um sich Anton Seifert und seiner Racheaktion an Erik Winter anzuschließen? Vermutlich lohnte es sich, dieser Fährte nachzugehen. Wenn man nur ordentlich grub, dann würde man einen Zusammenhang zwischen dem entlassenen Eisfachmann und der verschwundenen Buchhalterin entdecken, da war Lutz sich sicher. Der Unbekannte hingegen, der im Heck des Autos gesessen hatte, als die Frau dem Brandstifter zur Flucht verhalf, blieb ein Rätsel.

Dreizehn Wintereis-Eiscafés hatte das Zündler-Trio mit Unterstützung von Nachahmern schon abgebrannt. Irgendwann – möglicherweise heute Abend, dachte Lutz – würden auch die letzten zwei daran glauben müssen. Dieses Mal aber würde er persönlich bereitstehen, um die Brandstifter zu schnappen. Nicht, dass sich dieser Fall noch ewig hinzog.

Hätte Lutz gewusst, was die Leiterin der Medienstelle vernommen hatte, dann hätte der Fall der Eiscafé-Zündler womöglich eine andere Wendung genommen. Denn wenn eine Leiche im Spiel ist, dann wird es naturgemäß ernst. Doch die Polizei im

Allgemeinen und Kriminalpolizist Lutz im Besonderen ahnten nichts von einer Leiche. Aus irgendeinem Grund nämlich ging das Telefongespräch unter, das Luzia Kräuter am Montagnachmittag mit einem sehr aufgebrachten Mann namens Kaspar Seiz geführt hatte, seines Zeichens Bestattungsbediensteter im Krematorium Nordheim. Vielleicht lag es daran, dass Kaspar Seiz zu einem Zeitpunkt anrief, als die Polizei mit der Revolte von GUTS sehr beschäftigt, um nicht zu sagen überfordert war. Vielleicht daran, dass Luzia Kräuter einfach nicht verstand, was der Mann ihr eigentlich mitteilen wollte.

Seinen wirr und abgehackt vorgebrachten Schilderungen zufolge war Kaspar Seiz am Sonntagmittag von einer falschen Filmcrew mit dem eigenartigen Namen Sonnenaufgang heimgesucht worden. Die Filmer hatten ihm vertrauliche Informationen über den Krematoriumsbetrieb entlockt und ihm eine Rolle versprochen, für die er seinen Schnurrbart mit einer teuren Pflegelotion auf Hochglanz gebracht hatte. Wie Hercule Poirot.

Schon zu diesem Zeitpunkt kapierte Luzia Kräuter gar nichts mehr, abgesehen davon, dass der Mann – wie hieß er noch gleich? Poirot? – über den unerwarteten Besuch der Filmcrew dermaßen in Rage war, dass er kaum mehr ein verständliches Wort hervorbrachte. Der Typ faselte noch etwas von zwei Männern und einer jungen Frau mit einem Krankenwagen, die versucht hatten, eine Leiche bei ihm abzuladen, da klemmte sie ihn ab. Es war offensichtlich nicht gut für die geistige Gesundheit, wenn man es den ganzen Tag mit Toten zu tun hatte. Armer Irrer.

Und so fand die Aufzeichnung des Gesprächs von Kräuter und Kaspar Seiz den Weg auf Lutz' Schreibtisch erst, als die Zündler, beziehungsweise Mörder, bereits an einem ganz anderen Ort weilten.

27

Ein Dankeschön an die Zündler

DIENSTAG

Kann ja mal vorkommen, hatte er anfänglich gedacht. Dass irgendwelche jugendlichen Vandalen ein Lokal in Brand setzen, weil sie sich abreagieren wollen oder ihre Hormonschübe nicht unter Kontrolle haben.

Dennoch rief er die Polizei an, um Anzeige gegen Unbekannt zu erstatten. Nicht, dass er die Hoffnung gehabt hätte, die Polizei würde die Täter schnappen, sondern weil er sichergehen wollte, dass die Versicherung zahlte. Erst als er erfuhr, dass inzwischen sechs seiner Eiscafés in Flammen aufgegangen waren, kam ihm der Gedanke, dass die Brände mehr sein könnten als ein Jux von randalierenden Jugendlichen. Es roch nach Vergeltung.

Er lachte laut auf. Im Lauf seines Lebens hatte er so viele Menschen verärgert und seiner Karriere zuliebe vergrault, dass die Liste derer lang war, die ihm Übles wollten.

Doch der Schuss des Rächers, um wen auch immer es sich handelte, war nach hinten losgegangen.

Es war fantastisch! Die Meldung, dass jemand die Eiscafés der Familie Winter gezielt in Schutt und Asche legte, verbreitete sich per Radio, Print- und sozialen Medien in Windeseile in der ganzen Schweiz. Dazu trug auch das Interview mit dem Psychologen Ulrich Herter bei, der die Täter als bedauernswerte und sympathische Geschöpfe ins Rampenlicht rückte. Unzählige Schaulustige stürmten die Eiscafés der Familie Winter, fotografierten die seltsamen Botschaften an den rußgeschwärzten Wänden und stellten sie ins Netz.

Als Businessmann ließ er sich die günstige Gelegenheit, Kapital aus der Situation zu schlagen, nicht entgehen. Und so verkauften die Wintereis-Mitarbeiter seit Sonntagmittag in den rußgeschwärzten Lokalen Eis von Ladentheken, die eilig aus Holz zusammengezimmert worden waren. Die Botschaften an den Wänden wurden auf seine Anweisung hin stehen gelassen.

Die Idee funktionierte: Der Umsatz der Filialen sprengte alles bisher Dagewesene. Selbst an den unrentablen Standorten, die er bereits aufzugeben beabsichtigt hatte, kauften die Leute Eis in Massen.

Als GUTS am Montag begann, Kleider mit den Botschaften der Brandstifter zu verkaufen, ging die Post erst recht ab. Die Menschen standen Schlange vor den zerstörten Eiscafés, aßen Eis und lockten weitere Schaulustige an.

Natürlich sprang er unverzüglich auf den Zug mit den Kleidern auf: Er orderte T-Shirts, Shorts und Baseballkappen mit denselben Botschaften bei der gleichen Firma wie GUTS und verkaufte sie in seinen Ladenlokalen. Der einzige Unterschied war, dass der Gewinn nicht dem Klimaschutz und Projekten zur Förderung von Toleranz zugutekam, sondern ihm selbst.

Dass er sich mit den Eiscafé-Zündlern und der Bewegung für Toleranz solidarisierte, statt sie zu verurteilen, brachte dem Unternehmen Wintereis viele Sympathien ein. Mit anderen Worten: Er war vollauf zufrieden mit den abgefackelten Cafés und dem Rummel, der daraus entstanden war. Hätte er gewusst, wo sie sich aufhielten – er hätte den Tätern eine Dankeskarte geschickt.

28

Nachts auf dem Friedhof

Gleichgültig ob in Uniform oder in Zivil – einem Polizisten sehe man seine Profession auf hundert Meter Entfernung an, behauptete Jonas, als sie vom Klöntalersee aufbrachen. Achtsam lenkte er ihren neuen Wagen die schmale Passstraße nach Netstal hinunter. Skara warf ihm einen fragenden Blick zu.

»Es sind die betont gleichgültige Miene und die angespannte Körperhaltung, die einen Polizisten verraten«, erklärte Jonas. »Sie spiegeln sein Dilemma wider, dass er einerseits Freund und Helfer ist, andererseits aber jederzeit bereit sein muss, sich auf einen Verbrecher zu stürzen, um ihn zu Boden zu zwingen.« Zu diesem eigentümlichen Verhalten geselle sich je nach Charakter des Polizisten eine mehr oder weniger gut unterdrückte selbstgerechte Wichtigkeit. »Rechnet man Jeans, Turnschuhe und einen dezenten Kombi unauffälliger Marken hinzu, ergibt dies eine zivile Polizeistreife«, schloss Jonas.

Als sie gegen drei Uhr in Netstal eintrafen, entdeckten sie über das ganze Dorf verteilt fünf Streifen solcher Polizisten, und dies, obwohl die meisten der von Jonas genannten untrüglichen Zeichen in der Dunkelheit nicht einmal zu sehen waren. Das Gebäude, in dem sich Eiscafé Nummer vierzehn befand, war schwer bewacht. Ebenso die Hauptstraße, weshalb Skara,

Anton und Jonas durch die Quartierstraßen ausholten und erst kurz vor dem großen Einkaufszentrum im Dorf wieder auf die Kantonsstraße einbogen. Die dort Wache schiebenden Polizisten hielten sie, wie beabsichtigt, für Anwohner und ließen sie passieren. Schließlich waren sie beauftragt, nach einem silbernen Opel Ausschau zu halten, nicht nach einem dunkelblauen Peugeot.

In Schmerikon war das Polizeiaufgebot ähnlich groß wie in Netstal: Am Bahnhof, gleich gegenüber von Eiscafé Nummer fünfzehn, trieben sich zwei Frauen und vier Männer herum, was um diese Uhrzeit und in diesem verschlafenen Nest so auffällig war, dass die Polizisten nicht einmal blaue Jeans und Turnschuhe hätten tragen müssen, damit Jonas, Skara und Anton sie als solche erkannt hätten.

Doch der Friedhof in Bollingen, dem Nachbardorf von Schmerikon, stand nicht unter Bewachung, und genau da wollten Skara, Anton und Jonas heute Nacht hin.

Schon am Nachmittag hatten sie beschlossen, ihre Racheaktion aufzuschieben und die Eiscafés in Netstal und Schmerikon später abzufackeln. Dass sie gestern Abend in Altdorf so knapp entkommen waren, saß ihnen noch in den Knochen. Zudem hatten sie geahnt, dass sie heute auf jede Menge Polizei treffen würden, und die heutige Nacht deshalb dafür reserviert, die Leiche loszuwerden. Aber diesmal richtig.

In den vergangenen Tagen hatte sich herausgestellt, dass es in dieser dicht besiedelten Gegend unmöglich war, eine Leiche unauffällig und so endgültig verschwinden zu lassen, dass sie weder wieder auftauchen noch von Hunden und Waldtieren erschnüffelt und ausgebuddelt werden konnte. Deshalb hatten sie beschlossen, die Chefin an dem Ort zu vergraben, an den Tote natürlicherweise gehörten – dem Friedhof nämlich.

»Wir suchen uns ein frisches Grab, schaufeln den Sarg frei und legen Chantal Keller zum Toten dazu«, hatte Skara vorgeschlagen. »So ein Sarg ist bestimmt ziemlich geräumig.«

Das war die Lösung. Wenn kürzlich jemand bestattet worden war, dann würde weder den Friedhofsangestellten noch den Grabbesuchern auffallen, dass die Erde gewendet und die Blumen zum zweiten Mal eingepflanzt worden waren.

Der Friedhof in Bollingen war ein schöner Ort, um zur letzten Ruhe gebettet zu werden, fand Skara. Die Chefin konnte sich nicht beklagen. Er lag auf einem Hügel mit Rebstöcken, gleich unterhalb einer hübschen weißen Kirche mit einer prächtigen Aussicht über den Obersee, die in der Dunkelheit allerdings nur zu erahnen war. Oberhalb des Friedhofs verlief die Hauptstraße, unterhalb und parallel zum See eine kleine Querstraße, in der sie jetzt parkten. Skara schälte die Chefin vorsichtig aus dem Salz, rollte sie in eine der Wolldecken ein, und Anton und Jonas hievten sie sich wie einen schweren Teppich über die Schultern. Es war geradezu unheimlich still, als sie die steile Treppe den Hügel hochstiegen, Skara mit dem Spaten voran, die Männer mit der Chefin hinterher. Dunkle Wolken bedeckten den Mond, sodass nur wenige Lichtstrahlen ihren Weg beleuchteten.

Skara hatte gerade den ersten Fuß auf den Kiesplatz des Grabfeldes gesetzt, als sie eine Art Scharren hörte. Erschrocken blieb sie stehen. Jonas, der hinter ihr ging, prallte unsanft in sie hinein.

»Aha!«, rief eine heisere Stimme, die klang, als würde etwas Metallenes über eine Raspel gezogen. »Hab ich euch! Wusste, dass ihr kommen würdet!« Schlurfende Schritte näherten sich. Soweit Skara in der Dunkelheit erkennen konnte, gehörte die Stimme einem drahtigen, älteren Mann, der sich jetzt drohend vor ihnen aufbaute.

»Endlich erwische ich euch, ihr elenden, alten Weiber!«, krächzte er, und im nächsten Atemzug erleuchtete ein Blitz die Umgebung. Geblendet hob Skara ihren Arm vor die Augen. Der Mann hatte mit seinem Mobiltelefon ein Foto von ihnen geschossen!

»Was zum Teufel machen Sie da?«, fauchte Anton, der sich als Erster gefasst hatte.

»Ein Foto von euch, das ich morgen früh persönlich bei der Polizei vorbeibringen werde!«, gab der Mann kichernd zurück. »Dann sehen sie, dass der alte Friedhofsgärtner Ernst Schaffner sich nicht getäuscht hat. Sie werden euch eine saftige Buße aufhalsen für eure dreisten Diebstähle, dafür werde ich sorgen!«

Skara runzelte irritiert die Stirn. Diebstähle? Alte Weiber? »Ich glaube, wir sind nicht die, die Sie gehofft haben anzutreffen«, sagte sie und rieb sich die schmerzenden Augen.

Der Mann stutzte, trat einen Schritt näher und schaute den dreien nacheinander prüfend ins Gesicht. »Ihr seid ja gar nicht die alten Weiber!«

»Gut erkannt«, gab Skara ironisch zurück.

Der Friedhofsgärtner brummte enttäuscht. »Wieder nichts«, murmelte er zu sich selbst. »Keine Sorge, ich werde Ihr Foto von meinem Mobiltelefon löschen«, fügte er an, wedelte unbestimmt mit der Hand und wandte sich zum Gehen.

Skara, Anton und Jonas blickten sich erstaunt an. »Wen haben Sie denn eigentlich erwartet?«, erkundigte sich Jonas neugierig.

Der Mann drehte sich um und seufzte: »Drei alte Schachteln. Immer Mitte Mai, nach den Eisheiligen, bepflanze ich die Gräber neu. Narzissen, Stiefmütterchen, Hornveilchen, Fuchsien und Geranien, oft auch Hyazinthen. Keine drei Tage später sind gut zwanzig Stück der Pflanzen verschwunden – jedes Jahr. Und wo sehe ich die Pflanzen wieder? Auf den Balkonen der Schmerknerinnen Erna Trachsel, Susanna Bossard und Rosa Sieber. Die alten Weiber drehen mir eine lange Nase. Bisher ist es mir nicht gelungen, ihnen die Diebstähle nachzuweisen, aber dieses Jahr werde ich sie auf frischer Tat ertappen, das habe ich mir geschworen. Ich werde so lange Wache schieben, bis ich die drei erwische.« Der Friedhofsgärtner knurrte. Dann schien ihm etwas einzufallen. »Ihr drei scheint nicht hier zu sein, um Blumen zu stehlen oder eine Mutprobe zu machen, wie die Jugendlichen von hier«, stellte er fest, und plötzlich schlich sich ein misstrauischer Unterton in seine Stimme. »Gruftis, die auf dem Friedhof Partys schmeißen, seid ihr auch nicht, wie ich sehe. Was also tut ihr hier mitten in der Nacht mit einem Teppich über den Schultern und einem Spaten in der Hand?«

Skara, die befürchtet hatte, dass diese Frage kommen würde, hatte krampfhaft nach einer glaubhaften Ausrede gesucht, jedoch keine gefunden. Jetzt sagte sie aufs Geratewohl: »Ich ziehe um. Nach Glarus. Da meine beiden Cousins tagsüber arbeiten, helfen sie mir jetzt, meinen schweren Teppich – ein Erbstück von meiner Großmutter – von dem Haus da unten zur Hauptstraße hoch zu transportieren.«

Der Friedhofsgärtner nickte. »Glarus, schöner Ort. Erbstück, auch schön. Na dann, guten Umzug noch.«

Skara, Jonas und Anton blickten sich schon erleichtert an, da drehte der Friedhofsgärtner sich nochmals um: »Falls Sie die drei alten Schachteln antreffen sollten, verraten Sie nicht, dass ich hier auf der Lauer liege, ja?«

»Bestimmt nicht«, versicherten sie, wünschten ihm viel Glück und marschierten mit der eingerollten Chefin an der Kirche vorbei über die Fußgängerbrücke zur Straße.

»Gopfertelli«, kommentierte Anton, während Jonas zurückschlich, um den Peugeot zu holen. »Die Chefin klebt an uns wie …«

»… wie Pech und Schwefel«, ergänzte Skara. »Würde ich ans Schicksal glauben, würde ich annehmen, dass es mit uns und der Chefin noch etwas vorhat.«

Nachdem sie Chantal Keller wieder in ihren Sarg aus Salz eingelegt hatten, fuhren sie Richtung Zürich und suchten den einzigen Ort auf, der Wärme, Essen und Ruhe versprach und an dem sie sich unbehelligt und mit allem Recht aufhalten konnten: das Universitätsspital Zürich.

29

Die öffentliche Meinung wendet sich

Als sie aufstand, fühlte Skara sich ungelenk und steif in den Gliedern. Auch die komfortabelsten Stühle werden nach einigen Stunden Schlaf zum Nagelbrett, und mit den schwarzen Kunstlederstühlen in den Aufenthaltsräumen des Universitätsspitals Zürich verhielt es sich nicht anders. Skara hätte sich beklagt, wenn jemand zugehört hätte, doch ihre beiden Freunde waren verschwunden. Sie sah auf die Uhr: Es war kurz nach dreizehn Uhr, die Besuchszeit hatte begonnen. Sie streckte sich, ordnete so gut es ging ihre Haare und machte sich auf zu Nick. Er befand sich nicht länger auf der Intensivstation und hatte deutlich weniger Kabel um sich, ansonsten aber schien sich sein Zustand nicht gebessert zu haben, stellte sie fest. Er lag so still und wächsern in seinen Kissen wie zuvor.

Skara rückte ihren Stuhl ans Krankenbett, winkelte die Knie an und platzierte die Füße auf dem Bettgestell. Mit einem Schmunzeln auf den Lippen berichtete sie Nick von den Eiscafé-Krawallen, die sie – wenn auch nur indirekt – losgetreten hatten. »Weißt du, ich glaube, dieser junge Polizist, dieser Ruben Schmidt, der wollte sich einfach nur wichtigmachen und ahnte nicht, was für eine Lawine an Kritik auf ihn niedergehen würde. Kannst du dir das vorstellen, Nick? Die Menschen haben sich auf unsere Seite geschlagen, ohne genau zu wissen, wer wir sind. In der ganzen Zentral- und Ostschweiz gab es Demonstrationen!«

Skara stockte. Hatte sie gerade Nicks Mundwinkel zucken sehen? Misstrauisch beugte sie sich vor, um zu prüfen, ob sich der Mund abermals bewegte, doch sein Gesicht blieb entspannt. Sie musste sich getäuscht haben. Nachdenklich lehnte sie sich zurück und wippte mit den Zehen.

»Ich frage mich, wie viel die Polizei inzwischen über uns weiß. Selbst Ruben Schmidt wird irgendwann auf die Idee kommen, dass der fristlos entlassene Eisfachmann Anton an den Eiscafé-Bränden eine Mitschuld tragen könnte. Nicht auszuschließen, dass er einen Zusammenhang feststellt zwischen seinem, Chantal Kellers und meinem Verschwinden.«

Skara stand auf, ging zum Waschbecken und ließ sich ein Glas Wasser ein. Es in den Händen drehend, setzte sie sich wieder an Nicks Bett. »Erinnerst du dich an meine Katze Ida? In einem der Eiscafés, die wir angezündet haben, ist sie Anton vor den Flammenwerfer gesprungen und hat auf diese Weise einen Flammenschatten an die Wand projiziert. Ich frage mich, wie die Öffentlichkeit dies aufnehmen wird.« Sie lachte leise. »Wenn ich es mir recht überlege, dann war es immer Ida, die uns mit ihrem Verhalten gezwungen hat, einen neuen Weg einzuschlagen. Als ich sie das erste Mal sah, kämpfte sie mit einer Elster um einen Schmetterling. Dabei hat sie beinahe das linke Auge eingebüßt. Ich ging mit ihr zum Tierarzt, wo ich deinem Vater begegnete. Anschließend verursachte Ida zwei Unfälle: den von dir und Jonas, dann jenen, bei dem Anton versehentlich meine Chefin überfuhr.« Skara stand auf und trat zum Fenster. Es war schon seltsam. Weil Nick Jonas so sehr glich, hatte sie das Gefühl, mit jemandem zu sprechen, den sie kannte – ebenso freundlich wie Jonas, ebenso schlau, jedoch sehr viel geerdeter, wenn sie Jonas' Erzählungen Glauben schenken wollte. Das Beste an Nick aber war, dass er zuhörte, ohne zuzuhören. Nichts, was sie ihm erzählte, musste ihr peinlich sein, denn in seiner Sphäre zwischen Leben und Tod bekam er von der Umwelt nicht das Geringste mit.

»Ich mache mich jetzt auf die Suche nach Jonas und Anton«, teilte Skara dem leblosen Mann im weiß bezogenen Spitalbett mit und drückte ihm die Hand. »War schön, mit dir zu sprechen.«

Wie sie erwartet hatte, traf sie Anton in der Kantine an. Er stand am Herd, neben sich zahlreiche Schüsseln und Schälchen, und aus einem Kochtopf vor ihm stieg Dampf auf. Ein wahrer Hüne von Mann stand neben ihm und schüttete aus einer kleinen Tüte Korianderpulver in den Topf. Das Wasser brodelte, der Dampfabzug summte, die Spülmaschine zischte, und als sei die Geräuschkulisse noch nicht intensiv genug, plärrte aus einem kleinen roten Radio Jazzmusik.

Ohne sich umzudrehen, sagte Anton: »Laurent, das ist Skara, von der ich dir erzählt habe. Wir haben zusammen die Eiscafés angezündet. Skara, das ist Laurent, der Chef dieser Küche und ein Freund.«

Skara riss die Augen auf, und in ihrer Magengegend breitete sich ein flaues Gefühl aus. Es war nicht gut, dass Anton derart offenherzig von ihren Taten berichtete. Wer wusste denn, was Laurent mit seinem Wissen anstellte? Ihr selbst hatte es selten Glück gebracht, jemandem zu vertrauen. Andererseits hatte sie sich vorgenommen, sich nicht länger von ihren schlechten Erfahrungen und ihren Zwängen leiten zu lassen. Wenn Anton sich auf diesen Laurent verließ, dann würde sie das auch tun.

Der Angesprochene drehte sich zu Skara um und schüttelte ihr mit einem warmen Lächeln die Hand. »Freut mich, dich kennenzulernen, Skara.«

Laurent war sicher einen Meter neunzig groß, breit gebaut und hatte kein Haar mehr, dafür einen sorgfältig gestutzten Bart. Seiner rot geäderten Nase sah man an, dass er gerne über den Durst trank. Skara mochte ihn auf Anhieb. »Was kocht ihr da?«

»Libanesisches Badingal. Ein vegetarisches Gericht mit Kichererbsen, Tomaten und Auberginen«, gab Anton zur Antwort.

Scheint ein kompliziertes Gericht zu sein, dachte sie und betrachtete die vielen Zutaten auf der Anrichte. Es konnte dauern, bis es fertig war.

»Ich werde mich mal nach Jonas umsehen«, kündigte sie an und erntete ein »Mmh« von Anton und ein abgelenktes Nicken von Laurent.

Amüsiert über die Hingabe, mit der die beiden sich ins Kochen vertieften, ging sie zur Station zurück. Wie sie richtig vermutet hatte, befand sich Jonas im Aufenthaltsraum. An einem Tee nippend, unterhielt er sich angeregt mit der puppengesichtigen Krankenschwester Wanda. Als er Skara vor der Glastür stehen sah, hob er fünf Finger in die Luft zum Zeichen, dass er in Kürze zu ihr stoßen würde.

»Alter, du siehst beschissen aus«, teilte er seinem Bruder mit, als er eine halbe Stunde später ins Krankenzimmer zurückkehrte, und tätschelte ihm ungeschickt den Arm. »Zeit, wieder aufzuwachen, hörst du?«

In diesem Moment kam Anton hereingestürmt. »Das müsst ihr hören«, rief er aufgeregt und schwenkte das rote Radio aus Laurents Küche. »Die Polizei sagt, dass wir gefährlich sind. Sie behaupten, wir haben unsere Ida absichtlich vor den Feuerstrahl des Flammenwerfers geworfen. Und das ist noch nicht alles«, fuhr er schwer atmend fort. »Sie glauben, dass wir ab jetzt noch brutaler vorgehen werden als bisher, und rufen die

Leute dazu auf, alles zu melden, was unseren Aufenthaltsort verraten könnte.« Ohne Rücksicht auf den bewusstlosen Nick ließ er sich auf dessen Bett fallen und stellte das Radio mit einem so angewiderten Gesichtsausdruck auf den Beistelltisch, als sähe er eine haarige Spinne daraus hervorklettern. »Gleich bringen sie eine Meldung von GUTS, anschließend ein Interview mit Erik Winter.«

GUTS, so stellte sich in den nächsten Minuten heraus, distanzierte sich nicht nur in aller Form von den Eiscafé-Zündlern, sondern kündigte an, den Verkauf der Kleider mit Antons Botschaften augenblicklich einzustellen. Die vor Kurzem noch arg beschimpfte Polizei war auf wundersame Weise zum Freund mutiert: »Lasst uns diese Tierquäler fangen!«, rief eine aufgebrachte GUTS-Sprecherin ins Mikrofon. »Meldet euch bei den Bullen, wenn ihr einen Hinweis habt!«

Skara, Anton und Jonas blickten sich über Nicks Bett hinweg verdutzt an, während Radio Winkelried Werbung einspielte. »Gestern waren wir noch Helden. Heute sind wir gefährliche Tierquäler«, fasste Jonas ihre Gedanken in Worte. »Das ging schnell.«

Doch es blieb nicht bei dem einen Übel. In die letzten Takte des Jingles mischte sich die Stimme der Moderatorin Claudia Rossi. »Ich bin gerade live am Telefon mit Erik Winter, dem Direktor des Unternehmens Wintereis. Herr Winter, in den vergangenen fünf Tagen sind dreizehn Ihrer Eiscafés von Brandstiftern heimgesucht worden. Haben Sie eine Vermutung, wer dies getan haben könnte?«

»Abschaum.«

»Die Bezeichnung Abschaum benützen Sie vermutlich, weil die Eiscafé-Zündler für eine ihrer Botschaften eine Katze angezündet haben«, sagte Claudia Rossi verständnisvoll. »Habe ich recht?«

»Nein.«

»Ähm, nein?«, fragte die Moderatorin irritiert.

»Nein.«

Claudia Rossi brauchte einige Sekunden, um sich zu fassen. »Was haben Sie jetzt vor, Herr Winter? Werden Sie die zerstörten Eiscafés sanieren und den Betrieb wieder aufnehmen?«

»Darüber sage ich nichts.«

»Weil Sie zuerst abklären müssen, wie viel der Wiederaufbau kosten würde und ob sich dieser rentiert?«

Erik Winter seufzte entnervt. »Haben Sie noch eine weitere Frage?«

»Ähm … ja. Wie hoch schätzen Sie die Verluste durch die Brände ein?«

»Ich habe keine Verluste erlitten«, erwiderte Erik Winter so prompt, als habe er auf diese Frage gewartet. »Unter dem Strich habe ich in sämtlichen Eiscafés Gewinn gemacht. Die Leute stürmen die Lokale und kaufen Eis wie nie zuvor. Am meisten ausgezahlt hat sich, dass ich Kleidungsstücke mit den Botschaften des Abschaums habe drucken lassen. Der kluge Geschäftsmann nutzt die Gunst der Stunde.«

Claudia Rossi klang schockiert. »Verstehe ich das richtig: Sie haben die Idee mit der Bekleidung von GUTS geklaut und kassieren damit jetzt das Geld ab, das GUTS in den Klimaschutz und in Projekte zur Förderung von Toleranz investieren wollte?«

»So ist es.«

»Vielen Dank für Ihre Auskünfte«, sagte Claudia Rossi verwirrt und ungläubig. Es war ihr anzuhören, dass sie sich wunderte, weshalb zum Teufel Erik Winter eigentlich eingewilligt hatte, ein Interview zu geben.

Jonas stellte das Radio leiser. »Gopfertelli, ist das ein Arschloch!«, sagte er aus tiefstem Herzen.

Skara reagierte, wie sie immer reagierte, wenn sie nicht mehr weiterwusste: Sie fasste die Situation zusammen und analysierte.

»Unsere Rache ist fehlgeschlagen«, hielt sie fest, sich an die Fensterbank lehnend. »Nicht nur, dass Erik Winter keinen finanziellen Schaden erlitten hat – er profitiert sogar von den Bränden der Eiscafés.« Ihr Blick glitt von Anton, der auf dem Bett saß, über den blassen Nick bis zu Jonas, der, die Hände gefaltet, auf einem Stuhl Platz genommen hatte. »Die Polizei sucht uns, weil wir Eiscafés in Brand gesetzt und Autos geklaut haben. GUTS hält uns für Tierquäler und ruft dazu auf, uns bei der Polizei anzuzeigen. Außerdem haben Anton und ich keine Jobs mehr, und wenn ich die Polizei richtig einschätze, dann können wir es zurzeit nicht riskieren, in unsere Wohnungen zurückzukehren, weil diese überwacht werden. Nicht zu vergessen, dass wir meine Chefin überfahren haben und es uns einfach nicht gelingt, sie loszuwerden.«

»Wir sitzen in der Scheiße«, pflichtete Anton bei.

»Bis zum Hals«, nickte Jonas und rieb sich nachdenklich die betreffende Stelle.

Skara nickte. »Was also tun wir?«

Anton stand auf und begann, neben Nicks Bett auf und ab zu gehen. An der Röte, die sich in seinem Gesicht ausbreitete, merkte Skara, wie sich einer der jähzornigen Ausbrüche anbahnte, die sie inzwischen von ihm kannten.

»Zum Teufel mit Erik Winter und seinen verdammten Eiscafés«, rief er und ballte die Fäuste. »Dieses Mal soll der Dreckskerl nicht davonkommen! Ich will ihn festnageln und ihn da treffen, wo es wehtut! Er soll erfahren, dass wir es waren, die seine Eiscafés angezündet haben, und weshalb wir das getan haben. Und dann soll er sich entschuldigen – dafür, dass er mich ohne Grund entlassen, meinen Vater ruiniert und Skaras Kindheit zerstört hat!«

Ihn da treffen, wo es wehtut, dachte Skara, das will ich auch. Bisher hatten sie versucht, Erik Winters Geschäften und seinem Geldbeutel zu schaden. Ohne Erfolg, wie sich eben herausgestellt hatte. Was nach dem Interview von Radio Winkelried ebenfalls klar war: Sie konnten sein Ansehen nicht ruinieren, das tat er erstens schon selbst, und zweitens schien es ihm komplett egal zu sein, wie er in der Öffentlichkeit dastand. Wenn sie ihren Rachefeldzug fortführen und ihn im Mark treffen wollten, dann musste sein Privatleben das Angriffsziel sein. Verlor Erik Winter etwas, das ihm am Herzen lag, dann würde er einsehen, dass es eine Rolle spielte, wie er mit dem Leben anderer umging. Die Frage war nur, was Erik Winter so viel bedeutete, dass der Verlust ihn schmerzen würde.

»Wir müssen Prioritäten setzen«, sagte Skara, löste sich von der Fensterbank und begann, im Krankenzimmer umherzugehen. »Das Wichtigste ist, dass wir nicht erwischt werden. Wir brauchen einen Ort, an dem wir uns vor der Polizei und der Bevölkerung verstecken können, damit Gras über die Sache wachsen kann. Zweite Priorität hat unsere Aussprache mit Erik Winter. Wir müssen uns Gedanken machen, wann und wo wir auf ihn treffen wollen. An dritter Stelle steht unsere Rache. Wie auch immer Plan B aussehen soll.«

So abrupt, wie er vorhin zur Tür hereingestürmt gekommen war, so plötzlich erhob sich Anton jetzt vom Bett. »Ich weiß, wo wir einen solchen Ort finden«, sagte er und schlug seine Faust in die Handfläche.

Skara stutzte, als sie bemerkte, wie Nicks Augenbrauen zuckten. Da er sich ansonsten aber nicht rührte, wandte sie ihre Aufmerksamkeit Anton zu.

»Mein Vater hat mir erzählt, dass die Familie Winter am Flumserberg, oberhalb des Seeztals, ein Ferienhaus besitzt«, verkündete dieser enthusiastisch. »Wie wär's, wenn wir in Erik Winters Ferienhaus einbrechen? Sobald uns klar ist, wie wir uns an ihm rächen wollen, bestellen wir ihn dorthin und zahlen es ihm so richtig heim.«

Die Idee war gut, fand Skara. Weder die Polizei noch Erik Winter würden die Eiscafé-Zündler ausgerechnet in der Höhle des Löwen vermuten. Das Ferienhaus würde ihnen zuerst als Versteck dienen, dann als Lockfalle und zuletzt – je nachdem, wie ihre Aussprache mit Erik Winter verlief – als Objekt, durch das sie Rache nehmen konnten. Im Abfackeln hatten sie ja mittlerweile Übung.

Skara merkte, dass Anton und Jonas sie erwartungsvoll anstarrten. »Genau so machen wir es«, nickte sie und hob den Daumen.

30

Die Ankunft

Es war ein schöner, grüner und lose besiedelter Berg, den sich die Familie Winter als Standort für ihr Ferienhaus ausgesucht hatte. Auf kurz abgefressenem Gras weideten Kühe, und hinter den ausgedehnten Wiesenhängen ragten hohe, zerklüftete Bergspitzen auf – der Spitzmeilen, der Wissmeilen und der Magerrain. Auf der Tannenbodenalp, dem höchstgelegenen der drei Hauptorte, reihten sich mit dunklem Holz verkleidete Häuser aus den Achtzigern an moderne, weiß gestrichene oder von den Jahren dunkel gefärbte Chalets. Im Winter tummelten sich hier Ski- und Schlittenfahrer, sommers Wanderer und Biker, aber jetzt, im Mai, war es ruhig am Flumserberg. Sessel- und Gondelbahnen standen still.

Der erste Mensch, den sie im Dorf trafen, war ein junger Bauer, der gerade einen Anhänger an seine Kupplung montierte.

»Geht zu Jess und der alten Edna«, antwortete er auf ihre Frage nach dem Weg zu Erik Winters Haus. »Wenn jemand Bescheid weiß, dann sie. Ihr Coiffeursalon ist gleich da vorne um die Ecke.«

Über dem Laden hing ein großes blaues Schild mit der Aufschrift »Salon Milano«, darunter spannte sich eine weiß-blau gestreifte Markise. Eine Frau, bei der es sich wohl um die erwähnte Jess handelte, wischte den Boden sauber. Sie war in Antons Alter, schlank, trug eine tief ausgeschnittene Bluse und kunstvoll hochtoupiertes Haar.

Sanfte Harfentöne erklangen, als Anton und Skara eintraten. Jonas hatte sich entschieden, im Wagen zu warten. Die Frau stellte den Wischmopp an die Wand, trocknete sich die Hände ab und wandte sich mit einem freundlichen Lächeln zu ihnen um. »Was kann ich für euch tun?«

Skara bemerkte, wie Anton die Schultern straffte und Haltung annahm. »Ich hätte gerne einen neuen Haarschnitt«, sagte er zu ihrem Erstaunen und strahlte die Coiffeuse an. »Ich heiße übrigens Anton.«

Die Angesprochene stemmte eine Hand in die Hüfte, begutachtete ihn von oben bis unten und erwiderte sein Lächeln. »Freut mich, dich kennenzulernen, Anton. Mein Name ist Jess.« Sie berührte ihn leicht am Arm und wies auf einen der freien Sessel. »Setz dich. Sehen wir mal, was ich für dich tun kann.«

Skara merkte, wenn sie überflüssig war. »Wir holen dich in einer Stunde ab«, raunte sie Anton ins Ohr, während die Coiffeuse den Rollwagen mit ihren Utensilien holte. »Vergiss bloß nicht, weswegen du hier bist.«

»Mmh«, brummte er unbestimmt und wedelte mit der Hand Richtung Tür zum Zeichen, dass Skara verschwinden solle.

Jonas und sie nutzten die Zeit, um Vorräte einzukaufen, die Anton dazu bewegen sollten, ein richtiges Menü zu zaubern. Als sie zurückkehrten, trat er gerade aus dem Salon und sah sehr zufrieden aus. »Jess sagt, dass eine Frau namens Sofia den Schlüssel zu Erik Winters Haus aufbewahrt«, verkündete er, während er ins Auto stieg. »Sie füttert die Tiere und schaut nach dem Haus, wenn niemand da ist. Jess zufolge kommt Erik Winter nur ein-, höchstens zweimal pro Jahr auf die Madilsalp, und seine Frau hat sie überhaupt noch nie hier gesehen.«

»Wo wohnt denn diese Sofia?«, wollte Jonas wissen.

Anton beschrieb ihnen den Weg. »Jess sagt, sie denkt, dass Sofia froh ist, wenn sie sich nicht länger um die Tiere kümmern muss.«

Die Coiffeuse lag richtig mit ihrer Vermutung. Sie trafen Sofia im Garten eines gelb angestrichenen Einfamilienhauses an. Sie hängte Wäsche auf, während sich neben ihr zwei kleine Jungen um einen Bagger stritten.

Jonas hatte ihr Anliegen noch nicht fertig vorgetragen, als sie bereits den Schlüssel von ihrem Bund nestelte. »Bekannte von Herrn Winter?«, seufzte sie erleichtert. »Ich bin froh, wenn jemand anders zum Haus schaut.« Sie drückte Jonas den Schlüssel in die Hand. »Das Chalet liegt auf der Madilsalp. Hinter der Tannenbodenalp den Schotterweg hoch, dann links.« Etwas verlegen fügte sie hinzu: »Herr Winter schuldet mir noch den Lohn vom vergangenen Jahr, deshalb wollte ich eigentlich nicht weiter für ihn arbeiten. Ich habe mich kaum noch ums Haus gekümmert. Aber die Tiere konnte ich ja nicht verhungern lassen, nicht wahr?«

Sofia schien Gewissensbisse zu haben, stellte Skara fest und fragte sich, in welchem Zustand sich Haus und Tiere wohl befinden mochten.

Das Ferienhaus lag ein gutes Stück oberhalb des Dorfes. Der holprige Zufahrtsweg war von Tannen gesäumt, sodass sie das Chalet erst erblickten, als sie schon fast davorstanden. Vor ihnen erstreckte sich ein grasbedecktes Plateau von der Größe eines Fußballfeldes mit einem atemberaubenden Blick über das Tal und die umliegenden Berge. Skara verliebte sich augenblicklich in den Ort.

Die dunklen Balken und Schnitzereien deuteten darauf hin, dass das Chalet alt war, doch die Jahreszahl über dem Eingang verriet, dass Erik Winter es vor etwas mehr als zwanzig Jahren renoviert hatte. Es wirkte großzügig, war jedoch eindeutig vernachlässigt. An den Ecken kroch Efeu die Wände hoch, und im oberen Geschoss starrte ihnen ein behelfsmäßig mit Plastikfolie geflicktes Fenster entgegen. Über dem Kiesplatz auf der Südseite des Hauses thronte eine mächtige Föhre, die im letzten Sturm ein paar Äste verloren zu haben schien und ihre Nadeln überall verteilt hatte.

Auf der Nordseite befanden sich drei niedrige, halb zerfallene Ställe und zwei Wiesenareale, auf denen Skara die Tiere vermutete.

»Diese Bleibe scheint mir so weit ganz angemessen für uns«, sagte Jonas gespielt blasiert. Anton und Skara lachten über die Untertreibung.

Während die beiden Männer die Tür aufschlossen, marschierte Skara zu den Ställen, um nach den Tieren zu sehen. Schon von Weitem roch es nach Fäkalien. Als sie die Tür zum ersten der zwei Ställe öffnete, trieb ihr der Gestank Tränen in die Augen. Sie presste die Lippen zusammen und drückte den Ärmel ihres Pullovers über die Nase. In den Lichtstreifen, die durch die Spalten der morschen Holzplanken auf den Boden fielen, entdeckte Skara die Umrisse einer Ziege, die schon vor etlichen Tagen verendet zu sein schien. Ihre Kolleginnen hatten durch ein Loch in der Wand Reißaus genommen und zupften in der Nähe des Waldrandes an Grasbüscheln. Als sie Skara näher kommen sahen, staksten sie langsam in den Wald. Eine von ihnen hinkte.

Neben den Ziegen, deren Zahl Skara auf elf schätzte, gab es noch acht Hühner, die aufgeregt gackernd ins Freilaufgehege flüchteten, als sie ihren Stall betrat. Der Boden war über und über mit Mist bedeckt, und die Leiter zu den erhöht liegenden Nestern war durchgebrochen.

Da wartet einiges an Arbeit auf uns, dachte Skara, während sie den Hühnerstall hinter sich schloss und, gefolgt von Ida, zurück zum Haus ging. Schon von Weitem hörte sie Jonas und Anton durch die offenen Fenster über irgendetwas diskutieren.

Sie zog am gusseisernen Griff der Türglocke, die jedoch stumm blieb, und drückte die massive Holztür auf. Gespannt trat sie ins Innere. Sie fand sich in einem unerwartet großzügigen Eingangsbereich mit Garderobe wieder. Angesichts der kleinen Kotkügelchen, die überall auf dem Boden lagen, verzichtete sie darauf, die Schuhe auszuziehen. Mäuse vermutlich, dachte sie und sah ihre Ahnung bestätigt, als Idas Schwanz aufgeregt zu zucken begann.

Überrascht stellte Skara fest, dass der Eingang in einen einzigen riesigen Wohnbereich überging. Im rechten Teil des Raums entdeckte sie eine unbenutzte Feuerstelle, um die sich eine Polsterlandschaft aus mehreren dunklen Ledersofas gruppierte. Wie gemütlich musste es sein, an einem kalten Regentag hier zu sitzen und ins prasselnde Feuer zu schauen!

In der Mitte des Raumes thronte ein riesiger Nussbaumtisch. Er war schmal, aber so lang, dass problemlos zwölf Personen mit ausgefahrenen Ellbogen daran essen konnten. In der offenen Küche links des Tisches versuchten Jonas und Anton gerade erfolglos, den Gasherd in Betrieb zu nehmen.

»Die vollen Gasflaschen befinden sich hinter dem Haus«, sagte Skara, während sie einen Küchenschrank nach dem anderen öffnete und feststellte, dass abgesehen von zwei Beuteln

Grüntee keinerlei Vorräte vorhanden waren. Gut, dass sie eingekauft hatten.

»Gopfertelli, sie hat recht, die Flasche ist leer«, hörte sie Anton noch zu Jonas sagen, bevor sie über eine breite Treppe ins Obergeschoss gelangte. Mit der Hand über die Holzvertäfelung an den Wänden streichend, ging sie den Flur entlang. Die fünf Zimmer waren mit je einem Doppelbett, einem Nachttisch und einem Schrank – alles aus Holz – schlicht, aber stilvoll möbliert.

Eine weitere Überraschung erwartete sie im Keller. Vom Flur aus gingen drei Türen ab. Die erste führte in einen Raum mit Gartenwerkzeugen, die zweite in eine Werkstatt und die letzte in einen großen Weinkeller, der die wahre Leidenschaft der Winters offenbarte. Der Boden war mit Tonplatten belegt, und an den Wänden standen mit kleinen Lämpchen einzeln beleuchtete Regale aus Massivholz, die beinahe bis zur Decke reichten. Sie waren ausgelegt für tausendsechshundertachtzig Flaschen Wein und zu gut drei Vierteln gefüllt, überschlug Skara, womit sie sich – vorausgesetzt, sie blieben bei zwei Flaschen Wein täglich – sechshundertdreißig schöne Abende machen konnten. Sie fröstelte. Der Raum war kühl und perfekt geeignet, um Wein zu lagern – und noch anderes, wenn sie es sich recht überlegte.

»Jonas, Anton, kommt mal her, ich habe eine Idee!«, rief Skara. Wenige Minuten später schleppten sie den Sarg mit der Chefin die Kellertreppe hinunter und platzierten ihn so in der Mitte des Weinkellers, dass man noch bequem an die Flaschen herankam.

In den Gestellen stöbernd, berieten sie, welchen Wein sie zum Essen mit nach oben nehmen sollten, und entschieden sich für den Barolo Riserva Villero, weil Anton das Etikett gefiel.

Im Raum mit den Gartenwerkzeugen stießen sie auf eine brandneue Feuerschale.

»Heute machen wir Barbecue«, beschloss Anton händereibend und sie schleppten die schwere Schale hoch auf den Kiesplatz. Kurze Zeit später loderte ein helles Feuer in der Schale – das morsche Holz des Ziegenstalls brannte hervorragend.

Rund um die Flammen sitzend, ein Glas Barolo in der Hand, blickten sie auf die imposante Bergkette auf der anderen Talseite und die Wälder, die an den Hängen der Churfirsten emporkletterten. Nach den Aufregungen der vergangenen Tage war in diesem einen Moment einfach alles perfekt.

Es fühlt sich an, als seien wir angekommen, dachte Skara und seufzte zufrieden.

Acht Koteletts, einen hervorragenden Zucchini-Auflauf und zwei Flaschen Rotwein später heizten sie das Feuer erneut an und warfen die tote Ziege hinein. Fasziniert hörten sie zu, wie quietschend Gas aus dem Kadaver entwich. Chantal Keller gleich mit zu verbrennen, wäre eine naheliegende Lösung für unser Leichenproblem, ging es Skara durch den Kopf, doch sie schob den Gedanken beiseite, und sie berieten, wie sie den morgigen Tag verbringen wollten.

»Ich gehe ins Dorf und lasse mir die Haare schneiden«, erwähnte Anton beiläufig, schwenkte sein Glas und tränkte die Erde versehentlich mit zehn Franken Barolo Riserva Villero.

Skara und Jonas blickten verwundert auf sein kurz geschorenes Haar.

»Da ist aber nicht mehr viel auf deinem Kopf vorhanden, was man noch schneiden könnte«, sagte Skara vorsichtig.

»Selbst deine Brauen sind frisch getrimmt«, merkte Jonas an.

»Nun ja …«, brummte Anton und wurde rot. »Nun ja …«

Jonas und Skara tauschten einen amüsierten Blick. Dann erlösten sie ihn aus seiner Verlegenheit.

»Wir sollten den Tierarzt anrufen, damit er sich die Ziege ansieht, die so schlimm hinkt.«

»Mausefallen kaufen.«

»Holz besorgen, um den Ziegen einen neuen Stall zu bauen.«

»Das defekte Fenster ersetzen.«

»Und uns überlegen, wann wir Erik Winter herbestellen und wie wir uns an ihm rächen wollen«, rief ihnen Anton den ursprünglichen Zweck ihres Hierseins in Erinnerung. Seine Verlegenheit war verflogen.

»Natürlich«, bestätigten Skara und Jonas. Dann machten sie sich daran, die am Waldrand grasenden Ziegen einzufangen, was schwieriger war, als es aussah. Nach einer halben Stunde erfolgloser Jagd einigten sie sich schließlich darauf, dass es den Tieren gut ging, wo sie waren.

31

Kantonspolizei Zürich:
Das unvollständige Puzzle

DONNERSTAG

Etwas störte ihn an dem Fall. Den ganzen gestrigen Mittwoch hatte Lutz darüber nachgedacht, was es war, doch erst als er am Donnerstagmorgen die Tür zu seinem Büro öffnete und seinen Mantel aufhängte, fand er es – das Teil, das nicht ins Bild passte.

Abgelenkt beobachtete er, wie Schmidt auf dem Boden kniend Fahrradkette, Radlager, Federgabel und Dämpfer eines fremden Fahrrads mit einer gelblichen Paste einschmierte. Sein eigenes stand wie immer abgeschlossen hinter seinem Schreibtisch.

Die Wahrscheinlichkeit, dass gleich zwei Frauen aus der gleichen Firma verschwinden, ist zu klein, um ein Zufall zu sein, überlegte Lutz. Das war es, was ihn die ganze Zeit über gestört hatte. Nicht nur Skara Anderson, sondern auch ihre Chefin, Chantal Keller, war von der Bildfläche verschwunden. Mochte sein, dass diese manchmal nicht bei der Arbeit auftauchte, weil sie Besseres zu tun hatte, mochte sein, dass sie generell unzuverlässig war, doch es war einfach zu merkwürdig, dass sie sich zur gleichen Zeit davonstahl wie ihre Angestellte.

Er warf einen Blick auf Schmidt. »Wem gehört das fettige Fahrrad?«

»Einer Freundin.«

»Deiner Freundin?«

»Nein, aber vielleicht bald.«

»Blumen wären besser«, kommentierte Lutz und nahm seinen Mantel wieder vom Haken. »Lös dich vom Fett, Schmidt, wir machen einen Besuch.«

Hanna Wirz erwies sich als clevere, modisch gekleidete Mittfünfzigerin mit kurzem grauem Haar und auffälligen roten Ohrsteckern.

»Wollen Sie vielleicht einen Kaffee mit Zucker der Schweizer Süße?«, erkundigte sie sich, und Lutz nickte erfreut. Wahrscheinlich ist sie es, die den Laden hier schmeißt, dachte er und überlegte sich, ob irgendetwas dagegensprach, dass er sie nach dem Gespräch um ihre Telefonnummer bat.

»Erzählen Sie mir etwas über die verschwundene Skara Anderson«, bat er Hanna Wirz, als sie sich in einen rundum verglasten Raum setzten, der als Besprechungszimmer diente. Lutz kam sich vor wie ein Goldfisch.

In der folgenden Viertelstunde erfuhren die beiden Polizisten, dass Skara Anderson eine zurückhaltende, freundliche und pflichtbewusste Person war und überdies die Tochter der bekannten verstorbenen Schauspielerin Josie Anderson.

Deshalb also war ihm das Mädchen auf dem Firmenfoto im Pausenraum so bekannt vorgekommen, kam es Lutz in den Sinn. Eigentlich nicht der Typ, der quer durchs Land zieht und Eiscafés abbrennt.

»Leider kommen Skara und die Chefin überhaupt nicht klar«, seufzte Hanna Wirz resigniert.

»Chantal Keller?«, fragte Lutz nach, und Hanna Wirz nickte.

Aus einem Grund, den niemand kenne, hasse Chantal Keller Skara Anderson aus tiefstem Herzen, fuhr Hanna Wirz fort.

»Wenn ich mich richtig erinnere, dann gab es sogar einmal einen Zwischenfall. Skara hat Anzeige erstattet, weil sie dachte, dass Chantal in ihre Wohnung eingedrungen sei.«

Ein interessantes Detail, dachte Lutz. »Was ist Ihre Chefin für ein Mensch?«

»Sie ist äußerst ehrgeizig und geht über Leichen, um Anerkennung zu erhalten, selbst wenn sie diese nicht verdient«, sagte Hanna Wirz, und in ihrer Miene spiegelte sich Verachtung. Sie erzählte Lutz und Schmidt vom Buchhaltungsprogramm, das Skara entwickelt und Chantal Keller als ihr eigenes ausgegeben hatte.

»Haben Sie nichts dagegen unternommen?«, fragte der ältere Polizist kritisch und entschloss sich, die Sache mit der Telefonnummer von ihrer Antwort abhängig zu machen.

Hanna Wirz blickte ihn entrüstet an. »Was halten Sie von mir? Ich habe in der Chefetage vorgesprochen und die Sache aufgeklärt.«

»Was ist passiert?«

»Nichts!«, schnaubte sie, und ihre Wangen röteten sich. Stand ihr hervorragend, fand Lutz.

»Die hohen Tiere beschieden mir, ich solle den Mund halten, wenn mir mein Job lieb sei. Sie müssen wissen, meine Herren, dass Chantal Keller von höherer Stelle protegiert wird. Ihr Ehemann ist ein einflussreicher Unternehmer in der Lebensmittelbranche und der Hauptaktionär der Schweizer Süße. Vermutlich haben Sie von ihm gehört.«

Lutz ließ sich in seinem Stuhl zurücksinken und atmete tief ein. Der Hauptaktionär der Schweizer Süße? Hatte Schmidt ihn nicht erwähnt, als er seine Recherchen zu Anton Seifert präsentierte? Die Arbeitsstätten von Anton Seifert und Skara Anderson seien miteinander verknüpft, hatte er gesagt. Der Chef des Unternehmens Wintereis, Antons Chef, sei zugleich

Hauptaktionär der Schweizer Süße. Tammisiech, jetzt klingelte es.

»Erik Winter«, sagte Lutz laut und strich sich nachdenklich über den bärtigen Hals. »Bei Chantal Kellers Mann handelt es sich um Erik Winter, den Chef der Wintereis-Eiscafés.«

Hanna Wirz nickte. »Als seine Frau ist Chantal Keller natürlich unantastbar. Wer, dem seine Karriere lieb ist, will schon den Hauptaktionär der Firma vor den Kopf stoßen?«

Noch fallen die Teile nicht an den richtigen Platz, dachte Lutz, aber ich beginne immerhin zu erkennen, dass sie alle zum gleichen Puzzle gehören. Erik Winter, das sagte ihm sein Bauchgefühl, besaß den Schlüssel zur Klärung, weshalb Chantal Keller und Skara Anderson verschwunden waren, in welcher Beziehung sie zu Anton Seifert standen und wie zum Teufel es überhaupt zur Verwüstung der Eiscafés hatte kommen können.

Beim Händedruck zum Abschied setzte er um, was er sich vorgenommen hatte, und bat Hanna Wirz um ihre Telefonnummer. »Für den Fall, dass ich noch weitere Fragen habe«, murmelte er vage.

Die stellvertretende Leiterin hielt seinen Blick einen Moment lang fest, dann schrieb sie ihm mit einem leisen Lächeln ihre Nummer auf. »Ich würde mich über weitere Fragen und mehr ausgesprochen freuen«, sagte sie warm.

Und mehr. Klang gut. Klang, als ob etwas daraus werden könnte. Lutz war zufrieden mit sich.

»Weißt du was, Lutz? Ich weiß jetzt, wie alles zusammenhängt«, erklärte Schmidt auf der Rückfahrt zum Posten und bog auf die Autobahn Richtung Zürich ein. »Es hat sich folgendermaßen zugetragen: Erik Winter hatte ein Verhältnis mit der jungen Skara Anderson, und sie haben gemeinsam versucht,

Chantal Keller um die Ecke zu bringen. Diese hat spitzgekriegt, was sie vorhatten, und sich mit Anton Seifert zusammengetan, um sämtliche von Erik Winters Eiscafés abzufackeln.«

Unverbesserlich, dachte Lutz. Wenn hier Journalisten mit Stift oder Mikrofon stünden – der Junge würde ihnen seine Theorie glatt als Tatsache verkaufen. »Zum tausendsten Mal, Schmidt. Wir tragen zusammen, wir filtern, und erst dann kombinieren wir. Und jetzt sei still und fahr!«

Zum Henker mit den Teilen, die an den richtigen Platz fallen, dachte Lutz. Es gab viel zu viele Teile in diesem Fall, und sie konnten, wie Schmidt soeben bewiesen hatte, an Plätze fallen, wo sie ziemlich sicher nicht hingehörten.

Als Allererstes würden sie herausfinden müssen, ob es stimmte, dass Chantal Keller in Skara Andersons Wohnung eingebrochen war. Wenn ja, dann hätte diese neben der schlechten Behandlung an ihrem Arbeitsort noch einen weiteren Grund, sauer auf ihre Chefin zu sein.

Weshalb hasste Chantal Keller ihre Untergebene wohl derart, fragte sich Lutz. Hatte Schmidt womöglich recht, und hinter der ganzen Geschichte steckte ein Eifersuchtsdrama?

Wie auch immer, es schien unwahrscheinlich, dass Chantal Keller und Skara Anderson zusammen unterwegs waren – zumindest nicht in gegenseitiger Übereinstimmung. Wenn er den Indizien vertraute, die sie bisher zusammengetragen hatten, dann war es nur eine Frau, die mit Anton Seifert Eiscafés abfackelte – und zwar eine junge. Was Chantal Keller natürlich ausschloss, denn selbst aus der Perspektive eines Vorpensionärs wie Lutz traf das Prädikat jung für über Fünfzigjährige nicht mehr zu – verletzte Eitelkeiten hin oder her.

Woher aber kannten sich Skara Anderson und Anton Seifert? Was verband sie? Und wo zum Teufel steckte Chantal Keller?

Lutz' Verstand rotierte träge, und während Schmidt in unerträglich korrektem Tempo auf der Überholspur Schnellfahrer blockierte, döste er ein.

Er befand sich auf einem Vulkan, der vollkommen aus Puzzleteilen bestand und Unheil verkündend bebte. Kniend durchwühlte Lutz den Haufen, um ein bestimmtes Stück für sein Puzzle zu finden, doch es war zu spät. Flammen schossen aus dem Schlund, und in Lutz' Augen fraß sich eine unerträgliche Helligkeit. Die Sonne.

Lutz blinzelte, und auf einmal schälte sich aus seinem durchgekochten Verstand ein merkwürdiger Umstand.

Chantal Keller war laut Hanna Wirz seit vier Tagen verschwunden. Rechnete man das Wochenende mit ein, waren es möglicherweise sogar sechs. Doch es war ihre Stellvertreterin gewesen, die Chantal Keller bei der Polizei als verschwunden gemeldet hatte. Nicht Erik Winter. Nicht der Mann, mit dem sie seit über zwanzig Jahren verheiratet war. Warum?

Höchste Zeit, Erik Winter auf den Zahn zu fühlen.

32

Jonas' Begegnung mit der Vergangenheit

Moderhinke nannte sich, woran die lahmende Ziege erkrankt war. Ein passender Name, wie sich herausstellte. Als der Tierarzt ihr die eitrige Entzündung zwischen den Klauen zeigte, stieg Skara ein faulig-süßer Geruch in die Nase, von dem ihr fast schlecht wurde.

»Ursache sind Bakterien. Mangelnde Klauenpflege. Feuchter Waldboden«, erklärte der Tierarzt knapp.

Keine Stunde, nachdem sie ihn angerufen und ihm das Problem mit der Ziege geschildert hatte, war Karl Heller beim Ferienhaus vorgefahren. Er war ein wortkarger Mann mit schlohweißem Haar und einem wettergegerbten, stark gebräunten Gesicht.

»Karl«, stellte er sich vor und sah ihr forschend ins Gesicht. Dann zeigte er ihr, wie sie die bakterienbefallenen Klauen zurückschneiden und die Hufe der Ziege in Desinfektionsmittel baden sollte. Skara wunderte sich, dass er sie die Arbeit verrichten ließ, statt selbst Hand anzulegen, stellte aber bald fest, dass der alte Tierarzt Mühe damit hatte, seine Finger zu biegen. Arthrose, nahm sie an.

Konzentriert machte sie sich ans Werk. Sie verdrängte den modrigen Geruch, der von der Ziege ausging, und trug die grau-weißen Eiterherde so sorgfältig ab, wie sie konnte, um dem Tier möglichst wenig Schmerzen zu bereiten. Karl schaute ihr aufmerksam über die Schulter, bis etwas hinter ihr seine Aufmerksamkeit erregte. Als Skara sich umwandte, sah sie Ida und ihre halbe Haarpracht heranwanken. Die Katze miaute zur Begrüßung, dann setzte sie sich neben den Tierarzt, um Skara bei der Arbeit zuzuschauen.

»Deine Katze?«, fragte Karl.

Sie nickte. Der Tierarzt bückte sich, hob Ida hoch und besah sich das halb verheilte Auge und die rosafarben schimmernde, haarlose Flanke.

Wenn er nur halbwegs auf dem Laufenden ist, dann kann er sich jetzt zusammenreimen, wer wir sind, dachte Skara, stellte den rechten Vorderhuf der Ziege ab und hob den linken Hinterhuf an.

Karl Heller hatte im Radio tatsächlich von den Eiscafé-Zündlern gehört. Und auch von der toten Katze. Jener, die jetzt quicklebendig auf seinen Armen saß und schnurrte.

Er war kein Mann, der Vergangenem viel Gewicht beimaß oder sich mit kritischen Betrachtungen aufhielt. Er lebte im Augenblick wie seine Schutzbefohlenen und beurteilte das, was er sah. Und was er vor sich hatte, war eine junge Frau, die eine Aufgabe brauchte, einen Halt, eine Leidenschaft, damit sie sich nicht noch weiter ins Abseits manövrierte. Doch da war noch mehr: Sie konnte anpacken und hatte zweifellos ein Händchen für Tiere. Es konnte nicht schaden, sie einzulernen und zu sehen, was sich ergeben würde.

»Verheilt gut«, sagte Karl Heller, als er Ida wieder auf den Boden setzte.

Als die lahmende Ziege versorgt war, fingen Skara und er ihre zehn Genossinnen ein und prüften, ob sie Zeichen von Befall zeigten, was glücklicherweise nicht zutraf. Bald konnte Skara die letzte Patientin springen lassen und stand auf. Er fahre jetzt ins Dorf, teilte Karl ihr mit, »die Kuh von Bauer Ott hat Probleme beim Kalben. Ich könnte Hilfe gebrauchen.«

Das war keine Bitte, sondern eine Aufforderung, verstand Skara und fragte sich, worin die Hilfe bestehen mochte, die der Bauer nicht selbst leisten konnte. Doch da sie gespannt darauf war zu sehen, wie ein Kalb zur Welt kam, stieg sie bereitwillig in Karls dunkelgrünen Geländewagen und fuhr mit ihm zu Bauer Ott und seiner Kuh. Es stellte sich heraus, dass das Kalb zwar mit dem Kopf voran, aber mit dem Rücken nach unten in Bertas geschwollenem Leib lag. Karl und der Bauer, ein großer, stämmiger Mann mit Armen, so dick wie ein Maßkrug, blickten abwägend auf Skaras dünne Arme. Eine Viertelstunde später steckte sie bis zur Schulter im Geburtskanal der Kuh und versuchte, das Kalb um die Längsachse zu drehen. Sie brauchte Geduld, doch dank der präzisen Anweisungen von Karl gelang es ihr, und eine weitere Stunde später stand das Neugeborene gesäubert und mit unsicheren Beinen neben seiner Mutter auf dem Stroh. Ein Wunder, dachte Skara erschöpft, aber glücklich, und wischte sich den Schweiß von der Stirn.

»Das Kalb und seine Mutter verdanken dir ihr Leben«, sagte Karl, als er ihr die Tür zum Geländewagen aufhielt.

Skara freute sich über das Kompliment und willigte ein, noch zum Reitzentrum mitzukommen, in dem ein Pferd mit Koliken auf seine Behandlung wartete. Danach, versprach Karl, würde er sie heimfahren.

Als Skara die Tür zum Ferienhaus öffnete, berührte die Sonne bereits die Kronen des Tannenwäldchens hinter der Ziegenweide. Zum Pferd mit den Koliken hatten sich zwei Hasen mit Durchfall, ein verletztes Reh und ein Hund gesellt, der einem Traktor zu nahe gekommen war. Dann waren sie noch kurz in Karls Praxis gefahren, wo er ihr seine alten Anatomie-

und Physiologiebücher in die Hand gedrückt hatte. Jetzt war Skara müde, hungrig, durstig und schmutzig, aber sehr zufrieden. Sie hatte dem Tierarzt nicht nur zugesehen, sie war ihm eine Hilfe gewesen. Und in Bauer Otts Stall stand jetzt ein Kalb mit dem Namen Skara.

Jonas saß mit nachdenklicher Miene am Tisch, den Bleistift im Mund, neben sich einen Haufen zerknüllter Pläne für den neuen Ziegenstall. Er hatte den Tag in verschiedenen Fachmärkten zugebracht, Holz und Nägel für den Stall gekauft, Mausefallen ausgelegt, die Türglocke repariert und im oberen Stock ein neues Fenster eingesetzt.

Anton, der erhitzt und fröhlich aussah, stand in der Küche, und aus den Kochtöpfen vor ihm stieg Dampf auf. Als Skara sich interessiert über den Herd beugte, rümpfte er die Nase. »Gopfertelli, du stinkst wie ein Stall voller Kühe. Wasch dich, Jess kommt zum Abendessen, und ich will nicht, dass du ihr den Appetit verdirbst.«

»Jesses, das ging aber schnell«, sagte Skara erstaunt und bemerkte, wie Jonas belustigt in sich hineinlachte.

Eine Stunde später erklang das sanfte Bimmeln der frisch reparierten Türglocke. Auf Antons Wangen zeichneten sich rote Flecken ab, als er Jess die Tür öffnete und sie mit Küsschen willkommen hieß. Ihre Lippen waren in einem leuchtenden Rot geschminkt, und über einer Bluse im gleichen Ton trug sie einen dünnen schwarz-weißen Mantel, dessen Leopardenmuster Skara in den Augen wehtat. Doch als Jess ihre Hand ergriff, spürte Skara, dass Güte und Freundlichkeit von ihr ausgingen.

»Es freut mich, dich kennenzulernen«, sagte sie, und die Fältchen um ihre Augen vertieften sich. Skara erwiderte ihr

Lächeln und wollte sie gerade vorbeilassen, als sie sah, dass Jess sich nicht von der Stelle rührte. Mit einem Blick, der Erstaunen und Entrüstung spiegelte, starrte sie Jonas an, der im Durchgang zum Wohnzimmer stand und wie festgenagelt wirkte. Die neuesten Pläne für den Stall fielen ihm aus der Hand, und seine Augen weiteten sich. »Jessica Malikova!«, presste er hervor.

Die Coiffeuse stemmte die Hände in die Hüften und kniff die Augen zusammen. »Der naive Anwalt«, schnaubte sie verächtlich.

Während Anton verwirrt in der Garderobe stehen blieb, sah Skara erstaunt zwischen den beiden hin und her. »Du bist Jessica Malikova?«, fragte sie. »Jonas hat uns von dir erzählt.«

»Ich hoffe, er hat nichts ausgelassen«, gab Jess sarkastisch zurück und zog ihren Leopardenmantel aus. Anton beeilte sich, ihn ihr abzunehmen.

»Ich dachte, Sie … du … lebst mit deinem Mann in Tschechien!«, stieß Jonas hervor. Jess' Auftauchen in ihrem Haus schien ihn komplett aus der Fassung gebracht zu haben.

»Ja, wir lebten in Piesling«, bestätigte Jess und bedachte Jonas mit einem distanzierten Blick. »Bis zum vergangenen Samstag. Da bin ich auf die Madilsalp zurückgekehrt.« Als sie Antons und Skaras verblüffte Gesichter sah, fügte sie an: »Ich bin am Flumserberg aufgewachsen und habe bis zu meiner Flucht hier gelebt. Auch meine Ausbildung zur Coiffeuse habe ich hier gemacht, in Ednas Salon, in dem ich jetzt wieder untergekommen bin.«

»Ist es nicht ein Risiko, hierher zurückzukehren?«, fragte Skara vorsichtig.

»Weil ich mich meiner Gefängnisstrafe entzogen habe, meinst du?«, sagte Jess und lachte rau. »Nein, mit meiner Heimkehr riskiere ich wenig. Hier kennen mich alle. Sie wissen, dass ich zu Unrecht verurteilt wurde. Niemand wird mich verraten.«

Sie scheint sich ihrer Leute sehr sicher zu sein, wunderte sich Skara, die selbst bisher wenig Gründe dafür gefunden hatte, Vertrauen in das Gute der Menschen zu setzen.

Anton, der Jess mit großen Augen zugehört hatte, fielen in diesem Moment seine Gastgeberpflichten wieder ein. Er hängte Jess' Mantel auf und bat sie, am Tisch Platz zu nehmen. Skara ließ sich auf einem Stuhl neben ihr nieder, während Jonas angesichts der leibhaftig vor ihm sitzenden, unliebsamen Erinnerung offensichtlich unwohl zumute war. Die Arme hinter dem Rücken verschränkt, tigerte er vor dem Fenster auf und ab. Jess und Skara folgten ihm mit ihren Blicken.

»Dobroslav Svoboda«, presste er schließlich hervor. »Ist er Stepan und dir gefolgt, als ihr damals in dem Grenzdorf ausgestiegen seid?«

Anton reichte den Frauen je einen hellgrünen Drink mit Minze und Zitrone und stellte appetitlich aussehendes Blätterteiggebäck auf den Tisch. Jess bedankte sich mit einem liebenswürdigen Lächeln, dann wandte sie sich Jonas zu.

»Ja, Dobroslav ist uns gefolgt«, bestätigte sie, und Skara sah, wie ihre verknoteten Finger sich an den Knöcheln weiß färbten. »Er hat uns das Leben zur Hölle gemacht.«

Jess und Stepan hatten keinen Augenblick Ruhe gefunden, Dobroslav war immer und überall präsent gewesen. Als sie in ein bescheidenes Haus am Dorfrand einzogen, entdeckten sie, dass er sich auf der anderen Straßenseite ein Zimmer genommen hatte. Jeden Freitagabend lauerte er Stepan auf und zwang ihn, einen Teil seines Verdienstes abzugeben. Sollte er nicht gehorchen, drohte Dobroslav ihm mit verschlagenem Gesichtsausdruck, würde er den Schweizer Behörden verraten, wo sie ihn und seine Frau finden würden.

»Er war wie ein Geschwür, das sich an uns festgesetzt hatte und uns langsam auffraß«, sagte Jess dumpf, und ihr Blick verweilte an einem Ort in ihrer Erinnerung, den sie nicht erreichen konnten.

Die Drohung, die wie ein Damoklesschwert über dem frisch verheirateten Paar schwebte, hatte Stepan innerlich und äußerlich zerfallen lassen; der einst schöne Mann mit den dunklen Locken und dem athletischen Körper ging nicht länger aufrecht. Er sah verhärmt aus, und sein Gesicht wurde grau. Kein halbes Jahr nach ihrer Flucht aus der Schweiz nach Tschechien starb er an Magenkrebs.

»Das Geschwür hatte gesiegt«, sagte Jess.

Als Stepan Malik unter der Erde lag, richtete Dobroslav seine irren Schweinsäuglein auf Jessica und bedachte sie mit jenen Drohungen, die bisher ihr Mann abgekriegt hatte. »Egal, wo du hingehst, ich finde dich, bringe dich um und zerstückle dich«, raunte er ihr abends in der Kanec-Bar zu und kniff sie in die Arme und den Hintern, sodass sie überall blaue Flecken hatte. Dass er seine Drohungen wahr machen würde, daran ließ er nicht den geringsten Zweifel aufkommen: In erschreckender Regelmäßigkeit fand Jessica aufgeschlitzte, verstümmelte und erdrosselte Tiere vor ihrer Haustür. Also bezahlte sie, womit er sich Abend für Abend volllaufen ließ, und kam dafür auf, wenn er gewalttätig wurde, Nasen zu Brei schlug und Mobiliar zerstörte.

»Es gab nichts, was ich gegen ihn hätte ausrichten können«, schloss Jess resigniert und blickte Anton, der ihre Hand in die seine genommen hatte, dankbar an.

Sie hat viel erdulden müssen, dachte Skara. Doch erstaunlicherweise ist sie nicht bitter geworden. Nicht wie meine Mutter.

Jonas hatte aufgehört, im Wohnraum umherzugehen. Jetzt trat er an den Tisch, stützte seine Hände darauf ab und hob den Kopf. »Es tut mir leid, Jessica«, sagte er und blickte ihr in die Augen. »Du kannst dir nicht vorstellen, wie sehr. Ich war idealistisch und naiv und habe Dobroslav vertraut, weil ich ihn für einen dieser Menschen hielt, die in unserer Gesellschaft zu kurz kommen. Das war ein Fehler, den ich zutiefst bereue und für den ich mich entschuldige.«

Jess legte den Kopf schief und sah Jonas lange an. »Wenn ich eines gelernt habe aus dem ganzen Schlamassel mit Dobroslav, dann, dass Naivität sich immer irgendwann rächt«, erwiderte sie. »Im Grunde bin ich ebenso auf Dobroslav hereingefallen wie du, und zwar damals, als ich tatenlos dabei zusah, wie er diese Fußgängerbrücke abbaute, und ihm glaubte, als er uns vorlog, einen Auftrag dafür zu haben. Ach, zur Hölle! Vermutlich mache ich dir vor allem deswegen Vorwürfe, weil ich mir selbst keine machen will. Und obwohl du vermutlich einer dieser verfluchten Gutmenschen bist, die in erster Linie helfen, weil sie sich gerne im Spiegel betrachten, nehme ich deine Entschuldigung an, denn das Schicksal hat deinen Fehler inzwischen korrigiert: Dobroslav Svoboda ist am vergangenen Freitag gestorben, getötet vom Blitz während eines Tornados. Er wird nie wieder jemandem etwas anhaben können.«

Skara sah, wie sich Jonas' Brustkorb in einem erleichterten Atemzug hob und senkte. Er löste seine Hände vom Tisch, richtete sich auf und straffte die Schultern. Seine grünen Augen reflektierten das Licht der Wohnzimmerleuchte, und er wirkte lebendiger, als Skara ihn je gesehen hatte. Es schien, als hätten Jess' Worte ihn von einer schweren Last befreit.

Nach dem Apéro stiegen Anton und Jess in den Keller hinunter, um den passenden Wein zum Entrecôte auszusuchen, das bereits in der Pfanne vor sich hin brutzelte. Erst als Anton die Tür öffnete, fiel ihm ein, dass die Leiche der Chefin gut sichtbar in der Mitte des Raumes lag. In einer hölzernen Kiste, die weder als Vorratsbehälter noch als übergroßer Weinkasten durchging, sondern unverkennbar ein Sarg war.

Jess reagierte, wie ein Mensch eben reagiert, der ohne Vorwarnung auf eine knapp mit Salz bedeckte Frauenleiche in Abendgarderobe trifft: Sie sog erschrocken die Luft ein.

»Wir haben eine Leiche im Keller«, teilte Anton ihr etwas verspätet mit.

»Das sehe ich«, sagte Jess, fasste sich an den Kragen ihrer roten Bluse, wie um sich gegen den bevorstehenden Anblick zu wappnen, trat an den Sarg und besah sich die Leiche von Nahem.

»Wer war sie?«

Anton überlegte. »Ein schlechter Mensch. Wir haben sie versehentlich überfahren.«

»Versehentlich?«

»Ja. Die Frau tauchte plötzlich vor unserem Wagen auf und im nächsten Moment lag sie schon darunter und war eine Leiche. Das lag daran, dass ich rotsah wegen Ida. Die hatte sich an mir festgekrallt und mein Gesicht blutig gekratzt.«

Jess konnte nicht behaupten, dass sie alles kapierte, was Anton ihr erzählte. Aber die Geschichte schien darauf hinauszulaufen, dass Anton die Frau nicht absichtlich getötet hatte, und das war ja wohl die Hauptsache.

»Na dann«, sagte sie und zuckte mit den Schultern, denn sie war, wie einst schon Stepan Malik festgestellt hatte, äußerst unkompliziert.

Bei einem Château Latour aus Bordeaux, dessen rauchiges Cabernet-Bouquet hervorragend zu Antons Entrecôte mit

Artischocken-Tomaten-Ragout passte, erzählten sie Jess, weshalb sie in ihrem Keller eine Frauenleiche lagerten und welche Anstrengungen sie unternommen hatten, um sie loszuwerden. Viel mehr noch als die Leiche interessierte Jess jedoch, weshalb Anton, Skara und Jonas auf die Madilsalp gekommen waren und das Ferienhaus von Erik Winter besetzten. Und so kamen sie von der Leiche auf ihre Rachepläne zu sprechen.

Jess hörte sich Antons und Skaras Lebensgeschichten schweigend an. Als Skara zum Ende kam, schüttelte sie bestürzt den Kopf. »Meine Liebe, ich finde, du hast jedes Recht, Erik Winter für das zu bestrafen, was er dir und deiner Mutter angetan hat.« Unvermittelt fügte sie hinzu: »Du gleichst ihr. Mehr, als du vermutlich ahnst.«

Skara verschluckte sich und musste husten. »Du kanntest meine Mutter?«

»Du hast ihre hohen Wangenknochen«, erwiderte Jess und tätschelte ihr den Arm. »Die feine Nase, das braune Haar. Unverkennbar aber ist die Art, wie du dich bewegst – schwebend, leicht –, darin erkenne ich sie wieder. Sie kam einige Male in Ednas Salon. Nicht um sich die Haare schneiden zu lassen, das traute sie uns nicht zu, doch wir hatten die Ehre, ihre Frisur richten zu dürfen.« In Jess' Stimme schwang leiser Spott mit.

»Was hat meine Mutter in dieses Dorf geführt?«

»Erik Winter natürlich«, gab Jess überrascht zurück. »Er hat das Ferienhaus seiner Familie eigens für sie renovieren lassen. Ich dachte, das wüsstest du!«

Skara, Anton und Jonas starrten sie so verblüfft an, als habe sie an Ort und Stelle einen Blitz einschlagen lassen.

»Josie und Erik Winter haben hier in diesem Haus gelebt?«, fragte Skara mit belegter Stimme.

Jess nickte, dann schürzte sie nachdenklich die roten Lippen. »Es ist schon merkwürdig. Wenn ich im Dorf auf Josie und

Erik traf, machten sie stets den Eindruck, als seien sie glücklich miteinander. Eines Tages aber waren sie plötzlich weg, das Haus stand leer, und wir erfuhren, dass Erik Winter geheiratet hat – aber nicht Josie, wie wir erwartet hatten, sondern eine andere. Ihr könnt euch nicht vorstellen, was das an Klatsch ausgelöst hat. Über Wochen hinweg sprach man in Ednas Salon über nichts anderes. Niemand hatte der Beziehung der beiden ein solches Ende gewünscht.«

Skara schwieg. Was Jess über ihre Mutter und Erik Winter erzählte, gab ihr Rätsel auf. Erik Winter und Josie hatten hier in diesem Haus gewohnt und waren glücklich gewesen. Doch als sie, Skara, sich ankündigte, machte Erik Winter sich aus dem Staub. Weshalb aber verließ ein Mann eine Frau, die er liebte? Und weshalb gab eine Mutter ihrem Kind die Schuld daran? Was war damals, kurz vor ihrer Geburt, geschehen?

Vielleicht war sie bei einem Seitensprung entstanden. Erik Winter wurde wütend und verließ Josie, die als Folge davon ihren Selbsthass auf ihr Kind projizierte.

Denkbar war auch, dass sie versehentlich gezeugt worden war und Josie die Abtreibung verweigerte, woraufhin Erik Winter das Weite suchte und mittels des Drohbriefs verhinderte, dass sie Unterhaltszahlungen einforderte.

Eher unwahrscheinlich, dachte Skara, denn wenn Josie sich entschied, ein Kind zu bekommen, weshalb sollte sie es dann hassen?

Es sei denn, sie hatte nicht damit gerechnet, dass Erik Winter sein eigenes Kind verlassen würde. Dieser Gedanke führte sie zu einer weiteren Möglichkeit. Konnte es sein, dass Josie Erik Winter ein Kind hatte andrehen wollen, um ihn an sich zu binden? Wenn ja, war ihr Plan nicht aufgegangen. Und das war tatsächlich eine mögliche Erklärung dafür, weshalb Josie sie so sehr gehasst und ihr die Schuld an Erik Winters Abgang zugeschoben hatte. Dass Erik Winter sich in eine andere verliebt und ihre Mutter deshalb verlassen hatte: Diese Möglichkeit schloss sie aus. In diesem Fall hätte Josie nicht ihre Tochter für ihren Verlust verantwortlich gemacht, sondern die Frau, die sie ausgestochen hatte.

Skara seufzte. Diese Spekulationen brachten sie nicht weiter, gestand sie sich ein. Sie wusste zu wenig, um ein klares Bild von ihrer Herkunft und der Trennung zwischen Josie und Erik zu zeichnen, und alle, die ihr hätten helfen können, waren tot. Es sei denn …

»Jess«, sagte Skara und holte tief Luft.

»Ja?«

»Ist Erik Winter mein Vater?«

Jess lehnte sich in ihrem Stuhl zurück und sah Skara nachdenklich an. »Ich weiß es nicht, Liebes. Das wirst du ihn schon selbst fragen müssen.«

33

Skara macht Schluss

Heute war der Tag, an dem sie sich um die Rache kümmern und ausführlich über die Leiche und ihre Entsorgung diskutieren würden, entschieden Skara, Anton und Jonas beim Frühstück.

Gestern hatten sie einfach zu viel zu tun gehabt. Skara war von ihrer Arbeit als Hilfstierärztin in Anspruch genommen gewesen, Jonas hatte sich mit Plänen und Reparaturen herumgeschlagen und Anton mit dem Hausputz, weil Jess kam. Ihr Besuch hatte sich in jeder Hinsicht als erfreulich erwiesen. So erfreulich, dass es ihnen richtig erschienen war, ihr ein Zimmer im Ferienhaus anzubieten, denn die Wohnung der alten Edna, die Jess nach ihrer Rückkehr aufgenommen hatte, war für zwei Personen zu klein. Im Ferienhaus dagegen gab es genügend Platz, und ob in Antons Zimmer – jenes mit dem neuen Fenster – jetzt ein oder zwei Personen schliefen, das spielte nun wirklich keine Rolle.

Skara freute sich, dass Jess bei ihnen einzog. Sie war einer dieser Menschen, die man gerne um sich hatte, weil sie Wärme ausstrahlten wie ein Kaminfeuer an einem kalten Winterabend. Ob es war, weil sie gut zuhören konnte, weil sie sich als Person nicht in den Vordergrund drängte oder weil sie über sich selbst lachen konnte – Jess schaffte es, jedem Menschen das Gefühl zu vermitteln, dass er wertvoll war und dass bedeutsam war, was er dachte und fühlte.

Bevor sie sich ihren Racheplänen zuwenden und besprechen würden, wie sie mit der Chefin verfahren sollten, mussten sie allerdings noch einiges erledigen, das höhere Priorität hatte, zum Beispiel, Jess und ihre Habseligkeiten bei Edna abzuholen. Und zu Nick ins Krankenhaus zu fahren. Denn Anton hatte etwas mit Laurent zu besprechen, das nicht warten konnte, und Jonas wollte seine Bekanntschaft mit Krankenschwester Wanda vertiefen.

»Wanda hat mir anvertraut, dass sie vom Neptun stammt und mit einem außerirdischen Wesen in Kontakt steht, das Alwin heißt«, erzählte Jonas, während er den blauen Peugeot auf der A3 Richtung Zürich lenkte.

»Eine wahrhaft außergewöhnliche Methode, auf sich aufmerksam zu machen«, kommentierte Skara.

Jonas überging die Bemerkung. »Sie sagt, Alwins Sicht aus dem Universum auf die Welt ermögliche es, das eigene Leben aus einer ganz neuen Perspektive wahrzunehmen. Ich denke, dass ich viel von ihr lernen kann.«

Außerirdische, dachte Skara belustigt. Es war erstaunlich, wie offen Jonas war, seinen Glaubensbausatz zu erweitern – sogar um Vorstellungen der abgefahreneren Art. Offensichtlich hatte er eine neue Perspektive dringend nötig. Skara selbst hielt sich lieber an Zahlen, an physikalische und naturwissenschaftliche Beweise, auch wenn dies bedeutete, zu akzeptieren, dass sie einst als Kohlenstoff in den Recyclingprozess eingehen würde.

Während Jonas seinen Horizont erweiterte und Anton in die Krankenhauskantine ging, um Laurent aufzusuchen, brachte

Skara Nick auf den neuesten Stand. Er lag nicht länger verkabelt, aber unverändert blass in seinem Bett und sah nur knapp lebendig aus. Sie erzählte ihm von ihrem neuen Haus und wie sie mitgeholfen hatte, Bertas Kalb zur Welt zu bringen.

»Es ist schön, Tieren helfen zu können«, sagte sie und schob ihre nackten Füße unter Nicks Bettdecke. »Sie sind so schrecklich hilflos, wenn sie leiden. Du magst mich für sentimental halten, aber manchmal, wenn ich ein Tier behandle, bilde ich mir ein, in seinen Augen Dankbarkeit zu lesen.«

Sie schwieg und wackelte mit den Zehen. Dieser Klotz hier, dieses blasse Etwas. Existierte in dieser Hülle wirklich noch ein Mensch? Skara gestand sich ein, dass sie gehofft hatte, Nick würde irgendwann aufwachen. Sie hatte sich vorgestellt, wie sie sich unterhalten und sich auf Anhieb verstehen würden. Doch da lag er nun, ihr angeblicher Verlobter, und rührte sich nicht vom Fleck, während sie redete und sich um ihn bemühte.

Missmutig versetzte sie seinem Bein mit ihren Füßen einen Schubser. »Du öffnest nicht einmal die Augen, wenn ich mit dir rede, du kalter, empfindungsloser Pflock«, brummelte sie. »So geht das nicht weiter. Wir müssen dringend an unserer Kommunikation feilen. Du bist überhaupt nicht konfliktfähig, Nick, du drückst dich davor, deine Gefühle auszusprechen, und von Humor, mein Lieber, hast du derart keinen Schimmer, dass man nicht einmal daran arbeiten kann.« Sie seufzte und schüttelte theatralisch den Kopf. »Unter diesen Umständen, fürchte ich, muss ich unsere Verlobung auflösen. Ja, du hast richtig verstanden, es ist aus. Und nein, den irrsinnig teuren Diamantring kriegst du nicht zurück, den werde ich verscherbeln. Also, Nick …«, Skara zog ihre Füße unter der Bettdecke hervor und stand auf, »es hätte schön sein können mit uns, aber es ist vorbei, ich verlasse dich. Du willst eine letzte

Chance?« Skara neigte den Kopf zur Seite und schürzte die Lippen. »Nun ja, ich will mal nicht so sein. Wenn du bereit bist, aus diesem verdammten Krankenbett aufzustehen, an deinen sozialen Fähigkeiten zu arbeiten und künftig unterhaltsamer zu sein, dann könnten wir uns unter Umständen mal treffen. Der beste Zeitpunkt dafür wäre wohl der Tag, an dem wir mit Erik Winter abrechnen. Wo ich danach sein werde, das ist nämlich völlig offen.«

Die Fahrt vom Universitätsspital Zürich zurück ins Ferienhaus war kurzweilig, denn Laurent, der Krankenhauskoch, hatte sich spontan entschlossen, auf Besuch mitzukommen und ihre neue Bleibe in Augenschein zu nehmen. Außerdem hatten Anton und er ihre Besprechung noch nicht beendet. Worum diese sich drehte, wollten sie nicht verraten.

»Noch nicht«, sagte Anton.

Nach einer Stunde Fahrt, auf der Laurent sie mit bissigen Nachahmungen berühmter Schauspieler unterhielt – darunter auch Josie –, bogen sie auf den Feldweg zum Ferienhaus ein. Verwundert stellte Skara fest, dass Karl und Jess vor der Tür standen und ihnen erwartungsvoll entgegensahen. Der Tierarzt trug Ida auf dem Arm und streichelte die verbliebenen Haare, was ihr zu gefallen schien. Als sie ausstiegen, setzte er die Katze behutsam ab. Wie sich herausstellte, war er gekommen, um Skara zu einem Patientenbesuch abzuholen. Ein junger Schafbock war bei den großen Felsen über eine Klippe gestürzt und hatte sich das Bein gebrochen.

»Metatarsus-Fraktur. Ist wichtig zu wissen, wie man schient«, sagte Karl, wortkarg wie üblich. Skara nickte und überlegte, dass er wohl bereits geröntgt hatte. Vermutlich genügte in diesem Fall eine Lokalanästhesie, danach würden sie das Bein richten und stabilisieren.

Ohne ein weiteres Wort zu verlieren, drückte sie Jess ihre Tasche in die Hand und stieg auf den Beifahrersitz von Karls Geländewagen. Jess winkte ihnen schmunzelnd nach.

Das Schaf erhielt einen Verband mit zwei PVC-Rohren – eine verblüffend simple Lösung, um einen Bruch zu heilen.

Wie Skara hatte kommen sehen, blieb es nicht beim Schaf allein. Die umliegenden Höfe abklappernd, impften Karl und sie an diesem Nachmittag fünfzehn Rinder gegen enzootische Bronchopneumonie. Diese sogenannte Rindergrippe befiel den Atemapparat und führte laut Karl bei fünf Prozent der Tiere innerhalb weniger Tage zum Tod. Skara fand es faszinierend, dass wenige Nadelstiche ausreichten, um ein Tier vor Leid und Tod zu bewahren.

Es war bereits Abend, als sie ins Ferienhaus zurückkehrte.

Anton stand am Herd und briet mit einem Lächeln in den Mundwinkeln und Tränen in den Augen Zwiebeln an. Jess, Laurent und Jonas saßen bei einem Bier um den großen Holztisch und unterhielten sich lebhaft.

Wie schön, wenn jemand eine solche Leidenschaft entwickeln kann wie Anton fürs Kochen, dachte Skara, während sie vor den Backofen trat und neugierig hineinlinste. In einer Kasserolle schmorte ein Braten, der durch die Ritzen des Backofens hindurch verheißungsvoll duftete.

»Kaninchenbraten«, verkündete Anton kurze Zeit später strahlend. »Dazu gibt es Kartoffelplätzchen mit in Butter sautierten Pfifferlingen.«

Erst als sie erledigt ins Bett sank, merkte Skara, dass sie trotz des morgendlichen Vorsatzes völlig vergessen hatten, zu besprechen, wie sie mit Erik Winter verfahren wollten, wenn er herkam – von der Entsorgung Chantal Kellers ganz zu schweigen.

Im Grunde pressiert es ja auch nicht, dachte Skara noch, bevor sie sich auf einer Weide wiederfand und versuchte, mit einem viel zu großen Lasso drei widerborstige, bunt gescheckte Rinder einzufangen.

34

Eine Grenze ist überschritten

SAMSTAG

Im Mittelalter wurde der Überbringer von schlechten Nachrichten geköpft, das hatte er irgendwo gelesen. Und genau dies hatte er soeben mit der Frau getan, die ihn angerufen hatte – sie telefonisch einen Kopf kürzer gemacht. Irgendwo musste man seinen Ärger ja loswerden. Er beendete den unerfreulichen Anruf mit einem energischen Tastendruck.

»Jetzt seid ihr zu weit gegangen«, stieß er zwischen den Zähnen hervor und überlegte, was als Nächstes zu tun war.

Vor ein paar Tagen noch hatte er irritiert die Stirn gerunzelt, als er erfuhr, dass Brandstifter sich an seinen Eiscafés vergriffen. Die Eiscafé-Zündler. Was für eine lächerliche Bande. Glaubten sie ernsthaft, ihm mit den Bränden schaden zu können? Wozu gab es Versicherungen?

Am Montag dann hatte er spöttisch aufgelacht, als er es geschafft hatte, die Racheaktion der Eiscafé-Zündler zu seinem Vorteil zu nutzen und in bare Münze zu verwandeln. Zu gerne hätte er die Mienen dieser Trottel gesehen, als sie von seinem Meisterstück erfuhren. Nur deshalb nämlich hatte er Radio Winkelried ein Interview gegeben – damit sich die Brandstifter als das entlarvt sahen, was sie waren: Witzfiguren.

Aber jetzt, jetzt waren die Eiscafé-Zündler zu weit gegangen. Sie waren in sein privates Eigentum eingedrungen – das Heim seiner Honigbeere – und hausten darin. Das hatte er soeben am Telefon erfahren.

Erik Winter fühlte, wie grimmige Klauen nach seinem Herz griffen, es umklammerten, zusammenpressten und den Blutfluss in seinen Adern zum Stocken brachten. Die Hände zu Fäusten geballt, marschierte er in seinem Haus auf und ab. Die Brandstifter hatten eine Grenze überschritten, die sie nicht hätten überqueren dürfen. Sie beschmutzten sein Andenken an Josie, die Erinnerung an gute Zeiten. Wie konnten sie es wagen?!

35

Ein ungeladener Gast

Als Skara gegen elf Uhr aus dem Haus trat, hatte die Sonne die letzten Wolken vertrieben und brachte die vom Morgentau noch feuchte Wiese ums Haus zum Dampfen. Aus dem nahen Wald roch es nach Harz und trocknenden Nadeln. Gefolgt von Ida, ging sie zu den Ziegen hinunter, behandelte den Huf der Hinkenden und versicherte sich zum wiederholten Mal, dass keine der anderen sich mit Moderhinke angesteckt hatte.

Höchste Zeit, dass die Tiere eine trockene und warme Unterkunft erhalten, dachte sie, während die Ziegen zwischen den Bäumen am Waldrand verschwanden. Wie es wohl um die Fortschritte mit ihrem Stall stand?

Es gab keine, stellte sie missmutig fest, als sie zum geplanten neuen Standort hinunterging. Jonas begann gerade erst, Schnüre für die künftigen Seitenwände zu spannen. Dabei hatte sie wiederholt angeboten, ihm zu helfen.

»Es muss nicht der Taj Mahal werden, Jonas, vier Wände und eine Tür reichen vollkommen aus«, sagte sie und stemmte ungeduldig die Hände in die Seiten. Es spielte keine Rolle, ob die Türöffnung Richtung Mekka lag und ob es Feng-Shui-konform war, die Seitenwände mit senkrecht statt quer verlaufenden Latten zu verkleiden – nur fertig werden musste der Stall.

»Und was ist, wenn ich den Taj Mahal bauen will?«, brummte Jonas, ohne sich die Mühe zu machen, den Kopf zu heben.

»Deine Ansprüche können warten, die Ziegen nicht«, gab Skara zurück und wandte sich zum Gehen. »Wenn du mit deinen Vermessungen fertig bist, dann solltest du zum Haus hochkommen. Anton und Jess wollen besprechen, wie wir in Sachen Leiche und Erik Winter vorgehen wollen.«

»Fünf Minuten, dann komme ich.«

Eine halbe Stunde später schleppten die Vier Stühle und den großen Nussbaumtisch aus dem Wohnzimmer auf den Kiesplatz. Laurent war am Morgen wieder zurück zur Arbeit ins Krankenhaus gefahren. Während Anton Brote strich, holte Jess einen Weißwein aus dem Keller. Egon Müllers Schwarzhofberger Riesling, Spätlese.

»Also«, begann Anton, als alle versammelt waren. »Was machen wir denn jetzt mit Chantal Keller?«

»Wir könnten sie begraben. Hier sieht uns keiner dabei zu«, sagte Skara und legte den Wälzer über »Differenzialdiagnosen Innere Medizin beim Pferd« beiseite, in dem sie gelesen hatte. »An diesem Ort wird sich niemand an einer Stelle mit frisch aufgeworfener Erde stören, und es besteht auch nicht die Gefahr, dass irgendein Tier die Leiche ausgraben wird.«

»Und ich weiß auch schon, wo wir sie begraben«, stimmte Jonas zu. Seine Idee war gut: Sie würden auf der Ziegenweide neben dem Haus ein Loch ausheben, die Tote beerdigen und über ihrem Grab den neuen Stall errichten. Wenn sie die Tote tief genug verscharrten, würde nie jemand diese dort entdecken.

Skara atmete auf: Nachdem sie so lange versucht hatten, die Leiche loszuwerden, hatten sie endlich eine Lösung gefunden.

Jonas strich sich übers Haar, wie immer, wenn er mit sich selbst zufrieden war, und Anton nickte grinsend.

So plötzlich, wie er gekommen war aber verschwand der fröhliche Ausdruck aus Antons Gesicht. Seine Mundwinkel sackten nach unten, die Augen weiteten sich überrascht und Skara sah, wie sich in seine Züge Entsetzen und Bestürzung malten.

Noch bevor sie den Kopf wenden konnte, hörte sie, was Anton, der in Richtung Zufahrtsstraße saß, bereits gesehen hatte. Mit einer Vollbremsung, die den Kies splittern ließ, kam vor dem Ferienhaus ein schwarzer Range Rover Velar mit dunkel getönten Scheiben zum Stehen – das neueste Modell. Der Wagen sprang auf, ein Mann stieg aus und warf die Tür mit einem lauten Knall hinter sich zu. Das herrische Auftreten ließ keinen Zweifel daran, dass es sich um den Besitzer des Ferienhauses handelte. Erik Winter.

Skara war es, als sei mit einem Mal aller Sauerstoff aus ihrer Umgebung verschwunden und nichts mehr vorhanden, das sie einatmen konnte. Es war ihnen allen bewusst gewesen, dass er irgendwann hier aufkreuzen würde. Aber doch nicht schon jetzt! Fassungslos und unfähig, sich zu rühren, saßen sie da, während aus der umgekippten Weinflasche neben ihnen langsam Egon Müllers Schwarzhofberger Riesling, Spätlese, im kiesigen Grund versickerte.

Erik Winter erfasste die kleine Gruppe auf dem Kiesplatz unter der Föhre mit einem einzigen Blick. Sein Gesicht verzerrte sich, und seine Augen wurden schmal. Mit weit ausholenden Schritten marschierte er auf sie zu. Die braunen Lederschuhe knirschten auf dem Kies, der Saum seines maßgeschneiderten Zweireihers peitschte durch die Luft wie ein aufgeschossenes Segel, und die Goldknöpfe blitzten Unheil verkündend wie die Kanonen eines Schlachtschiffs.

In seiner Faust hielt er eine Pistole Marke Sig Sauer P229 mit gefrästem Schlitten aus Edelstahl und geladen mit dreizehn Schuss Neun-Millimeter-Luger-Patronen. Skara, Anton, Jonas und Jess blickten entsetzt auf die Mündung der Waffe, die sich in diesem Augenblick schwarz und tödlich auf sie richtete.

36

Gefangen

Das also war Erik Winter. Der Mann, der ihre Mutter vom einen auf den anderen Tag verlassen und in eine verbitterte und kalte Person verwandelt hatte, die für ihre eigene Tochter keine Liebe empfinden konnte. Der Mann, dem seit langer Zeit ihr ganzer Zorn galt. An dem sie sich rächen wollte und dem sie jetzt völlig unvorbereitet gegenüberstand – nie zuvor hatte Skara etwas so sehr bedauert.

Er war genau der Typ Mann, den Josie attraktiv gefunden hatte, ging ihr durch den Kopf, als er sich mit der Waffe in der Hand vor ihnen aufbaute. Durch sein schwarzes Haar, das sich am Wirbel langsam lichtete, zogen sich silberne Fäden. Seine Größe, die breiten Schultern und der überhebliche Gesichtsausdruck verliehen ihm Gewichtigkeit und eine Aura von Macht.

»Ihr habt kein Recht, euch auf diesem Grundstück aufzuhalten«, schäumte Erik Winter, entsicherte die Pistole und blickte die vier vor ihm stehenden Personen drohend an. »Das ist mein Haus, verdammtes Saupack! Ich werde euch verklagen, bis ihr den Boden vor meinen Füßen leckt und mich bittet, euch nicht das Letzte zu nehmen, das ihr noch euer Eigen nennt. Pech für euch«, höhnte er, »dass Sofia mich angerufen hat, um ihr Geld einzufordern. So habe ich erfahren, dass jemand mein Ferienhaus illegal besetzt hat. Und jetzt werdet ihr euch gegenseitig fesseln, damit ich die Polizei rufen und euch verhaften lassen kann«, fuhr er fort, und ein hämisches Grinsen furchte sein Gesicht.

Wie um die Absurdität der Situation und ihre Ausweglosigkeit noch zu betonen, schoben sich schwarze Wolken vor die Sonne und tauchten die Umgebung in ein unwirkliches Zwielicht. Skara fühlte sich wie in einem Studiofilm, bei dem etwas mit der Beleuchtung nicht stimmte. Durch schlechte Vorbereitung und mangelnde Reaktion hatte sie sich in dem Drama, das hier gespielt wurde, soeben selbst von der Hauptdarstellerin zur Statistin degradiert. Wehrlos und gedemütigt saß sie auf einem Stuhl und musste sich von Erik Winter abkanzeln lassen, während dieser Jonas spöttisch dabei zusah, wie er sie mit den Kabelbindern an die Stühle fesselte.

Skara überlegte fieberhaft, was sie tun konnte, um die Situation wieder in den Griff zu kriegen. Sie hatten sich von ihm übertölpeln lassen wie Versager, die große Töne spuckten, sich aber vor der Umsetzung drückten. Ich ducke mich nicht länger, dachte Skara zornig, selbst wenn ich damit riskiere, von diesem Idioten hier erschossen zu werden.

»Ich verlange zu wissen, wer von euch auf die Idee gekommen ist, mein Ferienhaus in Beschlag zu nehmen, und zwar auf der Stelle«, forderte Erik Winter und schwenkte drohend seine Pistole.

»Und ich will wissen, weshalb Sie … du … meine Mutter im Stich gelassen hast«, konterte Skara und starrte Erik Winter grimmig in die Augen. Das war die Gelegenheit, auf die sie gewartet hatte, seit sie wusste, weshalb ihre Mutter ihr keine Gefühle entgegenbringen konnte.

Sie spürte, wie sich Jonas und Anton unruhig bewegten, als

wäre ihnen ihr Aufbegehren unangenehm. Doch sie ließ sich nicht beirren.

Erik Winter runzelte die Stirn. Mit einer Gegenreaktion hatte er nicht gerechnet, schon gar nicht von dem Mädchen. Er trat näher, um ihr ins Gesicht zu sehen, das ihm vage bekannt vorkam – und zuckte erschrocken zurück. Skara sah in seinen Augen, wie ihm dämmerte, wer sie war.

Verdammt, dachte Erik Winter. Dieses Gesicht lässt mich wohl nie mehr los. Die braunen Augen, die zierliche Nase, der herzförmige Haaransatz; es war Josie, die er hier vor sich hatte. Jünger, burschikoser, weniger liebreizend und süß, aber eindeutig Josie. Ein tiefer Seufzer entrang sich dem Ort, an dem vor vielen Jahren einmal ein Herz geschlagen hatte. »Du bist Josies Tochter. Skara Anderson«, sagte er tonlos.

»Richtig«, gab Skara finster zurück. »Josie Anderson war meine Mutter. Und weißt du was? Sie hat es ihr ganzes Leben lang nicht verkraftet, dass du sie verlassen hast. Du warst ihr wichtiger, als ich es jemals sein konnte. Ich war sechzehn Jahre alt, als sie mir an den Kopf warf, ich sei dafür verantwortlich, dass sie den Mann, den sie liebte, nicht habe heiraten können. Denn meinetwegen habe dieser sie verlassen.« Sie presste die Lippen zusammen, und ihre Augen verengten sich zu Schlitzen. »Du bist es, der Schuld daran trägt, dass meine Mutter so bitter wurde«, fauchte sie. »Ich habe den Brief gelesen, in welchem du ihr mitteilst, dass du eine andere heiratest – ohne irgendeinen Grund für dein feiges Verschwinden zu nennen. Doch jetzt will ich es wissen: Weshalb hast du meine Mutter so plötzlich fallen lassen?«

Skara wusste nicht, was sie erwartet hatte. Bestimmt aber nicht den herablassenden Blick, mit dem Erik Winter sie jetzt musterte.

»Josie hat mich gut unterhalten – für eine Weile«, sagte er schulterzuckend. »Sie war eine nette Ablenkung, verführerisch, anschmiegsam. Sie konnte sich nicht beklagen, ich habe ihr viele Reisen an exotische Orte ermöglicht – unter anderem übrigens nach Skara –, die sie sich ohne mich niemals hätte leisten können. Außerdem habe ich dieses Chalet für sie renoviert.« Er zeigte auf das Ferienhaus. »Es war natürlich grenzenlos naiv von ihr, zu glauben, dass ich mich ernsthaft auf sie einlassen würde.« Er schüttelte verächtlich den Kopf. »Mein Gott, sie war mittellos, trat in diesen billigen Tourneetheatern auf, eine Schauspielerin ohne Bildung, ohne Rang und Namen. Ich hätte sie nie als mehr betrachten können denn als unterhaltsame Bettgefährtin. Sie hätte mein Ansehen in der Gesellschaft komplett ruiniert.«

Erik Winter war sich bewusst, dass diese Aussagen nicht der Wahrheit entsprachen. Für eine kurze Weile hatte er nämlich tatsächlich in Betracht gezogen, Josie Anderson zu heiraten, denn trotz ihrer Mängel hatte er seine Honigbeere aufrichtig geliebt. Dann aber hatte er sich auf seine Verpflichtungen besonnen – die Karriere und sein Fortkommen in der Gesellschaft gingen vor. Und nach einer Weile hatte er es tatsächlich geschafft, Josie nicht nur erfolgreich aus seinen Gedanken, sondern auch aus seinem Herzen zu verbannen. Erinnerungen an sie stiegen nur noch dann hoch, wenn er sein Ferienhaus auf der Madilsalp aufsuchte, mit der Folge, dass er kaum mehr herkam. Dass jetzt Josies Tochter hier saß und Antworten von ihm verlangte, war höchst unangenehm. Es rührte eine melancholische Saite in ihm an, von der er nicht gewusst hatte, dass sie existierte, und gleichzeitig spürte er Zorn in sich aufsteigen. Am liebsten hätte er seinem Unmut mit einem Schuss aus seiner Pistole Luft gemacht. Aber er beherrschte sich – noch.

»Nette Ablenkung? Unterhaltsame Bettgefährtin?«, stieß Skara hervor und zerrte wütend an ihren Fesseln, die scharf und schmerzhaft in ihre Handgelenke schnitten. »Ich kann nicht fassen, was für ein Arschloch du bist!«

Jess warf ihr von der Seite her einen mitleidigen Blick zu, doch Erik Winter zuckte gleichgültig mit den Schultern.

»Nur Arschlöcher sind so erfolgreich, wie ich es bin. Es war natürlich nicht Josies Hintergrund allein, der mich davon abhielt, mich weiter mit ihr abzugeben. Ich erkannte in ihrem Charakter eine gewisse Aufmüpfigkeit, die mir mit der Zeit lästig geworden wäre.« Die Sig Sauer nachlässig um seinen Zeigefinger kreisen lassend, marschierte er vor ihnen auf und ab. »Als ich meine jetzige Frau kennenlernte – vermögend und aus den richtigen Kreisen –, war ich natürlich fertig mit den Spielchen. Damit Josie mir bei meinen Zukunftsplänen nicht in die Quere kam, musste ich sie so schnell und effektiv abservieren wie möglich. Daher der Brief.«

Skara konnte nicht fassen, was sie sich hier anhören musste. Am liebsten hätte sie sich abgewandt, um diesem überheblichen Chauvinisten nicht länger ins Gesicht sehen zu müssen. Aber da sie vermutlich nur diese eine Chance erhielt, mehr über seine Beziehung zu Josie in Erfahrung zu bringen, musste sie diese nutzen. »Als du Josie diesen Drohbrief geschickt hast, wusstest du, dass sie schwanger war?«

Erik Winter hörte auf, die Pistole kreisen zu lassen, und blieb vor ihr stehen. »Natürlich. Das war der finale Auslöser dafür, mich von ihr loszusagen. Mir ein Kind anzuhängen, um mich zu binden, das war eine richtig miese Tour von ihr. Denn ein Kind, das hatte sie mir wiederholt versichert, kam in ihrem Lebensplan nicht vor. Und in meinem schon gar nicht.«

In Skara staute sich so viel Wut, dass sie nicht fähig war, etwas zu erwidern. Anders Anton. »Was denkst du dir eigentlich dabei, so mit der Tochter von Josie zu sprechen?«, schleuderte er seinem ehemaligen Chef wütend entgegen. »Ich wusste, dass du kein guter Mensch bist, aber dass jemand so bösartig sein kann, das hätt' ich nicht für möglich gehalten.«

Erik Winter ging nicht auf Antons Äußerung ein. »Du willst jetzt vermutlich wissen, ob ich es bin, der dich gezeugt hat, nicht wahr?«, fragte er, spöttisch auf Skara hinuntersehend.

Skara schwieg. Nein. Sie wollte es nicht wissen. Zum ersten Mal in ihrem Leben verspürte sie nicht den geringsten Wunsch, zu erfahren, wer ihr Vater war. Sie konnte nur enttäuscht werden. Erik Winter war allerdings nicht so gnädig, ihr eine Antwort zu ersparen.

»Es kann dir kaum entgangen sein, dass Josie in sexueller Hinsicht sehr offen war. Jeder könnte dein Vater sein. Auch ich. Josie wollte mich das zumindest glauben machen. Ich nehme an, dass sie dich deshalb auf den Namen Skara taufte. Du musst etwa neun Monate nach unserem Besuch in dieser schwedischen Stadt zur Welt gekommen sein.«

Skara war sich bewusst, wie wenig wählerisch ihre Mutter in Bezug auf Männer gewesen war. Dennoch wünschte sie sich in dieser Sekunde nichts mehr, als Erik Winter für seine respektlosen Worte eine kleben zu können.

»Einen Namen wählt man nicht leichtfertig«, widersprach Jonas heftig. »Ich bin sicher, dass Josie überzeugt war, dass Sie Skaras Vater sind. Und Sie scheinen dies zumindest nicht auszuschließen. Mir ist allerdings schleierhaft, weshalb ein reicher Mann wie Sie sich weigert, sein Kind anzuerkennen und die Mutter zu unterstützen.«

Erik Winter drehte sich um und bedachte Jonas mit einem abfälligen Blick. »Denkst du, ich bin so dumm und lasse mich auf einen Vaterschaftstest ein?« Er schüttelte den Kopf. »Hätte ich Alimente gezahlt, wäre irgendwann aufgeflogen, dass ich mit einer mittellosen Schauspielerin einen Bastard gezeugt habe. Wie man sich vorstellen kann – nun ja, ihr Versager könnt das vermutlich nicht –, hätte Ballast dieser Art meine künftigen Schwiegereltern abgeschreckt. In die richtige Familie einzuheiraten, wäre schwierig geworden. Ich musste Josie deshalb eine Warnung zukommen lassen, die so deutlich war, dass sie niemals auf die Idee kommen würde, Alimente zu erpressen oder meiner Zukünftigen von diesem Kind zu erzählen.«

»Widerwärtig«, knurrte Jess.

Skara fühlte sich so erledigt wie nach einem langen Tag im Büro. Es war, als hätten Erik Winters sorglos vorgebrachte Offenbarung und sein skrupelloser Umgang mit dem Leben anderer alle Energie aus ihr herausgesaugt. Das Grauenvollste an allem aber war, dass dieser Mann, der mit der Waffe vor ihrer Nase herumfuchtelte und ihr erzählte, dass weder Josie noch er je ein Kind gewollt hatten, tatsächlich ihr Vater sein konnte.

Eines aber war ihr noch nicht klar. Erik Winter hatte sich denkbar skrupellos verhalten. Er hatte Josie verlassen, als sie mit ihr schwanger war, sich geweigert, Alimente zu zahlen. Josie war das bewusst gewesen. Dennoch hatte sie ihrer Tochter, Skara, die Schuld daran gegeben. Warum?

Als Erik Winter die Stirn runzelte, merkte sie, dass sie ihre Frage versehentlich laut ausgesprochen hatte.

»Warum was?«

»Josie hat mir die Schuld zugeschoben, dass du sie sitzen gelassen hast.«

Er lachte freudlos auf. »Hat sie das? Nun, das wundert mich nicht. Josie war eine Narzisstin, wie sie im Buche steht, und hielt sich für das Beste, was einem Mann passieren konnte. In ihrer Selbstbezogenheit kam es ihr vermutlich gar nicht in den Sinn, dass sie meinen Ansprüchen nicht genügen oder dass ich mich für eine andere Frau interessieren könnte. Der einzige Grund, den sie für meinen Rückzieher finden konnte, war wohl, dass ich ihr Kind nicht haben wollte. Was natürlich nicht der Hauptgrund war. Die Aussicht auf ein Kind gab mir lediglich den nötigen Tritt in den Arsch, um zu handeln.«

Ja, das passte, fand Skara. Josie hatte wohl manchmal am Leben gezweifelt, niemals aber an sich selbst und ihrer Einzigartigkeit.

Hätte es etwas geändert, wenn Erik Winter Josie gesagt hätte, dass sie nicht gut genug war für ihn? Dass er sie deshalb verließ?

Falls ja, hätte mein Leben vielleicht anders ausgesehen, dachte Skara. Josie hätte Erik Winter als den wahren Schuldigen für die Tragödie ihres Lebens erkannt und sie lieben können. Zorn packte sie: Sie hätten Erik Winters Ferienhaus in die Luft jagen sollen, als noch Zeit dafür war – und ihn am besten gleich mit. Leider waren Jonas, Anton und sie so weit davon entfernt, diesen Wunsch zu verwirklichen, wie Wanda von der Realität. Sie befanden sich in der Gewalt eines Mannes mit Waffe, und die einzige Aussicht, die ihnen blieb, war jene, in Bälde als Hausbesetzer festgenommen zu werden. Die Hoffnung, ihre Rache vollenden zu können, sank zusehends.

Dass die Rettung nicht nur nahte, sondern bereits hier war, ahnten zu diesem Zeitpunkt weder Skara, Anton, Jess noch Jonas. Und schon gar nicht Erik Winter.

Eine Viertelstunde zuvor war an der Bushaltestelle auf der Tannenbodenalp ein Mann ausgestiegen und nach einigen suchenden Blicken den Schotterweg zwischen den Tannen zum Chalet auf der Madilsalp hochgewandert. Ida näherte sich ihm zutraulich, denn sie erinnerte sich an ihre erste Begegnung. Verwundert schaute der Mann auf das Fellbündel zu seinen Füßen, bückte sich und streichelte Ida über den Rücken. Dann richtete er sich auf. Ein Blick genügte ihm, um die ungemütliche Situation der fünf Personen auf dem Kiesplatz zu durchschauen.

Da die Opfer mehr verärgert als verängstigt aussahen und sich offenbar angeregt mit ihrem Peiniger unterhielten, entschied er, zuerst das Vorhaben in die Tat umzusetzen, dessentwegen er hergekommen war. Es handelte sich um eine ganze Reihe von Verrichtungen, die er erledigen musste und von denen er keine vergessen durfte. Hatte er alles geschafft, würde er den Gefesselten zu Hilfe eilen und sie befreien. Von allen unbemerkt, drückte er sich also an die Wand des Ferienhauses, öffnete langsam die Tür und schlich sich ins Innere.

In der Zwischenzeit hatte Erik Winter konsterniert festgestellt, dass ihm die Tochter von Josie das Heft aus der Hand genommen und er ihre Fragen statt sie die seinen beantwortet hatte. Damit war jetzt Schluss, und um dies zu untermauern, feuerte er einen Schuss in den Himmel ab.

»Ich bin es, der hier die Fragen stellt«, donnerte er. »Ich will wissen, wer von euch auf die Idee kam, sich in meinem Ferienhaus einzunisten.«

»Das war ich!«, spie Anton ihm entgegen. Im Verlauf des Gesprächs mit Erik Winter hatte er nicht nur jeden Respekt, sondern auch jegliche Furcht vor seiner Autorität verloren. Der Mann war ein Scheißkerl, gopfertelli, und was für einer.

Erik Winter kniff die Augen zusammen und streckte Zeige- und Mittelfinger Richtung Anton. »Dein Gesicht kenne ich. Woher?«

»Du hast mich am vergangenen Freitagmorgen gefeuert, weil du meine Eiskreation nicht mochtest. Passionsfrucht und Bohne«, knurrte Anton.

Erik Winter lachte herablassend. »Schon nur der Gedanke daran hat mich angeekelt.«

»Und du hast auch meinen Vater entlassen, Franz Seifert, der den Werbeslogan ›Wintereis – macht mich heiß‹ erfunden hat.«

»Seifert? Seifert? Ach ja, ich erinnere mich. Dein Vater hat die Eislieferung ans englische Königshaus in den Sand gesetzt und uns so um einige lukrative Folgelieferungen gebracht. Ein Versager.«

Anton lief vor Zorn rot an und warf sich auf seinem Stuhl hin und her, um sich von seinen Fesseln zu befreien.

Teilnahmslos beobachtete Erik Winter ihn bei seinen erfolglosen Bemühungen. Dann fragte er unvermittelt: »Bist du es, der meine Eiscafés angezündet hat?«

Skara betete still, dass Anton sich nicht provozieren lassen möge, und atmete auf, als ihr Wunsch in Erfüllung ging.

»Ich hätt' tatsächlich allen Grund gehabt, deine Eiscafés anzuzünden!«, rief er aus. »Die Winters haben meiner Familie und mir nur Unglück gebracht. Deshalb gratulier' ich den Eiscafé-Zündlern zu ihrer Tat und sag: Gut gemacht!«

In diesem Moment zuckte Anton zusammen. Skara, Jess und Jonas rissen verwundert die Augen auf.

Hinter Erik Winters Rücken tauchte ein Mann auf. In der rechten Hand hielt er eine Flasche, mit der er jetzt schwungvoll ausholte. In der nächsten Sekunde krachte eine Flasche Rotwein auf Erik Winters Schädel hinunter. Château Mouton Rothschild. Komplex, opulent, mit einem reichen Bouquet. Vor allem aber rot, sehr rot.

Ohne einen Ton von sich zu geben, sackte Erik Winter zu Boden, und die Pistole fiel ihm aus der Hand.

»Schade um den guten Wein«, sagte der Mann und betrachtete den abgebrochenen Flaschenhals in seiner Hand. »Zum Glück gibt's im Keller noch mehr.«

Nick. Nick war da. Jonas' Bruder. Auferstanden aus dem Koma.

37

Nick

Er war etwas größer, etwas drahtiger, etwas dunkler, aber unverkennbar Jonas' Ebenbild. Mit denselben leuchtend grünen Augen und dem gleichen offenen Gesichtsausdruck.

Skara rückte unbehaglich auf ihrem Stuhl hin und her und wartete darauf, dass er mit dem Messer aus der Küche zurückkam, um sie von ihren Fesseln loszuschneiden.

Es war schockierend anders, Nick aufrecht und lebendig vor sich zu sehen denn als vor sich hin vegetierendes Etwas im Krankenbett. Und dies nicht nur, weil er anstelle des gepunkteten Krankenhaushemds jetzt Jeans und ein weißes T-Shirt trug. Plötzlich war es ihr unendlich peinlich, dass sie ihm – einem völlig Fremden – derart offenherzig von ihrer Vergangenheit und ihrem Rachefeldzug durch die Schweiz erzählt hatte.

Das ist mir bloß deshalb passiert, weil Nick Jonas so sehr gleicht, dachte Skara verärgert. Mehr noch als ihr blindes Zutrauen aber regte sie auf, dass Nicks Ankunft sie derart aus der Fassung brachte. Idiotin, schalt sie sich selbst, der Typ war sediert, lag die ganze Zeit im Koma und hat kein einziges Mal die Augen geöffnet. Wie hätte er dich überhaupt wahrnehmen sollen?

Gut möglich, dass Nick sie nicht einmal erkannte. Es war jetzt acht Tage her, seit er und Jonas vor dem Haus ihrer Eltern verunfallt waren. Nick war vor Schmerzen halb besinnungslos gewesen, hatte sich gewunden und gestöhnt, sie jedoch nicht angesehen. Solange er ihren Namen – den Namen seiner angeblichen Verlobten – nicht zu hören bekam, konnte sie vorgeben, ihn nicht zu kennen. Skara seufzte erleichtert auf.

»Was um Gottes willen machst du hier? Wie zum Teufel hast du uns gefunden?«, fragte Jonas, als Nick ihn von seinen Fesseln befreite.

»Gott und der Teufel im gleichen Atemzug – das ist mein Bruder«, sagte Nick grinsend und klopfte ihm auf die Schulter. Seine Stimme glich jener von Jonas bis auf das kleinste Intervall.

»Um deine Frage zu beantworten: Ich habe mitbekommen, wo ihr euch aufhaltet«, sagte Nick, während er Jess' Fesseln entzweischnitt. Er schüttelte amüsiert den Kopf. »Es scheint, als sei ich gerade zum richtigen Zeitpunkt aufgetaucht.«

Jonas runzelte die Stirn. »Wer war es denn, der dir unseren Aufenthaltsort verraten hat?«

»Du, Anton und Skara Anderson.« Nick erhob sich, denn Jess' Handgelenke waren frei, und sein Blick blieb an Skara haften. Es war ihr höchst unangenehm, gefesselt vor ihm auf einem Stuhl zu sitzen, was er zu merken schien, denn er kam rasch herbei, um sie loszubinden. Sie konnte den Blick, mit dem er sie musterte, nicht einordnen. Spöttisch? Kritisch? Besorgt?

Während sie ihre Handgelenke rieb, um das Blut wieder in Gang zu bringen, lief ihr ein Schauer des Unbehagens den Rücken hinunter. Dass Nick sie als Skara Anderson erkannte, ließ nur einen Schluss zu: Er hatte alles mitangehört, was sie ihm am Krankenbett erzählt hatte. Jedes Wort. Wie war das möglich?

Jonas schien der gleiche Gedanke durch den Kopf zu gehen. »Eine Krankenschwester namens Wanda hat uns gesagt, dass du im künstlichen Koma liegst und nichts von deiner Umgebung mitkriegst. Wie kommt es also, dass du Skara und Anton kennst?«

Nick lachte laut auf. »Sprichst du von Wanda, der Bekloppten?«

Leicht pikiert hob Jonas die Schultern. »In Bezug auf ihren Beruf schien sie mir ganz normal zu sein.«

»Wanda arbeitet eigentlich nicht auf der Intensivstation, sondern als Assistentin in der Radiologie«, klärte Nick sie auf, als er merkte, dass Jonas, Skara und Anton ihn verblüfft anstarrten. »Da sie sich dazu berufen fühlt, Kranken und ihren Angehörigen seelisch beizustehen, wandert sie gern im Krankenhaus herum, gibt sich als Krankenschwester aus und tut, als würde sie sich auskennen. Sie war die Erste, die ich sah, als ich erwachte. Ich war gerade erst dabei, mich zu orientieren, da setzte sie sich zu mir ans Bett und erklärte mir, dass die Trennwände zwischen Leben und Tod – dem irdischen und dem geistigen Leben – auf der Intensivstation besonders dünn seien. Deshalb gelinge es ihr oft, abdriftende Seelen ins Leben zurückzuholen. Um mich zu retten, hat sie … lasst mich überlegen, wie sie das formuliert hat … ach ja: Sie hat kosmische Energien vom Neptun abgezapft und in meinen Körper umgeleitet. Auf diese Weise haben sie und ihre Freunde aus dem All mein entschwebendes Selbst zurück auf die Erde geholt.«

»Also ist es Wanda zu verdanken, dass du noch lebst«, gluckste Skara amüsiert.

»Selbstverständlich«, gab Nick zurück.

»Du warst also gar nie bewusstlos?«, hakte Jonas nach.

»Doch. Allerdings nur zwei Tage lang. Als ihr mich am Freitagabend ins Krankenhaus gebracht habt, versetzten mich die Ärzte ins künstliche Koma, weil sie fürchteten, dass ich ein Schädel-Hirn-Trauma erlitten hatte. Später stellte sich heraus, dass es nicht ganz so gravierend war. Bereits am Montagmorgen reduzierten die Ärzte die Narkosemittel. Tags darauf verlegten sie mich auf die Normalstation und behielten mich da, um zu beobachten, ob auch keine Hirnblutungen auftreten.«

»Dann warst du bereits wach, als wir …«, setzte Skara an.

»… als ihr mich das erste Mal im Spital besucht habt?«, vervollständigte Nick ihre Frage. »Ja, ich war wach. Zumindest während des zweiten Teils eures Besuchs.« Er hob sein weißes T-Shirt an, und Skara sah, dass sich quer über seinen Bauch zwei blutige Striemen zogen. »Deine verflixte Katze hat ihre Krallen ganz schön weit ausgefahren. Das hätte selbst einen Toten geweckt.«

Skara spürte kein Mitleid. »Wir waren drei Mal bei dir zu Besuch, und die ganze Zeit über hast du den Komatösen gemimt?«, stieß sie hervor. »Weshalb?«

Sie war gekränkt über die Freimütigkeit, mit der Nick zugab, sie hinters Licht geführt zu haben. Als wäre es nicht von Bedeutung. Als würde jeden Tag eine Frau an seinem Bett sitzen und ihr Innerstes nach außen kehren.

Neben der Täuschung aber machte ihr noch etwas anderes zu schaffen: Ohne dass dieser Gedanke je an die Oberfläche ihres Bewusstseins gedrungen wäre, hatte sie gehofft, dass Nick seine erfundene Verlobte aus einer geheimnisvollen Fügung heraus Skara Anderson getauft hatte. Instinktiv hatte sie angenommen, dass die Wahl ihres Namens etwas zu bedeuten, einen tieferen Sinn hatte.

Ich bin dem Wunschtraum verfallen, dass es eine göttliche Vorsehung gibt, die Pläne für die Menschen schmiedet, dachte Skara, verärgert über sich selbst. Dabei hätte gerade ich es besser wissen müssen. Es gibt keinen Plan, kein Schicksal. Da bin nur ich, die Zahlen und die Würmer, die mich einst fressen werden.

Immerhin hatte Nick nach ihrer empörten Reaktion den Anstand, schuldbewusst auszusehen. »Ich musste doch herausfinden, was ihr vorhattet!«, verteidigte er sich. »Wäre ich wach gewesen, hätte ich nie erfahren, was dich bewegt, so etwas Verrücktes zu tun wie Eiscafés abzufackeln, Skara. Du hättest mir niemals etwas von euren Plänen erzählt!«

»Stimmt«, fauchte Skara. »Denn unsere Pläne gehen dich einen feuchten Dreck an!«

»Da liegst du falsch. Sie gehen mich in mehrfacher Hinsicht etwas an, denn es sind Menschen daran beteiligt, die ich nicht verlieren will. Ich kann nicht zulassen, Skara, dass du und Anton endet, wie Jonas' Projekte immer enden – in einem Desaster.«

»Was soll denn das jetzt wieder heißen?«, fragte dieser entrüstet.

Nick warf ihm einen flüchtigen Blick zu, dann wandte er sich wieder an Skara. »Jonas ist besessen davon, Menschen, die er für benachteiligt hält, zu helfen. Nach allem, was ich bis jetzt über dich und Anton erfahren habe, Skara, gehört ihr genau in seine Zielgruppe. Du standest im Schatten einer egozentrischen Mutter, die dir durch ihr Verhalten Minderwertigkeitsgefühle beschert hat. Antons Leben und das seiner Familie war geprägt von Willkür und Demütigung durch die Familie Winter. Ihr beide habt massives Unrecht erlitten. Kein Wunder, dass Jonas Feuer und Flamme war, euch bei euren Racheplänen zu unterstützen.«

»Das war nicht der Grund …«, rief Jonas dazwischen.

»Ich erkenne ein Muster, wenn ich es vor mir sehe, Bruder«, fiel Nick ihm ins Wort. »Erinnerst du dich an Gabriel aus der dritten Klasse? Als er sich mit einer Bande von Jungs aus der Oberstufe stritt, hast du dich auf seine Seite geschlagen, weil du das Gefühl hattest, er sei unschuldig. Zu Unrecht, wie sich herausstellte, denn er hatte die Mofas der älteren Jungs tatsächlich zerkratzt. Als diese sich dann auf dich stürzten, musste ich dir beispringen. Ich könnte Dutzende solcher Beispiele nennen, das weißt du. Dazu gehört auch der Fall von Dobroslav Svoboda. Du hast dich von deinem Mitleid leiten lassen und dabei übersehen, dass hinter seiner vorgetäuschten Dummheit ein hinterhältiger und grausamer Mensch steckt. Deinetwegen entkam er einer Strafe, die vollauf gerechtfertigt war. Dein Mitleid mit den Schwachen, fehlende Menschenkenntnis und mangelnde Recherche zwingen mich immer wieder, dich aus der Scheiße zu holen, Jonas, oder – bei Dobroslav – dich vor dem Gefängnis zu bewahren, indem ich vorgaukle, nichts über seine Flucht zu wissen. Und das Muster wiederholt sich – schon wieder«, fuhr Nick fort. »Du unterstützt Skara und Anton bei ihrer Vergeltungsmission und reitest euch alle drei ins Verderben. Denn dass die Polizei hier aufkreuzt und euch festnimmt, kann nur eine Frage der Zeit sein.«

»Bist du deshalb hier? Um uns von unserer Rache abzuhalten? Oder sie zu sabotieren?«, fragte Jonas aufgebracht.

Nick ging nicht auf seine Frage ein. »Bevor es zu spät ist, will ich dir sagen, wozu ich am Freitagabend, als wir verunfallten, nicht gekommen bin. Ich möchte, dass wir uns wieder vertragen. Denn egal, wie leichtgläubig du dich auf deiner Mission für Benachteiligte auch verhältst, es war immer meine Entscheidung, dir zu Hilfe zu kommen, wenn du in Schwierigkeiten stecktest. Als ich deine Fluchthilfe deckte, habe ich unser Rechtssystem genauso betrogen wie du. Deshalb habe ich kein Recht, dich vom Anwaltsberuf fernzuhalten.« Er räusperte sich. »Aber um deine Frage zu beantworten: Ich bin nicht hier, um eure Rache zu sabotieren, sondern wegen Skara.«

Jonas und Skara blickten ihn erstaunt an. Doch Nick erhielt keine Gelegenheit, sich zu erklären, denn in diesem Augenblick geschahen zwei Dinge gleichzeitig. Erik Winter erwachte aus seiner schlagbedingten Ohnmacht und fischte nach der Pistole, die noch immer neben ihm am Boden lag.

Das zweite Ereignis war ebenso vorhersehbar, trat aber um einiges früher ein, als sie damit gerechnet hatten: Von der Hauptstraße her näherten sich Sirenen. Kurz darauf jagten fünf Polizeiwagen mit rotierenden Blaulichtern die Schotterstraße hoch und kamen vor dem Ferienhaus schleudernd zum Stehen.

Dem vordersten Fahrzeug entstieg ein sehr junger, sehr großer und sehr blonder Junge, den irgendjemand in eine Polizeiuniform gesteckt hatte, und brüllte: »Ihr seid alle verhaftet!«

38

Ein Auto löst sich in Luft auf

SAMSTAG

»Tammisiech, das ist doch keine Art«, schimpfte Lutz, als er sich ächzend aus dem Polizeiwagen quälte. Er hatte für einen dezenten Auftritt plädiert, mit zivilem Fahrzeug, Höflichkeit und vorsichtigen Fragen. Es war nicht nur humaner, sondern auch zielführender, potenzielle Täter zuerst einmal als Menschen zu behandeln und sie nicht gleich als Kriminelle abzustempeln. In einer entspannten Atmosphäre flossen Geständnisse oft wie von selbst. Aber Schmidt, dieser Trottel, hatte auf eine filmreife Verhaftung bestanden. Sirenen, Blaulicht und gleich fünf Fahrzeuge mussten es sein. Und offensichtlich gehörte auch dieses ordinäre Rumgebrülle dazu.

Lutz hob erst die rechte, dann die linke Schulter und dehnte unauffällig seine Seiten. Nach der einstündigen Fahrt fühlte er sich ungelenk und verkrampft. Schmidt war gefahren wie ein Irrer. Mit Blaulicht und Sirene schon ab Zürich.

Seufzend folgte er Schmidt und den sieben Uniformierten, die der Junge zur Unterstützung angefordert hatte und die jetzt dem Kiesplatz neben dem Ferienhaus zustrebten. Als Lutz sich wenig später zu ihnen gesellte, stellte er fest, dass seine Kollegen sechs Personen in Schach hielten – zwei Frauen und vier Männer, von denen sich zwei aufs Haar glichen. Sie wirkten ohne Ausnahme ziemlich verdattert, was Lutz nicht wunderte, denn der Junge hatte es geschafft, ihnen allen in kürzester Zeit Handschellen zu verpassen. Übte er das daheim?

Schmidt hielt ihm mit triumphierendem Blick etwas entgegen, das er wohl als hinreichende Rechtfertigung ansah, um die sechs Personen festzunehmen. Es handelte sich um eine Sig Sauer P229. Klein und handlich, mit Kontrastvisier und je nach Magazin zehn bis fünfzehn Schuss.

»Na, na, na«, machte Lutz, schüttelte den Kopf und blickte Schmidt strafend an. Die Pistole allein war kein Grund, diese Menschen wie Verbrecher zu behandeln, und Handschellen – nein, das ging dann doch zu weit.

»Abnehmen«, befahl er barsch.

Der junge Polizist öffnete entrüstet den Mund. »Aber sie haben …«

»Klappe, Schmidt«, fiel Lutz ihm ins Wort. Dieses Mal würde er sich nicht auf Diskussionen einlassen.

Die Polizisten folgten Lutz' Befehl umgehend und schienen sich über ihren übereifrigen Kollegen zu amüsieren, der mit verschränkten Armen dastand und eine Schnute zog.

»Guten Morgen, die Herrschaften«, begrüßte Lutz die Anwesenden. »Mein Name ist Andy Lutz. Ich bin von der Kantonspolizei Zürich, ebenso wie Ruben Schmidt hier. Die Damen und Herren mit den schönen Uniformen sind von der Kantonspolizei Sankt Gallen sowie von der Flumser Gemeindepolizei.«

Lutz wandte sich Anton zu: »Ich freue mich, Sie kennenzulernen, Herr Seifert«, sagte er freundlich. »Wären Sie wohl so nett, uns noch einige Stühle zu besorgen? Dann können wir uns in aller Ruhe über die Dinge unterhalten, die zu besprechen wir hergekommen sind.«

Anton, geplättet von den sich überschlagenden Ereignissen, starrte Lutz bloß an. Woher kannte der Polizist seinen Namen?

Als er diesen geduldig warten sah, gab er sich einen Ruck, erhob sich und kehrte kurz darauf mit einigen Stühlen aus dem Wohnzimmer zurück. Lutz dankte ihm und setzte sich. »Mit Erlaubnis der Staatsanwaltschaft werden sich meine Kolleginnen und Kollegen dieses Grundstück und das schöne Chalet etwas näher ansehen«, sagte er und legte ein offiziell aussehendes Dokument auf den Tisch.

Während die Polizisten sich wie aufgefordert verteilten, blieb Schmidt ungerührt neben seinem Vorgesetzten stehen.

»Gut«, fuhr Lutz, innerlich seufzend, fort und hoffte, dass Schmidt die Klappe hielt. »Dann schlage ich vor, dass wir uns jetzt alle miteinander bekannt machen. Ihr Name ist mir bereits bekannt, Herr Seifert. Diese junge Dame, so schätze ich, dürfte Skara Anderson sein.«

Sie ähnelte ihrer berühmten Mutter tatsächlich außerordentlich, stellte er fest und lächelte sie an. Konnte ein Segen sein, aber auch ein Fluch.

Skara merkte, wie sie unwillkürlich zurücklächelte. Dieser Polizist war anders als jene, die sie kennengelernt hatte, als sie Chantal Kellers Einbruch in ihre Wohnung gemeldet hatte, das spürte sie instinktiv. Er schien nett zu sein. Beim Gedanken an die Leiche im Weinkeller und den geklauten Peugeot hinter dem Haus mit dem Flammenwerfer und den Rohrbomben im Kofferraum wurde ihr dennoch etwas mulmig zumute. Wenn alles aufflog, würde der Polizist nicht länger so wohlwollend sein. Und dass dies geschah, konnte nur noch eine Frage der Zeit sein.

Jetzt wandte Lutz sich dem Mann zu, der als einziger einen Blazer trug. »Sie, mein Herr, müssen Erik Winter sein, der Besitzer dieses Ferienhauses, außerdem Eigentümer der Firma Wintereis und der angezündeten Eiscafés.«

Der Angesprochene nickte und hob an, etwas zu sagen, doch Lutz gebot ihm mit erhobener Rechter Einhalt. Obwohl es momentan so aussah, als habe Erik Winter das Recht auf seiner Seite, war ihm der Mann höchst unsympathisch. Er war gut aussehend im klassischen Sinne, stattlich gebaut, hatte sogar noch Haare. Das Einzige, das nicht ins Bild passte, war der Hals. Er war merkwürdig kurz für einen Unternehmer, der vorausschauend in die Zukunft blicken sollte, fand Lutz. Außerdem hatte Erik Winter diesen abfälligen Zug um den Mund, der auf Arroganz hindeutete, nicht selten gepaart mit einem Hang zur Skrupellosigkeit.

Sein Blick wanderte zu den beiden jungen Männern, die sich links und rechts von Erik Winter aufgestellt hatten. »Der Ähnlichkeit nach müssen Sie beide Zwillingsbrüder sein«, stellte er fest. »Wären Sie bitte so freundlich, mir Ihre Namen zu verraten?«

Jonas nickte und stellte sich und Nick vor.

»Und Sie, werte Dame?«

»Jessica Malikova.«

»Besten Dank für Ihre Auskünfte«, sagte Lutz und schaute die Versammelten nachdenklich an.

Nick und Jonas Vanderhagen strahlten das natürliche Selbstbewusstsein von Sprösslingen aus, deren Eltern sich ihres Platzes in der Gesellschaft sicher waren, weil sie reich, beruflich und sozial erfolgreich oder aber sehr lebenserfahren waren.

Auch Skara Anderson hätte zu dieser unbeirrt selbstbewussten Sorte Mensch gehören müssen – ihre Mutter war berühmt und erfolgreich gewesen, und Skara sah zwar nicht so exotisch, aber auf eine natürliche Weise ebenso schön aus wie sie. Doch irgendetwas war schiefgegangen, glaubte Lutz zu erkennen. In ihren Augen stand eine Traurigkeit, die ein so junger Mensch in seinem Leben nicht gefühlt haben sollte. Gleichzeitig meinte er einen Funken von etwas wahrzunehmen, das nur darauf wartete, entzündet zu werden. Lebenslust? Liebe?

Anton Seifert, der zwischen Skara Anderson und Jessica Malikova saß, war schwerer einzuschätzen. Er wirkte bieder, aber nicht auf die verkniffene Art, wie Lutz sie bei Menschen beobachtet hatte, die durch Entbehrungen und harte Arbeit bitter geworden waren, sondern auf die freundliche, gesetzte Weise von Menschen, die das Wenige, das sie haben, zu schätzen wissen. Bestimmt ein sehr loyaler Mensch, dachte er. Fristlos gefeuert zu werden, musste ihm schwer zu schaffen gemacht haben. Zwischen Anton und Jessica Malikova glaubte er eine Art stillschweigende Übereinstimmung zu erkennen. Waren sie womöglich ein Paar? Im Gegensatz zu Anton Seifert schien Jessica Malikova sehr auf ihr Äußeres zu achten. Verwundert fragte sich Lutz, was diese Gruppe so unterschiedlicher Menschen zusammengeführt hatte.

Erik Winter hatte Lutz' bedachtsamer Vorstellungsrunde mit zunehmender Ungeduld gelauscht, jetzt aber platzte ihm der Kragen. Dieser Polizist – nicht einmal seinen Rang hatte er genannt, wer wusste also, ob es sich nicht bloß um einen wichtigtuerischen Subalternen handelte – schnitt ihm das Wort ab, als gehöre er zu diesen kriminellen Trotteln, die sein Haus besetzten. Er war Erik Winter, entstammte einer der besten Familien, stand an der Spitze des Wintereis-Unternehmens, hatte eine steile Laufbahn hingelegt und war angesehenes Vorstandsmitglied bei den Rotariern und im Lions Club. Er hatte verdammt noch mal das Recht zu sprechen, wann immer er wollte.

»Rutz, oder wie auch immer Sie heißen mögen. Sie hören mir jetzt einmal gut zu«, polterte er, und sein Gesicht lief vor unterdrückter Wut rot an. »Diese fünf Personen hier halten sich widerrechtlich auf meinem Grundstück auf! Sie haben mein Ferienhaus besetzt und hausen darin, als ob es ihr Eigentum wäre. Ich bin mir außerdem sicher, dass sie es waren, die meine Eiscafés angezündet haben! Ich erwarte, dass Sie diesen Abschaum unverzüglich verhaften!«

Lutz musterte ihn nachdenklich. Anweisungen nahm er prinzipiell nur von der Moser entgegen, deren scharfen Verstand und Menschlichkeit er schätzte, sowie von seiner Physiotherapeutin, weil es sich nicht vermeiden ließ. Bestimmt aber würde er sich nicht von einem herumkommandieren lassen, der sich verhielt wie dieser Erik Winter.

Anders als bei Lutz rief Erik Winters dominanter Tonfall bei Schmidt eine sofortige Reaktion hervor. Der Junge straffte sich, legte seine Hände auf den Rücken und setzte eine ernste Miene auf. Natürlich, dachte Lutz amüsiert, der Junge liebt Autoritäten – ihn selbst ausgenommen.

»Eine Hausbesetzung liegt vor, wenn ein fremdes, leer stehendes Gebäude als Wohn- oder Veranstaltungsraum missbraucht wird, und ist, gemäß Artikel hundertsechsundachtzig des Schweizerischen Strafgesetzbuches über Hausfriedensbruch, strafbar«, schmetterte Schmidt. »Es handelt sich um ein sogenanntes Antragsdelikt, was bedeutet, dass die Polizei nur einschreiten kann, wenn ein Strafantrag vorliegt. Wünschen Sie einen solchen Strafantrag zu stellen, Herr Winter?«

»Selbstverständlich wünsche ich das!«, gab Erik Winter unwirsch zurück. Wo trieb die Polizei bloß solche langatmigen Besserwisser auf?

Geht unser Abenteuer so zu Ende?, dachte Skara derweil. Dass wir festgenommen werden, weil wir unerlaubt in Erik Winters Haus eingedrungen sind?

Nick, der sich seit dem Auftauchen der Polizei noch nicht zu Wort gemeldet hatte, schnalzte tadelnd mit der Zunge.

»Hausfriedensbruch?«, fragte er, beugte sich vor und schaute Erik Winter mit ironisch hochgezogenen Brauen an.

»Sind Sie sicher, Herr Winter, dass Sie dies tun wollen – einen Strafantrag wegen Hausfriedensbruchs stellen?«

»Was soll die bescheuerte Frage?«, knurrte dieser.

»Ich könnte Sie verstehen, wenn es sich um wildfremde Personen handelte, die in Ihrem Haus wohnen«, fuhr Nick ungerührt fort, »aber Skara Anderson ist Ihre Tochter. Und so ein herzloser Vater sind Sie ja wohl nicht, dass Sie Ihrem eigenen Kind nicht erlauben, sich im Ferienhaus der Familie aufzuhalten. Nicht wahr?«

Skara entfuhr ein Laut des Erstaunens. Sie? Die Tochter?

Die anderen warfen Nick überraschte und neugierige Blicke zu. Wovon zum Teufel sprach er?

Erik Winter sah für einen Moment zutiefst erschrocken aus, doch er erholte sich schnell. »Ich habe keine Tochter«, bellte er.

Nick winkte ab. »Das können Sie Ihren Großeltern erzählen, Herr Winter.« Aus der Tasche seiner Jeans holte er ein Dokument, das er Lutz zur Begutachtung überreichte. »Ein Vaterschaftstest«, erklärte er.

Lutz zögerte kurz, dann nahm er das Dokument entgegen. Ein illegal beschafftes Schriftstück zweifellos, denn diejenigen, um die sich der Test seiner Vermutung nach drehte, hatten wohl kaum ihre Einwilligung erteilt. Nichtsdestotrotz war es ein Dokument, das für die Beurteilung des vorliegenden Falls von Bedeutung war und deshalb Beachtung verdiente. Er studierte es aufmerksam und reichte es wieder an Nick zurück. »Gehe ich richtig in der Annahme ...«

»... dass es sich bei dem fraglichen Mann um Erik Winter handelt?«, ergänzte Nick. »Ja, so ist es. Der Test belegt zweifelsfrei, dass Erik Winter der leibliche Vater von Skara Anderson ist.«

Alle Augen richteten sich auf Erik Winter, der stocksteif dasaß und auf irgendeinen Punkt in der Ferne starrte. Er schien sich entschlossen zu haben, keinerlei Reaktion zu zeigen.

»Es tut mir leid, Skara, dass du es auf diese Weise erfahren musst«, merkte Nick mit einem entschuldigenden Seitenblick in ihre Richtung an.

Skara nickte. Die Indizien und ein ungutes Bauchgefühl hatten ihr schon länger gesagt, dass Erik Winter ihr Vater sein musste, und das Gespräch der letzten Stunde bestätigte, was sie geahnt hatte. Dennoch hatte sie Mühe, die Wahrheit zu akzeptieren. Während ihrer ganzen Kindheit war der Gedanke an ihren unbekannten Vater ein Rettungsanker gewesen. In ihrer Einbildung hatte er die Form einer Lichtgestalt, die sie liebte, die jedoch durch unüberwindbare Hindernisse von ihr ferngehalten wurde. Eines Tages aber, diese Hoffnung hatte sie nie aufgegeben, würde der unbekannte Vater kommen und sie mit sich nehmen. Jetzt war der Schimmer der Lichtgestalt mit einem Schlag erloschen. Sie spürte, wie sich die Enttäuschung in ihren Eingeweiden zu einem traurigen Klumpen formte, gleichzeitig war sie sauer auf sich selbst. Sie war so blauäugig gewesen.

»Wie sind Sie denn überhaupt an das genetische Material gekommen?«, wunderte sich Lutz.

»Die DNA-Probe von Skara stammt von einem Glas Wasser, das sie bei einem Besuch im Krankenhaus getrunken hat«, erklärte Nick. »Die Probe von Erik Winter bestand aus einem Haar mit Wurzel, das mir seine Haushälterin Mychau hat zukommen lassen.«

»Eine hilfsbereite Frau«, bestätigte Lutz schmunzelnd. »Mein Kollege und ich hatten gestern das Vergnügen. Frau Mychau hat sich großzügigerweise bereit erklärt, uns über Ihre

Pläne auf dem Laufenden zu halten, Herr Winter. Von ihr haben wir erfahren, dass Sie heute Morgen in aller Eile zu Ihrem Ferienhaus aufgebrochen sind. Das hat es uns ermöglicht, kurz nach Ihnen hier einzutreffen.«

Erik Winter, noch immer teilnahmslos ins Leere starrend, machte sich in seinem Kopf die Notiz, Mychau bei seiner Rückkehr zu feuern.

Schmidt zückte Stift und Notizbuch. »Nachdem die Verwandtschaftsfrage nun geklärt ist, können wir …«

»Moment«, unterbrach Lutz und drehte sich Erik Winter zu. »Obwohl Sie es vorhin noch abgestritten haben, scheinen Sie nicht wirklich überrascht zu sein, ein Kind zu haben.«

»Das tut überhaupt nichts zur Sache«, knurrte dieser, urplötzlich aus seiner Reglosigkeit erwachend.

»Ich denke doch«, mischte sich Nick ein. »Im Grunde wussten Sie schon immer, dass Josie Anderson nicht irgendeines, sondern Ihr eigenes Kind austrug. Deshalb haben Sie die Flucht ergriffen, als sie schwanger war, und ihr danach diesen Brief geschickt.«

Lutz hob fragend die Augenbrauen.

»Einen Erpresserbrief«, klärte Nick ihn auf. »Erik Winter drohte der Mutter seines Kindes, sie mit allen Möglichkeiten, die ihm zur Verfügung stehen, zugrunde zu richten. Er wollte sie so einschüchtern, dass sie es nicht wagen würde, Alimente für ihr Kind einzufordern.« Er wandte sich an Skara: »Ich weiß, dass du Erik Winters Brief immer bei dir trägst. Könntest du ihn vorlesen?«

Am nervösen Zucken seiner Augenlider erkannte Skara, dass Erik Winter kurz außer Fassung geraten war. Dass sein Abschiedsbrief an Josie Anderson noch immer existierte und in die Hände seiner Tochter gelangt war – damit hatte er nicht gerechnet.

Lutz beobachtete den Austausch interessiert, während Schmidt irritiert auf seinem Stift herumkaute.

»Andererseits ...«, ließ Nick vielsagend verlauten und beugte sich vor, »... könnten wir auch einfach annehmen, dass Sie, Herr Winter, sich nie etwas so Schmutziges wie eine Erpressung zuschulden kommen lassen würden. Im Gegenteil: Sie haben Ihrer Tochter erlaubt, mit ein paar Freunden im Ferienhaus der Familie Urlaub zu machen. So war es doch, nicht wahr?« Er kehrte die Handflächen nach außen. »Das würde dann natürlich bedeuten, dass sich der Strafantrag wegen Hausfriedensbruchs erübrigt.«

Lutz lächelte still in sich hinein. Ein raffinierter Schachzug, Erik Winter mit seinem eigenen Erpresserbrief zu erpressen – das musste er zugeben. Natürlich waren Erpressung und Betrug um Alimente längst verjährt, aber Nicks Chancen standen nicht schlecht, dass der Geschäftsmann sich darüber nicht im Klaren war.

Neugierig, wohin das alles führen mochte, lehnte sich Lutz bedächtig in seinem Stuhl zurück und faltete die Hände über dem Bauch. »Sehen Sie das auch so wie Nick Vanderhagen, Herr Winter?«, erkundigte er sich. »Dass sich der Strafantrag wegen Hausfriedensbruchs erübrigt?«

Erik Winter knurrte. Nick erwiderte seinen finsteren Blick mit einem gelassenen Lächeln.

Lutz sah zwischen den beiden Männern hin und her, dann nickte er zufrieden. »Ihrem Schweigen entnehme ich, dass Ihre Tochter Skara Anderson sowie ihre drei Freunde dieses Haus mit Ihrer freundlichen Zustimmung bewohnten. Sie werden das Ferienhaus in dem Zustand verlassen, in dem sie es angetroffen haben, und dies noch heute«, hielt er mit einem scharfen Blick Richtung Nick und Skara fest.

Schmidt hörte auf, an seinem Stift zu kauen. Das hatte er

jetzt irgendwie nicht richtig mitbekommen. Gerade war noch alles klar gewesen, und jetzt war alles anders. »Kein Hausfriedensbruch?«, wiederholte er verdattert.

»Wie schön, dass du zur gleichen Schlussfolgerung gelangt bist«, gab sein Kollege trocken zurück.

»Und was ist mit den abgebrannten Eiscafés?«, fragte Schmidt, der plötzlich befürchtete, noch mehr fallen gelassene Anklagen verpasst zu haben. »Sind diese Subjekte hier nun die Brandstifter, wie Herr Winter vermutet, oder sind sie es nicht?«

Lutz hob fragend die Augenbrauen. »Seid ihr es, oder seid ihr es nicht?«, gab er die Frage weiter.

»Zum Geier, natürlich sind sie es, die meine Eiscafés angezündet haben!«, rief Erik Winter zornig. »Sie haben allen Grund dazu, sich an mir zu rächen. Diesen Versager hier«, er deutete auf Anton, »habe ich am vergangenen Freitag ebenso fristlos entlassen wie vor Jahren seinen unfähigen Vater, und die junge Frau hier hat eine Wut auf mich, weil ich mich nie als ihr Erzeuger zu erkennen gegeben habe.«

Auf Skaras Lippen stahl sich ein resigniertes Lächeln. Was für eine Ironie. Hier war er also, ihr lange gesuchter Vater, und merkte in seinem Eifer, sie als Brandstifterin zu entlarven, nicht einmal, dass er damit preisgab, was für ein unverbesserlich schlechter Mensch er war.

Lutz schien der doppelte Sinn von Erik Winters Aussage auch aufgefallen sein, denn seine Augenbrauen zogen sich missbilligend zusammen. »Die passenden Motive für eine Racheaktion wären vorhanden«, stimmte er zu. »Was uns jetzt noch fehlt, ist eine lückenlose Kette von Indizien, die belegt, dass es sich bei diesen Personen hier tatsächlich um die besagten Eiscafé-Zündler handelt.«

Skara, Anton, Jonas und Jess sahen ihn abwartend an. Nick jedoch rückte auf der Stuhlkante nach vorne, stützte die

Unterarme auf die Knie und faltete die Hände. »Sie werden keine Beweise finden, Herr Lutz, keine Indizien, die Ihnen etwas über die Täterschaft verraten werden«, sagte er freundlich.

Der Polizist kniff die Augen zusammen und sah Nick scharf an. Im Tonfall des jungen Vanderhagen schwangen keinerlei Zweifel mit – er schien sich sicher zu sein, dass Lutz keine Anhaltspunkte für die Brandstiftung in den Eiscafés finden würde. Das ließ im Grunde nur einen Schluss zu: Der junge Mann wusste, wohin die Beweise verschwunden waren, die die drei Verdächtigen mit dem Fall in Verbindung bringen konnten.

In Lutz regten sich widersprüchliche Gefühle. Unmut, dass er diesen Fall nicht würde lösen können, Respekt für Nicks Bemühungen, seine Freunde und seinen Bruder zu beschützen, und eine Art zornige Belustigung über seine Gewieftheit.

»Mmh«, schnaubte Lutz und strich sich über den bärtigen Hals. »Wir werden also keinen Krankenwagen mit Fingerabdrücken entdecken, den jemand am Montag vor einer Woche zwischen Sankt Gallen und Vaduz abgestellt hat?«

»Wenn Sie im Universitätsspital nachfragen, wird man Ihnen sagen, dass der Wagen in der Tiefgarage des Krankenhauses aufgetaucht ist – ein internes Kommunikationsproblem«, sagte Nick.

Skara stutzte. Nick musste ihr zugehört haben, als sie erzählte, wo sie den Krankenwagen versteckt hatten, und ihn danach ins Spital zurückgefahren haben. Anders war der Ortswechsel nicht zu erklären.

»Wie steht es mit dem Flammenwerfer?«, hakte Lutz nach.

Nick hob die Schultern. »Kein Flammenwerfer.«

»Den silbernen Opel haben wir in der Nähe des Klöntalersees gefunden. Ohne Spuren allerdings«, sagte Lutz, die Lippen zusammenkneifend. »Doch wie steht es mit dem entwendeten dunkelblauen Peugeot? Ich nehme an, dass wir zumindest diesen hier irgendwo finden werden. Trifft das zu, Herr Vanderhagen?«

Einen Augenblick lang herrschte Stille. Dieselbe unheilvolle, absolute Stille, die im Auge eines Tornados herrscht, bevor sich seine verheerende Gewalt offenbart. Skara warf Nick einen betretenen Blick zu. Er hatte auf jede von Lutz' Fragen eine passende Antwort gehabt. Bis jetzt. Sie merkte, wie er sich scheinbar unbehaglich auf seinem Stuhl hin und her bewegte. Was tat er da?

In dieser Sekunde krachte es tief und dumpf, und um sie herum zerbarst die Luft. Hinter dem Ferienhaus war etwas in die Luft gegangen, und die Felswände am Berg beantworteten die Explosion mit einem nicht enden wollenden Wummern. Im nächsten Augenblick quoll über dem Dach ein schwarzer Rauchpilz in die Höhe. Ein scharfer Geruch nach verbranntem Benzin und Gummi stach Skara in die Nase, und der Rauch trieb ihr Tränen in die Augen. Obwohl ihr Herz wie wild pochte, rührte sie sich nicht von der Stelle. Eine Bombe. Und nach dem leicht abstrakten Austausch zwischen Lutz und Nick schien Letzterer mehr Ahnung von der unerwarteten Explosion zu haben, als Skara wissen wollte.

Auch Lutz schien keine Zweifel daran zu haben, wer der Urheber der Explosion war. Er rümpfte die Nase und wedelte energisch mit der Hand vor seinem Gesicht herum, um den Rauch zu vertreiben. »Musste das sein?«, fragte er und sah Nick strafend an.

»Kein gestohlener dunkelblauer Peugeot«, grinste Nick breit.

In diesem Moment kam Leben in Schmidt. Er ließ sein Notizbuch fallen und rannte los in die Richtung, aus der die

Explosion verklang und der Rand des Rauchpilzes sich in graue Schwaden auflöste. Keine halbe Minute später kehrte er zurück. Enttäuscht. »Es ist nicht mehr viel vorhanden, das identifiziert werden könnte«, berichtete er Lutz schwer atmend. Sein Gesicht war rußgeschwärzt, und als er sich mit dem Ärmel über die Stirn wischte, zeichneten sich helle Striemen darauf ab. Die sieben Polizisten, die ihre Durchsuchung abgebrochen hatten und herbeigestürzt waren, als sie die Explosion hörten, bestätigten, dass glühende Metallteile alles waren, was sie hinter dem Ferienhaus noch vorgefunden hatten. Von einem Auto vermutlich. Doch sicher sein konnte man sich erst, wenn die Kriminaltechniker die Überreste analysiert hatten.

Zweifelsfrei zu identifizieren gewesen war jedoch, was die Polizisten unmittelbar vor der Detonation im Weinkeller gefunden hatten: »Eine Leiche. Weiblich, zirka fünfzig Jahre alt. Gepökelt, wenn wir uns nicht irren«, teilte eine pferdegesichtige Polizistin mit. »Die Katze hier hat uns quasi darauf aufmerksam gemacht.« Sie zeigte auf einen ihrer Kollegen, der eine schwarze Katze im Arm hielt. »Sie stand mauzend vor dem Weinkeller und verlangte Einlass.«

Ida, dachte Skara erschrocken, als der Polizist sie auf den Boden setzte.

»Aha, aha!«, rief Schmidt triumphierend. »Eine Leiche! Wusste ich es doch! Die Hausbesetzer haben Dreck am Stecken! Jetzt darf ich ihnen wieder Handschellen anlegen, nicht wahr, Lutz, ich darf?«

Bevor dieser dazu kam zu antworten, geschah etwas Erstaunliches. Die Katze ging schnurstracks auf Erik Winter zu, sprang ihm auf den Schoß, rollte sich zusammen und begann laut zu schnurren.

Skara schaute ungläubig. Was für ein merkwürdiger Zufall! War es möglich, dass ihre Katze Ida eigentlich Erik Winter gehörte? Wie Anton ihnen verraten hatte, wohnte dieser gar nicht weit von Skaras Wohnung entfernt. Die Katze hätte sich demnach nur wenige Kilometer von ihrem Zuhause entfernen müssen, um auf der großen Wiese beim Kirschbaum anzulangen, unter dem Skara sie mit der Elster hatte kämpfen sehen. So zutraulich, wie Ida sich jetzt an Erik Winter schmiegte, musste man annehmen, dass sie ihn kannte. Und wäre ihre Zuneigung nicht schon Beweis genug gewesen, dann Erik Winters Reaktion: »Moira!«, rief er verdattert. »Wie siehst du denn aus?«

Die Katze hatte nur noch ein Auge, stellte Lutz fest. Auf der ganzen linken Flanke fehlten ihr die Haare, und die noch heile rechte Seite wirkte arg zerzaust.

Wenn nicht eine Heckenschere oder ein wild gewordener Rasenmäher die Katze so zugerichtet haben, dachte Lutz sarkastisch, dann bleibt nur ein Flammenwerfer übrig. Dieses Beweisstück war Nick Vanderhagens Aufmerksamkeit offensichtlich entgangen, oder er hatte gehofft, dass sich die Katze vom Geschehen fernhielt.

Andererseits war es offensichtlich, dass die Katze Erik Winter kannte und er sie. Wäre die Situation nicht so verflixt vertrackt gewesen, Lutz hätte laut aufgelacht. Erik Winters Miene war deutlich anzusehen, dass es ihm gar nicht recht war, die Katze bei ihrem Namen genannt zu haben. Wenn das nicht aufschlussreich war. Führte man den Gedanken weiter, dann könnte man annehmen, dass Erik Winter mit den Eiscafé-Zündlern unter einer Decke steckte oder dass er die Cafés selbst angezündet hatte.

Doch diesem Umstand würde er sich später widmen müssen. Die Leiche im Keller hatte Priorität. Zusammentragen, filtern, kombinieren – die Reihenfolge musste eingehalten werden, sonst machte man die Arbeit doppelt.

»Alle mitkommen«, kommandierte Lutz deshalb und ignorierte Schmidts erneute Frage nach Handschellen. Die beiden Kriminalpolizisten stiegen die Treppe in den Weinkeller hinunter, Erik Winter, Nick, Jonas, Skara, Anton, Jess und die sieben Uniformierten folgten.

Nach dem Lärm, dem Rauchgestank und der Hektik draußen war es im Weinkeller angenehm ruhig. Die Lichter der Weinregale tauchten den hölzernen Sarg von Chantal Keller in ein harmonisches und sanftes Licht. Die Chefin selbst trat in ihrem Cocktailkleid und den Stöckelschuhen wie ein rosafarbenes Relief aus dem weißen Salz hervor.

»Gepökelt, um sie haltbar zu machen«, stellte Lutz fest, nachdem er sich über die Tote gebeugt und sie von Kopf bis Fuß gemustert hatte. »Die Hämatome auf ihrer Mitte deuten darauf hin, dass diese Frau durch die Einwirkung von Gewalt gestorben ist. Vielleicht von einem Auto überrollt. Der Farbe und Lage der Totenflecken nach zu urteilen, ist sie seit mehreren Tagen tot.« Er richtete sich auf, drückte seinen schmerzenden Rücken durch und wandte sich zu den Anwesenden um. »Hat irgendjemand von Ihnen eine Ahnung, um wen es sich bei dieser Leiche handelt?«

»Das ist Chantal«, kam es tonlos von Erik Winter. »Chantal Keller, meine Frau.« Er sprach langsam, als habe die Kälte im Weinkeller seine Lippen eingefroren. Sein Gesicht war weißer als das der Toten, auf die er jetzt hinunterblickte.

Skara ließ sich auf eine der herumstehenden Lattenkisten sinken. Sie war sprachlos. Noch eine Offenbarung, auf die sie nicht gefasst war. Chantal Keller, ihre verhasste Chefin, war Erik Winters Frau! Die Frau, für die er ihre Mutter verlassen hatte. Die Frau, von der er sich den entscheidenden

Kick für seinen beruflichen und sozialen Aufstieg erhofft hatte.

Zwei, die sich verdient haben, dachte Skara. Chantal Keller war ein boshafter Mensch gewesen, und Erik Winter stand ihr in nichts nach. Sie fragte sich, ob die beiden je Liebe füreinander empfunden hatten. Oder ob es eine reine Zweckehe gewesen war. Wenn Letzteres zutraf, dann hätte man Chantal Kellers Launenhaftigkeit ein Stück weit nachvollziehen können.

Jetzt verteidigte sie ihre Chefin auch noch, wunderte sich Skara über sich selbst, und während sie noch grübelte, ob es für Bösartigkeit eine Entschuldigung gab, ging ihr auf, weshalb Chantal Keller sie, Skara, so sehr gehasst hatte.

Ihre Chefin musste herausgefunden haben, dass Erik Winter kurz vor der Heirat ein Verhältnis mit Josie gehabt hatte. Daraus hatte sie instinktiv abgeleitet, dass sie seine Tochter war. Nicht ahnend, dass ihr Mann und Skara sich gar nicht kannten, musste es ihr vorgekommen sein, als verheimlichten die beiden etwas.

Sie tauschte einen Blick mit Nick, der ihr einen warnenden Blick zuwarf. Skara nickte. Sie hatte nicht vor zu verraten, dass sie die Tote kannte.

Lutz war der stille Austausch nicht entgangen. Schlaues Mädchen, dachte er. Sie wird abwarten, was kommt, und uns erst dann von ihrer konfliktbeladenen Beziehung zu ihrer Chefin erzählen, wenn es zwingend erforderlich ist.

Zurück zu Erik Winter, ermahnte er sich. Dessen Verhalten konnte er im Gegensatz zu jenem von Skara Anderson nicht einordnen. Der große Firmenboss sah so erschrocken aus, als ob er gerade einem Geist begegnet wäre, was, wie Lutz zugeben musste, ja mehr oder weniger zutraf. Reagierte Erik Winter so heftig, weil er gerade festgestellt hatte, dass seine Frau das Zeitliche gesegnet hatte? Oder war er so bleich um die Nase, weil er Chantal Keller eigenhändig umgebracht hatte und die Polizei kurz davor stand, ihm einen Mord anzulasten? So oder so, seiner Reaktion musste auf den Grund gegangen werden, und am besten stieg man, so wusste Lutz aus Erfahrung, gleich mit dem schlimmsten Vorwurf ein: Mord. Ein wenig Druck zum richtigen Zeitpunkt konnte Erstaunliches bewirken.

»Vor einigen Tagen«, begann Lutz deshalb und warf Erik Winter über die Leiche hinweg einen prüfenden Blick zu, »fünf sind es, um genau zu sein, wurde uns eine Frau namens Chantal Keller als vermisst gemeldet. Ihre Stellvertreterin bei der Schweizer Süße teilte uns mit, dass Ihre Frau seit Montag nicht mehr zur Arbeit erschienen war.«

Erik Winters Blick löste sich so langsam von der Leiche, als kehre er aus einer anderen Welt zurück.

»Sie hingegen, Herr Winter, Sie scheinen nicht beunruhigt gewesen zu sein, dass Ihre Frau verschwunden ist«, sagte Lutz bedeutsam. »Wie Sie sicher verstehen, macht Sie das verdächtig. So könnten wir annehmen, dass Sie etwas mit dem Tod Ihrer Frau zu tun haben. Mehr noch – dass Sie sie ermordet und ihre Leiche in Ihrem Ferienhaus versteckt haben. Ich frage Sie deshalb: Warum haben Sie uns nicht mitgeteilt, dass Ihre Frau verschwunden ist, so, wie es jeder normale Ehemann tun würde?«

Lutz' Fragen katapultierten Erik Winter abrupt in die Realität zurück. Adrenalin schoss in seine Blutbahnen, trieb ihm Schweiß auf die Stirn und versetzte seine Muskeln in Alarmbereitschaft.

Er hatte seine Frau nicht als vermisst gemeldet, weil er sie nicht vermisste – im Gegenteil. Er war erleichtert gewesen über ihre Abwesenheit und hatte gehofft, sie nie wiedersehen zu müssen. Jetzt lag sie tot in seinem Weinkeller, was ihn – so viel hatte er mitbekommen – mehr als schlecht dastehen ließ. Der Polizist mit der Wampe hielt ihn für einen Mörder, das sah er ihm an. Dass Moira ihn begrüßt und er sie bei ihrem Namen genannt hatte, brachte ihn zusätzlich in die Klemme, denn jetzt nahm die Polizei bestimmt auch an, dass er mit den Eiscafé-Zündlern in Verbindung stand und die Versicherung betrog. Das Schlimmste aber war, dass zu Hause auf seinem Notizblock eine Telefonnummer stand, die ihn mehr als verdächtig machte, seine Frau umbringen zu wollen. Er musste diese Notiz vernichten, bevor die Polizei auf die Idee kam, sein Haus zu durchsuchen.

Erik Winter fühlte, wie die stechenden Blicke des alten Polizisten sich Nadeln gleich in seinen Körper bohrten. Gleich würden sich die Handschellen kalt um seine Handgelenke legen, die Polizei würde ihn wie einen dahergelaufenen Lump in den Polizeiwagen stoßen und hinter Gitter sperren. Seine Gedanken überschlugen sich, und im Bruchteil von Sekunden nahmen die Horrorszenarien in seinem verwirrten und überforderten Geist eine so reale Form an, dass sie das Adrenalin über den kritischen Level ansteigen ließen und das Stresshormon seinen angespannten Muskeln das vermittelte, wofür es seit Anbeginn der menschlichen Entwicklung existierte: den nötigen Antrieb, um zu fliehen.

Als Lutz das Aufflackern in Erik Winters Augen sah, wusste er, dass er einen Fehler begangen hatte. Er hätte Schmidt erlauben sollen, auf Nummer sicher zu gehen und dem Mann Handschellen anzulegen. Doch dafür war es jetzt zu spät.

Mit einer Kraft, wie nur höchste Bedrängnis sie freisetzen konnte, rammte Erik Winter den beiden neben ihm stehenden Polizisten die Ellbogen in die Seite, boxte die pferdegesichtige

Polizistin in den Magen und rannte, zwei Stufen auf einmal nehmend, die Treppe ins Erdgeschoss hoch. Er spurtete durchs Wohnzimmer, warf sich durch die geöffnete Haustür auf den Vorplatz, sprang in seinen Range Rover und schoss, Kies aufwirbelnd, davon.

39

Erik Winter und die Bohnen

Das war jetzt doch etwas ärgerlich, fand Lutz. Dass sich Erik Winter gerade in dem Moment aus dem Staub machte, in dem seine Frau als Leiche wieder auftauchte und er ein ganzes Arsenal an Fragen auf ihn abzufeuern gedachte. Statt ihn in aller Ruhe einvernehmen zu können, musste er jetzt warten, bis die Kollegen ihn wieder eingefangen hatten. Denn dass sie ihn zu fassen kriegten, und zwar spätestens bei der Flumserei, dem markanten Gewerbe- und Wohnkomplex in Flums unten, dafür hatte er gesorgt.

Bei der Besprechung mit den Kollegen aus Sankt Gallen vor zwei Stunden hatte Lutz gegen ihren Widerstand darauf bestanden, auf der Querstraße oberhalb der ehemaligen Spinnerei zwei Streifenwagen mit vier Polizisten zu positionieren.

Auf einen Wink von ihm hin griff Schmidt jetzt zum Funkgerät und informierte die Kollegen über einen Flüchtigen in einem schwarzen Range Rover, der in den nächsten Minuten bei ihnen unten auftauchen würde und mindestens stinksauer, wenn nicht fuchsteufelswild, eventuell auch panisch war, in jedem Fall aber gefährlich. »Allem Anschein nach«, raunte Schmidt ins Funkgerät, »ist der Mann nämlich ein Mörder.«

Anders als sein Schützling war sich Lutz keineswegs sicher, dass Erik Winter seine Frau ermordet hatte. Es gab einige

Ungereimtheiten, Dazu gehörte zum Beispiel dessen Reaktion auf die Leiche. Er war erschrocken, beinahe schockiert gewesen über den Anblick der toten Frau im Weinkeller. Und dies nicht nur, weil die Frau in ihrem silbernen Cocktailkleid inmitten des ganzen Salzes wie ein Fisch in Salzkruste aussah. Dass der frischgebackene Witwer kurz darauf die Flucht ergriff, hatte die ganze Angelegenheit dann natürlich verkompliziert – unter anderem, weil Lutz jetzt doch nicht mehr so recht wusste, was er eigentlich von dem Ganzen halten sollte. Welcher Mann machte sich vom Acker, wenn man ihn des Mordes an seiner Ehefrau verdächtigte? Ein Unschuldiger bestimmt nicht.

Er brummte und blickte auf seine Uhr. Eigentlich müssten die Kollegen bei der Flumserei Erik Winter langsam geschnappt haben. Was trieben sie bloß? Die Hände hinter dem Rücken verschränkt, wippte er selbstvergessen auf den Fersen. Schmidt und die sieben Polizisten standen um ihn herum und redeten.

Was für ein vertrackter Fall, fand Lutz. Erik Winter war verdächtig – Skara Anderson desgleichen. Im Gegensatz zu ihrem Vater war das Mädchen nämlich darauf gefasst gewesen, im Weinkeller auf ihre tote Chefin zu treffen. Und sie hatte verschwiegen, dass sie die Tote kannte, was mehr als suspekt war, wenn man bedachte, wie schlecht sie und ihre Vorgesetzte sich vertragen hatten. Dennoch widerstrebte es ihm, die junge Frau und ihren Trupp für Mörder zu halten. War der Tod von Chantal Keller vielleicht ein Unfall gewesen?

Im Fall der Eiscafé-Zündler hingegen blickte er besser durch – das war zumindest der Eindruck, den er sich erhalten wollte. Dass Nick Vanderhagen, Ritter in weißer Rüstung, sich so sehr dafür einsetzte, die Beweise der Brandstifter zu vernichten, sagte eigentlich alles: Skara, Anton, Jonas und womöglich auch Jess waren in irgendeiner Form an der Zerstörung der

Eiscafés beteiligt – darauf lief es hinaus. Dennoch gab es auch in diesem Fall Teile, die sich nicht ins Bild fügen wollten. Woran in erster Linie diese zerzauste Katze namens Moira die Schuld trug, die haargenau aussah, wie man sich eine Katze vorstellte, die vor einen Flammenwerfer geraten war. Es bestand kein Zweifel, dass sie mit von der Partie gewesen war, als die Eiscafés in Flammen aufgingen. Was allerdings völlig aus dem Rahmen fiel, war, dass die Katze Erik Winter als ihren Besitzer ansah. Dass Moira sich hier befand, ließ also lediglich den Schluss zu, dass jemand der Anwesenden für die abgefackelten Eiscafés verantwortlich war, nicht aber, ob es Skara und ihr Trupp, Erik Winter selbst oder beide Parteien gemeinsam gewesen waren.

Wenn Lutz auch die eine oder andere Idee hatte, wie sich das Ganze abgespielt haben könnte, so war es doch dringend nötig, Skara Anderson und Erik Winter gründlich auf den Zahn zu fühlen – wenn Letzterer denn endlich vor Ort war. Lutz seufzte. Tammisiech, statt eines kniffligen Falls hatte er jetzt gleich zwei an der Backe.

Die vier Kantonspolizisten waren erst etwas eingeschnappt gewesen, als der Kollege Andy Lutz ihnen befohlen hatte, im Tal zu warten. Sie hielten es für wenig wahrscheinlich, dass sie einen Flüchtigen würden aufhalten müssen. So etwas hatte es am idyllischen Flumserberg nämlich noch nie gegeben. Umso mehr freuten sie sich, als Schmidt ihnen per Funk mitteilte, dass ein potenzieller Mörder zu ihnen unterwegs war. Um talwärts fahrende Wagen aufzuhalten, stellten sie unverzüglich eine Straßensperre auf. Unglücklicherweise – oder auch glücklicherweise, wie sich später herausstellen sollte – ignorierten sie dabei den grünen Skoda mit dem tschechischen Nummernschild, der mit hundert statt der erlaubten achtzig Sachen den

Berg hochraste. Die ausländischen Kellner der Bergrestaurants hatten es oft ein wenig pressant, und wer waren die Polizisten schon, jemanden vom rechtzeitigen Erscheinen bei der Arbeit abzuhalten?

Doch im grünen Skoda saß kein Kellner. Sondern Dobroslav Svoboda, vom Blitz getroffen und auferstanden wie Jesus. Mit noch mehr neurologischen Schäden als zuvor, einem lahmen linken Arm und einer großen Wut auf Jessica Malikova, die ihm, als er mit seinen Blitzverletzungen im Krankenhaus lag, entwischt war. Er hatte sich geschworen, sie zu finden, und hier war er – kurz vor seinem Ziel. Herauszufinden, wo sie sich aufhielt, war ein Kinderspiel gewesen – Dobroslav wusste, wie sehr sie ihre Heimat, den Flumserberg, vermisst hatte. Auf der ganzen Fahrt von Tschechien hierher – immerhin acht Stunden – hatte er sich überlegt, auf welche Art er sie um die Ecke bringen sollte. Er war gerade eine neue Variante am Durchspielen, als er in der dritten Linkskurve oberhalb der Flumserei mit einem entgegenkommenden Range Rover Velar zusammenprallte. Dem neuesten Modell.

Dobroslav Svoboda sah noch den Schrecken in den Augen des Fahrers, dann explodierte sein Skoda mit einem lauten Knall und schoss grüne Metallteile in alle Himmelsrichtungen.

Der Fahrer des Range Rovers hatte nach der Kollision mit dem entgegenkommenden Wagen keine Chance mehr, die Kurve zu kriegen. Er durchbrach die metallene Schranke am Straßenrand und bretterte unkontrolliert über die Alpwiesen den Hang hinunter, bis sein Fahrzeug von einem parkenden Heuwender abrupt gestoppt und in die Luft katapultiert wurde. Sich überschlagend, rumpelte der Range Rover über zwei Straßen und drei Magerwiesen hinweg Richtung Tal, vorbei an einem Dutzend Kühen, vier erschrockenen Schulkindern und einem wütenden Appenzeller Sennenhund, bis das

Fahrzeug schließlich auf dem Dach zum Stillstand kam – mitten in einem Beet mit frisch angesäten Bohnen. Bohnen und Passionsfrucht, mochte Erik Winters letzter Gedanke gewesen sein. Dann war er mausetot.

Alarmiert von einer erneuten Explosion auf dem Berg, trafen die vier im Tal postierten Polizisten fünf Minuten später an den beiden Unfallorten ein und stellten fest, dass sowohl der Range-Rover-Fahrer wie auch die komplett verkohlte Person im grünen Skoda tot waren. Kurze Zeit später teilten sie Lutz über Funk mit, dass der Mörder Erik Winter bei einem Autounfall ums Leben gekommen und damit sozusagen gefasst war.

Erst viel später, bei der Obduktion im Universitätsspital Zürich, stellte sich heraus, dass es sich bei dem Verbrannten im grünen Skoda um einen psychisch labilen Drogenkurier namens Dobroslav Svoboda handelte, der vor zwei Jahren aus der psychiatrischen Klinik geflohen war und sich nach Tschechien abgesetzt hatte. Weshalb er in die Schweiz zurückgekehrt war und was er am Flumserberg gesucht hatte, blieb der Polizei ein Rätsel.

Hätte sich Jessica Malikova bei der Einwohnerbehörde gemeldet, so wäre der Grund für die Rückkehr von Dobroslav Svoboda vielleicht irgendwann klar geworden. Jess jedoch zog es vor, nicht zu existieren, und erfuhr deshalb nie, wie knapp sie Dobroslav Svoboda und dem grässlichen Tod entronnen war, den er für sie ersonnen hatte.

40

Schmidt hat eine Theorie

SAMSTAG

Jetzt habe ich die Wahl, dachte Lutz, als das Funkgerät aufhörte zu knistern. Er steckte es zurück in die Halterung, lehnte sich ans Polizeiauto und stützte die Arme auf dem Dach ab. Er konnte die Eiscafé-Brände und Chantal Kellers Tod bis auf die letzte Faser sezieren, Beweise zusammentragen und vielleicht die Wahrheit herausfinden. Oder er konnte die Ungereimtheiten ungereimt bleiben lassen.

Sein Blick verweilte auf Skara Anderson, die Moira auf dem Arm hielt und mit den Vanderhagen-Zwillingen sprach. Ein wenig Anerkennung würde dem Mädchen guttun, dachte er. Sie war jung, hatte das Leben noch vor sich. Ebenso Nick und Jonas, der eine bodenständig, der andere Idealist, aber beides anständige Kerle. Welchen Einfluss hätte es auf ihre Karriere als Juristen, wenn ans Licht käme, was er für die Wahrheit hielt? Was würde mit Anton Seifert und Jessica Malikova geschehen?

Lutz stellte fest, dass die beiden sich an den Händen hielten, während sie zusahen, wie zwei der Gemeindepolizisten den Sarg mit der Leiche auf den Vorplatz schleppten. Einer der Kantonspolizisten brachte eine Folie, breitete sie über Chantal Keller aus und tackerte sie am Sarg fest, bevor die Polizisten sie ins Fahrzeug der Zürcher Kantonspolizei verfrachteten.

Ich habe in meiner Karriere schon viele schlechte Menschen gesehen, dachte der alte Polizist. Anton, Jess, Skara, Jonas und Nick gehören nicht dazu.

Er fluchte innerlich. Das war das Schlimme an seinem Job: dass man immer vor solchen Entscheidungen stand. Schon länger hatte er den Eindruck, dass er den Durchblick verlor, wo die Grenzen zwischen Recht und Unrecht verliefen. Er hatte abgebrühte, brutale Menschen mit einer milden Strafe davonkommen sehen, umgekehrt wurden vor Gericht aus manchen Jugendstreichen Verbrechen, ohne dass er dies nachvollziehen konnte. Er zweifelte am Rechtssystem, den Richtern und daran, ob vor dem Gesetz wirklich alle gleich waren. Natürlich bemühten die Richter sich, Licht in die Kindheit eines Beschuldigten, sein Elternhaus und seine Lebensumstände zu bringen, um die Beweggründe für seine Straftat zu erfahren. Das war wichtig, denn ob einer von der Mutter verlassen oder vom Vater verprügelt wurde, das konnte im späteren Leben eine Rolle spielen. Aber es gab auch diejenigen, die litten, ohne dass sie blaue Flecken davontrugen. Psychische Gewalt konnte ebenso grausam sein wie physische, hatte Lutz im Lauf seiner vielen Dienstjahre erfahren müssen. Sie versehrte einen Menschen innerlich, und dies oft bleibend.

Sowohl Skara wie Anton hatten Lutz' Einschätzung nach diese Art von unsichtbarer Folter erlebt. Skara war mit einer lieblosen Mutter aufgewachsen, die sie vernachlässigte, erniedrigte und mit Verachtung strafte, und ihre Chefin hatte sie gnadenlos gemobbt. Anton hatte, wie schon sein Vater, unter den perfiden Machtspielchen der Winters gelitten und sich von ihnen ausbeuten lassen. Statt ihn für seine jahrelange Loyalität zu belohnen, hatte Erik Winter diese mit Füßen getreten.

Lutz wusste, dass es psychisch Gemarterten oft nicht gelang, in Worte zu fassen, was ihnen widerfahren war. Wie

konnte ein Gericht sich also anmaßen, einen derart malträ-
tierten Menschen, dessen Leben und was daraus an Straftaten
folgte, zu beurteilen? Hinzu kam, dass es ihm schien, als
würden die Urteile je nach Richter, Staatsanwalt, Verteidiger
und Verfahren verschieden ausfallen. War es überhaupt möglich, dass Menschen, die doch immer von ihren Erfahrungen, Gefühlen und Vorurteilen geleitet wurden, ein objekti-
ves, faires Urteil fällten? Und wie stand es mit dem Recht auf
eine zweite Chance? In all den Jahren, die Lutz als Polizist
gearbeitet hatte, waren in seinem Kopf immer mehr solcher Fragen aufgetaucht, die er nicht abschließend beantworten konnte. Wie sollte er auch: Menschen, die klüger waren
als er, hatten ganze Bücher über die Frage des Richtens verfasst.

Wie also sollte er jetzt mit Anton, Skara, Jonas, Jess und
Nick verfahren? Lutz konnte die Gründe nachvollziehen, die
sie dazu veranlasst hatten, eine – wenn auch eigenwillige – Genugtuung von Erik Winter zu fordern. Auch dass Nick seinen
Bruder unterstützte und sich für Skara einsetzte, die ihm etwas
zu bedeuten schien, war begreiflich. Wenn es allerdings
stimmte, was er sich zu den Eiscafé-Bränden zusammenreimte,
dann hatten sich die jungen Leute und Anton strafbar gemacht
und mussten zur Rechenschaft gezogen werden. Denn dass es
Recht und Gesetz brauchte, davon war Lutz trotz aller Zweifel
am System überzeugt. Gedankenverloren klopfte er aufs Wagendach. Als er sah, dass Skara sich näherte, nahm er die Arme
herunter und ging ihr entgegen.

»Es gab einen Unfall, habe ich gehört?«, sagte Skara und
blieb abwartend vor ihm stehen.

»Ja«, bestätigte Lutz und teilte ihr mit, was er soeben über
Funk erfahren hatte: Erik Winter war bei seiner Flucht von der
Madilsalp verunglückt und noch am Unfallort verstorben.

»Es tut mir leid, dass Sie Ihren Vater verloren haben«, sagte Lutz und fühlte Mitleid. Die junge Frau war nicht nur ihres Erzeugers beraubt worden, sondern vor allem der Hoffnung, irgendwann auf einen anständigen Vater zu treffen.

Skara ahnte, was hinter seinen Worten steckte, und nickte, bevor sie zögernd fragte: »Und wie geht es jetzt weiter?«

Lutz verschränkte die Hände hinter dem Rücken. »Unsere Kriminaltechniker werden das Ferienhaus von Erik Winter und sein Grundstück aufs Genaueste nach Spuren untersuchen. Anschließend werden wir Sie und Ihre Freunde zu einer Einvernahme auf den Polizeiposten der Kantonspolizei Zürich einladen.« Sich nach vorne neigend, sagte er gedämpft: »Es gibt gewisse Dinge, Frau Anderson, die lassen sich aus der Welt schaffen. Andere nicht.« Bedächtig wiegte er den Kopf, und seine Augen wurden schmal. »Es sei denn, ich kenne die Hintergründe.«

Skara zögerte. Sie ging ein Wagnis ein, wenn sie diesem Polizisten berichtete, wie Chantal Keller ums Leben gekommen war. Doch nach allem, was sie bis jetzt über Kriminalpolizist Andy Lutz wusste, spürte sie, dass sie ihm vertrauen konnte. »Es war ein Autounfall«, gab sie leise zu. »Keine Absicht.«

»Gut«, kommentierte er mit ausdrucksloser Miene und sah Skara nach, wie sie zielstrebig zurück zu ihren Freunden ging.

Erst als Schmidt sich laut räusperte, merkte Lutz, dass der Junge neben ihn getreten war. Er warf ihm einen ungeduldigen Blick zu. So aufgekratzt, wie er von einem Bein aufs andere trat, musste er entweder aufs Klo, oder in sein Gehirn hatte sich – Gott bewahre – eine Idee eingeschlichen.

Tatsächlich hatten sich in Schmidts blondem Schädel die Rädchen gedreht, Zacke hatte sich in Zacke gefügt, und herausgekommen war so etwas wie eine Theorie zum Fall.

Warum man die Sache mit der Hausbesetzung fallen gelassen hatte, das war ihm noch immer nicht ganz klar. Sie war von der einen auf die andere Minute legal geworden. Anders verhielt es sich mit dem Mord und den Brandstiftungen. Diese waren – da war Schmidt sich ziemlich sicher – im Lauf der Diskussion nicht weniger illegal geworden. Womit sie in den Zuständigkeitsbereich der Polizei fielen – in seinen also.

»Ich habe einige Schlussfolgerungen gezogen«, verkündete Schmidt deshalb. »Willst du sie hören?«

Bedauerlicherweise werde ich dich kaum davon abhalten können, wollte Lutz gerade sagen, als er sich eines Besseren besann. Die Moser hatte Ruben Schmidt zu seinem Partner gemacht. Er sollte Verantwortung übernehmen lernen. Weshalb also sollte nicht er in diesem schwierigen Fall entscheiden? »Dann leg halt los«, brummte er deshalb.

»Im Fall, der uns vorliegt, handelt es sich um einen ausgeklügelt eingefädelten Versicherungsbetrug«, sprudelte Schmidt sogleich hervor. »Erik Winter hat seine Eiscafés selbst angezündet und profitiert damit gleich doppelt. Er kassiert die Gelder von der Brandschutzversicherung, erhält werbewirksame Aufmerksamkeit und streicht einen satten Gewinn ein.«

»Aha. Und welchen Beweis hast du für diese raffinierte Theorie?«

»Die schwarze Katze. Moira. Erik Winter kannte ihren Namen, woraus ich folgere, dass sie ihm gehört. Pech nur, dass sie vor den Flammenwerfer sprang und dieses Schattenbild an die Wand projizierte. Das entlarvt ihn jetzt.«

»Die Katze ist also dein Indiz dafür, dass Erik Winter die Versicherung betrogen hat. Schön, schön. Und was ist mit der Leiche?«

»Was die Tote angeht, war ich mir anfänglich nicht im Klaren«, räumte Schmidt ein. »Skara Anderson hat kein Wort darüber verloren, dass Chantal Keller ihre Chefin war. Das macht sie verdächtig, zumal sie allen Grund dafür gehabt hätte, die Frau umbringen zu wollen.«

Manchmal schien selbst Schmidt lichte Momente zu haben. »Aber Mobbing, wie Skara Anderson es erlebt hat, scheint dir kein ausreichendes Tatmotiv zu sein, um die eigene Chefin umzubringen?«, half Lutz ihm auf die Sprünge.

»Nein. Ich bin überzeugt, dass Erik Winter der Mörder seiner Frau ist.«

»Ach ja? Und weshalb?«

»Drei Gründe sprechen dafür«, sagte Schmidt und verfiel in zackigen Militärjargon. »Erstens: Erik Winter bringt eine Waffe zum Ferienhaus mit, was darauf hindeutet, dass er auch bereit ist, sie zu benutzen. Er ist demnach unzweifelhaft in der Lage, seine Frau zu ermorden.«

»Unzweifelhaft«, stimmte Lutz trocken zu.

»Zweitens hat er seine Frau nicht als vermisst gemeldet. Das bringt mich zur Schlussfolgerung, dass er sie nicht geliebt hat. Hass aber ist ein sehr starkes Motiv für einen Mord.«

»Logisch«, fühlte Lutz sich verpflichtet zu sagen, als der Junge ihn erwartungsvoll ansah. Wo nicht Liebe war, da war Hass – genau die gleiche schwarz-weiße Sicht auf die Welt hatte er als junger Polizist auch vertreten. Vielleicht brachte ihn Schmidt deshalb so auf die Palme.

»Und drittens?«, hakte er nach.

»Drittens ist Erik Winters Flucht ein Schuldeingeständnis. Wenn jemand ein reines Gewissen hat, dann flieht er nicht vor einer Befragung.«

»Nach deiner Theorie hat der Mann seine Eiscafés also selbst angezündet, um die Versicherung zu betrügen, und außerdem seine Frau ermordet, weil er sie hasste«, fasste Lutz zusammen.

»Genau. Was sagst du dazu?«

Lutz fand, dass er sich nicht beklagen konnte. Der Junge hatte ihm mit seinen selektiven Schlussfolgerungen die Entscheidung abgenommen. Der Schuldige hieß Erik Winter und war tot. Wenn er, Lutz, die Theorie von Schmidt akzeptierte, würde der Beitrag von Skara, Anton und Jonas zu den Brandstiftungen und dem Mord an Chantal Keller nie untersucht werden. Es gab – sah man von der angesengten Katze und den Überresten des explodierten Autos ab – ja tatsächlich keinen Beweis, der gegen Schmidts Theorie sprach. Dafür hatte Nick Vanderhagen gesorgt.

Was ist aus mir geworden, dachte Lutz. Als junger Polizist hatte er geglaubt zu wissen, was Gerechtigkeit war. Nie wäre ihm der Gedanke gekommen, sein Bauchgefühl könne richtiger sein als das Recht. Irgendwann zwischen damals und heute hatte der Mensch in ihm den Gesetzeshüter besiegt, was ihn wohl zu einem schlechten Polizisten machte. Aber machte es ihn umgekehrt zu einem guten Menschen? Vermutlich nicht. Tammisiech, er war bloß ein alter Sack, der vor seinem Gewissen kapitulierte. Es war an der Zeit, sich von dem ganzen Schlamassel zu lösen. Gleich nach der Vernehmung würde er sich mit der Moser über seine Frühpensionierung unterhalten.

»Also, Lutz, was hältst du von meinen Schlussfolgerungen?«, bohrte Schmidt nach, konsterniert über das lange Schweigen seines Bosses.

»Wir fahren jetzt auf den Posten zurück, und du berichtest der Moser von deiner Theorie«, sagte dieser ausweichend.

Schmidt war erfreut. »Du glaubst also, dass ich richtigliege?«

Lutz seufzte. »Du hast zusammengetragen, gefiltert und kombiniert. Also wird das Ergebnis wohl stimmen.«

»Danke, Boss. Das ist das erste Kompliment, das ich von dir erhalte.«

»Klappe!«

Während Schmidt sich hinter das Steuerrad des Polizeiwagens klemmte, trat Lutz zu den Bewohnern des Ferienhauses. Skara, Anton, Jess, Jonas und Nick blickten ihn gespannt an.

»Mein junger Kollege«, setzte er an, als er vor ihnen stand, »ist zur Einsicht gelangt, dass es Erik Winter war, der für den Tod von Chantal Keller verantwortlich ist. Er ist zudem davon überzeugt, dass der Mann seine Eiscafés selbst in Brand gesteckt hat, um das Geld der Versicherung abzukassieren. Ob seine Theorie einer näheren Untersuchung standhält, wird sich weisen.«

Er faltete die Hände über seinem Bauch. »Wie ich vorhin schon zu Frau Anderson sagte, lassen sich gewisse Dinge aus der Welt schaffen, aber nicht alle. Die Explosion hinter dem Haus wird gründlich untersucht werden müssen, und wenn mich mein gut ausgeprägter Sinn für Details nicht im Stich lässt, so tippe ich jetzt einmal darauf, dass es ein gestohlener blauer Peugeot war, der hier beseitigt wurde. Irgendjemand wird für den Diebstahl dieses Autos, die Sachbeschädigung und die explosionsbedingte Gefährdung von Menschenleben geradestehen müssen. Es wäre gut«, er räusperte sich und sah sie einen nach dem anderen eindringlich an, »wenn man sich vor der Vernehmung dazu Gedanken machen könnte.«

»Werden wir«, erwiderte Nick.

»Passen Sie auf sich auf«, sagte Lutz zu Skara, als er ihr zum Abschied die Hand drückte.

»Ich danke Ihnen, Herr Lutz«, antwortete diese und blickte dem alten Polizisten in die Augen. »Für alles. Ich bin froh, dass es Menschen gibt wie Sie.«

Lutz zwinkerte der jungen Frau zu und hoffte, dass die Traurigkeit in ihren Augen eines Tages verschwinden würde.

Das ist dann also mein letzter Fall gewesen, dachte er, als er neben Schmidt auf dem Beifahrersitz Platz nahm. Nachdenklich blickte er zu seinem Kollegen hinüber. Vielleicht sollte er ein wenig netter sein zu dem Jungen. Um in guter Erinnerung zu bleiben, wenn er in Frühpension ging.

»Mann, das hat vielleicht gedauert!«, meckerte Schmidt und trommelte auf das Lenkrad. »Ich warte hier schon eine Ewigkeit!«

In diesem Augenblick entschied Lutz, dass er auf eine gute Erinnerung pfeifen konnte. »Halt den Rand, Junge, und fahr!«

41

Skara erbt den ganzen Krempel

Skara fühlte sich auf merkwürdige Weise leer, als sie den Polizeifahrzeugen mit den Kriminaltechnikern nachschaute, wie sie langsam den Schotterweg hinunterholperten. Die Ereignisse der letzten Stunden hatten ihr ein Bad an Gefühlen beschert, dem jetzt abrupt der Stöpsel gezogen worden war.

»Dafür, dass wir gar niemanden eingeladen haben, war das ganz schön viel Besuch«, stellte Anton trocken fest. Noch verwirrt davon, was geschehen war, und erleichtert, dass zumindest Hoffnung bestand, nicht ins Gefängnis zu müssen, standen sie alle wie aufgereiht vor dem Haus.

»Was haltet ihr davon, wenn wir später eine Party veranstalten?«, fuhr er fort. »Jeder von uns lädt zwei, drei Personen ein, wir braten ein Spanferkel und machen uns einen schönen Abend.«

»Bei aller Liebe zu einem saftigen Schwein am Spieß«, sagte Jonas kopfschüttelnd, »hast du überhaupt mitgekriegt, was gerade geschehen ist, Anton?«

»Natürlich«, erwiderte Anton erstaunt. »Mein Ex-Chef, der gleichzeitig Skaras Vater ist, hat uns eine Waffe unter die Nase gehalten, herumgeschrien und zugegeben, dass er ein Scheißkerl ist. Dann kam die Polizei, wollte uns verhaften, aber dein komatöser Bruder hat es ihnen ausgeredet. Zumindest der junge Polizist glaubt jetzt, dass Erik Winter die Eiscafés angezündet und seine Frau ermordet hat. Und da der die Kurve nicht nur gekratzt, sondern sogar überfahren hat, erbt Skara seinen ganzen Krempel inklusive Ferienhaus, wenn ich mich nicht irre, und ist mit einem Mal stinkreich. Jetzt müssen wir uns nur noch überlegen, wie wir die Sache mit dem explodierten Auto erklären, dann sind wir fein raus. Wie du siehst, hab ich alles mitgekriegt.«

»Es freut mich, dass du so zuversichtlich bist«, sagte Jonas, wider Willen grinsend. »Und ich glaube, ich habe bereits eine Idee, wie wir die Sache mit dem explodierten Auto deichseln können. Also lasst uns feiern!«

In den nächsten drei Stunden waren sie mit den Vorbereitungen für die Party so beschäftigt, dass sie kaum dazu kamen, einen klaren Gedanken zu fassen. Als um sechzehn Uhr Laurent in seinem gelben Porsche vorfuhr, war alles bereit dafür, das Spanferkel über die glühende Kohle zu hängen. Schon nach wenigen Minuten begann es zischend Fett zu verspritzen, und die Runde brachte sich lachend in Deckung.

»Kann ich kurz mit dir sprechen?«, fragte Nick Skara, als sie am Rand des grasbestandenen Plateaus nebeneinanderstanden.

»Da du es bereits tust, kann ich es wohl kaum verhindern«, gab sie pampig zurück.

»Jonas hat mich darüber informiert, dass er unsere ganze Familie zur Party eingeladen hat«, sagte Nick, ohne auf ihre Bemerkung einzugehen. »Bevor sie alle hier aufkreuzen, wollte ich deshalb noch etwas klären.«

»Verständlich«, sagte Skara spöttisch. »Es wäre echt peinlich für dich, wenn deine Familie mich weiterhin für deine Verlobte hielte. Und eingestehen, dass du ihnen die ganze

Verlobung nur vorgelogen hast, willst du wohl auch nicht.« Sie hob die Arme über den Kopf und streckte sich. »Keine Sorge, ich werde spielen, was auch immer du wünschst: die am Boden zerstörte, verlassene Verlobte, die wütende Ex oder die Ahnungslose – unschuldiges Opfer einer Verwechslung.«

»Red' keinen Quatsch«, brummte Nick gereizt. »Bitte, Skara, lass uns alles in Ruhe besprechen.«

Sie zuckte mit den Schultern und ließ sich neben ihm im Gras nieder, die Beine über dem Rand des Plateaus. Die Aussicht auf die Churfirsten war unvergleichlich schön. In einer Stunde würde die Dämmerung den Himmel zwischen den spitzen Gipfeln gelb-rosa färben und die melancholische und zugleich verheißungsvolle Stimmung hervorrufen, auf die sich Skara jeden Abend freute. Auf das Gespräch mit Jonas' Zwilling hingegen hätte sie liebend gern verzichtet. Es konnte nur unangenehm werden.

Nick seufzte. »Diesen Moment habe ich mir eigentlich anders vorgestellt.«

»Klingt nach Selbstmitleid«, stellte Skara ungnädig fest, klemmte die Hände unter die Oberschenkel und ließ die Beine baumeln.

»Hör auf, mich anzugiften. Meine Familie weiß, dass wir nicht verlobt sind. Ich war heute Morgen bei ihnen und habe die ganze Geschichte gebeichtet.«

Obwohl Skara spürte, wie Nick sie anschaute, starrte sie weiterhin geradeaus. »Was hast du ihnen erzählt?«

»Dazu muss ich etwas ausholen.« Nick strich sich mit der Hand über die Stirn. »Du hast meinen Vater und meine Mutter kennengelernt. Familie bedeutet ihnen alles. Jedes Mal, wenn ich eine neue Freundin habe, beackern sie mich, sie ihnen vorzustellen.«

»Und weshalb tust du es nicht einfach?«

»Du verstehst das nicht.« Er schüttelte den Kopf. »Sie lauern regelrecht darauf, ihre künftige Schwiegertochter kennenzulernen, und hätten jede Freundin, die ich heimgebracht hätte, wie meine zukünftige Ehefrau behandelt. Das hätte meinen oft oberflächlichen Beziehungen eine Ernsthaftigkeit verliehen, die sie nicht verdienten.«

»Also hast du eine Verlobte erfunden.« Ihre Blicke trafen sich, verharrten für einige Atemzüge, und Skara stellte fest, dass es ihr ganz natürlich vorkam, ihm in die Augen zu sehen.

»Eine Verlobte namens Skara Anderson«, bestätigte Nick und schien auf einmal verlegen. »Mein Vater war Josies Anwalt und eng mit ihr befreundet. Wenn er in einer Zeitschrift einen Bericht über sie entdeckte, dann schnitt er ihn aus und zeigte ihn herum. Auf den Bildern war neben Josie oft ein kleines Mädchen zu sehen. Das warst du, Skara. Eines dieser Bilder, das sich mir besonders eingeprägt hat, stammt vom Hausfotografen eines bekannten italienischen Magazins, der deine Mutter und dich nach einer erfolgreichen Theaterpremiere in Mailand fotografierte. Du warst etwa neun Jahre alt, trugst ein dunkelblaues Kleid mit einem weiß-rosa gestreiften Kragen, und dein Haar glänzte wie frisch gebürstet. Ich sehe es noch genau vor mir. Die Art, wie ihr nebeneinanderstandet, ohne euch zu berühren, wirkte kalt und falsch auf mich. Du sahst so verloren aus, dass es mir im Herz wehtat, und ich fragte mich, wieso diese berühmte Schauspielerin ihr kleines Mädchen weder umarmt noch an der Hand hält, sondern wie eine Staffage neben sich stehen lässt.«

Skara erinnerte sich an die Situation, in der das Foto entstanden war. An diesem Abend hatte ihre Mutter ihr die Haare so unbarmherzig gebürstet, dass ihre Kopfhaut schmerzte. Sie war gereizt und schimpfte sie aus, um sie einen Wimpernschlag später vor die Kamera zu schleppen und den Presseleuten einnehmend zuzulächeln. Die Erinnerung an die vielen erstickten Tränen, die sich damals in ihrem Inneren anstauten, tat so weh, dass Skara keine Worte dafür fand. Beim Gedanken daran, dass jemand, wenigstens irgendjemand, ihre Not wahrgenommen hatte, stieg ein warmes Gefühl in ihr auf.

Nick sah Skara nachdenklich an. »Das Bild von Josie und dir löste etwas aus in mir, das ich damals nicht beschreiben konnte. Heute würde ich sagen, dass es wohl eine Mischung aus Lust war, diese kaltherzige Frau zu verprügeln, und dem dringenden Bedürfnis, dich zu retten.«

»Nun ja, im Grunde hast du das vorhin ja getan, oder?«, gab Skara zurück.

Nick blickte sie fragend an.

»Mich gerettet, meine ich.«

»Vermutlich.« Er grinste entwaffnend. »Jedenfalls sind mir das Foto und dein spezieller Name in Erinnerung geblieben, und als meine Eltern wieder einmal nachbohrten, ob es da nicht eine Freundin gäbe, da ist mir aus einem unerfindlichen Grund dein Name eingefallen. Um diesen herum baute ich dann die Geschichte von der Verlobten, die ich ihnen praktischerweise nicht vorstellen konnte, da sie zurzeit im Ausland studierte.«

Skara schürzte die Lippen und dachte nach. »Dass du die Beweise für die abgebrannten Eiscafés zerstört und uns bei der Polizei herausgeredet hast, wiegt vielleicht auf, dass du mich mit der gefälschten Verlobung vor deiner Familie in Verlegenheit gebracht hast. Aber dass du dich im Krankenhaus bewusstlos gestellt und mir heimlich zugehört hast, werde ich dir nicht so schnell verzeihen.«

»Ich werde mir alle Mühe geben, diesen Fehler wiedergutzumachen«, versprach Nick, und das – fand Skara – klang beinahe, als meine er es ernst.

Das Knirschen von Wagenreifen auf Schotter und das Rieseln
schleudernder Steinchen ließen sie aufhorchen. Ein Auto näherte sich.

»Deine Familie ist eingetroffen«, bemerkte Skara und legte,
plötzlich unsicher geworden, den Zeigefinger an die Wange.
»Und du bist sicher, dass sie mich nicht länger für deine Verlobte halten?«

»Ganz sicher. Sei einfach du selbst, Skara Anderson.«

Wie zu erwarten, wenn ein Spanferkel im Spiel ist, wurde es
eine tolle Party, oder, wie Anton es ausdrückte: »Ein saumäßig
schönes Fest, gopfertelli!«

Die Familie Vanderhagen erwies sich als ebenso freundlich,
wie Skara sie in Erinnerung hatte, und zeigte so viel Taktgefühl,
kein Wort über die angebliche Verlobung zu verlieren. Edna
hatte in modischer Hinsicht alles gegeben und sich in ein flat-
terndes Kostüm aus verschiedenen Blautönen gestürzt, an dessen Saum Federn hingen. Wie Skara amüsiert feststellte, schienen sie und Tierarzt Karl sich ausgezeichnet zu verstehen.
Wanda, Radiologie-Assistentin und selbstdefinierter Fremd-
körper auf diesem Planeten, fügte sich erstaunlich gut in die
Gruppe ein. Vier Gläser Montrachet Marquis de Laguiche
ließen sie Alwin kurzzeitig vergessen, und man konnte sich
unerwartet vernünftig mit ihr unterhalten.

Skara, Anton und Jonas gelang es, die Sorge zu verdrängen,
was ihnen vonseiten der Polizei noch bevorstehen mochte, und
sie feierten, wie sie die letzten Tage gelebt hatten – als ob es
kein Morgen gäbe. Und als sich der Himmel über den Tannen

rot färbte, rückten Anton, Jess und Laurent, angefüllt mit Wein und Zuversicht, endlich damit heraus, was sie sich mit Skaras kurzfristigem Einverständnis vorgenommen hatten: das Ferienhaus auf der Madilsalp in ein Restaurant zu verwandeln – mit währschafter Schweizer Küche und libanesischem Badingal.

42

Die Einvernahme

MONTAG

Die Moser war kritisch wie erwartet. Alles andere hätte Lutz auch enttäuscht. Schweigend hörten sie und Staatsanwalt Simon Sonderegger sich an, was Ruben Schmidt über die Vorfälle vom Samstag auf der Madilsalp zu berichten wusste. Lutz lehnte sich in seinem Stuhl zurück, faltete die Hände über dem Bauch und gab den wohlwollenden Zuhörer.

»Und weshalb glauben Sie, dass Erik Winter für den Tod an seiner Frau verantwortlich ist?«, hakte der Staatsanwalt am Ende von Schmidts langatmiger Erzählung nach.

»Er schien uns von Anfang an verdächtig«, sagte Schmidt, und Lutz' Augenbrauen zuckten amüsiert in die Höhe, »denn es war nicht er, der seine Frau als vermisst meldete, sondern Chantal Kellers Stellvertreterin in der Schweizer Süße. Erik Winter muss zu diesem Zeitpunkt also bereits klar gewesen sein, dass seine Frau tot ist. Und weshalb wusste er das? Weil er sie selbst umgebracht hat oder umbringen ließ. Auch, dass er floh, als wir ihn mit unserem Mordverdacht konfrontierten, spricht gegen ihn. Der entscheidende Beweis für seine Schuld aber ...«, er machte eine Kunstpause, für die Lutz ihm widerwillig Respekt zollte, »der entscheidende Beweis ist diese Notiz hier, die wir heute Morgen von Erik Winters Haushälterin Mychau erhalten haben.« Schmidt reichte dem Staatsanwalt einen Zettel, der von einem Notizblock abgerissen worden war. »Saubermann«, stand darauf, darunter eine Telefonnummer.

»Die Nummer führt zum Hausanschluss einer Bar an der Zürcher Langstraße. Dank unserer Kontakte ins Milieu konnten wir herauskriegen, dass es sich bei diesem Saubermann um einen Auftragskiller handelt!« Er nickte bedeutungsschwer mit dem Kopf. »Es gibt keinen Zweifel daran: Erik Winter ließ seine Ehefrau ermorden.«

Schmidts selbstbewusstes Auftreten und seine wohlformulierten Sätze beeindruckten Staatsanwalt Sonderegger, der zwar schon einige Jahre Dienst tat, bisher aber noch nicht auf den äußerst motiviert wirkenden Ruben Schmidt getroffen war und diesen augenblicklich als vielversprechende Nachwuchskraft einstufte.

Anders die Moser. »Wie praktisch, dass Erik Winter tot ist und nicht mehr befragt werden kann«, murmelte sie kopfschüttelnd.

Staatsanwalt Sonderegger überging den Kommentar. Die Argumentation des jungen Polizisten zum Mord leuchtete ihm vollkommen ein. Ebenso die Gründe, die dafürsprachen, dass Erik Winter seine Eiscafés selbst angezündet hatte. Die Lokale waren offenkundig defizitär gewesen, da konnte einem gewieften Geschäftsmann wie Erik Winter durchaus einfallen, dem baldigen Aus der Kette mit Feuer zuvorzukommen und die Versicherung abzukassieren, fand der Staatsanwalt. Außerdem konnte die Beweislage – wie auch im Mordfall – deutlicher nicht sein. Als die Polizisten der Sankt Galler Kantonspolizei beim Bohnenbeet anlangten, in dem Erik Winter einige Sekunden zuvor sein Leben ausgehaucht hatte, stand der Kofferraum des Unfallautos weit offen. Noch bevor sie sich an einem Misthaufen vorbei zu Erik Winters Leiche kämpfen konnten, erblickten sie im Kofferraum einen Flammenwerfer, Modell

35, aus den Zeiten des Zweiten Weltkriegs. Vom gesuchten Flammenwerfer bis zum gesuchten Eiscafé-Zündler waren dann nicht mehr viele Schlussfolgerungen notwendig. Die Beweislage für die Brandstiftungen und den Ehefrauenmord war glasklar. Fall gelöst.

»Gut gemacht«, beschied der Staatsanwalt Ruben Schmidt, der vor Stolz über das ungewohnte Lob glühte. Dann wandte er sich an die Moser: »Herr Schmidt hat den ihm übertragenen Fall mit Bravour gelöst. Ich schlage vor, dass wir ihm die Befragung zur Explosion auf der Madilsalp überlassen. Das hat er sich redlich verdient.«

Die Moser schnaubte nur. Als der Staatsanwalt, gefolgt von Schmidt, den Raum verlassen hatte, blickte sie Lutz vorwurfsvoll an. »Du sitzt da in deiner Ecke wie ein lächelnder Buddha und hast nichts zu sagen in dieser ganzen Sache? Wenn mich Schmidts allzu glatte Lösung nicht schon misstrauisch gestimmt hätte, dann würde dein ominöses Lächeln es tun.«

Lutz schmunzelte. Das Bild vom lächelnden Buddha gefiel ihm. »Tu jetzt bloß nicht schwierig, Moser, du warst es doch, die den Jungen unbedingt fördern wollte, und wie du siehst, hat sich das bezahlt gemacht. Ich habe Staatsanwalt Sonderegger nie zufriedener gesehen.«

»Ach, zum Teufel«, fauchte die Moser und verwarf die Hände. »Hältst du es etwa für eine gute Idee, wenn wir Schmidt die Befragung leiten lassen? Die Explosion dieses Autos ist der einzige Part in dieser ganzen verflixten Eiscafé-Story, für den wir die wahren Schuldigen drankriegen könnten!«

»Nun ja, es könnte ganz interessant werden, nicht wahr?«, sagte Lutz ungewohnt mild.

Ruben Schmidt drückte auf den Knopf des Aufnahmegeräts, das vor ihm auf dem Tisch stand. Seine Hände waren klamm vor Aufregung, und auf seiner Stirn bildeten sich Schweißtropfen. »Zeugeneinvernahme von Jonas Vanderhagen. Wir befinden uns auf dem Polizeiposten der Kantonspolizei Zürich. Es ist Montag, der 24. Mai, zehn Uhr. Anwesend im Vernehmungsraum sind Jonas Vanderhagen und Kriminalpolizist Andy Lutz. Mein Name ist Ruben Schmidt, Kriminalpolizist, und ich leite diese Befragung.«

Schmidt räusperte sich. »Frage Nummer eins: Verstehen Sie die deutsche Sprache? Kann diese Einvernahme auf Deutsch erfolgen?«

»Ich hatte im Deutschunterricht zwar nie mehr als die Note Fünf, als ich noch zur Schule ging, aber ich werde mir alle Mühe geben, Sie zu verstehen«, sagte Jonas Vanderhagen leutselig.

Lutz hielt sich die Hand vor den Mund, um seine Belustigung zu verbergen.

Schmidt lehnte sich zum Mikrofon des Aufnahmegeräts vor. »Eigentlich, Herr Vanderhagen, haben wir ja Ihren Bruder Nick zu dieser Vernehmung vorgeladen. Können Sie mir sagen, weshalb Sie an seiner Stelle hier erschienen sind?«

»Nick musste zur Arbeit«, erklärte Jonas, »und da ich in dieser Angelegenheit der wahre Schuldige bin, schien es mir naheliegend, dass ich Ihnen Auskunft erteile. Ich hoffe, das ist in Ordnung für Sie.«

Der junge Polizist runzelte die Stirn. Natürlich war es in Ordnung, dass Jonas Vanderhagen herkam, wenn er der wahre Schuldige war. Das erleichterte die Vernehmung ungemein. Wenn er ihn ordentlich in die Zange nahm, dann hatte er womöglich in einer Stunde sein erstes Geständnis auf dem Tisch liegen. Schmidt warf einen Blick auf die Fragen, die er für das Verhör vorbereitet hatte, und legte los. »Jonas Vanderhagen, ist Ihnen etwas bekannt über die Explosion, die sich am Samstag auf der Madilsalp ereignete?«

»Ist das eine Fangfrage?«

»Weshalb sollte das eine Fangfrage sein?«

»Nun, weil wir ja alle drei bei der Explosion anwesend waren«, gab Jonas zurück.

Schmidt zog eine verdrießliche Miene. Wollte der Zeuge seine Autorität untergraben? Er wippte mit den Füßen – ein Zeichen von Nervosität, wie Lutz wusste. »Nächste Frage: Haben Sie eine Ahnung, wodurch diese Explosion ausgelöst wurde?«

»Haben Sie denn eine?«

»Ja, aber das verrate ich Ihnen nicht.«

»Natürlich nicht«, sagte Jonas verständnisvoll. »Allerdings stellt sich dann die Frage, wie Sie jetzt mit dieser Befragung weiterkommen wollen, wenn wir keine Grundlage haben, um darauf aufzubauen.«

Dieser Vanderhagen windet sich in Schmidts Händen wie ein glitschiger Fisch, dachte Lutz. Man merkt ihm an, dass es nicht seine erste Befragung ist.

»Also gut«, lenkte der junge Polizist widerstrebend ein. »Unsere Kriminaltechniker haben am Ort der Explosion verschiedene Sprengstoffkomponenten gefunden, die offenbar mit einem Fernzünder ausgelöst wurden.«

Jonas nickte ernst. Dann, als wäre ihm soeben etwas eingefallen, bückte er sich und holte aus der mitgebrachten Einkaufstüte einen schwarzen Kasten von der Größe eines antiquierten Mobiltelefons hervor. »Könnte es sich beim Fernzünder, von dem Sie sprechen, um dieses Gerät hier handeln?« Er schob den Zünder über den Tisch, was Schmidt erschrocken zurückzucken ließ.

Lutz hob amüsiert eine Augenbraue.

»Ähm, ja, das nehme ich an«, sagte Schmidt und starrte auf das Gerät, als fürchte er, dass es sich gleich selbst entflammen würde. Streng sagte er: »Daraus, dass Sie im Besitz dieses Gerätes sind, Herr Vanderhagen, schließe ich, dass Sie es waren, der die Explosion ausgelöst hat.«

Der Angesprochene strich sich übers Kinn und wiegte bedächtig den Kopf. »Das könnte man annehmen. Schließlich bin ich hier und präsentiere Ihnen dieses Beweisstück, nicht wahr?«

»Natürlich«, meinte Schmidt, für einen Augenblick verwirrt, dann fasste er sich. »Können Sie mir einen Grund nennen, weshalb Sie die Explosion ausgelöst haben?«

»Wollen wir nicht zuerst klären, was denn überhaupt hochgegangen ist?«, erkundigte sich Jonas arglos.

»Ein Peugeot, dunkelblau, Baujahr 2011«, antwortete Schmidt wie aus der Pistole geschossen.

»Sehen Sie, da kommen wir der Sache schon näher«, sagte Jonas. »Ihre Kriminaltechniker haben schnell gearbeitet, das muss ich zugeben.«

»Gehörte der fragliche Peugeot Ihnen, Herr Vanderhagen?«

»Hätte ich ihn in die Luft gejagt, wenn er mir gehörte?«, gab Jonas zurück.

»Vielleicht«, sagte der Polizist trotzig. Allmählich gingen ihm die Gegenfragen dieses Zeugen auf die Nerven. Er hatte das dumpfe Gefühl, dass diese Einvernahme nicht lief, wie sie laufen sollte. Höchste Zeit, konkret zu werden. »Ich frage Sie ein weiteres Mal, Herr Vanderhagen: Sind Sie der Eigentümer dieses Fahrzeugs, oder sind Sie es nicht? Bitte antworten Sie mit Ja oder Nein.«

»Nein.«

Lutz, den Kopf in beide Hände gestützt, litt fast körperlich unter Schmidts unbeholfenen Fragen. Doch er schwieg eisern. Staatsanwalt Sonderegger hatte dem Jungen die Befragung anvertraut, also sollte er sie auch führen.

»Ist vielleicht eine der anderen Personen, die gestern auf dem Grundstück anwesend waren, der Eigentümer dieses Peugeots?«

»Ich denke nicht«, erwiderte Jonas und schüttelte den Kopf.

»Wie ist das Auto denn auf die Madilsalp gekommen?«

Jonas kratzte sich im Nacken. »Meiner Vermutung nach wurde es gefahren.«

Lutz gluckste. Als er Schmidts misstrauischen Blick auf sich ruhen sah, ließ er seine Erheiterung in einen Hustenanfall übergehen.

»Dann sage ich Ihnen jetzt einmal etwas, Herr Vanderhagen«, fuhr Schmidt stirnrunzelnd fort. »Die Kriminaltechniker sagen, dass es sich bei dem explodierten Auto in der Tat um jenen dunkelblauen Peugeot handelt, der am vergangenen Dienstag oder Mittwoch vom Parkplatz bei der Braunwaldbahn gestohlen wurde.«

»Tatsächlich?«

»Jawohl.«

»Dann habe ich also ein gestohlenes Auto in die Luft gesprengt?«

»Richtig. Weshalb haben Sie das getan?«

Jonas beugte sich vor und breitete – Offenheit demonstrierend – die Hände aus. »Wissen Sie, Herr Schmidt«, sagte er vertraulich, »als Kind gab es nichts Schöneres für mich, als zu Silvester und am Nationalfeiertag Raketen und Vulkane zu zünden. Ich liebe Sprengstoff. Und als ich per Zufall an zwei Rohrbomben kam, brachte ich sie auf die Madilsalp mit, um sie bei einer passenden Gelegenheit zu sprengen. Um niemanden zu gefährden, lagerte ich sie im Auto, das hinter dem Haus stand. Nach den Ereignissen am Samstag scheint es mir allerdings, dass der Sprengstoff dort doch nicht so gut aufgehoben war, wie man hätte annehmen können.«

»Es war also ein Versehen, dass die Bomben vorgestern explodiert sind?«

Jonas breitete die Hände aus. »Glauben Sie mir, ich hatte keinesfalls die Absicht, die Rohrbomben zu zünden, wenn wir mitten in einer Befragung mit der Polizei stecken.«

Lutz kam nicht umhin, seine geschickten Antworten zu bewundern. Der junge Mann gab nur preis, was er preisgeben wollte, und hatte, nach allem, was Lutz sich über die Ereignisse zusammenreimen konnte, noch kein einziges Mal die Unwahrheit gesagt.

»Indem Sie diese Rohrbomben hochgehen ließen, haben Sie Menschenleben gefährdet, Sachschaden angerichtet und sich dadurch strafbar gemacht!«, schnaubte Schmidt.

»Da haben Sie natürlich recht«, räumte Jonas ein. »Deshalb bin ich ja auch hergekommen; weil ich schuldig bin. Komme ich jetzt ins Gefängnis?«

Lutz verzog die Lippen – amüsiert und gleichzeitig ernüchtert darüber, dass die künftige Polizei-Elite sich dermaßen hinters Licht führen ließ. Jonas Vanderhagen hatte Schmidt gnadenlos an seinen Gegenfragen auflaufen lassen und ihn so konfus gemacht, dass der Junge es sogar versäumt hatte, ihn ganz konkret danach zu fragen, ob er es war, der den blauen Peugeot gestohlen hatte. Und das war nun wirklich kaum zu glauben.

»Ob Sie ins Gefängnis kommen oder nicht, wird der Staatsanwalt entscheiden«, unterrichtete ihn Schmidt. »Ich werde das sogleich abklären.«

»Tun Sie das«, sagte Jonas und lehnte sich entspannt zurück, während sich die zwei Polizisten von ihren Stühlen erhoben.

In der Tür drehte Lutz sich noch einmal um und musterte den jungen Anwalt nachdenklich. »Verraten Sie mir auch den wahren Grund, weshalb Sie anstelle Ihres Bruders gekommen sind?«

»Primär, um mein Karma zu verbessern«, antwortete Jonas.

»Das Karma?« Lutz' Augen weiteten sich verblüfft.

»Ja. Außerdem hatte ich das Gefühl, meinem Bruder noch etwas schuldig zu sein.«

EPILOG

Was mit dem Flügelschlag eines Schmetterlings begonnen hatte, war wie ein Wirbelsturm durch die Existenzen von Skara, Anton und Jonas gefegt. Eine kleine Ursache entfaltete eine große Wirkung – ganz, wie der Meteorologe Edward Norton Lorenz es prophezeit hatte. Im Gegensatz zum Wetterphänomen wirkte sich der vom Schmetterling ausgelöste Sturm im Leben der drei jedoch nicht zerstörerisch aus, sondern gab ihnen den nötigen Schubser, ihr Leben zu überdenken. Die Einzigen, die einen Schaden davontrugen, waren Dobroslav Svoboda, Erik Winter und Chantal Keller. Ob sie es nun verdienten oder nicht – fest steht, dass sie heute tot sind, und zwar so gänzlich, dass sie nicht wiederauferstehen.

Selbst Jonas war nach dem ganzen Abenteuer der Meinung, dass er recht glimpflich davongekommen war, und das, obwohl er für die Sprengung eines Autos aus reinem Spaß und in Anwesenheit der Polizei sowie qualifizierter Sachbeschädigung eine mehrmonatige bedingte Freiheitsstrafe und eine Buße aufgebrummt bekam.

Die vom Gericht verhängte Probezeit saß er bei Anton und Jess auf der Madilsalp ab. Zudem verließ er Wanda, noch bevor ihre Beziehung richtig in Fahrt kam. Nicht etwa wegen Alwin, sondern weil seine Eltern sie behandelten, als sei sie seine zukünftige Ehefrau.

Es dauerte seine Zeit, doch irgendwann wurde der Ziegenstall tatsächlich fertig, und die Ziegen fühlten sich ausgesprochen wohl darin. Jonas' Meinung nach war das Feng-Shui und dem frei fließenden Chi zu verdanken, Skaras Ansicht nach dem trockenen Stroh, das sie dort auslegte.

Nach zahlreichen Stunden Yoga in einem indischen Ashram entschloss sich Jonas, eine eigene Kanzlei zu gründen, um Arbeiter, Invalidenrentner und Opfer fürsorgerischer Zwangsmaßnahmen in ihrem Kampf gegen halsabschneiderische Versicherungen zu unterstützen. Die Gründungsphase dauert noch an. In der Zwischenzeit unterminiert er seine Arbeitgeberin, die Certitude-Versicherung, und bewilligt sämtliche Forderungen von Unfallopfern und Kranken ohne Ausnahme.

Anton, Jess und Laurent setzten ihr Vorhaben in die Tat um, wie sie es an jenem ereignisreichen Samstag im Mai angekündigt hatten. An einem lauen Septemberabend öffnete auf der Madilsalp ein neues Restaurant mit dem schlichten Namen »Zur Heimat«, und es dauerte keinen Monat, da war es von Sargans bis zum Walensee bekannt für gute Schweizer Küche, libanesisches Badingal und – selbstverständlich – auserlesene Weine. Das Eis, das der Chefkoch des Restaurants gratis zum Nachtisch servierte – Passionsfrucht und Bohne –, schmeckte zwar etwas eigenartig, doch wenn man zur Hauptspeise genug Wein getrunken hatte, einen kräftigen Tokajer zum Eis dazu bestellte und Jess beim Singen zuhörte, dann konnte man sich sogar einbilden, dass es schmeckte.

Andy Lutz ging frühzeitig in Pension, und dies nur einen Tag, nachdem Ruben Schmidt seinen ersten Fall gelöst hatte und sich als Aufklärer der Eiscafé-Affäre feiern ließ. Zu Lutz' Verwunderung ließ ihn die Moser kommentarlos ziehen.

Noch am gleichen Tag rief er die flotte Hanna Wirz an und verabredete sich mit ihr, um die neu erworbene Freiheit zu feiern. Sie verbrachten einen unvergesslichen Abend, dem viele wunderbare Tage folgten, und eines Morgens merkte Andy

Lutz, dass er mit den Fingerspitzen wieder seine Zehen berühren konnte. Und das ganz ohne in die Knie zu gehen.

Tagsüber, wenn Hanna Wirz arbeitete, lernte er auf dem Lindenhof Schach spielen oder fuhr mit seinem Boot auf den See, um zu fischen. Dabei stellte sich heraus, dass er weder für das eine noch für das andere Begabung hatte.

Auf den Tag drei Monate nach Lutz' Frühpensionierung tauchte die Moser auf dem Lindenhof auf. Sie wartete, bis er die laufende Schachpartie verloren hatte, dann teilte sie ihm mit, dass sein Sabbatical jetzt zu Ende sei. Sein Bedauern hielt sich in Grenzen. Vielleicht hatte Skara Anderson recht, und es brauchte Menschen wie ihn in seinem Beruf, dachte er.

Und Skara? Sie war fast täglich mit Karl Heller auf dem Berg unterwegs und behandelte verletzte und kranke Kühe, Pferde, Schafe, Ziegen, Hasen, Hühner und was sich am Flumserberg sonst noch so herumtrieb. Sie packte die Tiere mit einer solchen Sicherheit und Gelassenheit an, dass die Bauersleute schnell Zutrauen fassten. Die Arbeit machte ihr Spaß. Nach einem ganzen September und einem halben Oktober Rummel im Restaurant »Zur Heimat« war sie dann aber froh, bald ihr Studium aufnehmen zu können. Wenn alles klappte, würde sie in fünfeinhalb Jahren als Tierärztin an den Flumserberg zurückkehren und Karl Hellers Praxis übernehmen. So hatten Karl und sie es geplant.

Es war an einem Freitag Mitte Oktober – fünf Monate nach den denkwürdigen Ereignissen, die beinahe zu ihrer Verhaftung geführt hatten –, als Nick mit einem gemieteten Lieferwagen den Schotterweg zur Madilsalp hochfuhr und vor Skaras Haus anhielt.

»Bereit?«, fragte er. Skara nickte. Dann umarmte sie Jess, Anton und Jonas und streichelte Ida über den Kopf. Die schwarze Katze blieb auf der Alp. Hier war sie besser aufgehoben als in der Wohnung in Zürich, die Nick und Skara heute beziehen würden. Sie winkte, bis die Tannen am Straßenrand ihr die Sicht auf ihre Freunde nahmen. Sie würde sie vermissen.

Auf dem Weg zu ihrem neuen Zuhause legten sie an Skaras alter Wohnung einen Zwischenhalt ein. Es war das erste Mal seit Beginn ihrer Reise, dass sie dorthin zurückkehrte. Als Nick mit den letzten Kartons zur Haustür ging, fasste sich Skara ein Herz und stellte sich vor den goldgerahmten Spiegel in der Garderobe. Braun bin ich, dachte sie verwundert, und meine Augen lächeln. Meine Haare könnten nach der Geburtshilfe heute Morgen eine Dusche vertragen, und ein wenig Wimperntusche könnte nicht schaden, aber das hier im Spiegel bin ich. Ich. Sie lachte leise. Josies Bildnis war verblasst. Skara war aus ihrem Schatten ins Licht getreten.

Wie anders mein Leben noch ausgesehen hat, als ich das letzte Mal in diesen Spiegel sah, überlegte sie und zuckte überrascht zusammen, als Nicks Gesicht neben dem ihren im Spiegel auftauchte.

»Mir ist gerade etwas eingefallen«, teilte er ihrem Spiegelbild mit. Skara sah ihn fragend an.

»Als ich bewusstlos im Krankenhaus lag …«

»Bewusstlos?«, unterbrach Skara mit ironisch hochgezogenen Brauen.

»… und deinen endlosen Geschichten lauschte …«, fuhr Nick feixend fort.

»Endlose Geschichten?«, quietschte Skara und boxte ihn in die Seite. »Ich habe mein ganzes Leben vor dir ausgebreitet und dir meine Geheimnisse anvertraut. Irgendwie habe ich gehofft, du würdest das zu würdigen wissen!«

Er musste lachen. »Lass mich ausreden! Ich wollte dich nur fragen, wie das alles, diese ganze verrückte Vergeltungsmission durch die Schweiz, eigentlich begonnen hat. Was war es, das dich an diesem Freitag im Mai dazu gebracht hat, von deinem gewohnten Weg abzuweichen?«

Skara überlegte keine Sekunde lang. »Ein Schmetterling«, sagte sie lächelnd. »Der Flügelschlag eines Schmetterlings.«

ENDE